우리나라
별자리: 물병자리
혈액형: A형

대리자

별자리: 게자리
혈액형: O형

인소의 법칙

9
인소의 법칙
유한려 지음 녹시 그림
BOOK

제37조. 새 학년은 서열 1위와 함께!(하)

새 학년은 서열 1위와 함께!(하)

다 안다고 생각했던 것들이 갑자기 낯설어지는 순간이 있다.

반휘혈에게는 어느 날 저녁이 그랬다. 우연히 길에서 맞고 있는 같은 학교 학생과 마주친 날. 무시하고 그냥 지나치려던 반휘혈의 등을 동생이 떠밀었다.

마지못해 몇 걸음 앞으로 나오면서도 반휘혈이 투덜거렸다.

"이러다 개그 프로 놓쳐."

"형은 1분도 안 돼서 끝낼 수 있는 거 알아."

동생이 진지하게 하는 말에 반휘혈은 결국 혀를 쯧, 차고는 주먹을 우둑우둑 꺾었다. 손이 충분히 풀렸다 싶을 때쯤, 한 발 앞으로 나선 그가 무거운 목소리로 운을 뗐다.

"저기."

그때 이미 때리던 녀석은 꽁지 빠지게 달아난 뒤였다. 허겁지겁 뛰다가 넘어지고, 급기야 구르기까지 하는 그의 뒷모습을 황당하다는 눈으로 바라보던 반휘혈은 다시 동생을 돌아보았다.

"자, 됐지? 가자."

"형, 잠시만. 이 사람 상태는 좀 봐야 할 거 아니야."

"넌 뭘 모르는 사람한테 그렇게까지……."

투덜대던 반휘혈은 서슬 퍼렇게 굳은 동생의 얼굴을 보고는 말하던 것을 딱 멈췄다. 잠시 입술을 짓씹던 반휘혈이 다시 내뱉었다.

"난 더는 시간 못 써. 너 내가 일주일 내내 오늘만 기다려 온 거 알잖아."

'일주일 종일 아르바이트하면서'라는 말은 굳이 덧붙이지 않았다. 똑똑한 동생이라면 그런 말을 덧붙이지 않아도 자기 처지쯤은 헤아려 줄 거라 믿었다. 처음 본 그딴 놈쯤, 길에 내버려 두고 와 줄 거라고.

그런데.

"먼저 가."

차갑게 떨어진 말에 반휘혈은 굳은 눈으로 정면을 응시했다. 그의 붉은 눈이 점차 무겁게 가라앉았다.

그가 날카롭게 되물었다.

"어떻게 네가 이래?"

"형은 두 발 멀쩡하고, 이 사람은 아니잖아. 나는 이 사람 상태 봐서 병원에 데려가든 어쩌든 할게."

"너 혼자서? 무슨 수로."

"어떻게든 알아서 할 테니까 형은 먼저 가. 오늘 이 시간이 형의 일주일 만의 낙이잖아."

그렇게 말한 동생은 기어이 쓰러진 녀석을 둘러업었다.

어이가 없어서 씨근대던 반휘혈이 중얼거렸다. 네 말대로 내 일주일의 낙이 오늘인 걸 알면서, 그런데도 굳이 알지도 못하는 사람을 돕기 위해 시간을 낭비하겠다고.

동생의 이마엔 벌써부터 식은땀이 비 오듯 흐르고 있었다. 당연하지, 자신과는 달리 공부 머리는 비상하게 돌아갔지만 몸 쓰는 재주는 영 없는 녀석이었다. 이대로 내버려 뒀다간 동생 없는 일요일 저녁을 보내게 될 것이 뻔했다.

동생을 한참이나 굳은 눈으로 보던 반휘혈은 결국, 그에게 다가가 쓰러진 녀석을 대신 둘러업었다.

"형, 형은 집에……."

"됐어."

반휘혈은 저만 한 키의 남학생 한 명을 업고도 거뜬하게 길을 내달렸다. 그런 그를 길 가던 사람들이 한 번씩 돌아보았다.

결국 남학생을 인근의 병원에 데려다주고, 다 늦어서야 집으로 돌아가며 반휘혈이 말했다.

"너 내가 없을 때도 저런 녀석들 도와주고 다니는 건 아니지."

"그건……."

동생은 입술을 깨물며 눈을 피했다. 그 모습을 본 반휘혈이 어이없어하며 물었다.

"너 설마 얼굴에 가끔 흉터 달고 오던 게 그래서였어?"

"……."

"너를 먼저 건드리는 놈들은 죽여 놓겠다고 했지만, 네가 먼저 나서서 남들 영역 침범하면 그건 내가 어떻게 못해 줘. 너는 힘도 없는 게 뭐가 그렇게 오지랖……."

그때였다. 가만히 듣고 있던 동생이 입술을 질끈 깨물며 주먹을 움켜쥐었다. 갑자기 고개 숙인 그가 버럭 외쳤다.

"그래서야! 내가 그냥 지나치지 못하는 거, 힘이 없어서라고."

"뭐?"

반휘혈은 심드렁히 대답했다. 처음엔 자신이 머리가 나빠서 못 알아들은 줄 알았는데, 그렇다기엔 아무리 생각해도 앞뒤가 들어맞질 않았다.

도대체 저게 무슨 소리야? 반휘혈은 눈썹을 찡그리며 다음 말을 기다렸다.

그의 동생이 씨근거리며 말을 이었다.

"형은…… 형이 곤란한 일을 당하는 사람을 그냥 지나치면, 형은 얼마든지 도와줄 수 있는데 그냥 귀찮아서 지나친 게 돼. 하지만 난 아니란 말이야."

"뭐가?"

"내가 그런 사람들을 지나치면, 난 올바른 일이 뭔지 아는데도 무서워서, 내가 더 중요해서 그냥 지나치는 사람이 되는 거야."

"너한테 네가 더 중요한 게 어때서."

심드렁히 대답하는 반휘혈을 동생이 어쩐지 분노한 기색으로 노려보았다.

나? 내가 뭐? 나는 방금 녀석들처럼 길 가던 사람들 때리고 돈 뺏은 적은 없는데. 억울해서 한마디 하려는 찰나, 동생이 획 돌아섰다. 황급히 그를 뒤따라간 반휘혈은 손을 뻗어 그의 어깨를 움켜쥐었다.

"너 지금, 주먹만 쓸 줄 알고 머리 쓸 줄 모르는 나 따위와는 말도 섞기 싫다는 거냐?"

그가 차가운 목소리로 물은 말에, 비로소 고개를 든 동생은 울 것 같은 눈으로 그를 바라보았다.

그가 끔찍해하는 듯한 목소리로 말했다.

"그런 게 아니야. 형은…… 형은 내 기분 이해 못 해. 하루에도 몇 번씩 비겁해질 수밖에 없다는 게, 얼마나 끔찍한 기분인지 알아?"

"……."

그러자 두 사람이 서 있던 골목에 잠시 침묵이 찾아왔다. 이윽고, 동생의 어깨를 잡고 있던 손을 놓은 반휘혈이 천천히 입을 열었다.

"나는, 네 말대로…… 네가 무슨 소릴 하는지 이해 못 하겠다. 다만 한 가지는 확실히 말할 수 있어. 내가 여기저기 뒤도 안 돌아보고 덤비는 건, 그냥 내가 앞뒤가 안 보이는 신경 줄 짧은 놈이라서야."

"……."

"하지만 너는 아니잖아. 너는 차분하고 똑똑하고, 주제 파악 잘하니까……. 그러니까 이런 일엔 이제 그만 좀."

끼어들라, 까지 말하려고 했을 때 휙 돌아선 동생이 자리를 박차고 나가 버렸다. 반휘혈이 붙잡을 틈도 없었다.

반휘혈은 그를 따라 나가려다가, 그냥 내버려 두고 집으로 돌아왔다. 무엇보다 밤눈이 어두운 반휘혈에게 이곳 골목길은 미로나 다름없었다.

그의 동생은 그날 밤늦게가 다 돼서야 집으로 돌아왔다.

그날 이후로 두 사람이 그런 주제를 입에 올린 적은 두 번 다시 없었다. 동생은 아무튼 그 '끼어들기'를 멈춘 듯싶었고, 반휘혈은 그에 만족했다.

그래, 너는 나와는 다르다. 너는 나와는 달리 앞뒤를 볼 줄 아는 사람이니까, 그러니까 너는 무모한 일 따위는 하지 않을 것이다. 나처럼 어디에나 함부로 달려들지는…….

반휘혈은 아침 햇살에 눈을 떴다.

옆 이불은 비어 있었고, 부엌으로 열린 문에서는 구수한 냄새가 풍겨 오고 있었다.

반휘혈은 몇 분간 일어나지 않고 가만히 눈을 감고 있었다. 이윽고 인기척이 방 안으로 들어와 부스럭거린다 싶더니 차분하고 익숙한 목소리가 들렸다.

형, 나 갈게. 아침 차려 뒀으니까 먹고 가.

반휘혈은 웅얼거렸다.

"그래……."

그러다 그는 돌연 몸을 벌떡 일으켰다. 그는 바로 옆을 보았다. 방금까지 빈 이불이 있던 자리에는 아무것도 없었다. 식은땀에 달라붙은 머리카락을 쓸어 넘긴 그는 부엌으로 향했다.

식탁 위는 텅 비어 있었다. 잠시 멍해 있던 그는 이윽고 묵묵히 가방을 챙겨 밖으로 나섰다.

여느 때와 다를 것 없는 평범한 아침이었다.

* * *

"남자 친구인가?"

월요일에 등교해서 내가 들은 첫말이었다. 턱을 괴고 창밖을 보고 있던 나는 물끄러미 시선을 올렸다.

"횡단보도 건너서 만나던 사람."

책상 바로 옆에는 내가 어제 사 준 안경테를 걸친 반휘혈이 있었다. 그를 빤히 올려다보던 내가 이윽고 웃었다.

"그렇게 보여?"

"아니야?"

"아니. 그래 보인다니 다행이다."

고개를 기우뚱하는 반휘혈을 두고 나는 한숨을 내쉬며 책상 위에 얼굴을 묻었다. 내가 중얼거렸다.

"왜 물어봐 주질 않는 걸까."

상당히 작은 목소리였는데도 용케 내 말을 들은 반휘혈이 되물었다.

"뭐?"

"방금 네가 한 것처럼 누구였냐고 물어보는 거 말이야. 이렇게나 쉬운 일인데……."

고개를 내젓던 나는 다시 책상 위에 얼굴을 파묻고는 한숨을 크게 내쉬었다.

"후우."

반휘혈과 함께 돌아오는 길에 횡단보도 앞에서 여단 오빠와 마주쳤던 지난 금요일 밤, 나는 결국 여단 오빠에게 반휘혈에 대해 아무 말도 하지 못했다.

이미 말할 기회를 한 번 놓쳐 버렸는데, 여단 오빠가 물어보지 않았는데 나 혼자 구구절절 설명하는 것도 어쩐지 우습고, 그리고…… 조금쯤 비참하기까지 해서.

나는 중얼거렸다.

"다 안다고 생각해서 그러는 걸까?"

내가 남자 친구를 두고 다른 남자와 놀아날 그런 사람이 아니란 걸 믿기 때문에? 하지만, 믿는다고 그렇게까지 아무것도 물어보지 않을 일인가? 아니면 역시 나한테 별 관심이 없어서?

으으. 내가 머리를 쥐어뜯는 그때였다. 옆에서 갑자기 나직한 목소리가 들려왔다.

"다 안다고 생각하는 건 위험하다."

"으악, 깜짝이야."

화들짝 고개를 든 나는 벌렁벌렁한 가슴을 누르며 위를 올려다보았다. 반휘혈의 거대한 그림자가 내 정수리를 찍어누를 듯 위압적으로 드리워 있었다.

너 아직 안 갔었냐? 잠시 중얼거리던 나는 그의 다음 말에 귀를 기울였다.

"오늘의 네가 지금까지의 너와 같은 선택을 하리란 법도 없으니. 네 주변인이라면 마땅히 네가 무슨 생각을 하고 있는지, 어떤 일이 있었고 어떻게 달라졌는지를 계속 신경 써야 한다."

"응?"

"친구든, 가족이든 간에."

그리고 반휘혈은 잠시 무언가를 회상하듯 눈을 내리깔더니 묵직하게 말을 맺었다.

"그러지 않으면…… 안 좋은 일이 갑자기 찾아올지도 모르니까."

책상 위에 두 팔을 올려놓고 상체를 기대고 있던 나는 그 말에 완전히 몸을 일으켰다. 내가 떨리는 목소리로 물었다.

"야, 너 왜 그렇게…… 무슨 예언하는 사람처럼 말해?"

나 예언에도 트라우마 있어. 작게 덧붙이자 반휘혈이 눈썹을 찡그리며 말했다.

"너는 별 게 다 트라우마로군."

"아니, 나 전에 교통사고 예언당한 적 있단 말이야."

"무슨 드라마인가?"

"전국 서열 1위한테 그런 말은 듣고 싶지 않아."

단호하게 말한 나는 잠시 주변을 두리번거렸다. 아직 아무도 안 왔지? 둘러본 교실 안은 텅 비어 있었다.

음, 다행이다. 내가 안도의 한숨을 내쉬는 찰나 문이 벌컥 열리고 머리를 만두 모양으로 질끈 묶은 여자애 하나가 들어왔다. 그녀가 나를 보고 작게 인사를 건넸다.

"어, 안녕."

"세연아, 왔어?"

정세연이라는 이름의 그녀는 우리 반에서 황시우 패거리 쪽에도, 또 윤정인네 쪽에도 끼어 있지 않은, 말하자면 중립파였다.

대강 인원 분포를 살피자면 윤정인 쪽에 낀 게 반휘혈과 나까지 합해서 일곱 명, 또 황시우 쪽에 낀 게 일곱 명이라서 균형은 엇비슷했다. 나머지 스무 명 정도는 바로 저 중립파에 속해 있었다.

중립파의 대표자는 아무래도 인지도나 영향력을 생각하자면 이루다인데, 그가 나와 친하다는 것이 알음알음 퍼져서인지 중립인 애들은 대부분 우리 쪽에 더 호의적이기는 했다. 뭐, 황시우네의 제멋대로인 행동거지 때문에라도 그들에게 호의적일 수는 없을 것이다.

정세연이 내 앞자리 의자를 빼내자, 반휘혈은 자연스레 자기 자리로 돌아갔다. 내가 그의 뒷모습을 빤히 보고 있는데, 갑자기 고개를 기웃한 정세연이 내게로 얼굴을 가까이했다.

그녀가 속삭였다.

"단아, 반휘혈 쟤 있지."

"응?"

"주말 새 얼굴이 달라졌는데? 나만 그래 보여?"

"아, 하하……."

나는 괜히 웃었다. 반휘혈은 아직 안경을 고치지 못해서 내가 노점상에서 사 준 안경테를 계속 끼고 있었다. 도수가 어마어마하게 차이가 나니 인상이 다른 것은 당연했다. 아마 눈이 몰라도 두 배는 커져 보일걸.

그러나 나는 짐짓 모른 체하며 물었다.

"안경테 바꾼 거 때문 아니야?"

"아, 정말! 그러네!"

납득하는 것도 잠시, 그녀가 다시 고개를 기울이며 '아닌데, 안경테는 별 차이 없는데?' 하고 중얼거렸다. 그 말에 어색하게 웃던 나는 그녀의 다음 말에 눈을 부릅떴다.

"저렇게 보니까 좀 잘생긴 것 같기도 하고?"

"무, 뭐?"

"재가 키 하나는 우리 반에서 제일 크잖아. 그런 것치고는 밸런스도 잘 잡혀 있고, 양복 모델 하면 잘 어울릴 것 같은 느낌? 그런데 마침 우리 학교 교복도 제복 느낌이잖아."

"아, 그러게."

"가끔 등 펴고 걷는 거 본 적 있는데 그때마다 다른 사람 같더라. 단이 너도 본 적 있어?"

나는 고개를 끄덕였다. 확실히 처음 보았을 때부터, 어떻게 저 얼굴을 고작 안경 하나로 숨기냐는 생각부터 했을 정도로 외모가 남다르긴 했지.

옆에서 정세연이 계속 그쪽을 힐끗거리며 중얼거렸다.

"와, 이제 보니까 피부에도 잡티 하나 없네. 어쩜 저러지."

슬슬 민망해진 내가 고개를 숙이며 속삭였다.

"세연아, 그렇게 보다가 들키겠어."

"아, 그럼 안 되지. 그만 봐야겠다. 아니, 이게 아니라!"

그녀가 갑자기 목소리를 높이자, 나는 흠칫 놀라 그녀를 바라보았다.

정세연이 잔뜩 흥분한 목소리로 말했다.

"너 이번에 서열전 열리는 거 알아?"

콜록, 나는 작게 기침을 터트렸다. 아마 지금 내가 뭘 먹고 있었다면 당장 뱉어 버렸을 것이다.

내가 입을 막고 작게 고개를 내젓자, 그녀는 잔뜩 신난 얼굴로 손을 크게 휘두르며 말을 이었다.

"왜, 이번에 엄청 크게 열린다잖아! 서열 1위가 사라진 지 1년 지난 데다, 마침 서열 2위도 졸업한 지 꽤 돼서 아예 전부 새로 뽑을 거라고 하던데."

그거라면 나도 어제 대리자에게서 들은 적이 있었다. 내가 담담하게 고개를 끄덕이자, 세연이가 '별로 놀라질 않네? 혹시 알고 있었어?' 하고 물어 왔다. 나는 뒷머리를 긁적였다.

"어쩌다 보니……."

"어떻게? 서열 중에 누구 아는 사람 있어?"

"어……."

나는 잠시 기억을 되짚었다.

일단 네가 방금 얘기하던 실종된 서열 1위가 바로 우리 반에 있고…… 물론 절대로 말할 수는 없겠지만.

그 외에 직접 얼굴을 본 사람이라면 대리자와 우산 정도가 있지. 그리고 마지막으로…….

나는 얼굴을 살짝 구겼다. 그런 내 표정을 읽은 듯 정세연이 책상을 탕탕 두드리며 재촉했다.

"왜? 아, 뭔데."

"아니, 아는 사람 있는 건 아니고, 주말에 나갔다가 사람들 하는 얘기를 들었어. 아마 서열 무리였나 봐."

"나는 또, 무슨 얘기를 하려나 했네."

심드렁히 한숨을 내뱉는 정세연의 뒤로 나는 작게 웃었다.

아무렴, 작년에 한 번 혜성처럼 등장해 황시우 패거리를 묵사발 내고 사라진 핏빛 머리의 서열 0위의 정체를 나는 최근에야 간신히 알게 되었지만, 그 또한 세연이에게 말할 바는 못 되었다.

아, 이렇게 말 못 할 비밀만 늘어 가는구나. 도대체 내 평범한 학교생활은 어디로 가고 있는 걸까?

그때, 세연이가 갑자기 다시 입을 열었다. 이어진 그녀의 말에 나는 간신히 멈추었던 기침을 다시 시작했다.

"난 무엇보다도 서열 0위가 이번에 나올지 안 나올지 궁금하더라! 작년 이후로 아예 소식이 없다던데, 그래도 전체 서열전이면 나오지 않을까? 이번에 나오지 않으면 자기 순위도 없어지는 거니까."

"콜록! 어흠, 커흐흠."

내가 기침을 계속해 대는 사이, 세연이는 그녀가 아는 서열들 이름을 불러 젖혔다. 개중엔 황시우뿐만 아니라 내가 방금 떠올렸던 대리자, 우산까지 포함되었다.

그들을 실제로 봤을 때의 감상을 떠올린 나는 미간을 미미하게 찌푸렸다. 물론 그 사람들, 겉으로 보기에는 멋있긴 했지. 다만 싸우고 있지 않을 때가 문제인데…….

그러는 사이 등교한 아이들이 하나둘 교실을 채우기 시작했다. 교실 안이 반 이상 찼을 때쯤, 정세연은 서열들 얘기를 나눌 다른 아이를 찾아 떠나 버렸다.

이윽고 평소보다 늦게 등교한 김 쌍둥이가 내 앞과 옆에 앉았다. 김혜힐은 자리에 앉는 즉시 바로 앞에 있는 김혜우의 등을 철썩 때리며 말했다.

"하여간! 내가 어제 게임 작작 하랬지! 오늘 학교 가야 한다고! 요일 구분하는 게 그렇게 어려워?"

"아, 그렇게 치면 맘껏 밤샐 수 있는 날이 토요일 하루밖에 없는데 일요일은 주말 아니냐? 봐줘라, 좀."

김혜우의 투덜거림은 깔끔하게 무시한 김혜힐은 내게만 인사를 건넸다.

"안녕."

"아, 안녕."

그녀의 인사를 받으면서, 나는 오늘 하루 김 쌍둥이가 서로 아무 말도 나누지 않을 것을 예감했다. 반휘혈도 썩 말이 많은 편은 아닌데, 점심시간이 고달파지겠군.

그때 교실 문이 열리면서 출석부를 든 선생님이 들어왔다.

평소처럼 출석을 부른 선생님이 불쑥 말했다.

"아, 그리고 너희 영어랑 수학 수준별 반 명단, 오늘 나왔다. 앞에 붙여 놓을 테니까 확인하고."

네에, 기력 없이 대답하는 애들에게 선생님이 말을 이었다.

"전에도 말했지만 상반은 우리 반에서 그대로 수업하면 되고, 하반은 7반 가서 수업 들으면 돼. 이상."

"아, 선생님. 상반이 1반이고 하반이 2반으로 시작하면 우리 반이 하반 아니에요? 왜 그렇게 배정했대요?"

"나야 모르지."

볼멘소리에 달래지도 않고 웃으며, 그러나 단호하게 대꾸한 노민찬 선생님이 이만 자습하라며 교실을 나갔다. 교실 문이 닫힌 그 순간 교실 곳곳에서 욕설이 튀어나왔다.

"뭐야, 재수 없어."

"말투는 또 왜 저래?"

나는 그 말들을 들으며 고개를 기울였다. 내가 보기엔 별로 학기 초와 크게 달라진 것 같지도 않은데. 노민찬 선생님을 향한 학기 초의 우호적인 여론은 어느새 손바닥 뒤집듯 변해 있었다.

"이제 쉬는 시간에 잠도 못 자잖아."

투덜대는 소리를 들으며 나는 자리에서 일어나 게시판 앞으로 다가갔다. 역시나 나와 김 쌍둥이, 윤정인과 이민아 모두 상반 명단에 올라 있었고 신서현만 다른 반이었다.

훈련이 바쁘니 어쩔 수 없겠지. 윤정인이 신서현을 너무 놀리지만 않았으면 좋겠는데. 그렇게 생각하며 쓰게 웃은 나는 다시 자리로 돌아왔다.

확인할 필요도 없다는 듯 제자리에 앉아 있던 김 쌍둥이에게 내가 결과를 전했다.

"우리는 그냥 이 교실 있으면 돼."

"오, 좋아. 마침 1교시 수학이던데."

그렇게 말한 김혜우가 냉큼 엎드리며 말했다, 야, 나 좀 깨워 줘. 김혜힐은 들은 척도 않고 책상 서랍만 뒤적였다. 그 모습을 웃으면서 보던 나도 이윽고 작게 하품을 했다.

책상 위로 수학 교과서를 펼친 김혜힐이 물었다.

"너도 졸려?"

"응, 어제 좀…… 늦게 잤더니."

나는 눈을 비비며 대답했다. 이런저런 생각에 잠이 잘 오지 않았다. 내 시간을 가장 많이 잡아먹은 고민은 물론, 여단 오빠와 내 사이에 관한 것이었다.

"진짜 졸려 보이는데 좀 자. 내가 이따 깨워 줄게."

김혜우는 빼고. 김혜힐이 심술궂게 웃으며 하는 말에 나는 고개를 끄덕이고 가방에서 담요를 꺼냈다.

수업 준비 종이 울릴 때쯤이면 다른 반 애들이 와서 빈자리를 찾기 시작하겠지. 모르는 애들에게 자는 얼굴을 보이는 게 민망해서 책을 접어 얼굴을 덮자, 시야가 어둑해지며 잉크 냄새와 뒤섞인 얄팍한 종이 냄새가 코를 덮쳤다.

슬며시 눈을 감자, 서서히 가라앉는 의식 속에서 김 쌍둥이가 대화하는 소리가 어렴풋이 들렸다. 오늘 중에 사이가 풀리지 않을 거라 생각했는데. 작게 웃은 나는 마저 잠이 들었다.

다시 잠이 깬 건 낯선 목소리가 여기저기서 웅성댄 탓이었다. 잠시 눈을 감고 있었던 것뿐인데 누군가 나를 들어다 완전히 다른 장소로 옮겨 놓은 듯한 느낌.

그런 위기감에 휩싸여 내가 흠칫 일어나려던 그때였다. 더없이 익숙한 목소리가 내 귀를 파고들었다.

"옆자리…… 괜찮으면……."

"뭐, 좋아. 주말에는…… 우리가…… 니까."

뒤에 말한 사람이 김혜힐이란 건 알 수 있었다. 그런데 앞에 말한 건 누구였지? 나는 다시 희미해지기 시작한 의식 속에서 생각했다. 아주 익숙한 사람인데, 정말로 익숙한…….

그때 다정한 손길이 내 등을 토닥였다.

"더 자."

누군가 내 어깨에서 흘러내린 담요를 추슬러 주는 것을

느끼며, 나는 물에 빠지듯 다시 잠이 들었다.

내가 다시 눈을 뜬 것은 수업 시작종이 울렸을 때였다.

"어……."

눈을 떴는데도 아무것도 안 보여서 잠시 당황하던 나는 곧, 관자놀이를 지그시 누르는 무게에 그제야 내가 책을 덮어 놓고 잤음을 깨달았다.

얼굴을 덮고 있던 책을 슬며시 치우자 환한 불빛이 나를 반겼다. 그리고, 볼 수 있을 거라고 전혀 기대하지 않은 얼굴이 바로 눈앞에 있었다.

잠깐 눈을 깜빡인 나는 천천히 그에게로 손을 가져갔다.

꿈인가 싶었다. 종종 마주 보고 잠들고는 하던 중학교 시절, 어느 여름날의 꿈.

인기척을 느낀 듯 그가 눈을 반짝 떴다. 석고 같은 이마 위로 흩어진 검푸른 머리카락과 푸른 눈을 보고서야 나는 홀린 듯 말했다.

"어쩐지 춥더라니."

내 딴엔 진지하게 내뱉은 말이었는데, 순간 앞자리 뒷자리 할 것 없이 전부 웃음이 터졌다. 그제야 잠에서 완전히 깨어나 앞을 돌아보는 내 눈에 배를 부여잡고 웃는 주인이와 그답지 않게 낄낄 웃는 은지호가 보였다.

"아하하, 어쩐지 춥다 했대. 엄마, 어떻게 처음 본 첫마디가 그거야?"

"아, 유천영 인간 에어컨 설 오늘도 이렇게 증명되고."

뭐야? 얘네가 왜 여기에 있어? 어리둥절하게 고개를 기울이던 나는 다시 뒤를 돌아보았다.

그러자 이번에는 못마땅하게 버럭 외치는 여령이와 그런 그녀를 말리는 은형이의 모습이 나를 반겼다.

"야, 너 때문에 단이 춥다잖아! 그러게 왜 눈치 없이 가위바위보에서 이겨 가지고."

"여령아, 너무 그러지 마. 천영이라고 원해서, 음…… 자기 주변이 추운 건 아닐 거고."

그런데 진짜 무슨 원리지? 턱을 매만지며 제법 진지하게 그렇게 말하던 은형이는 나와 눈이 마주치자 빙긋 웃었다.

그리고 몸을 조금 앞으로 내민 그가 말했다.

"단아, 모의고사 얼른 끝났으면 좋겠다고 내가 전에 말했잖아."

"아."

그러고 보니 시험 보기 얼마 전에 분명히 그런 일이 있었다. 교실 앞에서 마주쳤던 은형이가 모의고사가 얼른 끝났으면 좋겠다고 말하고는 의미심장하게 웃던 일.

그제야 나는 이게 어떻게 된 일인지 알 수 있었다.

나는 다시 옆을 돌아보았다.

"잘 잤어?"

헝클어진 머리카락을 정돈하며 차분한 목소리로 그렇게

묻는 유천영에게 나는 멍하니 고개를 끄덕일 수밖에 없었다.

반가운 마음도 잠시, 나는 곧 후회하기 시작했다. 이럴 줄 알았으면 차라리 수업 종 울릴 때까지 꽉 채워서 자고 일어나는 거였는데.

반가움과는 별개로, 자고 일어나자마자 다른 이들이, 특히 유천영의 자는 얼굴이 눈앞에 있는 상황 자체가 너무 낯설었다. 무엇보다 이렇게 같은 교실에 앉게 된 게 1년 만이라 정말로 꿈이라도 꾸는 듯한 기분이었다.

추웠던 게 언제냐는 듯, 괜히 민망해서 더워지는 기분에 나는 목덜미에 연신 손부채질했다. 그런 나를 뚱한 표정으로 보던 유천영이 되물었다.

"아까는 나 때문에 춥다면서."

"아니, 야, 그건 꼭 너 때문이란 얘기가 아니라……. 원래 자는 동안에는 체온 내려간댔어."

그러자 유천영이 등 뒤로 고개를 돌리며 은형이에게 묻는 소리가 들렸다. 저거 진짜야? 응, 진짜야. 담담한 목소리가 오가는 사이로 나는 한숨을 푹 내쉬었다.

슬그머니 얼굴을 가리며 나는 중얼댔다. 와, 원래 책상에서 마주 보고 자는 게 이렇게나 낯부끄러운 거였구나. 중학교 때는 어떻게 이런 낯부끄러운 짓을 아무렇지도 않게 했지? 심지어 이어폰까지 나눠 끼고서……. 그렇게 생각한 내가 다시 옆을 흘깃 보았다.

그러고 보니 유천영과 나란히 앉은 건 고등학교 입학 이후로 거의 처음이라 몰랐는데, 그의 눈높이가 훌쩍 올라가 있었다. 꼭 우리가 함께하지 않은 시간만큼 계단이라도 생겨서 그가 그 위에 올라앉은 듯한 느낌이었다.

혹시 진짜로 뭐 깔고 앉은 거 아니야? 그런 멍청한 발상에서 유천영의 의자 아래를 힐끔거리는 내게 일침이 날아왔다.

"뭐 해?"

"어, 어?"

되묻는 한편 나는 얼굴을 살짝 구겼다. 아 씨, 당황한 티 다 나겠네. 말은 왜 더듬어 가지고.

유천영이 뚱한 얼굴로 다시 물었다.

"오랜만에 보는데 왜 바닥만 봐. 죄지었어?"

"죄지었지, 지었어."

불쑥 끼어드는 목소리에 나는 고개를 획 돌렸다. 의자 등받이에 한쪽 팔을 걸친 은지호가 나를 보며 장난스레 이죽댔다.

"와, 우리는 너 당연히 데이트 갈 줄 알고 안 물어본 건데."

나는 비로소 그가 무슨 말을 하고 있는지를 깨닫고 얼굴을 굳혔다. 아차.

은지호가 말을 이었다.

"어떻게 우리한테 말 한마디도 없이 쏙 빠지냐?"

나는 바짝 마른 입술을 축였다. 겉으로는 타박하는 모양새를 띠고 있을지언정, 그의 목소리에 담긴 것은 분노보다는 서운함에 가까웠다.

역시 여단 오빠와의 데이트가 취소되었다고 이들에게는 미리 말을 했어야 했나? 나는 괜히 앞머리를 쑤석거렸다. 아니, 나도 그럴 생각은 했었지만. 그러다 '부를 생각도 없었는데?' 같은 반응이라도 나오면 어쩌나 해서.

은지호를 말려 준 것은 은형이였다. 두 줄 뒤에서도 용케 우리가 하는 말이 들렸는지, 그가 책장을 넘기며 말했다.

"너무 그러지 마, 지호야. 단이도 같은 반 친구들이 있는데."

"그건 그런데."

"아, 그래도 시내에서 보고 좀 서운하긴 하더라."

안도의 한숨을 내쉬는 것도 잠시, 은형이가 덧붙인 말에 나는 다시 뻣뻣하게 얼어붙었다.

잠시 굳어 있던 나는 재빨리 입을 열어 사과의 말을 건네려 했으나, 은형이가 한발 빨랐다.

"새삼 시간이 흐르긴 흘렀구나, 하는 생각도 들고."

다시 튀어나온 말에 나는 고개를 돌려 뒷자리의 그를 빤히 보았다.

눈을 내리깔고 담담하게 책장을 넘기던 그는 나와 눈을 마주치더니 희미하게 웃었다. 어쩐지 신기루처럼 곧 사라질 것 같은 미소였다.

그리고 그가 물 흐르듯 나직한 목소리로 덧붙였다.

"사실, 단이 너랑 우리가 같은 반이 못 된 지도 벌써 2년이나 지났잖아. 그걸 생각하면 이런 변화 정도는 당연한가 싶은데. 또 당연하다는 걸 알면서도 아쉬워지는 건 어쩔 수 없나 봐."

그의 말을 잠자코 듣던 내 눈앞에 문득 환상처럼 떠오르는 풍경이 있었다. 어느 겨울날 학원에서 보았던 창밖 풍경이었다.

새해를 며칠 앞둔 어느 날, 난방 때문에 김이 하얗게 서린 창문 너머로 오가던 무수히 많은 사람들. 하얀 입김을 뱉으며 버스를 기다리는 교복을 입은 학생들과 정장을 입은 직장인들의 모습.

그러다가 문득 날아온 부름에 나는 회상에서 벗어나 다시 현실로 돌아왔다.

"단아?"

"어, 응."

은형이가 그새 걱정스러운 모습으로 묻고 있었다.

"표정이 이상해서. 괜찮아?"

너무 놀렸나? 그렇게 덧붙이는 그에게 나는 황급히 고개를 내저었다.

"아, 아니, 그런 게 아니라."

그리고 나는 두 손으로 코끝을 감싸 쥐며 천천히 말을 이었다.

"나는, 은형이 네가 나랑 되게 똑같은 생각을 했길래. 그게 참 신기하다고 생각하고 있었어."

"응?"

"겨울 방학 때 말이야. 새해 얼마 안 남았을 때."

내가 그렇게 말하자, 그것이 어떤 시기인지 곧바로 깨달은 듯 은형이의 얼굴이 어두워졌다.

실제로 우리 사이가 멀어지고 난 뒤, 내가 안부 인사를 겸해 그들에게 다시 연락할 용기를 낸 것은 겨우 새해 첫날이었으니, 그때쯤 우리는 완전히 남이 된 것이나 다름없는 나날을 보내고 있었다.

우리는 1학년 최대의 이벤트라고 할 수 있는 축제에서조차 데면데면하게 보냈고, 서로의 반에 놀러 가지조차 않았다.

보고 싶은 마음이 없었다면 물론 거짓말이었다.

그러나 그 이상으로 서로가 낯설어졌음을, 예전의 친근감을 더는 느낄 수 없음을 하필이면 학교에서 깨닫게 되는 것이 싫었다. 그것도 우리가 가장 많은 시간을 함께했고, 또 앞으로도 함께하길 기대했던 장소에서.

방학이 되어 학교에서 벗어나자, 감옥에서라도 풀려난 듯 반가웠다. 단지 수업이 없기 때문만이 아니었다. 더 이상 어느 모퉁이에서 저들이 튀어나올지 마음 졸이지 않아도 된다는 것 때문에.

거기까지 떠올린 나는 시선을 내리깔며 손끝을 매만졌다.

내가 다시 말했다.

"나, 너희 없이 보낸 방학은 그때가 처음이었잖아. 학원에서 아침부터 밤까지 있어 본 것도 그때가 처음이었고. 입시 학원 무섭더라."

작게 덧붙인 내가 작게 웃자, 은형이도 그제야 굳어 있던 얼굴을 풀며 선선히 되물었다.

"무서웠어? 어디가."

"그냥, 처음에는 열심히 하는 애들이 이렇게 많구나 하는 생각만 들었거든? 왜냐하면 거기는 학교처럼 의무적으로 다녀야 하는 곳이 아니니까, 정말 자기 욕심이 있어서 공부하려고 하는 애들만 모인 곳이잖아. 물론 부모님께 등 떠밀려 온 애들이 없진 않았는데."

눈을 내리깐 내가 조용히 말을 이었다.

"그런데 점점, 나도 이 애들처럼 되어야 한다는 게, 아니, 이 애들보다도 더 열심히 해야 간신히 뭐가 될까 말까 할 거라는 생각이 들었는데. 갑자기 그게……."

"응."

불쑥 고개를 든 나는 웃으며 말했다.

"모르겠어, 그게 왜 그렇게 서러웠지?"

애써 웃어 보긴 했으나 목소리는 잔뜩 잠겨 있었다. 말을 맺은 나는 손을 들어 잠시 목을 매만졌다. 옆에서 유천영이 나를 빤히 응시하는 것이 느껴졌다.

아니, 별 얘기를 하는 것도 아닌데 목이 막히기는 왜 막힌담. 어이없어하며 웃는 나를 이제는 은형이와 유천영뿐만 아니라 다른 애들까지 가라앉은 눈으로 쳐다보았다.

그 속에서 나는 잠깐 숨을 고르다 다시 입을 열었다.

"모르겠어, 그때 왜 그런 생각이 들었는지 모르겠는데 그냥…… 내가 어디에나 있는 사람이라는 생각이 들었어. 물론 그건 항상 있는 느낌이긴 하지만, 그때 유난히 절실하게 느껴지더라고. 내가 나로서 존재하게 하는 것? 특별한 것? 그런 게 아무것도 없다고. 그냥 진짜 무수히 많은 사람 중의 하나일 뿐이라고……."

"왜 그런 생각을 하고 그래?"

그렇게 말하며 은형이가 책상 사이로 손을 뻗었다. 작게 웃으며 그가 내민 손을 붙잡은 나는 다시 입을 열었다.

"모르겠어. 그런데 그런 생각을 하게 된 그때부터 창밖을 보면, 알지? 거기 강남 한복판인 거. 사람들 진짜 많이 지나다녔거든."

"응."

"거기 지나다니는 그 수많은 사람이 다 나 같았다? 몰라, 왜 그랬지?"

"……."

"그런데 진짜로 그랬어. 그 사람 중에 찾아보면 나 하나 정도는 쉽게 찾아낼 수 있을 것 같고……."

나는 잠시 회상했다. 학원에 다녔던 게 고작 한 달 전의 일인데도 그곳에서의 기억은 벌써 꿈처럼 희미했다.

창문을 닫고 히터를 세게 튼 탓에 산소가 희박하게 느껴지던 자습실, 어깨 위에 두껍게 두른 담요, 의식은 계속 몽롱하게 잠겨 있었다. 잠이 별로 많은 것도 아닌데도 자습실에서는 틈만 나면 잠이 왔다.

그렇게 해서 꾼 꿈에서는 대체로 옛날 일들이 나왔다. 꿈에서 사대천왕과 반여령과 함께 있다가 문득 깨어나면, 현실이 오히려 꿈같았다.

그때를 떠올리던 내가 말했다.

"그때 갑자기 그런 생각이 들었어. 이제 너희한테 가도 내 자리는 없을 것 같다고……."

그리고 고개를 흔든 나는 문득 얼굴 아래를 감싸고 있던 손을 치웠다.

내가 다시 웃으며 말했다.

"아, 몰라. 나 그때 왜 그런 생각을 했지? 내가 그냥 그때 좀 많이 우울했나 봐. 학교 애들이랑 학원에서 보니까 나름의 재미가 있긴 했는데, 그거랑은 별개로 그냥 좀……."

나는 변명하듯 계속 말했다.

실제로 그들과 함께 있을 때는 한 번도 하지 않았던 생각을 학원에서 가장 많이 했던 건 사실이었다.

사람들 속에서의 나.

아무런 일도 일어나지 않는 세상 속에서의 나.

그때만큼 다른 사람들의 존재를 크게 느껴 본 적이 없었고, 그때만큼 내 존재를 작게 느껴 본 적도 없었다.

그러던 나는 문득 고개를 들었다. 주변 분위기가 내가 처음 입을 열었던 때와는 비교도 안 되게 무거워져 있었다.

아니, 뭐야. 이거 내 탓이야? 내가 허둥지둥하는 그때, 갑자기 앞문이 열리며 수학 선생님이 들어왔다.

아, 나 아직 책도 안 펼쳐 뒀는데! 바로 뒤에 있는 은형이의 책을 훔쳐보고, 간신히 오늘 배울 부분을 찾아 펼친 나는 그제야 안도의 한숨을 내쉬며 앞을 돌아보았다.

그러는 한편, 어쩌면 지금 선생님이 지금 들어온 게 차라리 다행인지도 모르겠다는 생각이 들어 나는 이마를 긁적였다. 내가 괜히 재들이랑 연락 안 할 때 얘기를 불쑥 꺼내서 분위기 이상하게 만들어 놓은 것 같네.

그냥 우리 연락 안 할 때 나도 재들이랑 같은 기분 느끼고 있었다고, 그게 신기해서 몇 마디 하려다가 괜히…….

신경질적으로 뺨을 벅벅 문지르던 나는 책상에서 작게 툭 하는 소리가 들려 고개를 숙였다. 바라보니 작게 접힌 쪽지 두 개가 내 앞에 떨어져 있었다.

뭐야? 나는 미심쩍은 얼굴로 쪽지를 펼쳤다.

[차라리 내가 과외시켜 줄 테니까 앞으로 학원 가지 마;; 뭐 이상한 생각만 하고 돌아오고 있어.
감옥 갔냐? 감옥 갔어? 더 있었으면 옥중일기 하나 썼겠다.]

획마다 쭉쭉 뻗고 세로로 유난히 긴 글씨는 틀림없는 은지호의 것이었다.

다음으로 펼친 쪽지에 적힌 젤리처럼 동글동글하고 귀여운 글씨는 주인이의 것이 분명했다. 나는 여전히 미심쩍어하며 글을 읽어 내려갔다.

[ㅁㅈ 가지 마, 엄마^^ 거기 터가 별로인가 봐.]

아니, 주인아, 거기 강남 사거리 한복판인데…….

내가 망연히 중얼거리는 그때, 갑자기 등 뒤에서 누군가 내 머리를 쓰다듬었다.

수학 선생님이 칠판으로 몸을 돌린 틈을 탄 귀신같은 타이밍이었다. 그가 수업 시간에 이런 짓을 한다는 게 믿기진 않았지만, 내 뒷자리에 앉은 사람이라면 단 한 사람밖에 없기에 나는 미간을 좁혔다.

아니나 다를까, 뒤에서 작은 목소리가 들려왔다.

"왜 그런 생각을 하고 그래. 그런 생각하고 있는 줄 알았으면 뭐라도 들고 찾아갈 걸 그랬네."

결국 그를 돌아본 나는 속닥거렸다.

"학부모처럼? 치킨 들고?"

"왜 못해? '우리 단이 잘 부탁합니다.' 하고. '요즘 많이 힘들어하는 것 같은데 누구 괴롭히는 사람은 없어요?'"

천연덕스럽게 말하며 어깨를 으쓱하는 은형이를 보고 나는 킥킥 웃었다. 더 이러면 들키겠다 싶어, 고개를 다시 앞으로 향하는 내 귀에 나긋한 목소리가 따라붙었다.

"우리 맨날 어디 들어가면 습관적으로 앉을 자리 여섯 개 찾아. 지금도 그렇고."

그 말에 나는 턱을 괴며 입꼬리만 끌어 올렸다. 누가 깃털로 간질이는 것처럼 심장께가 간지러워서 자칫 잘못하면 웃음이 터질 것 같았다.

그때, 여령이가 던진 쪽지 또한 내 앞으로 툭 떨어졌다.

나는 당장 그것을 펼쳐 보았다.

[아, 원래 완전 대박인 소식 있어서 단이 너 없는 동안 그거 얘기했다고 놀려 주려고 계획 세웠던 거거든. 근데 이렇게 돼서 어떡해.]

그에 그쪽을 돌아본 나는 괜찮다는 뜻으로 고개를 내저었다.

이렇게 됐다니, 뭐가? 애초에 내가 우울한 얘기를 꺼낸 게 원인이었는데, 게다가 일단은 옛날 일이고.

그런데도 반여령은 그녀 모르게 내가 그런 생각을 했다는 것만으로도 죄책감을 느끼는 모양이었다.

아니, 그녀가 내가 이런 생각을 하는 줄 몰랐던 건 단순히 내가 그녀에게 얘기하지 않았기 때문인데, 왜 자기 책임인 것이 아닌 것까지 매번 책임을 지려 하나 몰라.

안쓰럽게 생각하던 나는 쪽지 하나를 다급히 휘갈겨 그녀에게 건넸다.

[나 진짜 기분 괜찮아. 그보다 대박 소식이 뭔데?]

이윽고 답장이 돌아왔다.

[네 옆자리한테 물어봐.]

그제야 나는 유천영을 돌아보았다. 자세히 보니 그는 교과서 귀퉁이에 뭘 적었다 지웠다 하고 있었다. 너 뭐 하냐? 잠시 그 모습을 멀뚱히 보던 내가 그의 팔을 찔렀다.

그가 갑자기 휙 이쪽을 돌아보는 바람에 나는 하마터면 심장이 떨어질 뻔했다. 잠시 망설이던 내가 교과서 귀퉁이에 대고 끼적였다.

[너 대박 소식 있다며? 뭔데?]

방금 망설인 것이 언제냐는 듯, 그의 곧은 성격을 닮은 글씨가 시원시원하게 뻗어 나가던 것을 보던 나는 이윽고 눈을 크게 떴다.

내가 자리에서 반쯤 일어나며 외쳤다.

“드라마?!”

그리고 아차 한 나는 고개를 돌렸다. 과연, 2학년 들어와서 몇 번 뵙지도 않은 수학 선생님이 이제까지 중에 가장 온화한 표정으로 나를 보고 계셨다.

그가 상냥하게 말씀하셨다.

“단아.”

“네.”

“내가 무슨 말을 하려는지 알지.”

“네.”

나는 얌전히 교과서를 들고 교실 뒤로 나갔다.

그러면서 나는 한숨을 푹 내쉬었다. 2년 만에 같은 교실에서 수업을 듣는데, 왜 앉아 있질 못하니…….

잠시 후에 우리를 보며 ‘기껏 비켜 줬더니!’ 하며 정신없이 웃어 젖히던 윤정인이 조용히 교과서를 들고 와서 내 옆에 섰다.

그리고 우리는 침묵 속에서 수업을 마저 들었다.

* * *

수입이 끝나고, 수학 선생님이 나가자마자 한 손으로 입을 막은 나는 유천영에게로 다가갔다.

"와, 말도 안 돼 유천영!"

내가 미쳤다, 미쳤어만 연발하며 그의 팔을 때리자, 유천영은 얼굴을 찌푸리며 뒤로 물러났다. 아무래도 내가 그를 때리며 미쳤다는 말만 계속 내뱉는 게 별로 좋은 기분은 아닌가 보았다.

그래도 어떡하냐, 정말 미쳤다는 말밖에 안 나오는걸.

드라마라고? 나는 고개를 뒤흔들었다.

그때, 우리가 하는 양을 보며 웃고 있던 주인이가 손을 불쑥 들더니 말했다.

"맞아, 엄마. 천영이가 나오는 드라마에 나라 누나도 나온다?"

"뭐? 배우 이나라 말야?"

눈을 크게 뜬 내가 되물었다.

주인이의 사촌 누나인 본명 우리나라, 배우 이나라는 예쁜 외모와 더불어 탄탄한 연기력으로 한국 여배우 중에는 최고의 인기를 누리고 있다고 해도 과언이 아니었다.

그런 그녀가 주연이라면 드라마 규모 자체가 보통이 아

니란 애긴데.

주인이는 생글생글 웃으며 덧붙였다.

“유천영은 나라 누나 동생 친구. 어렸을 때부터 옆집 살았다는 설정이래.”

나는 감탄하며 대답했다.

“와. 그럼 유천영도 주조연 정도는 되겠네.”

“분량이 그렇게 많진 않은데 존재감은 있을 것 같더라고. 패기의 연하남 역할이라.”

그의 말에 잠시 침묵이 찾아왔다. 내가 고개를 들어 둘러보니, 이 정보를 미리 알고 있었을 반여령이며 은형이까지 모두 묘한 표정을 지은 채 웃고 있었다.

이윽고 유천영을 돌아본 나는 물었다.

“패기 있는 유천영?”

유천영이 뚱한 표정으로 되물었다.

“왜.”

“아니, 되게…… 겸손한 은지호 같은 말 아니냐, 그거?”

내가 중얼거리듯 뱉은 말에 은형이가 풋, 하고 웃으며 고개를 숙였다. 아니, 농담하는 게 아니라 진짜로.

나는 차례로 손가락을 접으며 중얼거렸다.

“게으른 은형이, 연약한 반여령, 안 웃는 주인이…….”

“너 지금 한 번에 몇 명을 공격하냐?”

은지호가 어이없다는 듯 묻는 것에도 아랑곳하지 않고,

마저 손가락을 마저 접은 내가 말을 맺었다.

"……조용한 윤정인."

"야, 갑자기 내가 왜 나와?"

아, 깜짝이야. 나는 화들짝 놀라 뒤를 돌아보며 물었다.

"너 듣고 있었어?"

"어, 미안. 그런데 주변이 하도 조용해서 들렸어."

그렇게 말하며 윤정인이 가리키는 것을 따라 고개를 돌리니, 과연 교실 안의 시선이 전부 내게로 향해 있었다.

그제야 나는 떠들던 것을 멈추고 황급히 내 입을 막았다.

아차, 내가 수업 시간에 그렇게나 요란하게 유천영의 드라마 출연 소식을 알렸으니 당연히 관심이 쏠릴 수밖에 없었겠지. 누구라고는 말하지 않았지만 우리 중에 연예인에 가까운 사람이라면 유천영 외엔 달리 있지도 않고.

재빨리 유천영을 돌아본 나는 걱정스런 목소리로 물었다.

"이거 나가는 거 알려져도 괜찮아?"

"상관없어. 이미 뉴스에 기사 났어."

"휴, 다행이다."

"곧 드라마 홈페이지도 나올 거고."

그럼 문제없겠네. 안도의 한숨을 내쉰 나는 그제야 시계를 보고 쉬는 시간이 얼마 남지 않았음을 깨달았다.

아무리 이동 수업이었다고는 해도 다른 반 아이들이 이렇게 오래 앉아 있어서야 주변에 폐가 된다.

시계를 확인한 반여령과 사대천왕도 나와 같은 생각을 한 듯, 자리에서 일어나며 주변 정리를 시작했다.

교과서를 들고 뒷문으로 향하는 그들에게 내가 물었다.

"언제 시간 돼?"

그 말에 막 교실을 나가려던 그들이 우뚝 걸음을 멈추었다. 일제히 쏠린 시선에 나는 머쓱해하며 뒷머리를 긁적였다.

"아니, 우리 모의고사 끝난 날에 못 봤으니까……."

그러자, 이윽고 고개를 기울인 은형이가 산뜻한 미소와 함께 말했다.

"나는 오늘도 괜찮은데?"

그러자마자 동시다발적인 대답이 튀어나왔다. 나도 괜찮아, 안 될 거 없지. 그에 더욱 쑥스러워진 내가 물었다.

"그럼 오늘 볼까?"

"좋아."

흔쾌히 대답한 그들이 복도로 나가고, 그 뒷모습을 잠시 바라보던 나는 다시 자리에 앉았다.

서랍에 수학 교과서를 집어넣고, 다음 시간 교과서를 꺼내고 다시 고개를 드니 김 쌍둥이가 어느새 자기 자리로 돌아와 있었다.

인사를 건네는 내게 김혜힐이 불쑥 말했다.

"나, 아까 수업 시간에 너희 같이 앉아 있는 거 잠깐 봤거든?"

"응?"

어리둥절하게 고개를 기울이는 나를 보며, 턱을 괸 그녀가 웃었다.

"그런데 너희 사이에 흐르는 분위기가 있지, 되게 편안하더라고. 주변에 흐르는 공기 같은 게."

"그, 그래?"

그렇게 말하며 나는 뒷머리를 긁적였다. 정작 그 속에 끼어 있던 나는 별로 그랬던 것 같지 않은데.

모두 한 교실에 있던 게 몇 년 만이라선지, 괜히 어색해서 계속 손부채질만 해 대고 허둥지둥, 마치 남의 초대장을 훔쳐서 대신 참석한 사람처럼 눈 둘 곳을 몰랐다.

하지만 이들 눈에는 다르게 보인 모양이었다.

고개를 기울인 김혜힐이 고저 없는 목소리로 말했다.

"매일 보는 것도 아니고, 고등학교 들어와서 한 번도 같은 반도 아니었는데, 꼭 지금까지 항상 같은 반이었던 것처럼 보이더라. 매일 같이 시간을 보낸 것처럼. 그래서 좀 신기했어."

그게 중학교 동창의 연륜이란 건가? 나직이 중얼거리는 그녀에게 내가 물었다.

"그러는 너희도 윤정인네랑 동창 아니야?"

"그렇기는 한데, 우리는 중학교 때 말 자체를 거의 안 했거든. 우리 둘은 영재반이라 대부분 따로 수업받기도 했고. 전에 얘기 안 했었나?"

"아, 맞다. 들었었다."

"뭐, 그 외에도 오래 봐도 전쟁 같은 사이가 있는 법이지."

그렇게 말한 김혜힐이 교실 어느 한 곳을 가리켰다.

과연, 고작 한 시간 안 봤는데 1년은 안 본 것처럼 열렬하게 달려드는 윤정인과, 그런 윤정인을 향해 바락바락 성을 내는 신서현을 본 나는 묘한 표정을 지었다.

다시 고개를 돌리는 내게 김혜힐이 말했다.

"가족이나 친척이 아니더라도, 오랜만에 봐도 어색해지지 않는 사이란 게 존재할 수 있구나 하고. 너희를 보면서 생각했어."

"……."

나는 별다른 말도 못 하고 괜히 뒷머리만 긁적였다. 김혜힐도 달리 대답을 바라고 한 말은 아닌 듯, 눈을 내리깔고 조용히 웃더니 가방을 뒤적이기 시작했다.

그녀의 옆얼굴을 물끄러미 보던 나는 문득 생각했다.

혹시 쉬는 시간에 사대천왕과 내가 하던 말을 들어서, 그래서 위로해 주려고 그러는 걸까? 하지만 그러기에는 너무 멀리 앉아 있었는데.

나는 김혜힐의 표현을 천천히 곱씹어 보았다.

가족이나 친척이 아니더라도, 오랜만에 봐도 어색해지지 않는 사이.

그 순간 겨울날의 학원 자습실을 떠올렸을 때 함께 밀려왔던 춥고, 외롭고 갑갑한 공기가 내 주변에서 깨끗이 걷혔다.

나는 갑자기 고개를 들어 창밖을 바라보았다.

그러고 보니, 어느새 봄이 와 있었다.

봄이 왔다는 것을 처음 깨달은 사람처럼, 나는 파란 하늘과 팔랑이는 꽃잎들을 한참이나 생경하게 바라보았다.

그러다 문득, 다 잘될 것이란 생각이 들었다. 설령 지금은 괜찮지 않더라도, 다 괜찮아질 것이란 생각이 들었다.

몇 달 만에 처음으로 느껴 보는, 무책임할 정도로 태평하고 안온한 감정이었다.

* * *

방과 후에 핸드폰을 돌려받은 나는 전원을 켜고 밀린 연락들을 확인했다. 아무래도 우리 학교 친구들이야 다 같이 핸드폰을 뺏기는 처지이다 보니 밀린 연락은 크게 없고, 딱 하나, 여단 오빠로부터 문자가 와 있었다.

오늘 저녁에 시간 있냐고? 나는 잠깐 교실 바깥을 힐끗거렸다. 아마도 가방을 챙긴 사대천왕과 반여령이 복도에서 기다리고 있을 것이었다.

나는 신중하게 답장을 입력했다. 나, 오늘, 약속 있어. 그러면서도 왠지 얄궂다는 생각이 들어 한숨이 나왔다.

전에는 여단 오빠가 일정이 있고, 이번에는 내가 일정이 있어서 만나지 못한다니. 주말에는 둘 다 학교에서 자습이 있어서 밤에 잠깐 아파트 복도에서 얼굴 정도만 봤다.

계산하자면 제대로 시간을 못 보낸 지 거의 3일 정도가 되어 간다는 얘기다. 그런데 오늘마저 안 봐도 정말 괜찮을까? 아니, 하지만 그렇게 치자면 사대천왕을 안 본 지야말로 더 오래됐는데.

결국 그대로 답장을 전송한 나는 바깥으로 나왔다. 예상대로 나를 기다리고 있던 이들에게 인사하자마자 주머니에 들어 있던 핸드폰이 울렸다.

[보낸 사람 : 여단 오빠

그래

저번처럼 늦게 오지 말고

열한 시 넘어서 끝나면 말해

데리러 갈게]

본인도 야자 마치고 피곤할 텐데도 굳이 데리러 오겠다는, 나무랄 데 없는 문자였지만 나는 괜히 갑갑한 기분이 들었다.

또 왜지? 주먹 쥔 손으로 가슴께를 툭툭 치던 나는 문득 깨달았다.

이번에도 누구와 같이 가냐고는 묻지 않았어.

그러고 보면 애초에 문자를 보낼 때 누구와 약속이 있는지 보내지 않은 것은 나이기는 했다.

혹시 내가 일부러 그런 건가? 여단 오빠를 시험하려고? 잠시 생각하던 나는 고개를 내젓고 핸드폰을 주머니에 집어넣었다.

그런 내 옆으로 다가오며 반여령이 물었다.

"왜 그래, 단아? 아까부터 명치 두드리고. 체했어?"

"어? 아니, 그런 거 아니야. 나 완전 많이 먹을 수 있어."

그리고 반여령의 어깨를 잡아 기차놀이 하듯 앞으로 내세우며 내가 물었다. 맛집은 많이 찾아 놨어? 그러자 여령이가 환히 웃으며 고개를 끄덕였다.

"응, 완전. 기대해도 좋아."

"좋아, 얼른 가자."

나는 여령이를 껴안듯이 하고 교문을 나섰다.

* * *

새로 찾은 맛집들을 모조리 방문하자던 반여령의 말이 무색하게도 우리가 향한 곳은 단골 분식집이었다.

그리 좁지 않은 가게인데도 여섯 명이 한꺼번에 들어가자 꽉 찬 듯한 느낌이 들었다.

다 같이 앉을 자리를 찾지 못해서 우리는 옆 테이블에서 의자를 끌어와야 했다. 그것마저 그리운 기분이 들어 괜히 웃음이 나왔다.

나는 허파에 바람이라도 들어간 사람처럼 사소한 행동들에도 자꾸만 웃음을 터트렸다. 결국에는 은지호가 이렇게 물을 정도였다.

"우리 가고 뭐 좋은 일 있었냐?"

"어?"

"학교에서는 얼이 빠진 것 같더니, 지금은 신났네."

나는 민망하게 뒷머리를 긁적이며 너털웃음을 지었다. 어, 그런가.

"그냥, 오랜만에 너희들 밖에서 보니까 좋아서 그런가 봐……."

그러자 대번에 눈썹을 찌푸린 은지호가 말했다.

"야, 무슨 우리가 안 만나 준 것처럼 말하고 있어. 사람들 오해하게."

하하, 어색하게 웃어 버린 나는 괜히 물컵을 매만지며 이곳저곳을 둘러보았다.

"근데 여기 진짜 오랜만이다."

이 동네 사람이 아니면 찾을 수 없을 만큼 외진 골목에 있는 이곳 분식집은 내가 듣기로는 반여령과 내가 초등학교 무렵부터 있었다.

그때부터 여단 오빠가 종종 우리 둘의 손을 잡고 컵 떡볶이를 사 주러 이곳에 왔다고 들었으니, 드나든 햇수를 따지자면 거의 10년이었다.

나는 정작 나이가 들게 되면서부터 분식을 별로 좋아하지 않게 되어서 혼자서는 잘 들르지 않지만, 친구들끼리 먹기에는 이만큼 싸게 먹히는 게 없으니까.

그래도 설마 오랜만에 만나서 이곳에 올 줄은 진짜 몰랐다.

적당히 주문을 마치고 잠시 기다리고 있는데 오뎅국을 갖다주러 나오신 아주머니가 우리를 보고는 말했다.

"어, 너희 진짜 오랜만이다."

"안녕하세요, 아주머니."

"안녕하세요."

여령이와 내가 고개를 꾸벅 숙이며 인사를 하자 얼굴에 웃음꽃이 핀 그녀가 대답했다.

"어유, 진짜 너희는 어렸을 때 얼굴이 하나도 안 바뀐다."

그러더니 그녀는 우리가 시키지도 않은 튀김 몇 개를 더 집어 와서 우리 옆에 놓아 주셨다.

"자, 많이 먹어."

"와, 감사합니다!"

잘 먹을게요! 인사성 하나는 바른 여령이가 활짝 웃으며 대답하고, 나도 그녀만큼 기뻐 보이진 않겠지만 진심을 담아 고맙다고 말했다.

튀김을 집어 먹으며 나는 괜히 벽에 적힌 낙서들을 눈으로 따라갔다.

내가 2, 3년 전에도 본 것 같은 낙서가 색이 바래지도 않고 아직도 남아 있었다. 내가 계속 그것들을 보며 싱글거리자 옆의 유천영이 이상하다는 듯 나와 벽을 번갈아 보았다.

이윽고 우리가 자리를 옮긴 곳은 다름 아닌 여령이네 삼촌의 카페였다. 반여령이 여름 방학 동안 알바하며 하루에 남자들을 다섯 정도는 차곤 했던.

이상한 놈들이 혹시나 딴 맘 먹는 걸 감시하려고 사대천왕 중의 하나는 이곳에 꼭 붙어 있곤 했다. 나도 도서관에서 공부를 마치면 이곳에 들러 반여령을 기다렸다가 같이 돌아갔다.

와, 여기도 진짜 추억이다. 오늘 무슨 하루 종일 추억 대장정 하는 것 같네. 그렇게 생각하며 내가 여름에 자주 앉던 자리에 앉자마자, 카운터로 잠시 사라졌던 여령이가 돌아오며 말했다.

“삼촌이 먹고 싶은 거 다 시키래.”

“와, 대박.”

우리는 잔뜩 들떴지만 공짜다 보니 오히려 눈치가 보여서 한 사람당 음료 하나 이상은 시킬 수 없었다.

케이크를 두고 계속 고민하는 우리를 보다 못한 여령이가 답답하다며 자기 멋대로 잔뜩 주문해 버렸다.

여령이가 다리를 꼬며 시원시원한 목소리로 말했다.

"우리가 케이크 한 사람당 열 조각씩 먹어도 삼촌 안 망해."

"아니, 그래도."

머뭇거리는 내게 여령이가 말했다.

"게다가 이번에 유천영이 드라마에서 아르바이트하는 그 카페 우리 삼촌 카페가 협찬하기로 했거든. 이제 손님 잔뜩 몰릴걸?"

"엥?"

"아, 맞다. 자세히 얘기 안 했구나."

그제야 우리가 모였던 목적을 비로소 깨달은 반여령이 똑바로 앉더니 설명을 시작했다.

유천영이 출연하는 드라마의 이름은 〈검은 비〉로, 여주인공 쌍둥이 여동생의 죽음을 둘러싼 수사물이었다. 현재 배우 이나라로 확정된 여주인공의 직업은 강력계 형사였다.

나는 고개를 끄덕였다. 역시, 이름만 들어도 로맨스는 아닐 것 같더라니. 게다가 유천영이 로맨스 대본을 턱 하고 받아들였을 것 같지는 않았다.

한편 유천영은 오랫동안 주인공의 옆집에 살아온 친한 동생이고 여주인공 가족끼리도 잘 아는 사이인데, 그는 여주인공의 경찰서 바로 맞은편 카페에서 아르바이트를 하고 있었다. 그러니만큼 여주인공이 커피를 사러 들를 때마다 마주칠 수밖에 없는 입장이었다.

그 무렵 고개를 든 내가 카페 바깥을 보며 말했다.

"아, 그래서."

"응."

이곳 카페의 유리 벽 바깥으로 도로 하나를 사이에 두고 경찰서가 보였다. 과연 협찬하기에는 최적의 환경이 아닐 수 없었다.

다시 유천영을 돌아본 내가 물었다.

"작중 나이는 어떻게 되는데? 지금이랑 똑같이 고등학생?"

"아니, 대학교 2학년."

"와. 갑자기 확 뛰었네."

하기는, 키가 크니까 그 정도는 속여도 괜찮겠지. 내가 유천영을 물끄러미 올려다보는데 반여령이 불쑥 손을 들었다.

"자, 여기서 잠깐."

왠지 신난 것 같은 목소리에 나는 그녀를 돌아보았다. 아니나 다를까 고개를 돌리니 잔뜩 빙글거리고 있는 여령이의 모습이 보였다.

그녀가 웃으며 물었다.

"유천영의 나이를 굳이 높인 이유, 뭐일 것 같아?"

"엥?"

잠깐 유천영을 돌아본 나는 눈을 깜빡이고는 입을 열었다.

"고등학생이라고 하면 아무도 안 믿어서."

그러자 유천영의 눈썹이 위로 구부러졌다.

아, 아니. 나는 노안이라는 게 아니라. 키가 크다는 거였는데……. 구질구질하게 이어지던 내 변명을 반여령이 불쑥 잘랐다.

"쟤, 여주인공이랑 러브 라인 있대!"

그 말에 유천영을 보던 내 얼굴이 핼쑥해졌다.

뭐? 러브 라인이라고? 그 유천영이? 그것도 자기랑 스캔들이 있었던 배우, 이나라와?

나는 너무 놀라서 한동안 아무 말도 하지 못했다. 전에 담력 시험을 하던 날, 주인이가 탔던 차의 운전석에서 걸어 나오던 이나라의 실물을 보았을 때보다도 더한 충격이 나를 덮쳤다.

모델 일조차 본인이 재밌어서라기보다는 포토그래퍼인 삼촌이 마스크를 썩히기 아깝다며 밀어붙여서 드문드문하고 있을 뿐, 인맥을 쌓거나 인지도를 끌어올리는 일 모두 관심이 없는 그였다.

그런 그가 갑자기 연기를 하겠다고 나선 것도 나로선 놀랠 노 자인데, 뭐라고?

옆에서 유천영의 시선이 느껴졌다. 아마도 내 반응을 상당히 신중하게 살피고 있는 것 같았지만, 나는 어떠한 말도 할 수 없었다.

한참을 멍하니 있다가 나는 머리를 감쌌다. 으으, 도저히 상상이 안 돼. 그때, 은지호가 입을 열며 무언가를 말하는 것에 나는 고개를 돌렸다.

그가 유천영을 가리키며 말했다.

"그러고 보면 참 희한한 게, 나라 누나랑 유천영이랑 전에도 기사까지 났었잖아. 같은 작품 한다고 하면 과거 인터뷰 발언까지 다시 끌려 나올 텐데, 드라마 화제성이 올라가는 거야 좋다고 쳐도 나라 누나 이미지에는 타격 안 가? 소속사에서 뭐라고 안 해?"

멍하니 있던 나는 고개를 끄덕였다. 그러게, 확실히 그것부터 좀 이상하긴 하네.

그러자 음료를 쪽쪽 빨던 주인이가 대답했다.

"아, 그거 말인데. 지금 나라 누나가 같은 소속사 다른 배우랑 스캔들이 났거든. 아직은 증권가 찌라시긴 한데, 조만간 터질 거래."

"뭐? 진짜?"

"누구라고 말은 못 하겠는데, 그 남자 배우가 나라 누나보다도 수입이 많아. 해외 쪽에서 인기가 엄청나서."

그렇게 말한 주인이가 검지에 입술을 대며 싱긋 웃자, 은지호와 모두의 표정이 미묘해졌다.

머릿속으로 이나라와 같은 소속사에 있는 배우들 명단을 떠올려 보던 나도 살짝 고개를 끄덕였다. 주인이는 누구라고 말은 못 하겠다고 했지만, 사실 같은 소속사에 그만한 배우라고 한다면 거의 정답을 알려 준 것이나 다름없었다.

주인이가 빨대로 음료를 휘저으며 말을 이었다.

“나라 누나는 근거 없는 낭설이라고 했지만, 아무튼 스캔들이란 게 터지고 나면 진위 여부에 상관없이 파괴력이 장난 아니잖아.”

음, 그렇겠지. 상대 배우의 파급력을 생각하며 나는 고개를 끄덕였다.

“그 남자 배우 쪽에 타격이 가면 회사 주식까지 영향이 갈지도 몰라서. 그래서 차라리 나라 누나랑 천영이를 먼저 붙여 주자는 건가 봐. 드라마 제작 발표회나 촬영 현장 취재에서 틈틈이 해명하면 되는 거니까.”

“아아.”

일단 고개를 끄덕인 나는 방금 들은 말을 머릿속으로 대강 정리해 보았다.

생소한 얘기가 좀 많은 데다 평소에 뉴스를 잘 챙겨 보지 않아서 썩 와닿지는 않았지만, 저 일에서 유천영의 역할이 어떤 건지는 대강 이해가 갔다. 그리고 나는 다시 유천영을 돌아보았다.

그러니까, 한마디로 물어뜯으라고 친절하게 걸어 놓은 미끼라는 거네?

그런데 문제가 있다, 물고기는 미끼를 물면 낚싯바늘에 다치지만, 유천영은 아니란 거였다. 나는 미간을 좁혔다.

그거, 좀 위험한 거 아닌가? 아무리 유천영이 발해 그룹

2세니만큼 기자들이 알아서 수위를 조절한다고 해도 한계가 있을 텐데. 게다가 네티즌들의 발언까지 막을 수는 없을 테고.

게다가 배우 이나라 팬클럽에서 유천영과의 일로 인해 해코지라도 하려고 들면? 그런 가능성들을 떠올린 내 얼굴이 창백하게 굳어 갔다.

나는 진지하게 걱정되기 시작했다. 물론, 배우 이나라가 나오는 드라마니만큼 보통 드라마는 아니겠지만, 그래도 유천영이 거기에 출연할 만큼의 메리트가 있을까?

연기력 논란이라도 일어난다면 사태는 더욱 심각해질 터였다. 좋은 집안 출신이니만큼 낙하산이라든가 꽂아 줬다는 소리가 나올지도 모른다.

나는 유천영을 복잡한 눈으로 응시했다. 유천영이 왜 갑자기 이 일을 하겠다고 결심한 건지 도무지 알 수가 없었다.

사실은 연기자가 꿈이었던 걸까? 하지만 그렇다기엔 유천영은 평소 드라마나 배우에 전혀 관심이 없었고, 늘 텔레비전을 보기보다는 컴퓨터 앞에 주야장천 앉아 있었다.

그런데 대체 왜 이런 위험한 일을 굳이 하겠다고 나선 걸까? 인기? 돈? 도대체 뭐가 탐나서?

나는 그다음부터 초조하게 음료만 쪽쪽 빨았다.

처음엔 그저 잘됐다는 마음과 텔레비전에서라도 얼굴 좀 더 보겠다는 반가움뿐이었는데, 얘기를 듣고 난 지금은 너무 걱정이 돼서 대화에 잘 집중할 수조차 없을 지경이었다.

조금 멍해진 나를 옆에서 힐끗거리던 은지호가 불쑥 던졌다.

"야."

툭 튀어나온 그 물음에도 나는 그를 보지 않은 채 테이블 위만 보며 대답했다.

"응."

"너 아까부터 멍해진 거, 유천영 발연기 걱정돼서 그러는 거지."

"응……. 응? 아, 아냐!"

내가 소리를 지르며 벌떡 자리에서 일어났지만 이미 상황은 늦은 뒤였다.

옆에서 떨떠름한 얼굴로 나를 바라보는 유천영을 보고, 나는 필사적으로 고개를 내저었다.

내가 외쳤다.

"아니, 그게 아니고!"

"연기 수업은 열심히 받고 있어."

"아니, 나는…… 당연히 너를 믿지."

그렇게 말하는 내 목소리는 내가 들어도 진심이라곤 조금도 들어 있지 않은 것 같았다.

결국 변명에 실패하고 아악! 소리를 지르며 머리카락을 마구 헝클어트리는 나를 보고 은지호와 주인이가 마구 웃어 댔다.

은형이도 흔쾌히 웃는 얼굴로 덧붙였다.

“왜 그래, 단아. 그래도 천영이가 일단 맡은 일은 성실하게 잘하잖아. 걔, 모델 하고 나서 얼마나 자기 몸 아끼는지, 봐서 알잖아.”

“이루다랑 싸웠을 때 한 번 빼고.”

이죽거리는 은지호의 옆에서 주인이가 말했다.

“맞아, 체육 시간에도 가만히 있기 수행이라도 하는 것처럼 꼼짝도 안 하는걸.”

“그건 귀찮아서 그런 거 아니었냐?”

말을 척척 주고받곤 저들끼리 낄낄거리는 주인이와 은지호를 뚱한 눈으로 쳐다보던 나는 작게 한숨을 내쉬었다. 나는 벌써부터 유천영이 걱정돼서 죽겠는데, 쟤들은 걱정도 안 되나…….

그런 두 사람을 마찬가지로 한심스럽다는 듯 바라보던 은형이가 나를 보고는 다시 말했다.

“단아, 잘할 거야. 응?”

그럼에도 나는 여전히 굳어진 얼굴을 풀지 못했다.

* * *

결국에는 유천영의 드라마 출연이란 화제에서 벗어나지

못하고, 즉석 연기 대결이란 미친 짓까지 벌이고 나니 시간은 어느덧 열한 시가 다 되어 있었다.

여기서 지금 출발하면 여단 오빠랑 비슷한 시간에 아파트에 도착하겠네. 그렇게 생각한 나는 슬슬 자리에서 일어났다.

내 혼신의 힘을 다한 연기를 보고 웃다 지쳐 테이블 위에 쓰러져 있던 은지호와 주인이가 고개만 들어 이쪽을 보았다.

"이제 가냐?"

"엄마, 벌써 가?"

"저기, 우리 오늘 월요일인데."

혹시 내일 휴일인데 나만 모르는 거니? 그렇게 덧붙이자, 은지호는 고개를 획 돌리며 '개학식 전날에 밤새던 우리의 우정은 어디 갔냐. 변했다, 너.' 하고 투덜댔다.

아마 고등학교 입학식 전날을 말하는가 본데, 대체 언제 적 얘기를 하는 거냐. 1년 동안 많은 일이 있었던 건 사실이었다.

나는 갑자기 잠에서 깬 사람처럼 카페 안을 둘러보며 익숙한 사람들의 모습을 살폈다.

자기 겉옷을 챙기고는 자연스레 다른 사람의 소지품까지 챙겨 주는 은형이, 밝은 표정으로 그와 뭔가를 말하다 바로 옆에 선 유천영의 옆구리를 푹 찌르는 반여령, 그러자 미간을 움츠리다가 문득 나와 눈이 마주치자 표정을 살짝 푸는 유천영까지.

그리고 나는 테이블 위에 흩어진 은지호의 밝은 머리칼을 보았다.

한때는 이들과 다시는 이처럼 웃고 떠들지 못할 거라 믿었던 때가 있었는데. 그때의 기억들이 벌써 꿈처럼 희미했다.

어쩌면 그도 나처럼, 떨어져 있던 시간 동안 다시는 그때로 돌아갈 수 없을 거라고 믿고 있었을까?

잠시 머뭇거리다 나는 손을 들어 은지호의 밝고 푸석거리는 머리카락 사이에 쑤셔 넣었다.

내 딴에는 성의 있게. 음, 그러니까 친구네 강아지를 쓰다듬을 때보다 열 배 정도는 정성을 담아 쓰다듬은 거였는데, 은지호의 맘에는 들지 않은 모양이었다. 그가 그물에 건져진 망둥이처럼 펄떡하고 튀어 올랐다.

잠깐, 망둥이? 내가 스스로 떠올린 비유에 어이가 없어 키득키득 웃는데도 은지호는 눈치 못 챈 모양이었다. 대신 그는 나를 향해서 버럭 소리를 질렀다.

“야, 너는 좀 사람이 차가워질 필요가 있어!”

그제야 웃는 것을 멈춘 나는 입을 가리고 있던 손을 내리며 되물었다.

“갑자기 그게 무슨 소리야?”

“나를 앞으론 좀 차갑게 대하라고.”

잠시 망설이던 나는 조심스럽게 대답했다.

"나, 이 중에선 너한테 제일 차갑게 대하는 것 같은데…… 아닌가?"

그러자 은지호의 얼굴이 곧바로 일그러졌다. 아니, 하지만……. 나는 천천히 손가락을 꼽아 보았다. 친한 것과는 별개로 은지호에게는 윤정인과 비슷한 매력이, 다른 말로 하자면 주먹을 부르는 매력이 있었다.

그리고 나는 다시 은지호를 돌아보았다. 자기가 먼저 차갑게 대하랬으면서 무슨 대답을 기대한 건지, 씨근거리는 은지호의 뒤에서 주인이가 테이블을 탕탕 두드리며 정신없이 웃고 있었다.

"그건 맞지! 그건 맞아! 하하, 아하, 하……."

"너 그만 안 웃냐."

은지호가 주인이의 멱살을 잡고 탈탈 흔들거나 말거나, 주인이의 웃음은 그칠 줄은 몰랐다. 한바탕 난리가 난 우리를 은형이가 부드럽게 아울렀다.

"이만하고 가자. 더 시끄럽게 하면 여령이네 삼촌께도 폐가 되니까."

"아하, 하, 응, 가자."

겨우겨우 웃음을 수습한 주인이가 눈꼬리에 매달린 눈물을 살짝 닦고는 자리에서 일어났다. 그 모습을 부루퉁하게 지켜보던 은지호도 긴 다리를 휘적이며 테이블 사이로 빠져나왔다.

밤이 늦은지라 사대천왕은 우리를 아파트 앞까지 데려다 주겠다고 고집했다. 굳이 안 그래도 되는데, 납치 사건 이후로 이들이 얼마나 불안해하는지를 아는 나와 여령이는 잠자코 고개를 끄덕였다.

가는 길에 입도 심심하고 하니 편의점에 들러서 아이스크림이라도 하나 사 가자는 얘기가 나왔다. 나도 흔쾌히 동의하고는 걸음을 옮겼다.

날이 조금 춥기는 했지만 아이스크림을 못 먹을 정도의 날씨는 아니었다. 오히려 시원해서 아이스크림이 잘 녹지 않으니 딱 좋았다.

모처럼 향한 편의점에서 주인이는 또 특유의 모험 정신을 드러냈다. 아이스크림 냉장고에 바짝 얼굴을 들이댄 그가 홀린 듯 중얼거렸다.

"와, 망고랑 수박이랑 섞으면 대체 무슨 맛일까."

옆에서 은지호가 조금 질린 표정으로 대답했다.

"일단 사람 먹으라고 내놓은 맛은 아닐 것 같은데."

그러거나 말거나, 아이스크림 냉장고를 의욕적으로 뒤척이던 주인이는 문득 다시 말했다.

"대박, 라면 맛 아이스크림이래. 나 이것도 진짜 궁금한데. 이거 안 먹으면 잠 못 잘 것 같아."

"야, 장난해? 농담 아니고 진짜로 그걸 먹겠다고?"

너 그럼 나랑 절교할 줄 알아……. 어쩌고 하는 소리를 뒤로하고, 여령이와 은형이는 날씨가 조금 춥다며 음료수 냉장고 쪽으로 향했다.

나와 유천영은 계산대 앞에 멀뚱히 서서 그들 모습을 바라보았다. 우리 두 사람의 손에는 초코퍼지가 들려 있었다. 확고한 취향이 고민할 기회조차 허락하지 않았다.

멀뚱히 서 있던 내게 유천영이 문득 말했다.

“나가 있을래?”

“어? 그래. 그러자, 그럼…….”

조금 심하게 더듬대던 나는 황급히 돌아서서 문을 밀어젖혔다.

우리는 편의점의 유리 벽 밖에 나란히 서게 되었다. 나는 유리를 뚫고 나온 전등 빛에 비친 그의 옆얼굴을 보며 생각했다. 그와 이렇게 있어 본 게 얼마 만이더라? 아마도 체육 대회 즈음에 단둘이 대화한 이후로는 처음일 것이다.

문득 고개를 들어 어느새 남색이 된 하늘을 올려다보자, 그 위로 기억 속의 회색 하늘이 겹쳐졌다.

슬레이트 지붕 아래로 후드득 떨어지던 주렴 같은 빗방울, 잔뜩 늘어선 자전거들의 녹슨 냄새. 파란 우산 아래로 동그랗게 고이던 물웅덩이.

그때 나직한 유천영의 목소리가 나를 현실로 데리고 나왔다. 나는 잠에서 깬 것처럼 흠칫하며 고개를 돌렸다.

“왜 내 쪽 제대로 안 봐?”

"응?"

"드라마 얘기하고부터."

내가 그랬었나? 그렇게 생각하며 그의 눈과 똑바로 시선을 맞추자, 일순 푸른 눈에 비친 내 모습이 보이며 아주 이상한 기분이 들었다. 마치 과거의 영상들로 이루어진 홀로그램 속으로 들어온 듯한 느낌. 이 모든 일이 지금 일어나는 일이 아니라 이미 한참 전에 일어났던 것만 같은 느낌.

이건 어쩌면 유천영만이 중학교 때 처음 만난 이후로 거의 변한 것이 없어서일까? 그러고 보면 은지호도, 주인이도, 반여령도, 심지어 은형이조차 처음 보았을 때와는 꽤 많이 달라졌는데도 그만이 정말 여전했다.

그때 유천영이 다시 말했다.

"왜 안 보는데."

나는 비로소 손을 들어 흘러내린 머리카락을 쓸어 넘겼다. 내가 얼버무렸다.

"아니, 그냥……. 드라마에 나가는 게 보통 일은 아니잖아. 게다가 첫 작품인데 큰 작품에 들어간다고 하니까 더 걱정돼서. 그래서 계속 그거 생각하고 있었지."

"그것뿐이야?"

유천영의 예리한 물음에 나는 눈을 감으며 쓰게 웃었다. 이윽고 내가 다시 말했다.

"모델 일이랑 드라마 일은 많이 다르니까……. 유명세도 달라질 테고. 네 삶이 너무 많이 바뀔까 걱정도 되고."

"그래서?"

"그럼 너란 사람 자체도 많이 바뀔까, 그것도 걱정되고."

그렇게 말하며 나는 은근슬쩍 그의 시선을 피했다. 그가 내가 무슨 생각에서 저런 말을 했는지 다 읽어 버릴 것만 같아서였다.

그렇게 많이 바뀐 네가 나와 너무 멀어지지는 않을까, 자의로든 타의로든. 그게 제일 걱정된다고 차마 내 입으로는 도저히 말할 수 없었다. 친구가 기껏 새로운 영역으로 발돋움하는데, 저런 말을 해서 발목을 붙잡을 수야 없지.

그때 유천영의 대답이 들려왔다.

"안 바뀌어."

그의 단언하는 말에 눈을 잠시 깜빡이던 나는 이윽고 웃었다. 내가 되물었다.

"상황이 바뀌는데 사람이 어떻게 안 바뀌어?"

"다른 곳에서는 바뀌어 보일지도 모르지. 그래도 네 앞에서는 안 바뀌어."

마치 내 마음을 읽은 것 같은 말이었다. 잠시 흠칫하던 나는 다시 말했다.

"왜?"

"내가 연기에 관심이 생긴 건……."

유천영의 푸른 눈이 다시 굴러 나를 향했다. 이어진 그의 말에 나는 어안이 벙벙해졌다.

"……너 때문이니까."

"나? 왜?"

나는 진심으로 이해할 수가 없었다. 내가 연기와 무슨 관련이 있다고, 갑자기 나 때문에 연기에 도전해 보고 싶다는 마음이 든단 말인가? 아, 혹시 반여령에게 무슨 일이 닥칠 때마다 내가 상황을 모면하기 위해 꺼내는 혼신의 연기를 보고? 하지만 그건 말하자면 생존을 위한 연기에 가까운데…….

그때 유천영이 다시 고개를 돌리며 덧붙였다.

"너도 알겠지만, 내 성장 환경이나 성격이 일반적이진 않잖아."

"아, 응."

너도 알고는 있었구나. 하긴, 그렇게 유별난데 지금까지 자각 못 하는 것도 이상하겠지만……. 작게 고개를 끄덕이는 내게 그가 말을 이었다.

"그래서인지 몰라도 남의 감정을 이해하기 힘들어. 어떤 상황에서 어떤 감정을 느끼는지. 특히, 너는 더."

"……."

"그래서, 다른 사람들의 삶을 대신 살아 본다면 그런 게 좀 더 쉬워지지 않을까. 그런 생각을 했어."

그렇게 말하고 마치 반응을 기다리듯 다시 나를 돌아보

는 유천영의 모습에 나는 짧게 대답했다.

"응, 그렇구나……."

그 이상은 달리 할 말이 없었다. 남을 잘 신경 쓰지 않는 성품의 유천영이 나를, 또 누군가를 이해하지 못하는 것에 신경을 쓰고 있다는 의외의 사실에 놀란 것도 있었지만, 그보다는 그가 나를 이해하지 못하는 것은 결코 다른 사람들의 삶을 대신 살아 본다고 해결될 것이 아니기 때문에.

눈빛을 가라앉힌 내가 입속으로 중얼거렸다.

그러긴커녕, 다른 사람의 시선으로 바라볼수록 너는 나를 더 이해할 수 없게 될걸. 네가 나를 이해할 수 없는 이유는 다름이 아니라 이 세계의 누구도 알지 못하는, 오직 나만이 알고 있는 비밀 때문이니까. 사실대로 말한다면 어쩌면 유천영은 연기를 시작하지 않으려 할지도 모르지만, 물론 그럴 수야 없었다.

그렇게 생각하는 한편, 나는 내 마음이 몹시 모순적이라는 생각이 들었다. 내 가장 큰 비밀을 털어놓으면서까지도 유천영이 변하는 것을 막고 싶은 마음이라니. 왜 사람들은 자기 자신에게는 매일 새로워지고 발전할 것을 기대하면서, 다른 사람에게는 변치 않기를 바랄까?

그렇게 생각하면서 내가 유천영의 눈을 빤히 들여다보는 그때, 마치 겹겹이 쌓인 시간의 지층 속 내가 아는 그의 모습을 찾는 것처럼.

갑자기 짤랑 소리가 들려오며 반여령과 나머지 사대천왕의 잡다한 말소리가 편의점 밖으로 쏟아져 나왔다. 그것으로 우리를 둘러싸고 있던 기이한 분위기는 사라지고 말았다.

뒤를 돌아보자, 주인이를 향해 질색하며 말하는 은지호의 모습이 보였다.

"으, 기어이 라면 맛 아이스크림을 샀어."

그에 나와 유천영은 누가 먼저랄 것 없이 그쪽으로 다가가며 말했다.

"뭐?"

"어디, 나도 한 번."

혹시나 그 짧은 새 아이스크림이 녹아 없어지기라도 할까봐, 우리는 저마다 급하게 아이스크림을 한 입씩 물었다.

입안에서 아이스크림 덩어리가 녹아 가면서 배어 나오는 전혀 생각지도 못한 맛에 나는 계속 웃어 댔다. 물론 아이스크림 맛은 이걸 내 돈 주고 샀다고 생각할 때 결코 웃어 넘길 수 있는 수준이 아니었다. 한편, 나보다는 미각이 민감한 유천영은 한 덩이를 채 삼키지도 못하고 하수구에 도로 뱉어 냈다.

그를 본 주인이가 장난스럽게 외쳤다.

"아, 뭐야! 줬으면 먹어야지. 지금 내 성의를 무시해?"

"무시해?"

반여령이 기다렸다는 듯 장단을 맞추는 모습을 보며 나도 그들 사이에 섞여 유천영을 손가락질하며 킥킥 웃어 댔다.

마지막까지도 시끌벅적하게 떠들던 우리는 여느 때처럼 아파트 앞에서 갈라졌다.

"그럼 돌아가."

"잘 가. 조심히 가고."

반여령과 나란히 엘리베이터로 오르는 길에 나는 생각했다. 결국 또 나만이 뒤처질 뿐이지. 나는 엘리베이터의 옅은 조명에 비친 내 손을 빤히 내려다보았다.

어쩌면, 혹시나, 하는 생각들을 종종 하게 된다. 비 내리던 체육 대회 날, 유천영과 내가 슬레이트 지붕에서 얘기하던 바로 그 순간에 비가 그쳤더라면 너는 내게 무슨 말을 했을까? 우리는 어떻게 되었을까.

내가 그런 의미 없는 가정에 사로잡혀 있는 동안에도 그는 거침없이 앞으로만 나아가고 있다. 나와 모든 과거들을 그 자리에 내버려 두고서.

"단아?"

여령이가 부르는 소리에 나는 퍼뜩 고개를 들었다. 다른 생각을 하는 와중에도 몸은 착실히 걸어서 어느새 집 앞 복도에 도착해 있었다.

그러나 반여령이 나를 부른 것은 다른 이유였다. 난간에 팔을 걸치고 있던 여단 오빠가 문득 우리 쪽을 돌아보았다.

얇은 면 티 위에 걸친 카키색 카디건 자락이 흔들렸다.

남색 하늘을 등진 그의 얼굴은 평소보다도 창백해 보였다. 전혀 예기치 못한 만남에 굳어진 나를 내버려 두고, 여령이는 당연한 듯 뒤돌아섰다.

"나는 먼저 들어가 볼게."

"아, 잠깐만, 여령아……."

내 부름이 무색하게도 곧장 문을 연 여령이는 그 안으로 쏙 들어가 버렸다. 문 사이로 환영처럼 나부끼는 검은 머리카락을 멍하니 보던 나는 다시 고개를 돌렸다.

여단 오빠는 마치 마네킹처럼 복도 한가운데에 미동도 안 하고 서 있었다. 내가 그를 빤히 보다 말고 고개를 기웃하자, 그 작은 동작에도 여단 오빠가 바짝 긴장하는 것이 느껴졌다.

아니, 잠깐. 왜? 나는 의아하게 생각했다.

이건 마치 내가 무슨 중요한 얘기라도 하려고 그를 일부러 불러내기라도 한 듯한 분위기인데, 실은 우리 사이에는 아무런 약속도 없었다. 잠시 미간을 좁히고 있던 나는 걸음을 옮겨 여단 오빠에게 다가갔다.

그의 옆에 서서 두 손으로 아파트 난간을 짚자마자, 싸늘한 냉기가 내 팔을 타고 올라왔다.

아직 꽃샘추위가 가시지 않았구나. 아까는 하도 웃어 대서 그런지 덥기까지 해서 몰랐네. 내가 그런 생각을 하기가 무섭게 여단 오빠가 입고 있던 카디건을 벗었다.

놀란 나는 그의 손목을 붙잡으며 말했다.

"아, 아니야. 안 벗어 줘도 돼. 오빠 안에 나보다 춥게 입었잖아."

"그래도……."

"나는 교복 재킷까지 걸쳐서 괜찮아. 진짜 괜찮아, 오빠."

내가 거듭 말하자, 못내 어깨 아래로 미끄러지던 카디건을 다시 걸친 여단 오빠가 나를 물끄러미 보았다.

대화가 오간 게 언제냐는 듯 다시 어색한 침묵이 찾아왔다. 그 침묵을 견디지 못한 나는 이야기를 시작했다. 죄다 일상적인 것들뿐이었다. 학교에서 무슨 일이 있었다거나, 누가 웃긴 말을 했다거나, 공부는 잘 됐다거나 하는. 연인보다는 친구 사이에 가까운 이야기.

그것도 잠시, 마침내 얘깃거리가 동나자 입술만 달싹이던 나는 결국 입을 다물었다.

이상한 일이었다. 저번 겨울 방학 때는 분명히 학원 다니지 않는 시간 거의 전부를 붙어 있었는데도 할 얘기가 많았는데, 오늘은 3일이나 안 봤는데도 벌써 동이 나다니.

겨우 3일 안 봤다고 어색해지기라도 한 걸까? 하지만 여단 오빠와 나는 연인 사이라고 하기 이전에도 어렸을 때부터 이웃집에 살아왔고, 내가 기억하지 못하는 시절을 빼고도 4년 넘게 알아 온 사이인데.

그러나 우리 사이에 흐르는 이 긴장감은 틀림없는 진짜

였다.

애써 다시 말을 꺼내 보긴 했지만, 역시 우리 사이의 긴장감은 사라지지 않았다. 마치 폭발물이 든 상자를 계속 주고받으면서 상대방이 열어 주기만을 바라는 것 같았다. 서로 마음속에 담아 둔 말이 있는 건 확실한데, 아무도 먼저 꺼내려 하지 않았다.

그때였다. 불쑥 뒤를 돌아 문 쪽을 바라본 여단 오빠가 마침내 화제를 바꾸었다.

"오늘 약속, 여령이랑 있던 거였어?"

"어? 어, 응."

그러고 보니, 다른 얘기는 다 했으면서도 정작 오늘 방과 후에 있었던 일에 대해서는 말하지 않았네. 새삼스레 그 사실을 깨달은 내가 말을 이었다.

"사대…… 아니, 아니."

여단 오빠가 의아하게 보는 가운데 나는 고개를 내저었다.

여주인공 오빠라는 직위가 폼으로 있진 않을 테니, 여단 오빠는 사대천왕이라고 불러도 못 알아듣겠지. 설령 알아듣는다고 해도 그의 앞에서 그 호칭을 꺼내고 싶진 않았다. 우리의 연애만큼은 현실적인 영역에 두고 싶어.

한숨을 내쉰 내가 느릿느릿 말을 이었다.

"왜 있잖아, 우리 중학교 동창들. 은지호랑 주인이랑 은형이랑 유천영."

"아."

"오랜만에 그렇게 뭉쳐서 놀았어."

분명 그 사실을 모를 리 없을 텐데도, 여단 오빠는 왜인지 침묵에 잠겨 있다가 문득 떠오른 것처럼 말했다.

"아, 화해했다고 했지."

"응……."

설마 정말로 기억 못 하는 건가 싶어, 아무리 나한테 관심이 없어도 그렇지 그럴 리가? 하며 그의 얼굴을 자세히 살피던 나는 문득 말을 꺼냈다.

"아, 맞다. 오빠. 그리고."

"응?"

나는 새로운 화제를 찾았다는 생각에 전보다 밝아진 얼굴로 말을 이었다.

"유천영 말이야, 걔 글쎄 드라마 나간대."

그에 대답하는 여단 오빠의 목소리 또한 전보다 커졌다.

"드라마?"

"응, 대박이지."

그리고 나는 그가 묻지도 않은 드라마 내용까지 제멋대로 주절대기 시작했다. 이 정도는 이미 홈페이지에도 공개되어 있으니 상관없었다.

"'검은 비'라고, 수사물인데 곧 촬영 들어간대. 방영은 여름부터고."

왜인지 미적지근한 그의 태도에도 불구하고 나는 계속 떠들어 댔다.

“그리고 진짜 대박인 게 뭔 줄 알아, 오빠? 거기 이나라도 출연한대! 오빠도 알지? 몇 년 전쯤에 우리 엄마랑 오빠네 어머니랑 맨날 밤마다 모여서 〈푸른 불꽃〉 봤었잖아. 거기 나오던 그 여주인공 말이야.”

“아아, 응.”

“이번에도 방영 시작하면 오빠네 어머니랑 우리 엄마, 또 맨날 거실에 모여서 그거 보시지 않을까? 일단 이나라가 나오면 흥행이랑 연기력은 보장된 거고. 거기다 이번에는 유천영까지 나오니까.”

“응…….”

예의상의 반응마저 그만둔 듯한 그의 대답에, 나는 그제야 눈을 들었다. 조금 망설이다가 내가 물었다.

“오빠, 오늘 기분 안 좋아?”

“아니.”

“무슨 일 있어?”

“아니…….”

“그럼?”

다른 질문들에는 쉽게 대답했으면서, 정작 이 질문에는 입을 꾹 다무는 그를 이해할 수가 없었다. 완고하게 입을 다문 그를 물끄러미 보던 내 머릿속에 문득, 한 가지 생각이 스쳐 지나갔다. 아, 기분이 안 좋은 것도, 다른 일이 있는 것도 아니라면, 문제는 나인가? 내가 그의 대화 상대라는 것 때문에?

며칠 전부터 나를 괴롭혔던 문제들이 일제히 되살아나 내 머릿속을 들쑤셨다. 잠시 입을 다물고 미간을 좁히고 있던 나는 한참 만에 다시 말을 꺼냈다.

"오빠. 얘기 좀 해."

"그래, 해."

이번에도 주저 없이 돌아오는 대답에 미간을 조금 더 좁힌 나는 그를 올려다보았다. 내 사나운 눈빛에 당황해하는 그에게 내가 목소리를 높였다.

"나 말고 오빠가 먼저 말해."

"……."

"나한테 할 말 있지 않아? 할 말 있어서 오늘도 여기서 이렇게 연락도 없이 나 기다렸던 거 아니야? 또, 지금 이 태도는 어떻고. 내 생각에는 내가 내 할 말 하는 것보다 오빠가 할 말 하는 게 먼저일 것 같아."

"……."

"정말로 할 말 없어? 그러면 내가 먼저 말할까?"

여전히 입안에 꿀이라도 머금은 듯한 그를 보며 내가 말을 이었다. 사실 지금 답답해서 미칠 지경인 것은 나인데, 나와는 달리 아무렇지 않아 보이는 여단 오빠에게 재촉해 봐야, 별생각 없는 그에게 자꾸만 관심이나 마음을 요구하는 것 같아 기분이 좋지 않았기 때문이었다. 그래, 늘 그렇듯 목마른 사람이 먼저 우물 파는 법이지 뭐. 그런 생각과 함께 한숨을 내쉰 나는 입을 열었다.

"오빠. 나는 요즘 오빠랑 함께 있으면서 자꾸만 이런 생각이 들어. 만약 작년 가을에 내가……."

입술을 작게 깨문 내가 말을 이었다.

"만약 내가, 다른 애들과 싸우지 않았더라면. 은지호와도, 유천영과도, 그래서 누구와도 멀어지지 않았더라면."

"……."

"그래도 오빠가 나와 사귀었을까 하는 생각."

내 입에서 그 말이 튀어나온 순간 여단 오빠의 어깨가 크게 흔들렸다. 마치 그런 생각은 추호도 해 본 적이 없다는 것처럼. 하지만 나는 오히려 그가 어떻게 그런 생각을 한 번도 해 보지 않았을 수 있는지가 의문이었다.

앞서 내가 말했듯, 여단 오빠는 나와 연인이기 이전에 내가 거의 태어날 때부터 내 이웃집에 살았고, 나는 그의 여동생의 가장 친한 친구이자 또 한 명의 여동생이나 다름이 없었다.

그런 그가 내가 가장 친했던 친구들 거의 반절을 잃어버리고 홀로 울고 있었을 때, 손을 내밀어 주지 않을 수 있었을까? 물가의 어린아이를 보며 걱정하듯, 또 비 오는 날

길에 서서 홀로 비를 맞고 있는 사람을 보면 우산을 내밀 수밖에 없듯, 그 역시 나를 그저 혼자 내버려 둘 수는 없었던 게 아닐까? 더군다나 나는 몇 안 되는 그와 가까운 사이였다. 게다가 그는 본래 다정한 성격이기까지 하니까.

나는 그가 나에게 사귀자고 한 게 가짜이던 그의 감정이 진짜가 되어서라고 생각했지만, 생각해 보자면 내가 그의 눈 안에서 나에 대한 선명한 감정을 보았다고 생각한 것은 다 착각이었을지도 모른다. 아니, 착각이 아닐 리 없지. 어떻게 사람이 다른 사람의 감정을 그토록 선명하게 읽어 낼 수 있겠어?

생각을 거듭할수록 여단 오빠가 나에게 사귀자고 했던 이유는 다른 이유가 아니고, 단지 동정심 때문이었다는 생각이 머릿속에서 굳어졌다. 그렇게 결론 내린 나는 결국 다시 말을 꺼냈다.

"나는…… 여단 오빠가 정말로 나를 좋아하는 게 맞는지 묻고 있는 거야."

반쯤은 스스로를 찌르는 듯한 기분으로 뱉어 낸 말이었다. 하지만 어쩔 수 없었다. 너무도 다정한 여단 오빠는 내가 홀로 힘들어하는 모습을 보고 싶지 않아서 나와 사귀었으면서도, 끝끝내 나를 상처 줄 수도 없어서 헤어지자는 말을 먼저 꺼내지도 못할 것이다. 그렇다면 더 괴로워지기 전에 이쯤에서 정리하는 게 서로를 위한 선택일 것이다.

과연, 사귀는 사이라면 대답은 정해져 있는 거나 다름없는 질문에도 여단 오빠는 대답하지 않았다. 망설이는 시간이 길어질수록 그의 얼굴에 드리운 그늘 또한 짙어지는 것을 보며 나는 생각했다. 아, 역시. 우리는 여기까지인 거구나. 내가 조금 더 빨리 알아채 줬어야 했는데, 그러지 못한 것이 미안할 따름이었다. 얼마나 내 감정과 상황에 매몰되어 있었으면.

그리고 작게 심호흡을 한 내가 마침내 이별의 말을 꺼내려던 찰나였다. 갑자기 돌아온 말에, 나는 눈을 깜빡이며 숨을 멈추었다.

"뭐라고?"

"미안."

그의 갑작스런 사과에 놀란 건 아주 잠시였다. 나는 곧바로 그의 말을 해석하기 위해 잘 돌아가지 않는 머리를 굴렸다. 역시, 내게 잘못한 것도 없는 그가 굳이 사과의 말을 꺼내는 건 이런 의미에서겠지? '너를 좋아하지 않는데 사귀어서 미안해.' 혹은, '내 감정을 착각해서 미안해.'

이미 각오한 대답이었음에도 불구하고, 막상 그것을 듣자 작지 않은 충격이 찾아왔다. 심장 안에 쇠공이라도 들어앉은 듯 가슴이 묵직해지더니 숨쉬기가 조금 버거워졌다. 그런 통증을 내색하는 대신 가슴에 손을 올리고 크게 숨을 내뱉으며, 내가 되뇌었다.

아무튼 평정심을 잃어선 안 된다. 내 눈앞에 있는 것은 나와 반년간 사귀었던 사람 이전에 여단 오빠라고. 우리 가족들의 사이를 생각했을 때 우리의 앞에는 함께해야 할 나날들이 아직도 너무 많았다. 그러니 좋은 마무리를 지어야만 하는데. 그렇게 되뇌다 말고, 나는 다시 미간을 찌푸렸다.

하지만 좋은 마무리가 도대체 뭘까? 아직 누군가와 사귀는 것에도 익숙해지지도 않았는데 첫 이별을, 그것도 좋게 해야 한다니. 그게 도대체 어떻게 하는 건데?

그때 여단 오빠의 말이 다시 들려왔다.

"내가 잘못했어. 뭐든 내가 잘못했으니까……."

나는 멍하니 고개를 들고 되물었다.

"뭐?"

"헤어지자는 말만 하지 마."

그의 마지막 말이 내 귀를 흐르고 지나간 뒤에, 나는 도대체 뭐라고 해야 할지 몰라 눈만 깜빡였다. 아니, 하지만 방금 나를 좋아하냐는 물음에는 미안하다며? 그런데 내가 어느 장단에 맞춰야 할지…….

그때, 그가 참지 못한 것처럼 말을 이었다.

"내가 요즘 이상했을지도 모른다는 거 알아. 그래도 그 말만은 하지 말아 줘. 대신에 마음에 안 드는 게 있다면, 말해……. 그러면 내가 최대한 고쳐 볼게."

"……."

그를 여전히 어리둥절하게 쳐다보던 나는 눈을 두어 번 깜빡이고 입을 열었다. 내가 말을 꺼냈다.

"오빠. 나는 오빠한테 화를 내려던 게 아니야. 그보다……."

내 말에 눈에 띄게 안색이 밝아지는 그에게 내가 다시 말했다.

"그럼 아까 내가 물어본 말에 왜 미안하다고 한 거야? 오빠가 나를 안 좋아해서 나와 헤어지고 싶은 게 아니었다면."

그러자 눈을 굴리며 머뭇대던 그가 대답했다.

"그건 네가……. 나랑 사귄 걸, 후회하는 것처럼 말해서."

"엥? 내가 언제?"

"하지만 방금……."

눈을 굴리며 내 말을 천천히 곱씹는 듯하던 그가 다시 말했다.

"방금 네 말뜻, 네가 그 애들과 싸우지 않았더라면…… 그렇게 힘들지 않았더라면 나와 사귀지 않았을 거란 얘기가 아니었어?"

"무슨 소리야? 오히려 나야말로 여단 오빠가 내가 그런 상황이었기 때문에 날 좋아하지도 않으면서 사귀어 준 거라고 생각했는데."

그러자 눈을 찌푸린 그가 단호하게 말했다.

"아니야. 절대 아니야."

"어, 으응. 그래……."

방금 내 생각이 오해였다는 것을 깨닫자마자 가슴 부근에서 화하게 번져 나가는 안도감과 함께, 뒤늦은 민망함이 몰려왔다. 내가 나도 모르게 두어 걸음 물러나자, 그런 내 동작을 뭐라고 생각한 건지 여단 오빠가 불안한 얼굴로 손을 내밀었다.

아무튼 방금 그를 오해까지 한 주제에 그의 손을 쳐 낼 수도 없어서, 나는 얌전히 그가 잡아끄는 대로 그와 코앞에서서 마주 보았다. 잠시 곤혹스러워하던 나는 문득 말했다.

"아, 그것보다."

"응?"

조금 더 가까이 고개를 숙이는 그에게 내가 말을 이었다.

"오빠가 스스로 이상하다는 걸 알고 있었다면, 뭔가 문제라거나 고민거리가 있긴 있었다는 거잖아? 그게 뭐였는지 말해 줘. 아까처럼 말없이 서 있지만 말고."

"그건……."

방금까지 밝았던 여단 오빠의 안색이 다시 눈에 띄게 변했다. 한참을 머뭇대던 그가 간신히 입을 뗐다.

"어떻게 말해. 네가 친구들이랑……."

그러더니 그는 자괴감 어린 표정으로 끝내 말을 잇지 못했다. 그를 빤히 보던 내가 다시 물었다.

"내가 친구들이랑? 뭐?"

한 손을 들어 얼굴을 가리기까지 한 그가 자괴감 가득한 목소리로 말을 맺었다.

"네가, 친구들이랑 싸웠을 때가…… 더 좋았을지도 모른다는 생각이 들었다고."

"……."

"어쩌면 너는…… 단지 그때 힘든 상황이었기 때문에 내 고백을 받아 준 게 아닐까, 그런 생각이 들어서."

"아니, 잠깐잠깐."

나는 몹시 당황하며 입을 열었다. 비에 젖은 개처럼 불쌍한 눈빛으로 나를 물끄러미 쳐다보는 그에게 내가 말을 꺼냈다.

"왜 그런 생각을 해? 여단 오빠가 나에 비해 부족한 데가 어디 있다고? 그러긴커녕, 오빠가 고백하면 누구라도……."

그러다 말고 문득 루카스의 말을 떠올린 나는 입을 다물었다.

'어쩌다 좋아하게 됐는데?'

'아니, 그런 보편적인 기준 말고.'

'너 말이야. 내가 앞으로 이 사람보다 더 좋은 사람 만날 수 있을까, 그런 생각 하고 있는 거 아니냐?'

거기까지 떠올린 나는 속으로 되뇌었다. 아니야, 이런 이유 말고 내가 여단 오빠를 좋아할 수밖에 없는 이유를 말해야지. 그러면서 내가 입을 열었을 때, 그가 다시 말했다.

"하지만…… 나도 첫 연애니까, 내가 연상인데도 잘 못 이끌어 주는 것도 미안하고……. 또, 친구라고 있는 놈들이 다 또라이라서 마주칠 때마다 너 피곤하게 하는 것도 미안하고……."

"아니, 뭐 고작 그런 것 때문에……."

그런 거로 사귀는 상대에게 미안해해야 한다면 나야말로 미안할 이유가 수십 가지는 되었다. 그때 여단 오빠가 다시 말했다.

"그리고 가장 미안한 건……."

"응?"

"내가 널 힘들게 할 이유가 이렇게 많은데도…… 지금 마음으로는 도저히 헤어져 줄 수 있을 것 같지가 않아서."

"……."

"내 어떤 점이 널 힘들게 했든, 말해 주면 다 고칠 테니까……. 제발 그 말만은 하지 마."

다시금 비에 젖은 개 같은 눈으로 나를 보며, 울 것처럼 그렇게 말하는 여단 오빠를 보다가 조용히 한숨을 쉬자마자 여단 오빠가 다시 물었다.

"한숨은 왜 쉬어?"

"아, 아니. 이건 그냥 안도의…… 뭐랄까, 그냥, 허무해서."

그리고 나는 여전히 불안해 보이는 그의 눈빛을 보며 생각했다. 세상에, 이제는 한숨도 마음대로 못 쉬겠네. 그것도 잠시, 문득 고개를 든 나는 그에게 귓속말할 것이 있다는 것처럼 손짓했다. 의아해하면서도 순순히 고개를 숙이는 그의 입에 내가 갑작스럽게 입 맞추었다.

얼어붙는 것도 잠시, 이윽고 눈을 휘둥그레 뜬 여단 오빠가 떨리는 목소리로 말했다.

"왜 갑자기……."

"오빠 안심시켜 주려고."

"안심이라고?"

여단 오빠가 여전히 어안이 벙벙한 얼굴로 대꾸했다.

"나는, 네가…… 나한테 화를 낼 줄 알았어."

"화? 왜?"

"내가…… 그런 말을 했으니까. 너와 친구들이 싸우는 걸 바라는 것 같은……."

"오빠가 그걸 바란다고 해서 진짜로 싸우게 되는 것도 아닌데 뭐."

그러자 그의 표정이 미묘해지는 것을 본 내가 재빨리 덧붙였다.

"그보다도, 나는 오빠가 나한테 정말로 아예 관심이 없는 줄 알았는데. 그래서 나한테 누구를 만나는지, 지금 누구하고 있는지도 묻지 않는다고 생각했어."

"아니야, 그건……."

다급하게 대답하는 그의 모습에 내가 다시 물었다.

"나를 좋아하면서, 왜 그런 건 안 궁금해했어?"

"그건…… 한 번 아까 말했던 것 같은 생각을 깨닫고 나니까, 내가 보통 때 같으면 절대 할 리 없는 생각을 자꾸만 하게 되니까, 정상이 아닌 것 같고, 두려워져서."

그를 물끄러미 보던 나에게 그가 다시 말했다.

"어디까지 간섭해도 좋을지 알 수가 없었어. 예전과는 달리 여령이를 제외한 네 주위의 모든 게 신경 쓰이고 마음에 걸리는데, 그것들에 대해 내가 전부 간섭해도 괜찮을 리가 없잖아……. 내 기준이 정상이 아닌 건 분명하니까, 네가 이걸 알면 날 질려 하거나 싫어할까 봐 무서웠어."

"그래서……."

잠자코 듣고 있던 내가 마침내 입을 열었다.

"그래서 아예 나에 대한 모든 관심과 질문을 끊고 아예 꺼내지도 않기로 했다."

"……."

말없이 입을 다물고 다른 곳을 보는 그에게 나는 가볍게 웃어 보였다.

"오빠, 오빠는 사람이 왜 그렇게 극단적이야. 똑같이 연애가 처음인 나도 그게 답이 아니란 건 알겠어. 물론 서로의 요구 사항을 모두 맞출 수는 없겠지만, 적어도 대화를 해 봐야 서로의 한계가 어디까지인지를 알 수 있을 거 아니야. 안 그래?"

눈을 내리깔고 더더욱 민망하다는 얼굴로 입을 다무는 그에게 내가 손을 내밀어 그의 손을 깍지 껴 잡았다. 깍지 낀 손을 물끄러미 내려다보는 그에게 내가 다시 말했다.

"오빠, 물어봐도 돼. 궁금한 거 있으면 일단은 생각하지 말고 다 물어봐. 아니다 싶으면 내가 말할게. 그럼 다음에는 그 질문은 안 하면 되지."

"지난주 금요일에 만났던 걔는 누구야? 그리고 횡단보도 건너편에서 같이 서 있던 걔는 또 누구야? 은지호랑 유천영, 걔들이랑은 화해하고 나서 어떤 얘기를 했어?"

내 말이 끝나자마자 기다렸다는 듯 쏟아지는 질문에 나는 웃음을 참으며 고개를 끄덕였다. 그러자 표정이 떨떠름하게 변한 그가 거듭 되물었다.

"이런 것들까지 물어봐도 돼?"

"오빠랑 나 사이잖아. 사귀는 사이."

이런 사이가 아니면 누구랑 그런 얘기를 하겠어? 내가 되묻자, 조금 울 것 같은 눈으로 나를 내려다보던 그가 문득 깍지 낀 손을 당겼다. 얼떨결에 그의 품에 끌어안긴 나는 몸의 균형을 찾으려다 말고, 나를 단단히 지탱하는 그의 품에 얌전히 기댔다. 평소에도 수도 없이 하는 특별할 것 없는 포옹이었으나, 방금 한 차례 위기를 겪어서인지 전보다도 특별하고, 어쩐지 애틋하게 느껴졌다.

마치 시간의 흐름도 잊은 것처럼 그러고 있던 우리는 아파트 단지 쪽에서 빵, 하고 경적이 크게 울리고서야 정신을 차렸다. 그의 품에서 후다닥 떨어져 나온 나는 문득 시간을 확인하고는 말했다.

"아, 오, 오빠. 우리 아직 월요일밖에 안 됐어. 앞으로 학교 갈 날이 4일이나 남았는데 일찍 자야지."

"응."

여단 오빠는 일말의 웃음기마저 담긴 눈으로 나를 부드럽게 내려다보며 대답했다. 분명히 방금까지만 해도 우울해하고 불안해하는 그를 내가 달래는 형국이었는데, 왜 갑자기 뒤바뀌어 버린 거람. 잠시 의아해하던 나는 곧 몸을 돌리며 말했다.

"오빠, 그럼 잘 자. 방금 물어봤던 것들, 내일 다 말해 줄게. 그거면 되지?"

"응."

"또 있으면 말하고."

"아직은 괜찮아. 그보다……."

나를 따라 자기 집 앞에 서서 번호키를 누르려다 말고, 문득 말끝을 흐리는 그에게 내가 다시 고개를 돌리며 물었다.

"응?"

"드라마, 그거……. 안 보면 안 돼?"

내가 채 뭐라고 대답하기도 전에, 멍해진 나를 내버려 두고 홀로 비밀번호를 누른 여단 오빠는 문 안으로 쏙 사라져 버렸다. 그제야 정신을 차린 나는 눈을 깜빡이던 것도 잠시, 결국 문에 이마를 기대며 웃음을 쏟아 냈다.

집 안에 있는 엄마에게 들릴까 봐 소리를 죽이려고 온 힘을 다하는 한편, 나는 중얼거렸다. 아, 유천영이 드라마에 나온다는 얘기를 했을 때 여단 오빠의 표정이 안 좋던 건 다른 이유가 아니었어. 질투하고 있었던 거구나, 여단 오빠.

그리고 나는 다시금 웃음을 삼키며 중얼거렸다.

"날이 갈수록 왜 저렇게 귀여워지지, 진짜?"

달아오른 뺨을 식히려면 아무래도 꽤 오랫동안 더 바깥에 있어야 할 것 같았다.

* * *

바로 다음 날, 나는 여단 오빠와 다시 만나 최근 내게 있었던 일들에 대해 간단히 설명했다.

황시우란 유급한 선배가 우리 반 분위기를 이상하게 만들고 있고, 나와 친한 친구 윤정인과 이민아는 각각 반장과 부반장이기 때문에 그에 휘말리지 않기가 힘들다는 것. 그리고 마지막으로 괴롭힘의 표적이 되고 있는 반휘혈의 존재까지.

그때까지 묵묵히 듣고 있던 여단 오빠가 물었다.

"전에 횡단보도 맞은편에서 봤던 걔?"

"응, 걔야. 아, 그전에도 오빠랑 만났던 적 있어. 우리 아파트 뒷골목에서."

여단 오빠는 말없이 한쪽 눈썹을 추켜올렸다. 기억 안 난다는 뜻이 분명하기에 내가 다시 말했다.

"나, 옛날에 내가 깡패들한테 쫓겨서 막 도망가려는데 마침 오빠가 나타났던 그날 있잖아. 내가 왜 이 시간에 여기 있냐고 하니까 오빠가 야자 하기 싫어서 째고 나왔다며."

"아."

"그래, 그때 오빠가 구해 줬던 걔. 걔가 반휘혈이야."

그러자 잠시 생각에 잠기는 듯하던 그가 다시 꺼낸 말에 나는 놀랐다.

"……어디 가서 맞고 다닐 몸으로는 안 보이던데."

그때 반휘혈이 얻어맞는 모습밖에 못 본 여단 오빠가 어떻게 그의 강함을 눈치챈 거지? 싸움 잘하는 사람들끼리는 서로 알아볼 수 있는 뭔가가 있는 걸까?

여단 오빠도 인근에서 지옥의 도살견이란 별명으로 은근히 불리는 것 같던데……. 그렇게 애써 잊고 있던 사실을 떠올려 버린 내 안색이 흐려졌다.

그러다가 문득 고개를 도리질한 나는 속으로 외쳤다. 아니야, 별명이 그러면 어때! 나한테만 사람이면 됐지! 그러면서 의아한 눈길을 보내는 여단 오빠의 손을 덥석 잡은 나는 말을 이었다.

"아, 아무튼. 그래서 내가 좀 도와주려고 하다 보니까 요즘은 학교에서 같이 밥 먹고 있어. 아, 물론 단둘은 아니고, 김 쌍둥이 알지? 김 쌍둥이랑 같이."

"정말 엮여도 괜찮겠어?"

여단 오빠가 조심스럽게 물어 온 말에 나는 흔쾌히 고개를 끄덕였다.

"응. 황시우 걔 하는 짓만 요란하지, 실속은 하나도 없어서. 여단 오빠 반의반의 반의반도 안 무서워."

"내가 널 무섭게 한 적이 있어?"

"음……."

이런, 날카로운 질문이군. 내가 어색하게 여단 오빠의 시선을 피하자 그도 더는 묻지 않았다. 그의 소매를 둥글게 말아 쥔 내가 말을 이었다.

"그런데 진짜 걱정 안 해도 돼. 내가 걔랑 엮여서 위험할 일은 하나도……."

순간, 골목길에서 마주쳤던 적자생존론 추종자가 머릿속을 스치는 바람에 나는 잠시 굳어졌다. 이윽고 나는 고개를 휘휘 내저었다.

아니. 이때 왜 하필 그 기억이 떠오르고 그런담. 게다가 그 사람은 반휘혈과 관련 있던 사람도 아니었잖아? 반휘혈이 아니라 나를 따라온 사람이었으니까. 반휘혈은 어디까지나 사건이 일어나던 도중에 우연히 나타난 것뿐이고.

그리고 고개를 든 내가 말을 이었다.

"아무튼 괜찮아! 괜찮을 거야, 아마."

"으음."

여전히 석연찮은 표정의 여단 오빠를 보며 히히 웃던 나는 문득 덧붙였다.

"아, 그런데 하나 걸리는 건 있다. 아직 확실한 건 아니지만."

"응?"

다정하게 고개를 숙이는 그의 귓가에 대고, 나는 엄청난 비밀이라도 말하는 것처럼 소곤거렸다.

"그게, 얼마 전부터 돌기 시작한 소문인데. 모의고사 끝나던 날에 루다가……."

* * *

"에이, 야. 솔직히 그게 말이나 되냐?"

3월 모의고사가 끝나고, 루다가 번화가에서 황시우 패거리와 어울려 다니는 것을 봤다는 목격담이 쏟아지자 윤정인은 고개를 내저었다. 신서현과 김 쌍둥이의 반응도 한결 같았다.

"내가 모르기는 잘 몰라도, 이루다가 황시우처럼 시끄러운 녀석들 딱 질색하는 건 아는데."

신서현의 말에 이어 김혜힐 또한 말했다.

"맞아. 이루다 걔, 자기랑 친한 애들이 시끄럽게 해도 당장 닥치라는 말부터 튀어나오잖아. 그런데 설마하니 황시우 같은 애를 봐주겠어? 약해 보이기 싫어서 일부러 요란하게 구는 애를."

"키야, 김혜힐. 내가 여동생이 아니라 한 마리의 맹수를 키웠구나."

"꺼져, 오빠."

턱을 매만지며 감탄하는 김혜우에게 김혜힐이 싸늘하게 대꾸했다.

그렇게 대화가 일단락되는 것도 잠시, 등쌀에 떠밀려 황시우의 개인 홈페이지를 보게 된 우리는 그대로 할 말을 잃었다. 아, 사생활이 없는 현대 문물의 슬픔이여.

황시우의 개인 홈페이지에 올라온 최근 게시물 열 개는 전부 이루다와 찍은 사진이었다. 노래방이나 피시방, 신기록을 달성한 오락실 펀치 머신 앞에서 황시우와 어깨동무하고 웃고 있는 이루다의 모습은 마치 몇 년은 된 친구 사이처럼 자연스러웠다. 오죽하면 이루다가 고작 2, 3년 전 어머니의 손에서 달아나 한국으로 도망쳐 왔다는 것을 아는 나조차 '루다, 사실은 한국 출신이던가? 황시우와 같은 중학교를 나왔었나?' 싶어질 정도였다.

황시우의 프로필 사진마저 이루다와 같이 찍은 사진이었다.

워낙 얼굴을 가깝게 해서 이루다의 환한 금색 머리카락이 황시우의 뺨에 조금 닿아 있는 것을 본 나는 황시우가 있는 쪽을 돌아보았다. 내가 눈을 가늘게 뜨며 중얼거렸다.

"어쩐지 요즘 기세등등하다 했더니."

과연 내 말대로, 그는 최근 교실의 왕이라도 된 것처럼 굴고 있었다. 예전에는 윤정인이 조용히 하자고 말하면 코웃음을 치면서도 몇 분 정도는 입을 다물었는데, 요즘은 도리어 책상을 발로 걷어차며 보란 듯이 더 요란하게 굴었다. 생각해 보면 소음에 예민한 루다가 그때부터 아무런 제지를 하지 않았다는 게 이상했다.

그건 결국 루다가 언젠가는 황시우 편을 들 거란 예고였을까? 내가 슬쩍 루다를 바라보니, 그는 수업 종이 울리자마자 그의 자리로 찾아와 떠드는 황시우를 연신 생글거리며 보고 있었다. 루다가 원래 웃음이 그리 헤픈 편은 결코 아닌데…….

나는 다시 한숨을 내쉬었다. 지금 누군가 저 둘을 본다면, 이루다가 학기 시작하던 첫날부터 황시우를 끌고 옥상에 갔더라고 믿기나 할까?

인간관계라는 건 원래 복잡한 것이고, 특히 학교처럼 무리가 복잡하게 나뉘는 곳에서는 더욱 그렇다. 무리 간에 싸움이 일어나 자연스럽게 적대 관계가 되었던 애와 갑자기 화해하는 경우도 있고, 그러다가 의외로 마음이 잘 맞다는 것을 알게 되어 단짝으로 발전하는 경우도 있다. 아마 황시우와 이루다도 그런 경우겠지.

아니, 하지만……. 입술을 깨문 나는 문득 고개를 내저었다. 그래도 그렇지, 패거리까지 데리고 와 반휘혈을 구타하던 황시우를 어떻게 좋게 생각하란 말인가? 그렇다고 루다에게 내가 가서 '그 녀석, 나쁜 녀석이니 친하게 지내지 마.' 하고 간섭하는 것도 이상하고.

내가 확실히 알 수 있는 것은 단 한 가지였다. 만약 루다와 황시우가 갈수록 친해진다면, 나는 그만큼 루다와 멀어질 수밖에 없다는 것.

다시 한숨을 내쉰 나는 엎드려서 두 팔에 얼굴을 묻었다. 루다와 처음 같은 반이 되었을 때는 도대체 2학년 때 무슨 일이 일어나려고 그러나 걱정되는 반면, 설레는 마음도 있었는데. 이제는 차라리 같은 반이 되지 않았더라면 더 좋았을 거라는 생각이 들다니.

역시 인생은 알 수 없는 거야……. 그렇게 중얼거리며 눈을 꾹 감는 내 앞에 방금 보았던 반휘혈의 모습이 어른거렸다. 그는 이루다와 황시우가 밝은 빛 속에서 떠드는 동안 맨 뒷자리에서 거대한 몸을 최대한 웅크리고 있었다.

마치 세상에서 그가 차지하는 부피를 최대한 줄이려는

듯이.

모두들 자기가 차지하는 부피나 존재감을 키우려고 혈안인 세상에서, 그의 그런 모습은 내게 무척이나 이상하게 보였다.

이대로 황시우와 이루다가 차지하는 공간이 짐점 넓어진다면 반휘혈이 점점 자기 몸을 웅크리다가 언젠가는 정말로 사라질까 봐 나는 조금 겁이 났다.

* * *

날이 갈수록 황시우의 언행은 도를 넘어섰다. 오죽하면 중립을 지키던 애들이 윤정인에게 와서 '반장으로서 저 녀석 좀 말려 보라.'고 호소할 정도였다.

그러나 황시우는 말로 해서는 들을 녀석이 아니었다. 그렇다고 해서 윤정인이 먼저 나서서 그 녀석 책상이라도 엎었다가는 그거야말로 학급 임원으로서 할 일이 아니고.

급기야 윤정인은 머리를 감싸 쥐고 이렇게 지껄이기까지 했다.

"차라리 저 녀석이 홀까닥 돌아 가지고 내 멱살 잡으면서 '계급장 떼고 한판 붙어!' 했으면 좋겠다. 나는 24시간 열려 있으니까."

"네가 무슨 편의점이냐?"

신서현이 질렸다는 듯 중얼대도 아랑곳 않고, 윤정인은 차라리 치고받고 싸우기라도 하면 속 편하겠다고 끙끙거렸다. 옆에서 잠자코 듣고 있던 나도 그 말에 동의했다. 그러게, 차라리 그런 방법으로 덤벼들면 속이라도 편하지.

최근 황시우는 방법을 바꾸어 설문지나 숙제를 안 내거나, 청소를 땡땡이치거나, 학급 준비물을 엉뚱한 곳에 가져다 둔다거나 하는, 별로 중요한 건 아닌데 해결하기는 귀찮고 누가 했는지 알기도 어려운 그런 일들만 골라서 저지르고 다녔다.

게다가 그 일들의 뒷수습은 대부분 반장에게로 돌아오니, 윤정인으로서는 돌아 버릴 수밖에. 게다가 그런 일이 계속되면 결국 혼나는 것은 학급 전체가 되는데, 그때마다 황시우 패거리는 어디 가고 없거나 딴청을 피우고 있고.

이민아도 기가 막히다는 듯 말했다.

"쟤 이루다랑 친해지고 나서는 자기가 날개 달린 호랑이라도 된 것처럼 구는데, 웃겨. 이루다가 날개라는 건 인정하겠는데, 그래도 그렇지 지가 호랑이라는 건 무슨 자신감이야?"

내가 심각했던 것도 잊고 작게 웃는 사이, 옆에서는 김혜우가 김혜힐의 독설을 들었을 때와 똑같은 표정으로 박수를 치기 시작했다.

그때 갑자기 나를 돌아본 민아가 외쳤다.

"아, 맞아. 그리고 걔!"

"응?"

나는 어리둥절해서 말을 이었다.

"설마 걔, 나에 대해서도 뭐라고 하고 다녀?"

도대체 나 같은 송사리를 까서 뭐 하려고 그러냐, 껍질을 까 봐야 알맹이도 얼마 안 나올 텐데. 그러다 말고 내가 반휘혈을 구함으로써 황시우의 계획에 지대한 지장을 주고 있다는 것을 떠올린 나는 고개를 끄덕였다. 아니, 뭐. 그 이유라면 그럴 수 있지, 그럴 수 있어.

그런데 이민아가 분한 얼굴로 다시 외쳤다.

"아니! 이루다가 너랑 친한 걸 알아선지 대놓고 그러진 않아. 그런데 걔."

"그럼 뭐?"

"대신 걔 요즘 유천영에 대해서 뭐라고 하고 다닌단 말이야!"

한 박자 늦게 내가 뻐끗한 목소리로 되물었다.

"뭐? 유천영?"

내 황당하다는 반응을 본 민아가 책상을 탕 치며 외쳤다.

"야, 그치! 너도 어이가 없지! 아니, 자기가 무슨 유천영 라이벌이나 된다고, 경쟁심을 느끼는 게 말이나 돼?"

"음, 아니, 뭐. 어이가 없긴 한데 별로 화나진 않는데."

"왜? 너희 친구 아니야?"

배신이라도 당한 듯한 민아의 반응에 나는 고개를 내저으며 침착하게 말했다.

"아니, 그런 게 아니라……. 나는 유천영에게 앙심을 품은 녀석들이 어떻게 되는지 봐 와서."

"왜? 어떻게 되는데?"

이민아의 옆에서 김 쌍둥이와 윤정인 또한 흥미롭다는 눈으로 이쪽을 돌아보았다. 그런 걸 보면 무슨 재벌 2세의 돈이 튀고 피가 튀는 화끈한 복수 같은 걸 기대한 모양인데, 그런 게 전혀 아니라서 아쉽게 되었다.

나는 다만 힐끗 창문 밖의 먼 산을 바라보고는 말했다.

"그런 녀석들, 아무리 있는 힘껏 시비를 걸어도 유천영이 무슨 반응을 하긴커녕 관심도 안 가져 주니까, 싸움은 시작조차 못 해 보고 결국 제풀에 지쳐서 화병 나는 게 대부분이던데……."

복잡한 표정으로 그 말을 듣고 있던 김혜힐이 문득 대꾸했다.

"어떤 의미에서 제일 강적이네."

말없이 고개를 끄덕이는 나에게 잠시 넋을 놓고 있던 이민아가 다시 외쳤다.

"아, 아니, 아무튼 그래서! 황시우가 걔에 대해 뭐라고 하고 다니는 줄 알아?"

"뭐라고 했는데?"

그것만은 궁금했기에 나는 순순히 되물었다.

"유천영이 이번에 드라마 나가는 거, 전부 집안이 좋은 덕분이라고. 돈을 얼마나 쓴 거냐느니, 연기를 발로 해도 드라마 나갈 수 있어서 좋겠다느니 하면서 빈정거리더라니까! 유천영이 연기하는 거 아직 본 적도 없는 주제에, 내가 다 어이가 없어서!"

말해 놓고 보니 더욱 분한 듯 이민아는 목소리를 키웠지만 나는 도리어 침착해졌다. 아, 그렇지? 역시 유천영을 욕할 때 집안 얘기는 언제나 빠짐없이 나오더라고.

그러던 내 옆에서 예상치 못하게도 적극적으로 반응한 것은 김 쌍둥이였다. 그들은 하나같이 분개한 얼굴로 말했다.

"뭐? 너무했네. 어떻게 그런 말을……."

"그러게, 우리가 유천영 그 녀석이랑 그렇게 친한 건 아닌데, 그래도 그 말은 진짜 말도 안 된다."

"야, 그치! 내가 진짜 어이가……."

분한 듯 말을 잇던 이민아는 이어진 그들의 말에 짜게 식은 표정이 되었다.

"걔는 집안보다는…… 얼굴이지."

"맞아, 걔는 집안이 아니라 얼굴로 들어간 거야. 말은 바로 하라 그래."

그들의 말을 듣다못한 내가 조용히 끼어들었다.

"너희는 실드를 왜 치다 마니."

드라마를 집안으로 들어갔다는 거나 얼굴로 들어갔다는 거나, 거기서 거기잖아…….

그때, 머리 위에서 수업이 끝났음을 알리는 종이 울렸다. 지난 시간 수업이 일찍 끝났기 때문에 이제야 비로소 쉬는 시간이 시작된 것이었다. 나는 시간표를 돌아보았다.

"다음 수업이 뭐더라."

제발 체육은 아니기를 속으로 기도하는데, 내가 채 시간표를 확인하기도 전에 일제히 사물함으로 달려간 애들이 체육복을 꺼냈다. 그 모습을 보며 내 표정은 일그러졌다.

내 옆에서 김혜힐도 체육복을 꺼내며 말했다.

"체육이야. 그것도 오늘이 수행 평가 날. 그동안 연습은 많이 했어?"

그에 멍하니 있던 내가 대답했다.

"아, 응. 주말에 좀 하긴 했는데, 나는 아무래도 공이랑 친해질 수 없는 몸인가 봐. 여령이랑 여단 오빠가 도와주는데 공이 어찌나 사방으로 튀는지, 그럴 때마다 잡으러 가는 둘한테 너무 미안해서 절이라도 할 뻔……."

"으음."

말없이 신음을 삼키는 김혜힐을 두고 나는 문득 창밖을 보았다. 오늘 아침부터 지금까지 장대비가 계속 쏟아지고 있었다.

운동장의 철봉 밑마다 물웅덩이가 고인 모습을 물끄러미

보던 내가 불쑥 말했다.

"오늘 체육 취소되지 않을까?"

그러기가 무섭게 갑자기 앞문이 벌컥 열리더니 옆 반 애가 들어왔다.

"오늘 체육 체육관으로 오래!"

그 말만 외치고 쏜살같이 사라지는 그의 모습을 보며 나는 얼굴을 구겼다. 이윽고 김혜힐이 손을 뻗어 내 등을 두드렸다.

결국 미적미적 체육복을 꺼낸 나는 김 쌍둥이와 함께 뒷문에 섰다. 우리는 반휘혈의 자리를 향해 외쳤다.

"휘혈아, 가자!"

아무래도 이동 수업이나 다른 활동들도 밥 먹는 멤버들과 같이 하게 되기 마련이었다.

우리가 그렇게 외치자 교실 곳곳에서 뱀처럼 번득이는 시선들이 쏟아졌다. 하지만 우리는 전혀 움츠러들지 않고 도리어 허리를 꼿꼿이 폈다.

반휘혈만이 죄라도 지은 것처럼 고개를 푹 숙인 채 체육복을 품에 안고 터벅터벅 걸어왔다.

가까이에서 멈춰 선 그가 걱정스런 얼굴로 말했다.

"너희, 계속 이러다가는……."

"나 쟤 하나도 안 무서워."

거리낌 없이 그렇게 말한 것은 김혜힐이었다. 그녀에 이어 김혜우 또한 씩 웃으며 말했다.

“맞아, 난 김혜힐만 믿고 있어.”

그렇게 말한 그의 옆구리에 김혜힐의 주먹이 어김없이 꽂혔다. 순간 둘의 모습을 보던 반휘혈의 입가에 신기루 같은 미소가 떠오르는 것을 본 나는 눈을 깜빡였다. 내가 잘못 봤나? 그것도 잠시, 나는 미소 지으며 그들의 등을 떠밀어 함께 교실을 나섰다.

거듭 생각하는 거지만, 김 쌍둥이가 착한 데다가 자기 주관 확고하기까지 한 애들이라 정말 다행이었다. 가끔은 나와 어울리기에는 너무 과분하다는 생각이 들 정도로.

그러나 작은 해프닝에 기분이 좋았던 것도 잠시였다. 신발장 앞에서 사건은 일어났다.

우리는 운동화로 전부 갈아 신고 반휘혈을 돌아보았다. 그런데 어째서인지 그는 굳어진 얼굴로 우두커니 서 있었다. 발에는 여전히 슬리퍼가 신겨 있었다.

그 모습을 보며 의아하게 고개를 기울인 내가 물었다.

“왜 그래?”

이어진 그의 말에 내 얼굴이 굳어졌다.

“운동화가…… 없어.”

뭐라고?

내가 채 반응할 새도 없이, 옆에서 주먹을 움켜쥔 김 쌍둥이가 각자 노성을 터트렸다.

"걔네 진짜 미친 거 아니야?"

"아니, 무슨 초딩도 아니고……."

그들은 과연 상황 판단도 빨랐다.

이윽고 일제히 창밖으로 고개를 내민 우리는 쓰레기장 쪽을 바라보았다. 당연한 말이지만 쓰레기장에 있는 물건들은 아침부터 내린 비 때문에 이미 축축해졌을 것이었다. 운이 좋아서 운동화를 바로 찾는다고 해도 당장 신을 수는 없겠지.

그러다 문득 한 가지 사실을 떠올린 내가 한숨을 내쉬었다.

"오늘이 체육 수행 평가 당일인 거 알고 그런 거지, 그놈들……."

일전에 반휘혈이 황시우를 거뜬히 이겨 버렸으니, 황시우와 그 패거리들이 치졸한 짓을 할지도 모른다고 예상했어야 했는데. 아니, 그래도 그렇지 쪽팔리지도 않나? 슬리퍼 신은 애랑 경쟁을 해서 뭘 어쩌자고?

내가 그렇게 생각하는 사이, 옆 반 신발장을 돌아본 김혜우가 말했다.

"야, 반휘혈. 너 신발 사이즈 몇이냐? 안 되면 옆 반에서 잠깐 빌리는 수도 있으니까."

"아, 그렇지……!"

잠깐 밝아졌던 나와 김혜힐의 표정은 이어진 반휘혈의 말에 굳었다.

"300."

300? 아니, 무슨 영화 제목도 아니고…….

할 말을 잃은 것은 김혜우도 마찬가지였다.

도저히 300 사이즈 신발을 찾을 자신이 없던지, 옆 반 신발장을 한참이고 힐끔거리던 그는 결국 반휘혈을 데리고 옆 반으로 향했다. 그러면서 그가 우리에게 가 보라고 손짓했다.

"너희는 먼저 옷 갈아입고 내려가. 나는 일단 좀 더 찾고 가 볼게. 수행 평가 날인데 슬리퍼 신고 갔다가는 체육한테 어떤 소리를 들을지 상상도 안 간다."

"어, 어. 그래."

김혜우의 말에 틀린 데는 없었기에, 우리는 떨떠름하게 대답하고 일단 돌아섰다. 그러나 탈의실로 향하는 중에도 우리는 불안감을 떨쳐 내지 못했다.

김혜힐이 문득 중얼거렸다.

"아무래도 걱정이네. 체육 수행 평가 있다고 하면 빌려주긴 빌려주겠지만, 애초에 오빠가 발이 그렇게 넓은 편도 아니고."

"아, 그래? 성격 좋은데 의외네."

내가 중얼거린 말에 어깨를 으쓱한 김혜힐이 대답했다.

"오빠나 나나, 어렸을 때부터 항상 같이 있다 보니까 친구의 필요성을 느낀 적이 잘 없거든."

그리고 문득 눈살을 찌푸린 김혜힐이 덧붙였다.

“그것도 그렇지만, 아무래도 반휘혈이 3학년한테 찍혔다는 건 이미 전교에 소문났으니까…….”

아무래도 그녀가 걱정하는 것은 전자보다는 후자임이 분명했다. 확실히 나 또한 그에 관련해서 별로 안 친한 애한테서까지 충고받은 적이 있기에 작게 고개를 끄덕였다.

그러고 나니 더욱 걱정이 되어서, 나는 탈의실로 들어가는 그 순간까지 방금 지나온 복도를 힐끗거렸다.

내가 입속으로 중얼거렸다. 체육 시간에 나타나긴 나타나겠지, 저 두 사람……?

* * *

결국 옷을 다 갈아입은 우리가 체육관에 도착하고, 그러고도 수업 시작종이 울릴 때까지 반휘혈과 김혜우는 모습을 드러내지 않았다. 준비 운동 전에 인원 체크를 하던 윤정인이 눈을 크게 뜨며 이쪽으로 다가왔다.

“뭐야? 김혜우랑 반휘혈은 어디에 두고 너희만 왔냐?”

입에 문 호루라기 때문에 불분명한 발음으로 그가 묻자, 우리는 잠자코 황시우 패거리 쪽을 눈짓했다.

나는 황시우의 옆에 서서 한 손을 주머니에 집어넣은 채 웃고 있는 루다를 보고 나도 모르게 한숨을 쉬었다.

그리고 내가 목소리를 낮추어 말했다.

"그게……."

자초지종을 들은 윤정인의 안색이 하얗게 변했다. 그가 일갈했다.

"미친 거 아니야?"

"내 말이."

"아……. 일단 아무튼 체육 선생님한테 둘러대 보긴 할 텐데, 잘될지는 모르겠다."

그리고 난감한 듯 뒷목을 벅벅 긁은 그는 다시 아이들 사이로 사라졌다.

맨 앞에 서서 박수를 치며 '준비 운동 하자!' 하고 외치는 그의 모습을 빤히 보는데, 이번에는 신서현이 우리에게 다가왔다.

"무슨 일이야?"

우리에게서 자초지종을 들은 신서현의 표정은 아까 윤정인의 것과 똑같이 변했다. 그런 그를 보면서 나는, 친구는 닮는다는 말이 괜한 말은 아니구나 하는 생각을 했다.

황시우를 한 대 칠 기세로 노려보던 그는 차마 그러지는 못한 채 숨을 씨근대며 다시 자기 자리로 돌아갔다.

준비 운동이 끝나자 우리는 곧바로 번호순으로 바닥에 앉고, 윤정인과 이민아가 축구공이 든 철창을 끌고 왔다. 이윽고 휘적휘적 나타난 체육 선생님이 우리를 향해 물었다.

"준비 운동은 끝냈지, 체육 부장?"

"네!"

"그럼 후딱 수행 평가 할까? 얼른 하고, 얼른 쉬고."

눈을 굴리던 윤정인이 한 발 앞으로 나서며 조심스럽게 운을 뗐다.

"저, 선생님. 그게……."

강당 문을 등진 그의 뒤에 수상한 그림자들이 나타난 것은 그때였다. 쏟아지는 빗줄기를 배경으로 문을 가로막듯이 서 있는 두 그림자는 마치 공포 영화의 좀비나 살인마처럼 보였다. 게다가 그중의 하나가 유난히 덩치가 컸기 때문에 더욱 오싹했다.

그러나 그것도 잠시, 그들의 정체를 알아차린 나는 반색하며 손을 흔들었다.

그러나 그것은 실수였다. 나 때문에 등 뒤에 누군가 서 있다는 것을 알아차린 체육 선생님이 황급히 뒤를 돌아보았으니까.

아차, 난감해하며 손을 내리는 나에게 체육 선생님의 목소리가 귀에 꽂혔다.

"너희 왜 이제 오냐?"

"친구가 신발을……."

김혜우가 뜸 들이는 듯 말하는 것과 동시에 체육 선생님은 반휘혈의 발을 내려다보았다. 그가 다시 물었다.

"뭐야, 너는 왜 슬리퍼를 신고 왔어?"

서슬 퍼런 물음에 반휘혈의 어깨가 움츠러들었다. 한편, 반 아이들 사이에서는 작은 웃음소리가 번지기 시작했다.

습기를 머금고 더욱 크게 번지는 웃음소리에 나는 작게 인상을 썼다. 저렇게까지 하고 싶을까? 지금 웃고 있는 사람들 중에는 틀림없이 반휘혈의 신발을 숨긴 녀석도 있을 텐데.

그때 우리를 향해 손을 내저은 체육 선생님이 말씀하셨다.

"시끄러우니까 그만들 좀 웃어 봐라. 아니, 그리고. 너는 슬리퍼를 신고 학교를 왔냐?"

묵묵히 고개를 숙이는 반휘혈의 모습에 그는 점차 소리를 키웠다.

"이거 정신 빠진 놈 아니야. 너 오늘 체육 수행 평가인 거 알아, 몰라."

"……."

"너 이제 어떡할 거야. 지금까지 잘 연습해 온 거 하루아침에 물거품 된다는 게 바로 이런 걸 두고 말하는 거 아니야. 슬리퍼 신고 뛰기라도 할래?"

"뛰겠습니다."

기다렸다는 듯 냉큼 대답하는 반휘혈의 모습에 나는 뒷목을 잡았다.

아니, 휘혈아. 거기서는 그렇게 대답하면 안 되지. 선생님은 네가 정말 슬리퍼 신고 뛰는 걸 바라는 게 아니라, 그냥 죄송하다는 말이 듣고 싶은 거라고. 오히려 그 타이밍에 그런 말을 하면 네가 지나치게 자신 있는 것처럼 보인단 말이야…….

그렇게 생각하며 체육 선생님을 돌아보니 아니나 다를까, 그의 눈썹 끝은 일제히 천장을 향해 치솟고 입꼬리는 묘하게 일그러져 있었다.

그리고 그는 기가 막히다는 듯한 표정으로 입을 열었다.

"좋다. 네가 슬리퍼 신고 그냥 뛰겠다니까 더 할 말은 없는데, 못하면 봐주는 것 없이 그대로 감점할 거다. 네가 네 입으로 하겠다고 말한 거니까, 불만 없지?"

"네."

여전히 담담한 반휘혈의 어조에 체육 선생님은 내심 화난 듯 잠시 입술을 짓씹다가 다시 말했다.

"좋아. 들어가 봐라."

그러자마자 김혜우와 반휘혈은 몸을 숙이고 나와 김혜힐이 앉아 있던 곳으로 비집고 들어왔다. 김혜우의 난감한 표정을 보아 그는 나와 같은 생각을 하고 있는 것 같았다.

시선을 주고받던 와중 어디선가 날아오는 말에 나는 냉큼 고개를 돌렸다.

"재, 저랬는데 못하면 완전 쪽팔리는 거 아니냐."

그렇게 말하며 낄낄 웃고 있는 황시우를 보며 나는 이마를 구겼다. 왜 하필 나랑 같은 'ㅎ'씨 성이어 가지고. 번호 순으로 앉았다 보니 자리가 가까워서 그가 하는 말이 전부 들렸다.

옆에 앉아 태연하게 그의 말에 동조하는 사람은 다름 아닌 루다였다. 고개를 끄덕인 그가 제 알 바 아니라는 듯 말했다.

"그러게."

그 말을 듣고 나는 눈을 찌푸렸다. 그것보다도, 대체 루다는 왜 여기 있는 걸까? 내가 알기로는 황시우가 우리 반에서 제일 마지막 번호일 텐데.

그렇다면 루다가 이곳에 있는 이유는 단 한 가지였다. 자기 순서를 기다리는 동안 황시우를 보러 놀러 온 것이 분명했다. 내가 모르는 새 벌써 그렇게까지 친해졌어? 나는 입술을 살짝 깨물었다.

그때, 공교롭게도 나를 발견한 루다가 살짝 웃고는 손을 흔들었다. 그러자 자연스레 황시우도 시선이 이쪽으로 향했다. 나는 손을 흔들려다 말고 그와 시선이 마주칠세라 얼른 고개를 돌려 버렸다.

두 팔로 무릎을 감싼 나는 고개를 내저었다. 나중에 미안하다고 하면 되지, 뭐. 황시우와는 눈도 마주치기 싫은걸. 그러고 있자니 황시우가 얄밉게 지껄이는 소리가 여기까지 들렸다.

"뭐냐, 쟤? 방금 네가 인사했는데 씹은 거야? 개 싸가지네."

유난히 '개 싸가지'라는 말을 힘주어 발음하는 것을 보면, 그도 자신의 목소리가 내게 들릴 것을 염두에 두고 있는 것이 분명했다.

순간 울컥하는 것을 참으려고 주먹을 꽉 쥐는 내게 루다의 웃음소리가 들렸다. 텅 빈 듯 공허하긴 했으나 웃음은 웃음이었다.

"하하."

"야, 우리 학기 초에 쟤 때문에 싸웠던 거 아니야. 나는 지금도 그 일 생각하면 어이가 없다."

"그러게. 왜 그랬지?"

그래도 우리가 함께 이겨 낸 고난이 얼마인데, 왜 하필 저런 놈한테 붙어 버린 걸까? 둘의 대화를 듣다못한 나는 그만 두 손으로 귀를 틀어막아 버렸다. 아, 안 들린다. 안 들려.

그러다 말고 나는 문득 수행 평가 순서를 확인했다. 이제 내 앞에 몇 명이나 남았지?

김 쌍둥이는 언제 끝난 건지 강당 무대에 걸터앉아 다리를 흔들고 있다가 나를 향해 손을 흔들었다. 그 외에도 통과한 듯한 애들은 무대 위에 모여 있었고, 실패한 듯한 애들은 구석에서 공을 차며 연습하고 있었다.

아이구, 미래의 내 모습 같군. 그렇게 생각하며 고개를 돌리는 내 앞에 문득 커다란 덩치가 드리웠다. 나는 놀라서 시선을 들었다.

천천히 걸어 나오는 반휘혈을 보며 체육 선생님은 새삼 싸늘한 표정을 지었다. 그는 다른 애들에게 했던 것과는 달리, 반휘혈이 준비를 마쳤는지 살피지도 않고 곧장 호루라기를 불었다.

휘이이익!

날카롭게 울리는 호루라기 소리와 함께 반휘혈이 빠르게 앞으로 박차고 나갔다. 그가 순조롭게 첫 코너를 통과하는 것을 본 나는 안도의 한숨을 내쉬었다.

"휴우."

운동화를 신었을 때와 별반 다르지도 않은 속도인 것을 보아 점수도 다르지 않을 모양이었다. 과연, 그가 모든 코스를 순조롭게 마치고 한 발을 공 위에 얹고 멈춰 서자마자 체육 선생님이 선언했다.

"반휘혈, A+."

체육 선생님의 말과 함께 강당 안에는 싸한 침묵이 내려앉았다. 주위를 돌아보니 황시우를 비롯한 그의 패거리들은 너 나 할 것 없이 얼굴을 구기고 있었다. 유일하게 태연한 얼굴로 흥미롭다는 듯 반휘혈을 응시하는 것은 루다 하나였다.

그런 가운데 체육 선생님이 비로소 미소가 돌아온 얼굴로 반휘혈의 어깨를 두드렸다.

"너 이놈, 당당하게 슬리퍼 신고 시험 보겠다고 해서 한가닥 있는 놈이겠거니 생각은 했는데, 기대한 것보다도 훨씬 잘했다. 그래도 앞으로는 운동화 안 신고 오지 말고."

"아……."

할 말이 있는 듯 입술을 달싹이던 반휘혈은 결국 입을 다물고는 꾸벅 고개를 숙였다. 주저 없이 돌아선 반휘혈은 이미 수행 평가 끝난 애들이 모여 있는 강당 무대 뒤쪽으로 향했다.

총총 멀어지는 그의 모습을 보던 나는 고개를 흔들고는 중얼거렸다.

"세상에서 가장 쓸데없는 게 연예인 걱정이랬는데, 거기 반휘혈 걱정도 포함시켜야 한다니까……."

그래, 문제는 반휘혈이 아니라 나였지. 한숨을 내쉰 나는 운동화 끈을 고쳐 맸다.

반휘혈의 바로 다음 순서였던 신서현도 가뿐히 테스트를 통과했고, 윤정인과 이민아는 말할 것도 없었다. 그야말로 눈 깜짝할 새 내 차례가 되었다. 공 앞에 서서 깊게 숨을 들이마신 나는 호루라기 소리가 들리자마자 공을 박차고 나갔다.

몇 번 삐끗하기는 했지만, 다행히 실수가 두 번을 넘진 않았다. 내가 출발선으로 되돌아오자 타이머를 보던 체육 선생님이 말했다.

"함단이, B+."

"감사합니다!"

아자! 주먹을 움켜쥐고 돌아서는 나를 향해 등 뒤에서 '누가 보면 A+ 받은 줄 알겠다.' 하는 볼멘소리가 날아왔다. 고개를 돌려 바라보니 역시나 윤정인을 못마땅하게 여기는 황시우 패거리 중 하나였다.

나는 어깨만 으쓱하곤 다시 돌아섰다. 몰랐나 본데, 내 목표는 원래 재시험만 피하는 거였거든?

내가 강당 무대 쪽으로 다가가자 계단에 걸터앉아 있던 김혜우가 손을 내밀었다. 하이파이브를 하자마자 그가 말했다.

"야, 너 재시험일 줄 알았는데 잘하더라?"

"그러니까, 나도 나 당연히 재시험일 줄 알았어! 나 너무 잘하지 않았냐?"

내가 밝은 얼굴로 대답하자, 놀리려고 꺼낸 말이었던 듯 미묘한 표정을 지었던 그가 이윽고 낄낄대며 웃었다.

그리고 반휘혈을 가리킨 그가 말했다.

"어디 한번 반휘혈 앞에서 그렇게 말해 보시지."

"아니, 그건 좀……."

슬리퍼 신고도 A+ 맞은 애 앞에서 내가 자화자찬하기에는 양심이 너무 아프지 않겠니.

강당 무대에서조차 구석 본능을 이기지 못하고, 커튼에

몸을 반쯤 가리고 있던 반휘혈은 순식간에 제게로 시선이 집중되자 당황한 듯 고개를 숙였다.

그를 보며 키득키득 웃은 내가 말했다.

"너, 체육 선생님이 결국엔 인정하더라. 운동화 잃어버린 거라는 말 못 해서 일부러 점수 나쁘게 주실까 봐 걱정했는데."

김혜우가 곧바로 동의했다.

"맞아, 그러니까. 나도 잘해도 A+ 안 주실까 봐 진짜 걱정했거든. 근데 솔직히 그건 A+ 안 주면 안 됐었어."

"맞아. 애매하게 잘하는 것도 아니고 확실히 잘하니까 안 주면 선생님만 이상하게 돼 버리는 거지."

다시 대답한 내가 반휘혈을 돌아보니 그의 얼굴은 새빨개져 있었다. 나와 김혜우가 주거니 받거니 '역시 사람은 실력으로 말해야 해.' '맞아, 실력파 반휘혈 멋지다.' 같은 소리를 하자, 그는 아예 커튼으로 몸을 돌돌 말고 모습을 감춰 버렸다.

그를 감싼 커튼을 당기며 우리가 '소라게냐?' '달팽이야?' 하고 장난을 치던 그때였다. 강당 입구 쪽을 물끄러미 보고 있던 김혜힐이 불쑥 말했다.

"어, 황시우 한다."

"어? 진짜. 재가 마지막이지?"

나와 김혜우는 마치 기다리던 연속극 시간이 되어 텔레

비전 앞에 앉듯이 그쪽을 주시했다. 반휘혈 또한 커튼 틈에서 고개만 쏙 내밀었다.

입구에서 무대 위인 이곳까지는 꽤 거리가 있는 데다가, 비 오는 날이라 불을 켰는데도 불구하고 실내는 어둑어둑했다. 그래도 형체를 구분 못 할 정도는 아니었다. 그를 유심히 바라보던 나는 이윽고 얼굴을 처참히 구겼다.

"아이고."

내가 나도 모르게 신음을 내뱉었다.

아무리 적의 몰락이라도 보고 있자면 가슴 아파지는 것은 어쩔 수 없었다. 특히 내가 잘 못 하는 일이라면 더욱더. 쓸데없이 감정 이입하게 된단 말이야.

김혜힐도 옆에서 썩 개운치 못한 표정으로 중얼거렸다.

"세 번 넘게 틀렸지, 쟤……."

우리가 계속 지켜보는 가운데, 체육 선생님에게 무슨 말을 들은 황시우는 몸을 돌려 터벅터벅 걸어갔다. 그가 향한 곳은 다름 아닌 재시험 준비하는 아이들이 있는 한복판이었다.

나는 혀를 찼다. 실수하는 걸 보고 재시험일 줄은 알았지만 역시.

몇 번 의욕 없이 공을 차던 그는 이윽고 제풀에 못 이겨 주저앉아 버렸다. 그렇게 연습해서는 또 재시험을 면치 못할 테지만, 내 알 바는 아니라고 생각한 나는 다시 고개를 돌렸다.

얼마 안 가 체육 시간이 끝났다. 체육 선생님이 우리를 모아 놓고 말씀하셨다.

"오늘 통과 못한 사람들은 내일 수업 시작하기 전에 한 번 더 시험 볼 거다. 재시험에서도 통과 못하는 사람은 빠짐없이 F 줄 거니까 연습 잘해라."

"네!"

"이상."

체육 선생님께 경례. 윤정인의 구호에 맞추어 고개를 90도로 꾸벅 숙인 우리는 곧장 웅성이며 흩어졌다. 그 속에 섞인 나와 김 쌍둥이, 반휘혈도 교실로 향했다. 아니, 향하려 했다.

—빠악!

바로 그 순간, 축축한 공기 속에 유난히 선명하고 위협적인 타격음이 울려 퍼졌다.

뒤를 돌아본 나는 비명처럼 외쳤다.

"반휘혈!"

우당탕! 큰 소리와 함께 반휘혈의 거구가 앞으로 무너졌다.

다행히도 그가 완전히 쓰러지기 전, 총알처럼 튀어 나간 김혜우가 그를 받친 덕에 머리를 부딪치는 사태는 면했다. 급하게 숨을 내쉬던 김혜우가 이윽고 사나운 시선으로 위를 쏘아보았다.

그가 툭 내뱉었다.

“야, 너 미쳤냐? 이거 완전 또라이 아니야!”

늘 차분하던 김혜우치고는 놀라운 수준의 막말에도 황시우의 표정은 조금도 바뀌지 않았다. 도리어 가면을 뒤집어 쓴 듯 생기 없고 차갑기만 한 그의 표정을 보고 나는 어깨를 움찔 떨었다.

기묘한 침묵 속에서 탕, 탕탕 하고 반휘혈의 뒤통수를 맞힌 공이 구르는 소리만 났다. 어찌나 세게 날렸던지, 한참을 구르던 공은 벽에 부딪히고서야 멈추었다.

그 모습을 보며 나는 얼굴을 굳혔다. 공을 저렇게 찰 힘이 있으면 아까 수행 평가나 제대로 해 보지, 자기가 연습도 안 해 놓고 왜 애꿎은 남한테 화풀이야?

그러나 황시우에게는 자신이 이상한 짓을 벌이고 있다는 자각은 조금도 없는 듯, 그가 여전히 반휘혈을 부축하고 있던 김혜우에게 말했다.

“좋은 말로 할 때 비켜라.”

남의 눈치를 보지 않는 것은 김 쌍둥이의 장점이기도 했고 단점이기도 했다. 황시우의 표정을 보고 얼어붙었던 것도 잠시, 이윽고 그 못지않게 싸늘해진 표정의 김혜우가 말했다.

“너 같으면 비키겠냐? 네 눈 지금 완전 맛이 갔거든?”

“하, 그래. 기어이 피를 보셔야겠다?”

그렇게 말하며 입꼬리를 비틀어 올린 그가 우두우둑 손마디를 꺾으며 앞으로 나서자, 오히려 안절부절못해진 것은 바로 그의 패거리들이었다.

그들 중 하나가 조심스럽게 물었다.

"형, 그만하는 게 좋지 않을까요? 선생님 가신 지도 얼마 안 됐는데."

"맞습니다, 선배님. 이러다 이 찌질이 새끼들이 선생님 불러오면 큰일 납니다."

그러자 이를 으득 갈아붙인 황시우는 발을 쾅 굴렀다. 그가 목에 핏대까지 세우며 외쳤다.

"그럼 어쩌란 거야! 이 뭣도 없는 머저리 새끼가, 지금 나 보란 듯이 슬리퍼 신고 뛰었는데!"

"저, 선배님. 그게……."

한 남학생이 머뭇머뭇 손을 들었다. 별다른 특징은 없는 녀석으로, 급식실에서 몇 번 본 바로는 1학년 때는 평범한 친구들과 어울려 다니다가 2학년이 되고부터 황시우 무리에 들어간 녀석이었다. 쓰레기장에서 반휘혈에게 폭행을 일삼던 무리에도 분명히 끼어 있었다.

그의 수상한 태도를 보고 나는 곧바로 깨달았다. 너였구나, 운동화 버린 게? 게다가 심지어 황시우 명령을 받지도 않은 독단적인 행동이었다.

그런 그에게 황시우는 아무것도 눈치 못 챈 듯 서슬 퍼런 얼굴로 외쳐 댔다. 아무래도 계속 주변에서 끼어드는 것이 심히 거슬리는 모양이었다.

"뭐? 뭐야! 할 말 있으면 뜸 들이지 말고 빨리 해!"

그러자 냉큼 입을 다문 녀석이 고개를 내저었다.

"아, 아무것도 아닙니다."

"왜, 너도 그깟 체육 선생 올 게 걱정되냐?"

뒤이어 그의 입에서 대뜸 튀어나온 이름에 나는 눈을 동그랗게 떴다.

"내 뒤를 봐주던 은겸 선배가 졸업했으니까, 이제 나는 아무것도 아니다? 그래?"

이 맥락에서 그 얘기가 왜 나와? 내가 어리둥절한 표정을 짓는 한편, 갑자기 사색이 된 남학생은 고개를 선풍기처럼 내저었다.

"아닙니다! 정말 아니에요!"

급기야 그가 두 손바닥을 맞붙이고 파리처럼 싹싹 빌기 시작하는데도 황시우는 결코 용서해 줄 기색이 아니었다.

"너는 이따 두고 보자."

미친 사람처럼 이글거리는 눈으로 그를 노려보던 황시우가 마침내 고하자, 사방을 바라보며 눈빛으로 도움을 구하던 녀석은 결국 입을 틀어막고는 혼자 바깥으로 뛰쳐나가 버리고 말았다.

방해꾼이 사라지자마자 반휘혈을 둘러싼 황시우와 김혜

우의 첨예한 대립이 다시 시작되었다.

누군가를 몇 마디 말로 치워 버리고 자신감을 되찾은 듯, 황시우가 다시 입꼬리를 끌어 올리며 빈정거렸다.

"너는 안 꺼지냐?"

"네가 사람 하나 죽일까 봐 그런다."

어금니를 깨문 김혜우가 으르렁대듯 내뱉은 말에도 황시우는 아무런 감흥이 없어 보였다. 눈을 내리깔며 다만 '그래?' 하고 되까린 그는 갑자기 구경 중인 우리를 돌아보았다.

흠칫하는 우리에게 그가 손을 들며 말했다.

"자, 지금부터 십 초 센다. 반휘혈이랑 나만 남기고 나머지는 다 나가. 그다음에는 문 잠글 거니까."

너무나 아무렇지 않은 그의 말투에 우리는 순간 우리가 무슨 말을 들었는지 얼른 이해하지 못했다.

못 박힌 듯 제자리에 멍하니 서 있는 우리를 향해 고개를 살짝 기울인 그가 다시 말했다.

"알겠어? 십 초다, 딱 십 초. 그 뒤에도 여기에 남아 있는 놈들은 어떻게 되든 책임 안 진다."

그의 최후통첩 같은 말에 체육관에는 한층 무거운 침묵이 내리깔렸다. 비로소 황시우가 그저 그런 양아치는 아니란 것을 깨달은 나는 입술을 깨물었다.

하지만, 그건 내가 지금 해야 하는 일과는 어떤 관련도 없었다. 그렇게 생각하며 나는 굳어 있던 다리를 가까스로 움직였다.

내가 가장 먼저 움직이자 다른 애들도 꿈에서 간신히 깨어난 것처럼 갈피를 못 잡고 주변을 둘러보았다. 그런 가운데 나는 아직도 바닥에 누워 있는 반휘혈의 곁에 무릎을 꿇고 앉았다.

내가 올 줄 알았다는 듯, 놀라지도 않은 김혜우는 어깨에 걸치고 있던 팔을 맡아 둔 물건이라도 건네듯 내밀며 말했다.

"야, 그래, 잘 왔다. 나 얘 키 너무 커서 혼자서는 못 부축하겠으니까 네가 그쪽 좀 잡아 봐."

"그래."

주저 없이 대답하는 내 모습에 이쪽을 응시하던 황시우의 눈이 더욱 가늘어졌다. 급기야 카운트다운이 드디어 시작되었다.

"십, 구, 팔……."

기계음처럼 싸늘한 목소리를 무시하며 나는 반휘혈의 팔을 어깨 위에 짊어졌다. 단지 그것뿐인데도 입에서 앓는 소리가 튀어나왔다.

아, 이렇게 무거운 줄 알았으면 진작 좀 나와서 도와줄 걸. 후회하는 나에게 김혜우가 말했다.

"야, 그치. 진짜 무겁지. 장난 아니야. 하나, 둘 하면 일으키는 거다?"

"응."

그리고 간신히 몸을 일으킨 김혜우와 나는 불과 몇 초도 못 버티고 다시 주저앉고 말았다. 반휘혈이 너무 무거운 게 문제인가, 우리의 근력이 문제인가? 급기야 좌절 포즈로 엎드리는 우리 위로 황시우의 목소리가 계속 흘렀다.

"오, 사, 삼……."

그때, 그가 무슨 뻐꾸기시계라도 된다는 양, 태연히 그를 지나쳐 온 김혜힐이 우리 앞에 섰다.

"도와줄까?"

우리는 주저 않고 고개를 끄덕였다. 김혜우가 비로소 화색이 도는 얼굴로 말했다.

"그래, 그렇게 네가 함단이랑 저쪽 좀 잡고 같이 일으켜 봐. 네가 아침에 나 패던 힘 반의반의 반만 써도 우린 성공할 수 있어."

"오빠의 죄가 휘혈이 죄는 아니니까 참는 줄 알아."

싸늘하게 쏘아붙이던 김혜힐은 작은 목소리를 듣고 문득 고개를 숙였다. 우리도 따라서 고개를 숙이자, 반휘혈의 고개 아래에서 작은 목소리가 흘러나왔다.

"그냥, 가라……."

"뒤통수 급소야."

김혜우가 고민해 볼 필요도 없다는 듯 말했다. 그에 이어 김혜힐 또한 말했다.

"맞아, 그리고 뒷목도 조심해야 해. 척수랑 연결된 부분이란 말이야."

"너 정말 두고 가란 말 좋아하는구나?"

김 쌍둥이에 이어 나까지 그렇게 말하자, 반휘혈은 달리 도리가 없다는 듯 고개를 푹 숙였다. 그를 보던 내 눈이 가늘어졌다.

사실, 내가 보기에는 필시 그는 지금까지 정신을 차리지 못한 것이 아니라 단지 일어날 생각이 없던 거였다. 그런데 김 쌍둥이와 내가 기어이 그를 데려가려고 하니 어쩔 수 없이 다시 눈을 뜬 거겠지.

하지만 물론 계획대로 그가 얌전히 황시우에게 얻어맞을 수 있도록 하게 해 줄 생각은 없었다. 내가 다시 종용했다.

"얼른."

그러자, 마침내 태산 같은 무게감으로 꼼짝도 하지 않던 반휘혈의 거구가 조용히 움직였다.

그와 우리가 반쯤 엉거주춤하게 몸을 일으키던 찰나, 마침내 우리의 머리 위로 선고가 떨어졌다.

"일."

저승사자처럼 차가운 목소리에 황시우를 우습게 여기던 나조차 조금 겁이 났다. 그것도 잠시, 고개를 들어 주변을 살핀 나는 안도의 한숨을 내쉬었다.

우리 네 사람은 물론이고, 반 아이들 대부분이 아직 자리를 떠나지 않고 있었다. 사라진 건 기껏해야 다섯 명 정도였는데, 그마저도 평소 성격으로 보아 도망친 게 아니라 체육 선생님을 부르러 간 것 같았다.

그 광경에 주먹을 꽉 쥔 황시우의 얼굴이 붉으락푸르락해졌다. 이윽고 그가 목에 핏대가 설 만큼 크게 외쳤다.

"야, 니들 다 안 꺼져?! 사람 말하는 게 우습게 들린다 이거야?! 기회를 줬는데 왜 잡지를 못해!"

미친 사람처럼 버럭버럭 외치는 그의 모습은 확실히 공포스러웠지만, 여전히 아무도 선 자리에서 발조차 떼지 않았다.

그러자 고개를 숙인 황시우는 낮게 중얼거렸다.

"니들 진짜…… 내가 오늘 다 죽여 버릴 거야. 내가 진짜……."

거듭 입속으로 중얼거리는 그의 모습은 마치 저주의 주문을 외는 것 같았다.

바로 그때였다. 체육 창고 정리를 이제야 마친 듯, 거뭇한 손을 털며 나오던 윤정인과 이민아가 이 광경을 보더니 눈을 크게 뜨며 한달음에 달려왔다. 그러면서 그들이 크게 외쳤다.

"뭐야! 무슨 일이야, 싸움 났어?"

"반휘혈, 너 왜 그러고 있어! 뭔데 그래!"

시야가 가려져 있어서 처음에는 반휘혈과 우리의 모습만 보았던 그들은 위풍당당하게 서 있는 황시우를 보자마자 사태를 파악했다.

팔을 뻗어 황시우와 우리 사이부터 가로막은 윤정인이 낮은 목소리로 말했다.

"너희들, 반휘혈 데리고 당장 양호실 좀 가 주라. 보고 안 되겠으면 병원까지 좀 데려다줄 수 있겠냐? 부탁 좀 할게."

"그건 너 오기 전부터 하려고 했던 거거든? 아이디어 가로채 가지 마라."

이 와중에도 얄밉게 응수한 김혜우가 으쌰, 하며 몸을 일으켰다. 나와 김혜힐 또한 의식이 없을 때보다 훨씬 수월하게 움직이는 반휘혈을 부축하여 걸음을 옮겼다.

우리 네 사람이 한 덩어리가 된 것처럼 일제히 이동하자, 우리를 둘러싸고 있던 이들이 모세의 기적처럼 양쪽으로 갈라졌다.

그런 그들의 눈빛이 전염병 환자라도 보는 듯한 눈빛이 아니라, 진심으로 염려하는 기색을 띠고 있어서 나는 새삼 가슴이 따뜻해지는 기분을 느꼈다. 그 속에는 걱정 어린 눈으로 반휘혈을 바라보는 정세연도 끼어 있었다.

그때 또 한 번 일어난 예기치 못한 사건이 다시 우리의 발목을 잡았다. 빠악! 반휘혈이 얻어맞았던 때와는 질적으로 다른, 날카롭고 딱딱한 소리에 나는 휙 고개를 돌렸다.

시야에 무너져 내리는 윤정인의 모습이 비친 순간 내 안색은 하얗게 질렸다. 이윽고 이민아의 날카로운 외침이 길게 솟았다.

“야! 이 미친 새끼야!”

그러면서 그녀는 당장 황시우에게 달려들다가 그의 패거리들에게 팔을 붙잡혔다. 바닥으로 내팽개쳐진 이민아는 씩씩거리면서도 다시 한번 그들에게로 돌진했다.

그녀가 번번이 패거리들에게 가로막히는 동안, 황시우는 죄책감도 없이 걸음을 옮겨 다시 윤정인에게로 향했다. 그 모습을 본 이민아가 다시 비명을 질렀다.

“야, 너 윤정인한테 손댔다간 가만 안 둬! 가만 안 둔다고!”

그녀의 말이 가당치도 않다는 듯, 피식 웃은 황시우가 손을 뻗어 윤정인의 멱살을 잡아 올렸다.

그리고 억지로 젖혀진 윤정인의 코 아래로 붉은 피 한 줄기가 선명하게 흘러내리는 것을 본 순간, 내 머릿속의 무언가가 뚝 하고 끊어졌다.

그때, 갑자기 날아온 커다란 외침에 황시우의 주먹이 멈추었다.

“맨날 기습에 기습, 또 기습, 너는 서열 자리도 정정당당하게 싸운 게 아니라 기습해서 먹었냐?!”

그리고 그는 믿을 수 없다는 듯한 눈빛으로 이쪽을 돌아보았다.

그도 그럴 게, 겁도 없이 그렇게 외친 사람은 다름 아닌 나였다.

제38조. 서열 1위의 어두운 과거

서열 1위의 어두운 과거

황시우는 가장 믿었던 수하에게 배신이라도 당한 것처럼 믿을 수 없다는 표정이었다. 아니, 그와 내가 그럴 사이는 아니니, 그보다는 궁지에 몰린 생쥐에게 물린 표정이라는 표현이 적절하겠다.

아무튼, 황시우의 머릿속 무대에서 그와 대적할 만한 사람은 적어도 내가 아닌 다른 사람이어야 했다. 그런데 감히 내가 나타난 것이다. 나 따위가.

아니나 다를까, 이윽고 황시우의 표정이 자존심에 상처를 입은 맹수처럼 변했다.

그가 으르렁대며 앞으로 나섰다.

"너 미쳤냐?"

"……."

나는 대답하지 않았다. 내가 눈도 깜빡하지 않고 그를 노려보기만 하자, 황시우의 눈매가 더욱 사나워졌다. 그는 내게로 성큼성큼 걸어오며 걸음 하나마다 한마디씩 쏘아붙였다.

"너 뭐냐? 너 진짜 돌았냐? 머리에 공을 처맞은 건 저 자식인데 돌기는 왜 네가 도냐? 어?"

황시우의 운동화가 물에 젖은 바닥에 부딪힐 때마다 끼익끼익하는 소리가 났다. 마침내 내 앞에 다가와 선 그가 손을 들어 헝클어진 제 머리를 쓸어 넘겼다.

그가 기막히다는 듯 말했다.

"그래, 사대천왕이니 뭐니 하는 놈들이랑 몇 년 넘게 어울리고 고등학교 와서도 계속 같이 다니고 하니까 네가 주제 파악이 안 되지? 이제 슬슬 그럴 때가 됐지? 어?"

그때였다. 눈도 깜빡이지 않고 그를 노려보던 내 눈에 눈물이 고였다. 이윽고 한 줄기 흘러내린 눈물은 빗물이 된 것처럼 연신 흘러내리기 시작했다.

옆에서 숨도 쉬지 않고 그런 나를 보던 김 쌍둥이와 반휘혈은 놀라는 표정을 지었다. 특히 반휘혈은 방금 전의 황시우만큼이나 잔뜩 놀란 표정이었다.

확실히 그가 보는 나는 지나칠 정도로 무모하고 겁이 없는 사람이었을 것이다. 물론 나는 결코 겁이 없는 편이 아니지만, 반휘혈과 엮이고부터는 오히려 다 망했다는 생각에 막 행동했다는 것을 그가 알 리 있나.

그렇게 생각하며 나는 손을 들어 뺨을 문질러 닦았다. 한편 황시우로 말하자면 그는 여전히 기가 차다는 표정이었다.

그가 한쪽 손을 주머니에 찔러 넣으며 빈정거렸다.

"말할 건 다 해 놓고, 이제 와서 겁나기는 또 겁나냐? 그래? 네가 울면 내가 뭐, 아이고, 울려서 죄송합니다 하고 집에 보내 줄 줄 알아? 꿈 깨."

단호한 한마디에 그제야 나는 눈물에 젖은 입을 비틀어 열었다. 내가 그를 노려보며 싸늘하게 쏘아붙였다.

"그딴 꿈 꾼 적 없어."

"그럼 왜 쳐 우는데."

나는 말없이 시선을 황시우의 어깨 너머로 향했다.

황시우가 내게로 걸어올 적에 내팽개치고 온 윤정인은 아직도 바닥에 나뒹구는 채로 얼얼한 뺨을 감싸고 있었다. 그런 윤정인의 어깨를 끌어안고 벌게진 얼굴로 엉엉 울고 있는 이민아의 모습도 보였다.

내 시선을 따라간 황시우가 다시 나를 보며 비웃듯 물었다.

"뭐, 내가 저 꼰대 새끼 때려서? 야, 너 아주 갸륵하다? 내가 네 뒤에 있는 덩치 큰 놈 팰 때는 눈물 한 방울도 안 흘리더니."

다시 윤정인을 턱짓한 그가 이죽댔다.

"너, 재 좋아하냐? 네 친구랑 사귀어서 어쩔 수 없이 양

보한 거고? 너 남친 있다고 들었는데 그놈이랑은 그럼 그냥 위장용?"

이거 재밌네, 황시우가 손뼉을 치며 낄낄대도 나는 눈 하나 깜짝하지 않았다. 나는 다만 쉴 새 없이 흘러내리는 눈물을 계속 문질러 닦았다.

내가 우는 이유는 그래서가 아니었으니까. 그런 헛소리에도 어울려 줄 기력은 없었다.

누구나 자기가 정말로 갖고 싶어 했던, 그러나 갖지 못한 것을 가진 다른 누군가를 보면 질투하거나, 혹은 동경하는 법이다. 그리고 나는 거의 언제나 후자였다.

윤정인을 처음 봤을 때 나는 그에게서 빛이 나는 것 같다고 느꼈다.

비단 그가 잘생겨서만은 아니었다. 시험 기간에 잠을 자지 못해 초췌해졌을 때나 수련회 때 힘든 훈련 때문에 흙에서 뒹굴고 나서조차 그에게서는 빛이 났다. 낙천적이고, 강인하면서, 그러면서도 타인의 약함을 돌볼 줄 아는 그런 빛.

그런 기운은 감춘다고 감춰질 수 있는 것이 아니라서, 그의 주변은 늘 후광처럼 은은하게 비추는 빛 때문에 사람들은 자연스레 꼬였다.

사람들 속에서 윤정인은 늘 편안해 보였다. 그건 내가 결코 가질 수 없는 그런 자연스러움이었다. 내 천성이 문제였는지, 성장 과정에 뭔가 문제가 있었던 건지는 모르겠지만 나는 큰 관심을 받거나 너무 많은 사람들에게 둘러싸여 있으면 전혀 즐겁지 않고 늘 불편하기만 했다.

마치 내 안의 어둡고 유약한 부분까지 사람들이 각자 갖고 있는 손전등으로 샅샅이 비추어 볼 것만 같은 그런 기분이 들었다. 그건 나에 대해 전혀 궁금해할 리 없는 사람, 가령 사대천왕이나 반여령을 처음 만났을 때도 마찬가지였다.

그럴수록 나는 윤정인을 동경하게 되었다. 그는 누구를 만나든 기죽지도, 어색하게 굴지도 않았다. 다소 방정맞은 태도로 장난을 치고 농담을 건넸지만 덕분인지 상대방은 빠르게 긴장을 풀고, 마음을 열었다.

심지어 전혀 쉬운 상대라고 볼 수 없는 은지호와 유천영과도 빛의 속도로 친해지는 그를 보며 나는 감탄했다. 내게는 사실 사대천왕보다도 윤정인 쪽이 더욱 이해가 안 가는 생물이었다.

물론 내가 윤정인을 이성적으로 좋아한다는 의미는 아니다. 그보다는 좋아하는 연예인을 보는 것과 비슷했다.

좋아하는 연예인이 예능 프로그램에 나와 흑역사를 만들 때 차마 못 보고 채널을 돌려 버리는 것처럼, 유난히 지켜주고 싶은 사람이 있는 법이다.

그것과 비슷하게 나는 윤정인이 늘 당당하고 빛나는 모습만 보여 주었으면 싶었고, 그가 어울리지 않게 주눅 들거나 누군가에게 맞고 비틀거리는 모습 같은 건 절대 보고 싶지 않았다.

그런데도 네가 기어이 윤정인을 쳤다 이거지? 나는 다시금 전투 의지를 다지며 황시우를 쏘아보았다. 그런 나를 보며 황시우가 다시금 어이없다는 표정을 했다.

물론 내가 무슨 분노로 각성하는 인터넷 소설 주인공도 아니고, 황시우와 맞붙어 이길 자신은 당연히 없었다.

그러니 일단 맞은 다음 신고하면 되는 거 아닌가? 법은 주먹보다 멀지만, 법에 얻어맞으면 멍보다 오래 간다고.

내 얼굴이 시퍼렇게 되는 대가로 네 생활 기록부는 빨갛게 만들어 주마.

급기야 내가 그런 말까지 중얼거리던 그때, 갑자기 매끄러운 목소리가 우리 사이로 끼어들었다. 이 상황에는 어울리지 않는 여유롭고, 경쾌하기까지 한 목소리였다.

"너무 그러지 마. 그래도 앞으로 1년 동안 같은 반 써야 하는 사이인데."

나는 믿을 수 없다는 듯 천천히 뒤를 돌아보았다.

체육관 쪽문 옆에 기대어 선 이루다가 푸른 눈을 지그시 휘며 웃고 있었다. 그가 설마 이 상황을 손 놓고 지켜보고 있을 줄은 몰랐고, 게다가 웃을 줄은 더더욱 몰랐기에 나는 그저 망연해졌다.

그런 내 반응에도 아랑곳하지 않은 루다는 팔짱을 끼더니 고개를 돌렸다. 그가 결코 적에게는 보여 주지 않을 법한 상냥한 미소를 보내자, 황시우의 반응은 그야말로 놀랄 노 자였다.

패거리가 그토록 말릴 때는 눈 하나 깜짝 안 했으면서, 루다가 가볍게 던진 말에도 그는 끼어들지 말라고 하는 대신 부루퉁한 어조로 말했다.

"방금 저 미친…… 쟤가 나한테 하는 말 들었잖아."

마치 고자질하는 어린아이 같은 태도로 나를 가리키는 그의 행동에 나는 할 말을 잃었다. 심지어 그는 말을 한 번 거르기까지 했다.

그런 그에게 루다가 체육관 벽에 더욱 깊숙이 기대며 나긋하게 대답했다.

"그래, 들었지."

선뜻 흘러나온 동조의 말에 황시우의 얼굴은 환해졌다.

"그치? 들었으면 내가 왜 이렇게 화내는지 알겠지? 그러니까……."

신나서 흘러나오던 그 말을 루다가 다시 잘랐다.

"그래도, 우리가 1년 동안 볼 사이란 건 변하지 않잖아?"

"……."

우중충한 얼굴로 입을 다무는 황시우에게 루다는 다분히 연극적인 태도로 나와 김 쌍둥이, 그리고 아직도 자리를 지키고 있는 우리 반 애들을 손으로 가리켰다.

그가 다시 말했다.

"한 사람이 거슬리는 거면 전학이라도 보내면 그만이지. 하지만 이 많은 애들을 전부 적으로 돌려서 어쩌자고?"

"그래 봤자지. 지들이 뭘 어쩔 건데. 개미가 뭉쳐 봐야 개미 떼밖에 더 돼?"

"재들은 개미가 아니라 사람이란 게 문제지. 더군다나 저 많은 애들이 입을 모아 증언이라도 한다면, 너 정말 감당할 자신 있어? 아무리 네 '윗선들'이 나서도 무마하는 건 불가능할 텐데."

'윗선들'? 유난히 강조된 표현을 듣고 고개를 기울이던 내게 루다의 말이 다시 날아왔다.

"게다가 이런 평범한 고등학교의 반 싸움 하나 평정을 못 해서 윗선에게까지 달려가면, 그 사람들이 너를 어떻게 볼지 모르겠네……. 너, 은겸 선배의 뒤를 잇고 싶다고 말하지 않았던가?"

이루다가 금색 머리카락 끝을 손가락으로 비비 꼬며 뱉은 말에 황시우는 말없이 입술을 깨물었다. 아까 '은겸'이란 이름이 튀어나왔을 때 그가 어떤 반응이었는지를 생각하면 몹시 놀라운 일이었다.

그리고 그가 마침내 말했다.

"너는, 어떻게 하면 좋겠는데?"

그의 누그러진 어조에 나는 다시 놀랐다. 물론 목소리에서 분노가 느껴지지 않는 건 아니었지만, 그는 분명히 루다에게 '명령하는' 것이 아니라 조심스레 '의견을 구하고' 있었다.

그러자 비로소 기분이 좋아진 듯 루다가 생긋 웃었다. 이어진 그의 말에 나는 눈을 깜빡였다.

"학기 초에 미처 못했던 걸 지금 하자."

"학기 초에 하지 못했던 거?"

"패싸움."

뭐? 그 말을 들은 내 머리가 한동안 삐걱댔다. '시험공부'나 '음악 감상'처럼, 하도 일상적인 어조로 튀어나온 말이라 뜻이 얼른 이해되지 않았다.

간신히 그 의미를 파악한 내 얼굴이 급격하게 일그러지는 가운데, 확인이라도 하듯 나를 힐끗 쳐다본 루다는 말을 이었다.

"사실 학기 초부터 너하고 윤정인은 사사건건 부딪쳤잖아. 두 사람이 스타일이 너무 달랐던 거지. 그런데도 계속 무시하고 같이 있으려고 하니까 문제가 된 거고."

"그래서?"

"아예 무리를 나누고 제대로 싸워서 이긴 무리한테 반 통제권을 몰아주는 조건이 어떨까? 1년 동안 같은 교실 써야 할 텐데, 그래야 우리가 편해지겠지."

그에 황시우가 숙고하듯 턱을 매만졌다.

"흠……."

그런 그에게 루다가 여전히 달짝지근한 목소리로 말했다.
“물론 진 쪽은 불편해지겠지만, 그거야 약한 게 잘못이잖아?”
이미 황시우와 그가 승리할 것이라고 믿어 마지않는 듯한 말투였다. 실제로 반휘혈이 자기 실력을 발휘하기로 마음먹지라도 않는 한 그렇게 될 것을 알기에 나는 입술만 깨물었다.
과연 나만 그렇게 생각한 것이 아닌 듯, 황시우의 뒤편에 학익진처럼 서 있던 패거리들도 떠들어 댔다.
“황시우에 이루다?”
“못 이기지, 절대…….”
“이루다가 우리 편에 있는데.”
그때 루다가 다시 나를 응시했다. 눈이 마주칠 뻔하자 나는 티 나게 고개를 획 돌렸다. 그가 서운해할 것을 알지만, 나야말로 이제 그에게는 더 실망할 것도 남아 있지 않았다.
아예 그에게서 몸을 돌려 버리자 뺨에 와닿는 시선이 뜨거워지는 것도 같았다. 하지만 나는 그냥 무시하는 쪽을 택했다.
그때, 마침내 황시우의 목소리가 들렸다.
“좋아, 그렇게 하자.”
중대한 결정을 마쳤다기에는 황시우의 어조는 심드렁했다. 그야 그로서는 손해 볼 것도 없었고, 질 경기도 아니었으니 당연한 일이었다.

발등에 불이 떨어진 건 당연히 우리 쪽이었다. 황시우도 한 가닥 할 게 분명하니 버거운데 거기에 이루다까지 합세하다니? 아니, 이 경우 문제가 되는 건 분명히 황시우보다는 이루다 쪽이었다.

그러자 우리 쪽을 돌아본 이루다가 담담히 말했다.

"그럼 서로 싸울 인원과 날짜, 시간이 정해질 때까지는 서로 건드리지 않기로 해. 싸우고 나면 다 정리될 텐데 급하게 굴 필요 없지 않겠어."

우리 쪽엔 의견을 구하지도 않았다. 마치 우리가 받아들일 게 분명하다는 것처럼 확신 어린 태도였다. 아니면 그의 지론대로, 약한 게 잘못이기 때문에 우리에겐 의견을 주장할 권리조차 없다거나. 어느 쪽이든 불쾌해지는 것은 어쩔 수 없었다.

이루다의 말이 끝나자마자 약속이라도 한 것처럼 이민아가 윤정인을 부축해서 일으켰다. 손대지 말라던 이루다의 말에 그대로 따를 작정인 듯, 방금까지만 해도 미친개처럼 굴던 황시우는 항복이라도 하듯 두 손을 들어 올리고 두 사람이 그의 앞을 지나가는 것을 구경했다.

두 사람이 몇 발자국 거리로 다가오고 나서야 내가 목소리를 낮추어 물었다.

"괜찮아?"

윤정인은 걱정했던 것보다는 상태가 좋아 보였다. 반휘혈과는 달리 의식을 잃지도 않았다.

“어, 그냥 피만 난 거야.”

그렇게 말한 그가 손등으로 코 아래를 쓱 훔쳤다. 그런 윤정인을 아직도 붉은 기가 가시지 않은 눈으로 보던 이민아가 다시 재촉했다.

“얼른 가자. 너 코피 나자마자 멱살 붙잡혔잖아, 원래 코피 나고 고개 드는 거 아니랬는데.”

“아, 진짜 괜찮아. 그거 몇 초나 그랬다고.”

그의 말에도 불구하고 다시 울먹울먹해진 이민아가 기어이 어깨를 들썩이는 바람에, 어쩔 줄 몰라 하던 윤정인은 결국 당황한 얼굴로 그녀를 껴안았다.

그렇게 우리는 패잔병처럼 너덜너덜한 모습으로 체육관을 나왔다. 바깥에는 비가 여전히 지독히도 쏟아지고 있었다.

그게 마치 우리의 앞날을 예고하기라도 하는 것 같아서 나는 마음이 무거웠다.

* * *

양호실에는 아무도 없었다. 양호 선생님과 음악 선생님은 소문난 절친이었기 때문에, 둘이서 또 수업이 없는 음악실에서 예의 티타임이라도 갖고 있겠거니 하고 우리는 짐작했다.

“양호 선생님 진짜 올 때마다 안 계신다니까.”

“내 말이. 월급 전부 받고도 양심 안녕하시냐고 묻고 싶다.”

차례로 투덜거리는 윤정인과 김혜우의 뺨 위로 소독약이 묻은 면봉이 닿았다.

아야야, 금세 죽는 소리를 내는 윤정인의 뒤로 김혜우가 황당하다는 얼굴로 물었다.

“야, 김혜힐. 나는 아무 데도 안 맞았는데?”

그러자 김혜힐은 짐짓 놀라는 표정을 지으며 입을 가렸다.

“안 맞았는데 얼굴이 이래?”

“야.”

“됐고, 안 맞았으면 비켜. 맞지도 않은 게 왜 침대를 차지하고 앉아 있어.”

김혜힐이 김혜우의 허벅지를 툭툭 치자, 그는 입을 삐죽 내밀면서도 물러났다. 저보다 급한 환자가 있다는 것을 잘 알아서였다.

“너 나랑 엄청 닮았는데, 방금 그거 네 얼굴에 침 뱉기란 거 알고 있냐.”

비켜나고서도 계속 투덜대는 김혜우를 깔끔히 무시한 김혜힐은 반휘혈의 턱을 붙잡고 이리저리 돌려 보았다. 나는 수술 결과라도 기다리는 환자 가족처럼 초조한 기분으로 그 모습을 지켜보고 있었다.

이윽고 슬쩍 고개를 숙인 내가 조심스레 물었다.

"어때?"

마침내 반휘혈의 턱을 놓은 김혜힐이 나를 돌아보았다.

"눈으로 봐서는 전혀 모르겠다. 병원 가서 보는 게 낫겠는데."

그러자마자 우리 둘의 사이로 반휘혈의 낮은 목소리가 끼어들었다.

"괜찮다."

"어딜?"

"급소랬지."

나와 김혜힐이 동시에 고개를 돌리며 쏘아붙인 말에 반휘혈은 금세 깨갱 수그러들었다. 그러게 그런 되지도 않는 말은 애초에 왜 꺼내서는. 혀를 차는 우리 옆에서 윤정인도 스스로를 가리키며 말했다.

"야, 반휘혈. 너무 그럴 거 없어. 어차피 나도 얼굴 때문에 병원 가긴 가야 하니까. 이따 공중전화 쓰거나 교무실에 말해서 택시 불러서 같이 가자."

윤정인이 그렇게까지 말하자 반휘혈은 하는 수 없다는 듯 고개를 끄덕였다.

그렇게 침묵이 찾아오자, 양호실 안의 분위기는 냉장고 안이 된 것처럼 빠르게 식어 내렸다. 입술을 꾹 깨문 내가 주변을 둘러보니, 흰 커튼에 둘러싸인 얼굴들은 학교 괴담에 나오는 귀신마냥 하나같이 창백했다. 나도 그들이 무슨 생각을 하는지 모르는 바는 아니었다.

그 분위기를 견디다 못한 윤정인이 이민아의 팔을 툭 치며 말했다.

"자기야, 아까 그놈들한테 가서 손해 배상 청구해. 내 얼굴은 자기 건데 그놈들이 이렇게 만들어 놨잖아."

그러자 이민아는 아직도 울음기가 남아 있는 목소리로 대답했다.

"애매하게 부서진 건 차라리 싹 부수고 다시 짓는 게 낫대."

목소리와는 전혀 어울리지 않는 그 말에 윤정인의 얼굴이 새파래졌다.

"뭘? 내 얼굴을?"

윤정인이 더듬거리며 묻는 것도 아랑곳 않고, 이민아는 갑자기 이글대는 눈으로 '부숴? 부순다고?' 하며 방금 자기가 했던 말을 빠르게 되뇌었다.

그러더니 바닥을 노려보던 그녀의 눈에 점차 실핏줄이 불거지기 시작했다. 우리가 숨도 못 쉬고 쳐다보는 가운데, 마침내 자리를 박차고 일어난 그녀가 버럭 외쳤다.

"아아악! 짜증 나! 그 새끼를 부숴 버릴 수 있으면 소원이 없겠다!!"

그리고 고개를 휙 쳐든 그녀는 다시 윤정인을 삿대질했다.

"아, 안 그래도 불쌍하게 생긴 놈 얼굴을 더 불쌍하게 만

들어 놨잖아! 저거 진짜 어떡할 거냐고!!"

급기야 의자를 거꾸로 들어 올리며 끼아악! 익룡처럼 비명을 내지르는 민아를 배경으로 윤정인이 우리를 돌아보았다. 창백한 얼굴로 자신을 가리킨 그가 입 모양으로 뻐끔거렸다.

'나 불쌍하게 생겼어?'

우리는 일제히 고개를 내저었다. 윤정인은 이목구비가 남성적으로 뚜렷한 데다 눈꼬리가 시원하게 치켜 올라간 편이라 눈 씻고 봐도 불쌍하다는 표현은 어울리지 않았다.

잠시 고민하던 내가 조심스럽게 말했다.

"그, 그런 눈으로 쳐다보면 뭐든지 해 주고 싶다는 표현 같은 거 아닐까?"

"그렇지? 그런 거겠지? 응?"

윤정인이 간절하게 되묻던 그때, 이민아가 들고 있던 의자를 다시 바닥에 쾅 소리 나게 내팽개쳤다. 나는 화들짝 놀라면서도 본능적으로 바닥에 흠집이 생겼는지부터 살폈다. 맨손으로 뭐든 부술 수 있는 사람들과 오래 함께 있다 보면 어쩔 수 없이 이렇게 된다.

그러다 문득 뭔가를 떠올린 내 표정이 울적해졌다. 한때는 그 사람 중에 루다도 포함이었는데. 그러던 찰나, 별안간 이민아의 입에서 그 이름이 불쑥 튀어나왔다.

"황시우뿐만 아니라 루다 그 자식도! 그 자식도 부숴 버릴 거야."

"……."

다시 한번 침묵이 찾아온 가운데, 나는 가라앉은 눈으로 이민아를 바라보았다. 그녀의 뺨 위로 홍조보다도 붉은 기운이 열이 오르듯 번지고 있었다.

이윽고 팔을 들어 눈에 고인 땀을 쓱 닦아 낸 그녀가 다시 내뱉었다.

"나 농담 아니야. 걔는 진짜……."

"……."

"나, 걔에 대해서 너무 실망스럽고…… 혼란스러워. 내가 보아 온 모든 게, 걔 진짜 모습이 아닌 것 같아."

그녀의 무거운 목소리에 비로소 분위기가 숙연해졌다. 나는 이민아가 우리 모두가 지금까지 생각해 왔고, 또 감히 꺼내지 못한 주제를 끄집어냈음을 인정해야만 했다.

내가 분노한 대상 역시, 지금 생각해도 몸이 떨릴 정도로 막말을 쏟아 낸 황시우가 아닌 루다였다.

오늘 루다가 보여 준 행동과 말들을 보며, 나는 새삼 그와 겪었던 모든 일을 다시 한번 되돌아볼 수밖에 없었다. 그와 함께 웃고 있는 과거의 나를 향해, '너와 같이 있는 그 사람에 대해 잘 안다고 확신할 수 있어?' 하고 묻고 싶은 심정이었다.

내가 어두운 얼굴로 입술을 깨물던 그때, 문이 벌컥 열렸다.

당연히 양호 선생님을 찾아온 학생인 줄 알고 심드렁히 고개를 돌렸던 우리의 표정이 곧 먹구름 갠 듯 환해졌다.

"신서현!"

황야에서 헤매다 구세주라도 만난 것처럼, 지나치게 열렬한 우리의 반응에 잠시 움찔한 그는 햇빛 드는 복도로 한 걸음 물러났다. 그것도 잠시, 마음을 다잡은 듯 그가 다시 양호실로 들어와 문을 닫았다.

"도대체 무슨 상황이야? 아까 우리 반 녀석들도 그러더니, 너희도……."

못마땅한 얼굴로 말을 잇던 신서현이 문득 윤정인의 꼴을 보고는 안색을 굳혔다.

"뭐냐, 너? 황시우랑 싸웠다는 얘기는 들었는데."

"야, 신서현……."

윤정인의 눈에 눈물이 그렁그렁해진 것을 본 나는 신서현에게 경고하려 했다. 그때, 한 걸음 더 가까이 다가간 그가 윤정인의 얼굴을 내려다보며 눈썹을 잔뜩 찡그렸다.

"나는 당연히 네가 이겼겠거니 했는데, 그놈이 설마 네 얼굴을 때렸어? 그 미친 새끼가?"

신서현이 차가운 목소리로 그렇게 말하자마자, 괴상한 울음을 토해 낸 윤정인이 그의 어깨를 와락 끌어안았다. 윤정인이 결코 작은 덩치가 아닌지라 신서현은 두어 걸음 뒤로 떠밀렸다.

그럼에도 신서현은 평소처럼 어퍼컷을 날리는 대신 의외로 얌전한 반응이었다. 아마도 이미 엎어터진 윤정인을 더 때릴 순 없다는 생각에서인 것 같았다. 대신 그는 드물게 당황하며 물었다.

"야, 왜 그래."

그런 신서현을 끌어안고 윤정인은 엉엉 죽는시늉을 해댔다. 난감한 얼굴로 윤정인을 밀어내지도, 그렇다고 마주 안지도 못하고 어정쩡하게 서 있는 신서현을 보던 내가 불쑥 물었다.

"그러고 보니 신서현, 너 훈련은 어쩌고 여기 왔어? 내일 대회 때문에 훈련한다고 수행 평가 끝나자마자 갔잖아."

신서현은 윤정인의 머리를 제 배에서 밀어내기 위해 안간힘을 쓰며 대답했다.

"아, 잠깐 가지러 갈 게 있어서 교실에 들렀어. 그런데 쉬는 시간인데 아무도 없지, 교실 문은 잠겨 있지, 체육 시간이었어도 그렇지 그래도 너무 늦는 거야."

"아."

"단체 기합이라도 받나 생각하면서 계속 기다리는데, 복도 저편에서 애들이 비틀비틀 걸어오는데 모양이 좀 이상하잖아? 꼭 좀비 떼같이. 그러다 날 보더니 진짜로 인간 냄새에 흥분한 좀비들처럼 막 달려오잖아."

도망쳐야 하나 고민했다니까. 진지하게 덧붙이는 신서

현을 보며 나는 작게 웃었다. 그와 얘기를 나누는 것만으로도 심해에 가라앉아 있던 기분이 수면 위로 끌려 올라왔다. 기대도 하지 않고 있었는데 갑자기 풍덩 하고 구명조끼가 던져진 기분이었다.

"도망치고 싶은 걸 꾹 참고 기다렸더니 순식간에 포위한 애들이 각자 패싸움이 어쩌고, 황시우랑 이루다가 어쩌고 하는데 솔직히 제대로 들리지도 않고. 그런 와중에 가장 시끄러워야 할 놈이 없기에 물어봤더니 황시우랑 싸워서 양호실 갔다지."

그렇게 말한 신서현이 문득 눈을 내리깔아 제 배에 처박힌 윤정인의 얼굴을 내려다보고는 덧붙였다.

"그런데 설마, 정말로 맞았을 줄은……."

간신히 윤정인에게서 벗어나는 데 성공한 그가 침대 가에 의자 하나를 끌어다 앉았다.

"그래서, 제대로 싸워서 맞았냐?"

차분한 그의 물음에 윤정인은 파랗게 멍든 제 뺨을 매만지며 말을 흐렸다.

"어어……."

"너 그렇게 약한 건 아니잖아."

제대로 말할 생각이 없어 보이는 윤정인을 대신해 내가 대답했다.

"정정당당히 싸워서 맞은 거 아니고, 황시우가 기습 공격 먹여서 저렇게 된 거야."

대답하는 한편, 나는 속으로 의아함을 느꼈다. 신서현의 성격상, 윤정인이 강해서 맞은 것이든 약한 것이든 그런 건 중요한 게 아니지 않나?

중요한 건 그가 잘못한 것도 없이 일방적으로 맞았다는 사실 그 자체일 텐데. 신서현이 윤정인에게 평소에 워낙 매섭게 내쏘긴 해도 무슨 일이 생기면 가장 먼저 소매 걷어붙이고 나설 거란 건 우리 모두가 알고.

아니면 내가 모르고 있었을 뿐, 사실은 신서현도 위계질서나 먹이 사슬 같은 걸 신경 쓰는 성격인 걸까? 하지만 도무지 그렇게 보이지 않는데.

그때 등 뒤로 손을 짚은 신서현이 다시 물었다.

"그래서, 패싸움이 어쩌고 하는 건 뭐가 어떻게 된 건데? 황시우랑 이루다가 깊이 연관되어 있다는 건 알겠는데."

시선을 교환한 우리는 체육관에서 있었던 일에 대해 빠르게 설명을 쏟아 냈다. 이루다에 대한 일이 충격적일 법도 한데, 신서현은 얼굴색 하나 달라지지 않은 채 간혹 고개만 끄덕이며 얘기를 들었다.

그러다 우리의 말이 끝나자마자, 신서현은 느닷없이 폭탄을 터트렸다. 그가 윤정인을 돌아보며 말했다.

"잘됐네."

"뭐?"

그 말에 윤정인은 물론이고 우리 또한 어안이 벙벙한 얼굴이 되었다. 침묵 속에서 눈만 깜빡이는 우리에게 신서현이 말을 이었다.

"황시우가 차라리 계급장 떼고 싸우자며 덤벼 줬으면 좋겠다고 한동안 노래를 불렀잖아?"

"아."

"이루다가 판은 깔아 줬으니, 너는 가서 날뛰기만 하면 되겠네."

여전히 입을 벌린 우리에게 신서현이 차분하게 덧붙였다.

"방금 그것도 기습에 당한 거지, 제대로 각 잡고 붙은 거 아니라며."

"어어, 그건 그런데……."

"그럼 할 만하겠네. 나는 대회 때문에 못 나갈 수도 있으니까 날짜 봐서 반 애들 최대한 데려가. 설마 다른 애들도 생각이 있는데 황시우 패거리가 집권하는 걸 보고 싶겠어? 수로 밀어붙이면 될걸."

우리가 살아가는 현실이 아니라 전략 게임 얘기라도 하듯, 선뜻 흘러나온 말에 나는 입을 다물지 못했다. 심지어 게임 중독인 김혜우조차 저런 말은 한 적이 없었다.

그런 우리를 내버려 두고 신서현은 혼자 턱을 매만지며 골똘히 뭔가를 생각했다. 그러더니 그가 다시 입을 열었다.

"하나 걸리는 게 있다면 이루다인데, 걔를 마크 없이 풀어 뒀다간 까딱하면 반 전체가 걔한테 당하는 수가 있으니까. 윤정인 네가…… 아니다, 너 혼자 걔를 잡아 둘 수 있을지 모르겠네.”

잊고 있던 일을 새삼 상기시키는 그의 말에 나는 새삼 우울해졌다.

나는 무릎 위로 올려놓고 있던 손을 꽉 쥐며 생각했다. 역시, 루다가 황시우 편에 서기로 한 이상 루다와의 마찰은 피할 수 없는 걸까? 하지만 대체 왜?

내가 속으로 의문들을 떠올리던 바로 그때였다. 비 때문에 무겁고 갑갑하던 공기를 가르고, 아침 바람처럼 시원하고 상쾌한 목소리가 날아왔다.

“나를 상대할 걱정을 왜 해?”

나는 적잖은 충격과 함께 고개를 돌렸다.

역시나, 양호실 문가에 기대어 서 있는 것은 다름 아닌 루다였다. 도대체 어떻게 우리 중 아무한테도 들키지 않고 문을 연 거지? 아니, 중요한 건 그런 게 아니었다.

문제는 루다가 방금까지 체육관에서 있었던 일이 모조리 꿈이라는 것처럼, 태연히 우리 앞에서 웃고 있다는 점이었다.

평소와 전혀 다름없는 그의 모습을 보며 우리는 일제히 형용할 수 없는 표정을 지었다.

유일하게 담담한 사람은 그 자리에 없었던 신서현뿐이었다. 그가 차분한 목소리로 우리가 할 말을 대신했다.

"너랑 상대할 걱정을 왜 하냐니? 우리와 싸우겠다고 먼저 말한 사람은 너잖아."

그 말에 루다는 눈을 지그시 휘며 대답했다.

"우리? 아닌데."

그 수수께끼 같은 말에 나는 눈썹을 찌푸렸다. 도대체 루다는 무슨 말을 하고 싶은 걸까? 평소에는 루다나 주인이의 저런 수수께끼 같은 면모가 재미있게 느껴졌지만, 지금은 짜증이 나기까지 했다. 방금 그가 우리한테 어떤 말들을 했는데.

안색이 어두워진 내가 직설적으로 물었다.

"그게 무슨 뜻이야?"

그럼에도 루다는 여전히 여유로웠다. 그가 팔짱을 끼며 나긋나긋 말을 이었다.

"목적어가 빠졌잖아? 우리가 싸운다고 하면, 꼭 나랑 너희가 맞서 싸운다는 것처럼 들리잖아."

"그럼, 아니야?"

"우리가 싸우는 게 아니라, 우리가 재네랑 싸우는 거지."

저건 또 무슨 소리야? 나는 영문법 강의를 처음 들을 때처럼 지끈거리는 머리를 붙잡으며 눈을 들었다. 앞머리를 쓸어 넘긴 내가 한 자 한 자 내뱉듯 쏘아붙였다.

"그러니까, 그게 대체, 무슨 뜻이냐고."

루다는 한 점 망설임도 없이 대답했다.

"뭐긴, 나는 너희 편에서 싸울 거란 얘기지."

잠시 정적이 흘렀다. 이윽고 일제히 서로를 돌아본 우리는 비명처럼 외쳤다.

"뭐?"

"엥?"

"지금 무슨 소리 하는 거야, 너?"

벌떡 일어나며 그렇게 물은 이민아가 뭔가를 찾듯 주위를 다급하게 두리번거리기 시작했다. 뭐 하는 거지? 내가 의아하게 보는 사이, 그녀는 마침내 적당한 자리를 발견한 듯 척척 걸음을 옮겨 양호실 벽에 몸을 기댔다. 스스로 팔짱을 끼고 턱을 살짝 치켜든 그녀가 오연하게 말했다.

"너 아까는 이렇게 거만하게 서서, 우리가 맞는데도 말리지도 않고 강 너머 불 보듯 구경만 했잖아! 심지어 황시우가 단이한테 막말할 때도 말리지도 않고."

나 정말 실망했다고. 이민아가 덧붙인 말에도 이루다는 천연덕스레 어깨만 으쓱했다. 그가 되물었다.

"그럼 내가 거기서 나서서 '황시우, 그만둬! 내 친구들한테 뭐 하는 거야? 사실 내가 너와 최근 어울리던 건 전부 네 뒤통수를 치려는 계략이었다고!'라고 해야 했을까? 그랬다면 황시우가 내 제안을 받아들였을 리 없잖아."

잠자코 그의 말을 듣던 나는 그 대목에서 눈을 휘둥그레 떴다. 내가 고개를 들며 되물었다.

"잠깐만, 뒤통수라고?"

"그래, 뒤통수. 다 작전이었어."

그럼 설마, 내가 그 녀석이랑 놀 정도로 수준 낮아 보였어? 그렇다면 상처인데. 그가 당연한 듯 덧붙이는 말에도 나는 아무런 대답도 하지 못했다. 다만 나는 턱을 매만지며 중얼거렸다.

그랬구나, 뒤통수. 왜 진작 그런 의심을 하지 못했을까? 루다에게 전략가다운 면모가 있다는 건 앞서 여러 사건들로 이미 확인한 바였다. 그의 성격상 당연히 당장 눈앞의 일만 해결하기보다는, 원인을 뿌리째 뽑고 싶었을 것이다.

루다의 계획은 간단했다. 일단 황시우에게는 자기편에서서 싸울 것처럼 믿음을 준 다음 내기를 걸게 하고, 정작 자기는 돌아서서 우리 쪽에 붙는다.

그렇게 된다면 황시우가 패싸움 당일 얼마나 당황할지는 뻔했다. 승리가 우리 쪽에 돌아올 것도 당연한 일이었다. 애초에 우리도 황시우와의 싸움을 고려할 때 염두에 둔 것은 이루다 하나였으니까.

나뿐만 아니라 모두가 루다의 말을 듣자마자 그의 작전을 순식간에 이해한 듯한 표정이었다. 잠시 후 윤정인이 가장 먼저 침묵을 깼다.

그는 어느새 날 선 표정을 지우고 평소처럼 투덜댔다.

"아니, 그럼 미리 말을 해 주든가. 아무리 상대를 속이려거든 자기 자신부터 속이라는 말이 있다지만."

그 말에 루다가 어처구니없다는 표정을 지으며 대답했다.

"다른 애들한테라면 모를까, 너한테? 그럼 너한테서 아까 같은 반응이 나왔을까?"

"윽……."

"할 말 없지?"

얄밉게 어깨를 으쓱하는 루다를 보고 김 쌍둥이가 작게 웃음을 터트렸다. 그들은 핀잔을 주는 데서 추궁을 그쳤다.

"우리한테는 언질 좀 주지."

"아, 그건 그럴 걸 그랬네. 미안."

루다의 사과를 받은 그들은 곧바로 표정을 풀었다. 그들도 썩 개운치는 않은 듯했지만, 어쨌건 최악의 상황을 피했다는 안도감과 더는 황시우가 나대는 꼴을 보지 않아도 된다는 생각에 그들의 얼굴이 한결 가벼워졌다.

다음으로 신서현이 고개를 뒤로 젖히며 한숨을 터트렸다.

"사기꾼이 따로 없잖아."

그런 그의 뒤로 이민아가 이를 악물며 이루다에게 헤드락을 걸려고 시도했다. 이루다는 물론 당해 줄 생각은 없다는 얼굴로 그녀의 손을 요리조리 피해 버렸다.

그것으로 찝찝하던 분위기는 날아가고, 조금 티격태격하긴 해도 평소 같은 분위기로 돌아왔음에도 나는 홀로 고개를 기웃거렸다. 뭐지? 뭐가 계속 마음에 걸리는데. 대체 뭘

까? 그러다 나는 윤정인의 물음을 듣고 불쑥 고개를 들었다.

"야, 이루다. 그런데 생각해 보니까 너 진짜 괜찮겠냐?"

"뭐가? 설마 황시우와의 우정을 잃어도 괜찮냐고 물어보는 건 아니겠지? 장난해?"

삐딱하게 웃으며 묻는 루다에게 윤정인이 질색하며 손을 내저었다.

"아니, 그게 아니라. 야, 나도 눈 있거든? 돌이켜 생각해 보니까 네 성격이 황시우 성격 맞춘다고 애쓴 거 잘 알겠다."

"그럼 뭔데?"

"선배들 말이야. 너도 황시우랑 같이 다녔으면 알 거 아니야? 황시우가 주제에 서열이라고 다른 서열들이랑 꽤 교류 많은 거."

"아아, 그거. 응, 몇 명 소개받았어."

태연히 고개를 끄덕이는 루다를 보며 나는 상당히 놀랐다. 벌써 거기까지 친해졌단 말이야? 루다가 마음만 먹었다면 정말 그쪽 패거리를 평정하는 것도 꿈이 아니었겠는데.

윤정인이 조심스런 태도로 말을 이었다.

"그, 나는 같은 학생들끼리 서열이니 뭐니 하는 것도 웃기긴 해서 그 말 별로 안 좋아하긴 한다만. 아무튼 서열에 속해 있다는 건 다들 한 가닥 한다는 얘기 아니야? 그런데 너 이번에 황시우 뒤통수친 거 걸리면, 그 선배들이 널 가만두겠냐? 얼굴도 아는데."

야, 너 진짜 조심해야 돼. 윤정인이 진지하게 경고하는데도 이루다는 전혀 신경 쓰는 기미가 아니었다. 아니, 뭐 나야 이루다의 정체나 어렸을 때 받은 훈련을 알고 있어서 전혀 걱정 안 되지만, 윤정인은 그렇지 않겠지.

내가 오묘한 표정을 짓는 가운데 윤정인은 답답한 얼굴을 하며 옆의 베개를 탕탕 쳤다.

"아니, 이루다! 좀 진지하게 들으라고, 웃지만 말고 좀. 이러다가 큰일 나면 그제야 후회하려고."

그제야 말없이 빙글빙글 웃고만 있던 이루다가 드디어 입을 열었다.

"아, 좋아. 이건 나중에 말하려고 했던 건데."

"또 뭐야?"

숨기는 게 더 있었어? 어처구니없어하는 우리를 향해, 루다가 비밀 무기라도 꺼내듯 당당하게 선언했다.

"사실 너희는 주먹을 휘두를 일도 없어."

잠시 침묵이 흘렀다. 이윽고 윤정인이 눈썹을 찡그리며 대꾸했다.

"그게 무슨 소리야? 설마 너 혼자 가겠다고 하는 건 아닐 테고."

"뭐, 물론 혼자 가도 별문제는 없겠지만, 나도 주먹은 안 휘두르려고."

"싸우자고 불러서 주먹을 안 휘두르면 어떻게 끝내게.

대포라도 쏘려는 거야?"

이해 안 된다는 표정을 짓고 있던 김혜우가 던진 다분히 게임 중독자 같은 질문에도 루다는 오히려 웃더니 대답했다.

"음, 뭐 그 비슷한 거긴 해."

나는 그렇게 말하는 루다를 경악하며 보았다. 남들 입에서 대포 얘기가 나오면 당연히 비유이겠거니 생각하고 넘기겠지만, 루다의 입에서 나온 대포는 굉장한 사실성을 지녔다.

아니, 루다야, 아무리 그래도 학생들 싸움에 그런 무기를 쓰는 건 좀! 게다가 한국에서는 총기법 위반 아니니?

그때 루다가 다시 말했다.

"아까 윤정인 네가 말했잖아. 황시우가 친한 선배들한테나 소개시키는 거 봤다고."

"어, 응."

"그럼 황시우와 친하게 지내는 동안 내가 뭘 했을 것 같아? 내가 자기편이라는 인식을 심어 주는 것 외에도."

그렇게 말하며 루다가 검지로 자기 관자놀이를 툭툭 쳤다.

황당하게 쳐다보는 우리 앞에서, 주머니를 뒤적인 그가 대뜸 무언가를 내밀었다. 나는 눈을 크게 떴다.

일전에 납치 사건이 있었을 때, 이후 경찰 조사에 협조할 때 잠깐 봐서 알고 있었다. 금속성에 기다란 막대 모양의 그것은 다름 아닌 녹음기였다.

루다가 유쾌하게 웃으며 말했다.

"황시우가 그렇게 친하던 자기 선배들 험담한 증거."

"아……."

우리는 아무런 말도 하지 못하고 서로를 돌아보았다. 그런 우리의 앞에서 묘기 부리듯 녹음기를 던지고 받던 루다가 여유롭게 말했다.

"이제 알았지? 내가 우리 중에 아무도 싸우지 않아도 된다고 말한 이유."

그렇게 말한 루다가 잔뜩 휘어진 눈으로 체육관이 있는 방향을 힐끗 보았다.

"아까 체육관에서 황시우가 작년에 졸업한 선배들에 대해 말하던 걸 들어서 알겠지만, 그 자식, 자격지심이 장난 아니거든. 그러니 평소에 험담을 달고 다닐 수밖에."

"그럼……."

"그 사람들은 아무것도 아니라느니, 가진 건 명성뿐이고 실속은 없다느니. 그런 얘기들 나도 다 들어 주느라 고역이었다고. 아무튼 황시우와 선배들한테 이 폭탄을 던져 주고 우리는 빠져 있자. 그럼 알아서 해결될 거야."

"음, 있지. 루다야."

지나치게 치사하다고 해야 할지, 간교하다고 해야 할지, 대담한 그의 계획에 모두가 감탄한 듯 말이 없는 가운데, 나만이 나직이 입을 열어 말했다.

루다가 천진하기까지 한 얼굴로 선뜻 물었다.

"응, 왜 그래? 뭐 할 말 있어?"

그의 푸른 눈이 반짝반짝 빛나고 있었다. 꼭 칭찬을 기대하는 사람 같기까지 했다. 천천히 심호흡한 내가 말을 이었다.

"있잖아, 그 계획이란 거 말인데……."

봄꽃처럼 화사하던 그의 얼굴이 내 말에 굳어지기까지는 얼마 걸리지 않았다.

* * *

이루다는 드물게 큰 소리를 내며 계단을 올랐다.

점심시간이 끝나 갈 무렵의 계단은 1, 2학년들로 바글거렸다. 계단 손잡이에 한 손을 기대거나 벽에 기대어 서서 마주 보며 얘기를 나누고 있던 남학생, 여학생 할 것 없이 이루다의 흉흉한 기세를 보고는 움찔 놀라 길을 비켰다. 그 모습을 본 이루다의 눈꼬리가 위로 치켜 올라갔다.

학기 초 이루다의 평판은 꽤 좋았으나, 불과 한 달도 지나지 않은 지금은 거의 바닥으로 떨어져 있었다. 그야 그럴 수밖에.

황시우는 평범한 학생들까지 가리지 않고 건드리거나 시비를 건다는 점에서 이 학교 일진들 중에서는 제일 평판이 안 좋았다. 그런 황시우와 이루다가 최근 둘이서만 어울려 다녔으니, 시선이 고울 리 없었다.

물론 이루다는 자신이 모르는 사람이 자기를 그런 식으로 생각하든 말든 별로 거리끼는 사람이 아니었다. 특히 그것이 자신이 계획한 일에 의해서라면 더욱더.

그러나 지금은 워낙 기분이 나빠 별의별 것이 다 거슬렸다. 문득 손을 들어 금색 머리카락을 박박 헤집은 이루다는 다시 계단을 성큼성큼 올랐다.

그의 기분이 엉망이 된 것은 몇 주 동안 공들인 계획을 함단이가 거절해서가 아니었다. 그보다는. '그 자식'의 예상이 한 치의 다름도 없이 맞아떨어졌기 때문이었다. 입술을 깨물던 이루다는 문득 날아오는 소리에 고개를 들었다.

위층 계단 난간 위로 한 남학생의 상체가 불쑥 튀어나와 있었다. 이마 위에서 살랑거리는 갈색 머리카락과 부드러워 보이는 황토색 눈동자, 눈과 입술에는 햇살 같은 미소가 잔뜩 고여 있었다.

웃는 데 침 못 뱉는다는 말이 그를 위해 태어난 것처럼 잘 어울리는 남학생이었으나, 그를 본 이루다의 얼굴은 형편없이 구겨졌다.

그 모습을 보자마자 남학생, 우주인은 배를 잡고 깔깔거리며 웃기 시작했다. 그가 계단 손잡이를 탕탕 치며 말했다.

"아하하, 표정 봐! 내 말이 맞았지, 그렇지? 형 계획은 기각당할 거라고 했잖아."

"조용히 해."

"아, 지금 형 표정 진짜 웃기다. 사진 찍어 놓고 싶은데 하필 핸드폰이 없어서. 어쩐지 오늘 제출하고 싶지가 않더라니 이래서였네."

"내가 꼭 닥치고 꺼지라고까지 말을 해야겠냐?"

이루다가 쏘아붙인 말에도 굳이 계단을 내려와 그의 옆에서 까불대던 우주인은 기어이 멱살을 잡혔다. 콜록콜록 기침해 대면서도 그는 웃는 것을 멈추지 않았다. 덕분에 지켜보는 사람들의 얼굴만 창백해졌다. 그들이 조용히 쑥덕거렸다.

"이루다도 이루다인데, 저 지경이 돼서도 웃고 있는 우주인도 좀……."

"그보다 말려야 하는 거 아니야?"

작은 소음 속에서, 이루다를 물끄러미 올려다보던 우주인이 문득 입을 떼었다.

"봐, 내가 엄마를 잘 알긴 잘 알지."

"유언은 끝났냐?"

이루다의 말에도 우주인은 도리어 빙긋이 웃었다.

"엄마가 거절한 이유, 가르쳐 줄까?"

그러자 잠시 생각하는 표정이 되었던 이루다는 이윽고 손에 힘을 풀었다.

간신히 땅에 발을 디딘 우주인은 헛기침을 하며 구겨진 목깃을 폈다. 그러면서 그가 물었다.

"듣긴 들었어?"

"그럭저럭. 대충은."

"뭐라고 하는데?"

입 꾹 다물고 바닥을 노려보던 이루다가 마침내 입을 열었다.

"……그런 식으로 해서는 황시우가 '약한 학생들을 괴롭혀선 안 된다.'가 아니라, '선배들 욕을 하고 다니면 안 된다.'는 교훈을 얻을 뿐이라면서. 그리고 일단 황시우를 화가 잔뜩 난 선배들한테 던져 주는 것부터가 걱정된다고 그러고."

우주인이 고개를 주억거렸다.

"다 맞는 말이네. 그 외에는?"

"다들 동의해서 거기서 얘기가 끝났어."

그렇게 말한 이루다가 고개를 들며 눈썹을 찡그렸다.

"너도 그것 때문에 거절할 것을 예상한 거야?"

"아니, 나는 다른 이유로."

"뭔데?"

우주인이 웃으며 난간에 몸을 기댔다.

"너 때문에."

불쑥 튀어나온 대답에 이루다의 눈이 커졌다. 이윽고 얼굴을 있는 대로 일그러뜨린 그가 으르렁거렸다.

“너, 내가 말장난은 그만하랬지. 진짜 해보자는 거냐?”

“아니, 아니. 엄마가 형을 싫어한다는 얘기가 아니라.”

과장되게 손을 휘저은 우주인이 웃으며 말을 이었다.

“형이 내놓았던 계획 말이야. 거기 형 스스로에 대한 고려는 하나도 없었잖아.”

“…….”

잠시 침묵이 찾아왔다. 무슨 말인가를 하기 위해 입을 열었던 이루다는, 다시 입을 닫고 푸른 눈을 가늘게 뜬 채 우주인을 노려보았다.

이윽고 그가 툭 내뱉었다.

“설명해.”

“형의 그 작전이 성공해서 만약 정말로 황시우가 전학을 가든 찌그러졌든 간에, 그다음에 반에서 형의 입지가 어떻게 됐을 것 같아?”

그 말에 이루다의 미간이 좁아졌다. 어떻게 됐을 것 같냐니?

주변 시선을 의식해선지 우주인이 목소리를 작게 낮추었다.

“황시우만 해결하면 나머지 떨거지들은 자연스레 해결될 거란 형의 통찰은 맞을 거야. 혹시나 반항할 경우를 대비해서 굳이 내기를 제시해서 수를 차단해 버리는 것도 훌륭하고.”

이루다는 잠자코 고개를 끄덕였다.

"무엇보다 직접 손을 쓰지 않고 황시우를 치운다는 게 그 계획의 제일 좋은 점이지. 혹시나 일이 생겨도 책잡힐 일이 아무것도 없으니까."

그리고 우주인이 목소리를 한층 낮추었다. 그런데 말이야.

"그렇게 모든 일이 끝나고 나서, 다시 사이가 좋아진 반에 형이 섞여들 수 있겠어? 형은 황시우를 치우려고 일부러 그와 친해져서, 심지어 그의 불리한 발언들을 녹음기를 써서 녹음하고 그와 사이가 좋은 선배들에게 고자질한 장본인인데."

"……."

"다들 마음 한구석으로는 꺼릴걸. 형이 철저히 악역이 되는 거란 말이야. 형은 그들 좋은 일을 한 건데."

"그런 건 상관없어. 반에서 나머지 녀석들이 나를 어떻게 생각하든 말든."

그에 그들이 방금 지나온 계단으로 눈길을 주며 우주인이 대답했다.

"그야 그렇겠지. 애초에 형이 모르는 사람한테 욕 듣는 걸 신경 썼다면 황시우와 친해진다는 작전을 굳이 쓰지도 않았을 테니까."

이루다가 진심으로 이해 안 된다는 얼굴로 물었다.

"그럼 뭐가 문제야? 내가 괜찮다잖아."

"그래도 좋아하는 사람이 욕먹는 걸 지켜보는 건 괴롭잖아? 아무리 본인이 자처한 거라고 해도 말이야."

이루다의 귀가 금방 붉어졌다. 그 틈을 놓치지 않은 우주인이 심드렁히 말했다.

"형, 그런 의미는 아니었어. 엄마, 남자 친구 있거든."

"나, 나도 알아!"

손을 들어 귀를 감춘 이루다가 버럭 소리를 질렀다. 그런 그를 보며 빙긋이 웃은 우주인이 다시 난간에 기대며 말했다.

"아무튼, 형이 들고 가는 계획을 보니까 형이 어떤 부분에서 실수하고 있는지 내 눈에는 너무 잘 보여서. 나도 예전에는 몇 번 그래서 엄마한테 혼났었거든. 그러니까 형도 앞으로는……."

형의 안전과 평판까지 고려해서……. 이어지던 말을 다 듣지도 않은 이루다가 두 귀를 감싸며 계단 위로 뛰어올라가 버렸다.

쏜살같이 멀어지는 뒷모습을 멀뚱히 바라보던 우주인은 이윽고 작게 웃었다.

혼자 남은 그는 아까처럼 과장되게 웃지 않았다. 몇 번 어깨만 작게 들썩이다 만 그가 주머니에 손을 찔러 넣으며 한 발을 내딛는데, 급하게 달려오던 누군가가 그의 어깨에 부딪혔다.

부딪힌 건 저쪽인데 나동그라진 것도 저쪽이었다.

우주인은 나동그라진 여자애를 신기한 눈으로 바라보았다.

자신도 체구가 그리 큰 편은 아니었지만(어디까지나 같이 다니는 이들에 비해서였다) 눈앞의 여자애는 지나치게 작았다.

키도 150이 안 되는 것 같고, 몸은 두꺼운 후드로 감싸고 있었으나 깡마른 체격이란 게 겉으로 느껴질 정도였다.

그녀를 빤히 내려다보던 우주인은 그녀가 창백한 입술을 달싹이며 꺼낸 말에 흠칫했다.

“저, 팔 좀…….”

“아, 미안. 네가 넘어지려고 해서 나도 모르게.”

그렇게 말하며 우주인은 코앞에 있는 여자애의 얼굴을 빤히 내려다보았다.

스스로 인상이 좋다는 것은 태어나서 수십 번도 더 들어와서 잘 알고 있었다. 자신이 빙긋 웃으면 그에 대고 침 뱉거나 험한 말을 할 수 있는 사람은 거의 없었다. 그 속내를 짐작할 수 있는 극소수의 사람들, 은지호나 이루다 정도가 드물게 쌍욕까지 뱉을 뿐이었다.

이루다를 떠올린 우주인은 다시 눈살을 찌푸렸다. 역시, 너무 닮은 사람은 싫단 말이야. 그는 중얼거렸다.

우주인은 이루다를 보면 한 핏줄을 타고난 형제처럼 친근하다가도, 한편으로 울퉁불퉁한 거울 속 추하게 일그러진 자기 모습을 본 것처럼 꺼림칙해졌다.

우주인은 다시 여자애를 살폈다. 아무튼, 스스로 인상이 나쁘다고는 결코 생각해 본 적 없는데, 그녀는 사자를 본 토끼처럼 얼굴이 하얗게 질려 있었다. 심지어 잡고 있던 손목이 미미하게 떨리는 것을 느낀 우주인은 황급히 손을 놓았다.

여자애가 우주인이 감싸 쥐고 있던 그 부분을 매만지며 '감사합니다. 감사합니다.'만 연신 반복했다.

그런 그녀의 모습이 이해되지 않으면서도 보기 안쓰러워 우주인이 물었다.

"저기, 신입생이지?"

"네? 네."

또 무슨 특별한 질문씩이나 했다고, 화들짝 놀라는 모습이란. 속으로 혀를 차며 우주인이 말했다.

"방금 그 금발에 표정 사나운 선배랑 내가 같이 있어서 그러는 거면, 나는 무서운 사람 전혀 아니니까 너무 겁먹지 말고."

"네, 네."

"진짜로. 나 복도에서 부딪혔다고 막 미워하고 그런 사람 아니거든."

친절하게 잘 말했다고 생각했는데도 여자애가 여전히 희게 질린 얼굴로 '네, 네.'만 반복하자 우주인도 내심 질렸다.

문득 주변을 둘러보니 아직 계단에는 사람이 많았다.

이러다가는 졸지에 후배 핍박하는 선배로 소문나겠네,

차라리 얼른 사라져 주는 편이 낫겠어. 한숨을 내쉰 우주인이 돌아섰다.

"그럼 난 가 볼게."

"네, 안녕히, 안녕히 가세요."

그 짧은 말을 하는데도 혀가 몇 번이고 미끄러졌다. 원래 말을 더듬는 애인가 생각하며 우주인은 계단을 마저 올랐다.

계단을 다 오르고 나서야 머릿속에 불쑥 새로운 생각이 스쳐 지나갔다. 그는 방금 지나온 계단을 내려다보았다.

칙칙한 자주색 후드를 뒤집어쓴 여중생 같은 뒷모습이 총총 멀어지고 있었다. 실내인데도 후드 모자를 뒤집어쓰고 있는 것을 보니, 어지간히 추위를 많이 타거나 낯을 가리는 성격인 것 같았다.

그 뒷모습을 빤히 보던 우주인이 중얼거렸다.

"이상하다, 어디서 본 것 같은데."

그런데 문제가 있다면, 우주인은 한 번 본 얼굴은 웬만해서는 결코 잊지 않는다는 것이었다. 그런데 '어디서 봤는데'도 아니고 '어디서 본 것 같은데'라니. 이 애매한 기억의 출처는 어디란 말인가? 우주인은 턱을 쓰다듬었다.

그라고 길에서까지 지나치는 모든 사람을 전부 기억하는 건 아니었다. 동네가 근처라서 길에서 종종 마주쳤다거나.

아니면…….

"얼굴을 가리고 있어서 일부만 보았거나."

거기까지 떠올린 우주인은 문득 걸음을 멈추었다.

* * *

병원 대기석 사이에 비치된 패션 잡시나 소식지를 뒤적이고 있던 나는, 멀리서 다가오는 거대한 체구를 발견하고 고개를 들었다.

“왔어?”

반휘혈은 묵묵히 고개를 끄덕였다. 손에는 종이 한 장을 든 채였다. 그것을 본 내가 손을 내밀었다.

“어디, 봐.”

받고 보니 아까 길에서 나눠 주던 전단지였다. 황당해진 내가 눈을 깜빡이며 다시 물었다.

“처방전은?”

“그런 거 안 주던데.”

“그래? 감기 같은 게 아니라서 그런가. 뭐, 이상 없대?”

“뭐에 맞았다니까 오히려 놀라시던데. 하나도 안 부었다면서.”

그렇게 말하며 태평하게 자기 뒤통수를 매만지는 반휘혈을 보고 있자니 어째 한숨이 절로 나왔다. 공으로 맞을 때 소리가 장난 아니게 컸던지라, 걷다가 갑자기 픽 쓰러지면 어쩌지 싶어서 윤정인과 나 둘이서 오두방정을 떨며 택시를 잡아서 곧장 병원으로 달려왔는데.

아무래도 소리가 컸던 건 단순히 공에 바람이 빵빵해서 그랬던 모양이었다. 아니면 반휘혈의 몸이 전국 서열 1위답게 튼튼해서라거나. 아니, 뭐, 내 수많은 경험상 후자겠지.

아무튼, 부어오른 것보다는 맞았는지 어땠는지 티도 안 나는 게 백 배 낫긴 했다. 안도한 내가 크게 한숨을 내쉬던 찰나, 수납처에서 종이를 받아 든 윤정인이 성큼성큼 걸어왔다.

윤정인은 꽤 환자 같은 몰골이라 그를 본 나는 저절로 신음을 뱉었다.

"와."

"야, 장난 아니지."

그렇게 말하며 윤정인이 손가락을 들어 광대부터 턱 아래까지 죽 그어 내렸다. 처음에는 빨갛게 부어올랐던 부위에 지금은 시퍼렇게 멍이 들어서 꼭 상한 과일처럼 보였다.

기겁한 내가 입을 가리며 말했다.

"이민아가 울겠다."

"뭐? 그럼 안 되는데. 야, 근데 나는 솔직히 좀 신난다."

"왜? 뭐가?"

윤정인이 그 몰골을 하고도 용케 씩 웃으며 말했다.

"멍만 해도 전치 2주니까. 이걸로 신고 먹이면 황시우 몇 주는 학교 못 나오지 않을까?"

아하. 나는 어색하게 웃었다. 이 와중에도 황시우를 해치울 생각밖에 없다니, 윤정인이 이루다와는 다른 의미에서 꽤 전투적이군. 한편으로는 황시우와 대적할 때의 나와 비슷한 생각이기도 했다.

급기야 '황시우를 2년 연속 유급시키는 걸 목표로 하겠습니다.' 하며, 대통령 출마 연설이라도 하듯 비장하게 말하는 그를 나는 병원 문 쪽으로 떠밀었다. 그러면서 나는 반휘혈을 향해서도 외쳤다.

"휘혈아, 너도 가자! 다시 학교로 돌아가서 무사하다고 알려야지. 우리는 나오면서 핸드폰 받았지만 애들은 수업 끝날 때까지 핸드폰 못 받을 거 아니야. 게다가 황시우랑 한 반에서 수업 듣는 것도 걱정이고. 어쩌고 있나 한 번 봐야지."

그런데 내 구구절절한 설명에도 불구하고 반휘혈은 어쩐지 정신을 차리지 못하는 기색이었다.

"휘혈아?"

의아하게 부르던 찰나, 나는 그의 시선이 어딘가에 고정되어 떨어지지 않는 것을 발견했다. 텔레비전에서 최근 유행하는 드라마라도 하는 건가? 그렇게 생각하며 시선을 옮긴 곳에서 나는 전혀 의외의 것을 보았다.

닮은 생김새를 보아 형제인 듯, 서로의 손을 잡고 엉거주춤 걸음을 옮기는 일고여덟 살 남자애들이었다. 그런데도 세상에서 가장 신기한 무언가를 본 듯, 반휘혈의 눈은 그들에게서 떨어질 줄을 몰랐다.

내가 주춤하다가 다시 그를 부르는 그 순간이었다.

"저기, 휘혈아?"

고개를 홱 돌려 이쪽을 본 그가 혼란스러운 얼굴로 입술만 달싹였다. 그러더니 그는 갑자기 무슨 결심이라도 선 듯, 그 긴 다리로 성큼성큼 걸음을 옮겼다.

반휘혈과 친구가 되었다고 해서 그의 덩치가 갖는 위압감이 사라진 것은 아니었기에 나는 솔직히 좀 쫄아 있었다. 어깨를 움츠리고 기다리던 나는, 그가 나를 휙 지나쳐 병원을 나가 버리자 탄성만 내뱉었다.

"어어?"

닭 쫓는 개라도 된 것처럼 멍하니 서 있던 나와 윤정인이 황급히 그를 뒤따라 나가자, 인근 횡단보도를 향해 거침없이 나아가는 반휘혈이 보였다.

나는 순간 생각했다. 얘가 왕년의 서열 1위의 버릇이라도 나온 건가? 상습적인 무단 땡땡이? 그러나 우리와 같이 나온 이상 그렇게 둘 수는 없었다.

"야! 반휘혈! 어디 가! 학교로 돌아가야지!"

병원 밖으로 나왔으니 마음껏 목청을 높일 수 있었다. 내가 외친 말에 반휘혈이 다시 이쪽을 돌아보았다.

눈이 마주쳤을 때 나는 조금 섬뜩한 느낌이 들었다. 병원에서 나오기까지 아주 짧은 시간이 흘렀을 뿐인데, 반휘혈은 완전히 다른 사람이 된 것 같은 분위기를 풍기고 있었다.

학교에서의 어리바리한 모습은 어디 가고, 건조한 눈으로 우리를 물끄러미 응시하던 반휘혈이 말했다.

"난 안 간다."

"뭐?"

"학교로는 돌아가지 않는다. 다른 갈 곳이 있다."

낮게 깔린 그의 비장한 목소리에 주변 사람들의 시선이 흘긋흘긋 모였다. 그야 흔히 쓸 법한 말투가 아니니, 사극 촬영이라도 하나 싶었을 것이다. 내가 무슨 대답을 하기도 전에 휙 몸을 돌린 그는 다시 걸음을 옮겼다.

윤정인과 내가 서로를 돌아보며 말했다.

"야, 어떡하지? 쟤 못 데리고 가면 틀림 없이 내가 혼나. 나 반장이란 말이다."

"아, 맞아. 까먹고 있었다."

"야."

발끈하던 것도 잠시, 사사로운 감정은 제쳐 두고 그가 다시 말을 이었다.

"네가 우리 중에 가장 오래 알았잖아. 이쪽으로 데려온 것도 너고."

"응, 그렇긴 한데. 알 때마다 모르겠더라고."

"아, 진짜 미치겠네. 어떻게 이렇게 도움이 안 되냐?"

마땅히 뾰족한 수를 내지 못하고 끙끙대던 우리는 일단 반휘혈을 따라 걸음을 옮겼다. 그의 목적지는 병원 입구로부터 얼마 떨어지지 않은 버스 정류장이었다.

버스 한 대가 도착하자, 반휘혈은 망설임 없이 카드를 찍고 그 위에 올라탔다. 그때까지도 아무것도 결정하지 못했던 우리는 결국 결심을 내리고 그를 뒤따랐다.

지갑에서 카드를 꺼내 버스에 찍으며 내가 외쳤다.

"아저씨, 잠깐만요!"

내 다급한 외침에 뒤따라 윤정인 또한 버스에 올라탔다.

우리가 올라타자마자 닫히는 버스 문을 보며 우리는 가슴에 손을 얹고 심호흡을 했다. 아, 진짜. 왜 평범하던 병원 외출이 갑자기 무단 외출로 바뀌어야 하는 건데?

"여기 우리 학교 선생님 안 계시겠지?"

정신을 차리자마자 다급히 주위를 둘러보는 윤정인에게, '없어, 없어. 수업 시간인데 계시겠냐.' 하고 대답한 나는 반휘혈을 바라보았다.

어느새 구석 자리를 차지하고 앉아 있던 그는 우리와 시선이 마주치자 몸을 움찔했다.

"너희가 여기, 왜……?"

믿을 수 없다는 듯 되묻는 그의 옆에 윤정인이 털썩 자리를 차지하고 앉고, 이어 내가 그의 맞은편에 앉았다.

평소의 여유를 되찾은 윤정인이 장난스레 이죽댔다.

"우리가 못 올 데 왔냐? 무엇보다 우리만 돌아가면 너 땡땡이 친 거 걸려."

윤정인의 말을 이해하지 못한 것처럼, 반휘혈은 한동안 눈만 깜빡이다 나를 돌아보았다. 내가 어색하게 웃으며 손을 흔들자, 반휘혈은 잠시 눈을 내리깔고 뭔가를 생각하더니 창밖으로 고개를 돌려 버렸다.

덜컹거리는 소리와 함께 버스가 달리기 시작하자, 나는 어색한 침묵 속에서 좌석에 기대며 버스 안을 살폈다.

낮 두 시니까 당연한 거겠지만, 버스 안에는 사람이 많이 없었다. 대부분 할머니 할아버지, 간혹 대학생이나 고시생인 것 같은 젊은 사람이 두어 명, 교복 차림인 것은 우리뿐이었다.

그러나 우리 하는 것을 보면 아무도 친하다고 믿지 않을 것이 분명했다. 윤정인도 같은 생각을 한 모양인지, 그가 반휘혈에게 말을 붙이는 소리가 들렸다.

"야, 근데 우리 어디 가냐?"

용기 낸 게 무색하게도 짧은 대답이 돌아왔다.

"병원."

"어……. 방금 다녀왔는데?"

"거기 말고, 다른 병원이다."

"어딘데?"

"발해."

익숙한 이름이 튀어나오자 나는 반사적으로 고개를 휙 돌렸다. 전혀 모르겠다는 얼굴을 하고 있던 윤정인이, 나와 눈이 마주치자 두 손을 들며 어깨를 으쓱했다.

나는 예전에 반휘혈의 사정을 듣고 했던 생각을 다시금 떠올렸다. 서열 1위의 남동생이 의식 불명이라는 얘기는 유명했다. 그리고 발해 병원은, 동네 병원에서는 다룰 수 없는 큰 병을 가진 장기 입원 환자나 수술 환자들이 주로 머무는 곳이다.

"휘혈아."

내가 조심스레 부르자 그가 나를 돌아보았다. 나는 다시 물었다.

"우리가 같이 가도 될까?"

반휘혈이 눈 하나 꿈쩍하지 않고 대답했다.

"이미 왔잖나."

"어, 그렇긴 한데."

반휘혈은 조금 피곤한 듯 눈을 감더니 그대로 입을 다물어 버렸다. 나는 그런 반휘혈을 찡그린 눈으로 응시했다. 그래서 된다는 거야, 안 된다는 거야?

침묵이 계속되자 결국 나는 나 편한 대로 결론을 내렸다. 반휘혈 성격에 안 되는 거였으면 우리를 강제로라도 버스 밖으로 떠밀었겠지, 뭐. 그런 생각을 하며 머리카락을 비비 꼬던 내 옆에서 이번엔 윤정인이 불쑥 입을 열었다.

"저기, 반휘혈."

그가 감겨 있던 눈을 다시 뜨고 물었다.

"뭐지?"

"와, 너 포스 장난 아니다. 무슨 조직 보스인 줄, 아니, 이게 아니고."

그가 자기 얼굴 위로 선 하나를 그어 보이며 말을 이었다.

"너, 나야 이렇게 맞았어도 이게 증거가 되니까 신고할 생각하면 기분 좀 괜찮은데, 너는 괜찮냐? 맞은 티도 안 나서 신고하기도 애매한데, 억울하다거나 화가 나거나 하진 않아?"

증인이라도 모을까? 싹싹하고 적극적인 윤정인의 말을 듣고도 반휘혈은 인간의 감정을 처음 배운 듯 눈을 깜빡이며 침묵하기만 했다. 그러다 그가 갑자기 꺼낸 말에 나와 윤정인은 둘 다 화들짝 놀랐다.

"나는, 기분이 전혀 나쁘지 않다."

"뭐? 야, 그게 말이 돼? 너 진짜 갑자기 공으로 세게 맞은 거잖아. 그것도 어이없는 이유로."

"나는 정말 괜찮다. 아니, 오히려……."

그는 잘생긴 입가에 미미한 미소를 떠올리며 말을 맺었다.

"기분이 좋기까지 해."

"뭐?"

"그래, 이제야 내가 이 모습을 하고 학교에 다니던 목표를 이룬 것 같은 기분이 드는군. 이제야 나는……."

그가 비어 있던 손을 꽉 움켜쥐었다.

"그 녀석과 똑같아진 거야."

* * *

버스가 병원을 향해 달리는 내내 나는 고민했다. 반휘혈이 아까 말한 '그 녀석'이란 대체 누굴까? 반휘혈의 사정에 대해 웬만큼 잘 알게 됐다고 생각한 나도 이것만큼은 짐작이 가지 않았다.

우리에게 제대로 사정을 설명할 마음은 없는 듯, 문제의 대화 이후 반휘혈은 아무런 말도 하지 않았다. 그렇다고 우리에게 따라오지 말라거나 한 것도 아니었다. 그저 스스로의 생각에 깊이 잠긴 듯싶었다.

마침내 버스가 멈추자, 급히 내려선 나는 도로 건너편에 솟은 거대한 흰색 건물을 바라보았다. 내게는 유천영과 은형이의 아버지의 일로든, 은미의 일로든 이제는 꽤 익숙해진 건물이었다.

그러고 보면 은미를 만나러 가지 못한 지도 꽤 됐네. 오늘 중간에 들를 짬이 나려나? 그렇게 생각하는 나를 휙 지나친 반휘혈이 병원 안으로 걸어 들어갔다.

영문도 모르고 이끌리듯 걷는 나와 윤정인의 앞에서 그

는 혼자 접수처에 들러서 뭔가를 말하고는 휙 방향을 바꾸어 엘리베이터를 탔다.

긴 복도를 여러 번 지나고, 엘리베이터를 두 개쯤 갈아타고 나서야 나는 이 길이 익숙하다는 것을 깨달았다. 분명히 이 길은, 은미가 있는 장기 입원 병동으로 가는 길이었다.

정신없이 걷던 반휘혈은 마침내 어느 병실 문 앞에서 멈추었다. 흠칫하며 멈춰 선 나는 고개를 들고 문패 위에 새겨진 글씨를 읽었다. '반휘안'이라는 글자가 반듯하게 인쇄된 흰 종이가 명패 위에 꽂혀 있었다.

"혹시……."

내가 조심스레 꺼낸 말을 들은 체도 하지 않은 반휘혈이 성큼 병실 문을 열고 안으로 들어갔다. 잠시 마주 보며 눈치를 보던 우리는 유령이라도 된 것처럼 소리 없이 뒤따랐다.

병실의 구조는 내가 기억하고 있는 권은미네 병실 구조와 거의 똑같고 크기만 좀 작았다. 은미의 경우에는 유천영네 지인의 가족이니만큼 발해 병원에서 이런저런 편의를 봐준 듯싶었다.

하지만 크기를 제외하고는 거의 다른 게 없는데도, 권은미의 병실과 이곳 병실은 결정적인 차이가 있었다.

여기에는 깨어 있는 사람이 없었다.

온통 침묵뿐이었다. 고요한 숨소리가 병실 안을 가득 채우고 있었다.

반휘혈이 어느 침대로 다가가 침대 사이드의 쇠 손잡이에 손을 얹는 것을 본 순간, 나는 숨을 훅 들이쉬며 윤정인의 팔을 잡아당겼다.

이 병실을 둘러싼 침묵이나, 누워 있는 사람들의 모습, 그리고 거대한 몸을 굽혀 침대 안을 들여다보는 반휘혈의 표정 모두가 이곳은 우리가 있을 곳이 아니라고 말하고 있었다.

윤정인 또한 침대에 누워 눈을 감고 있는 반휘혈과 꼭 닮은 생김새의 소년을 본 듯, 얼굴을 찡그렸다. 한 발짝 뒤로 물러선 그가 작게 말했다.

"우리는…… 밖에서 기다리고 있을 테니까, 천천히 와."

"……."

반휘혈은 묵묵히 고개를 끄덕였다. 나와 윤정인은 그대로 조심스럽게 뒷걸음질 쳐 복도로 나왔다.

병실 문을 조심스럽게 닫자마자 마주 본 우리는 크게 한숨을 터트렸다.

윤정인이 머리를 쓸어 넘기며 중얼거렸다.

"하고 다니는 걸 봐서 사연이 보통 예사롭지 않은 애라는 걸 예상했어야 했는데. 그래도 대뜸 이런 걸 보게 될 줄은 몰랐네."

"으응……."

"넌 알고 있었냐? 그래서 유난히 챙기려고 들었던 거였어?"

나는 잠시 고민하다가 작게 고개를 끄덕였다. 반휘혈이 서열 1위라는 걸 몰랐을 때도 은형이의 목격담을 통해 그의 아는 사람이 이곳에 입원했을 거란 것은 짐작을 했다. 서열 1위란 사실을 알게 된 다음에야, 그의 남동생이 이곳에 입원해 있을 거라 거의 확신했고.

하지만 역시 그것을 막연히 상상만 하는 것과 실제로 보는 것은, 소설을 읽는 것과 그 소설의 일들을 직접 경험하는 것만큼 큰 차이가 있었다. 나는 한숨을 내쉬며 머리카락을 쓸어 넘겼다.

새삼 내 주변에는 유난히 불행한 일을 겪는 사람이 많다는 생각이 들었다. 그리고 큰 불행을 겪는 사람일수록, 이 소설에서 큰 역할을 맡은 사람일 가능성이 높다는 생각 또한.

하지만, 이렇게까지 해야 했나? 나는 자문했다.

일상을 영위하다 말고 이런 거대한 일과 마주칠 때마다, 나는 숨이 턱 막히고, 어떤 말을 해야 할지 몰라 어지럽고 무력해질 뿐이다. 그리고 나면 내가 누리는 행복이 부정을 저질러서 얻어 낸 것만 같아, 누군가의 희생을 토대로 이루어진 것만 같아 마음이 무거워졌다.

내가 아무것도 없는 손만 쥐었다 폈다 하는 그때, 문득 복도 맞은편에서 인기척이 났다. 고개를 든 내 눈에 가장 먼저 들어온 것은 옅은 회색 교복 재킷이었다.

그것을 본 나는 반사적으로 한 걸음 물러났다가, 곧 어정쩡하게 바로 섰다. 윤정인이 옆에서 의아한 듯 묻는 것이 들렸다.

"왜 그래? 아는 애냐?"

"아, 아니."

"그럼 왜 그러는데? 아, 저거 성운 과학고 교복이잖아? 모범생들 모인 곳."

나는 고개를 끄덕였다. 사실 모범생들이 모이기로는 우리 학교도 만만치 않았지만, 우리 학교는 기부 입학자와 특별 전형들이 차지하는 비중이 꽤 되는 반면 성운 과학고는 정말로 순수 배양된 모범생들만 모였다는 느낌이었다.

고개를 주억거리는 내 옆구리를 윤정인이 다시 찔렀다.

"왜 교복만 보고 쫄아? 너 저기 학교 애한테 잘못한 거 있냐?"

눈썹을 살짝 찡그린 내가 대꾸했다.

"아니, 굳이 말하자면 내가 잘못을 당한 쪽인데."

그러면서 나는 가까이 다가오는 남학생의 얼굴을 자세히 살폈다.

옅은 회색이 섞인 금색 머리카락이 유난히 반짝거렸고, 피부는 곧 찢겨 나갈 얇은 종잇장처럼 연약해 보였다. 키가 큰 편은 아닌데, 다리는 길고 얼굴은 외국인처럼 작아서 비율이 남달랐다.

윤정인이 감탄한 눈으로 그쪽을 살피며 중얼댔다.

"비율만으로는 유천영이랑 친구 먹어도 되겠네. 그런데 방금 뭐라고? 잘못을 당해?"

그의 물음에 나는 눈을 찌푸리며 며칠 전의 괴로운 기억을 더듬었다. 이윽고 입을 연 내가 희미하게 읊조렸다.

"응, 있어……. 진화론 숭배자라고, 직자생존에 완전히 미쳐 가지고 막, 나한테 멍청해서 생존할 수 없다고 하고."

"뭐? 하하, 그거 진짜 개 웃기다, 야. 넌 어쩌면 욕 하나를 먹어도 그렇게 참신하게 먹냐. 인생 참 재밌게 사네."

"아무리 참신하대 봤자 욕은 욕인데 재밌겠냐? 남의 인생이라고 말 막 한다?"

까칠하게 되묻던 나는 시선을 느끼고 다시 고개를 돌렸다.

회색 교복을 입은 남학생이 뭐라 형용할 수 없는 오묘한 눈으로 이쪽을 보고 있었다. 반한 눈빛은 물론 아니었고, 꼭 희귀 생물을 본 듯한.

뭐지? 고개를 기울이던 나는 곧 입을 벌렸다.

앗, 설마 저 녀석, 진화론 숭배자 녀석이랑 아는 사이라도 되나? 과학 고등학교는 학생 수가 일반 고등학교보다 적은 편이니 충분히 가능성이 있는 얘기였다.

새로운 의심에 눈을 가늘게 뜨는 내 옆에서 아직 분위기를 읽지 못한 윤정인이 푸핫 웃음을 터트렸다. 그가 내 팔을 툭 치며 말했다.

"야, 뭐라고 그랬는데? 더 좀 들어 보자. 네가 뭐 멍청하고, 어쩌고, 네 유전자가 후대에 남을 가치가 없어서 멸종할 거라고 그랬냐? 아니, 진짜 별 또라이한테 다 걸려 가지고."

다시 고개를 휙 돌린 내가 그를 노려보며 대꾸했다.

"그러는 너는 아까부터 평소에 못 한 말 이참에 하는 거 아니냐."

"아니, 나는 네가 진화론 숭배자라고 하니까. 이런 것밖에 상상이 안 가서 그렇지. 내가 한 말보다 더 참신했냐, 아니냐? 아, 성운 고등학교가 과학고라 그런가 참신한 또라이가 많네."

그때 자기 학교의 이름이 나왔기 때문인지, 아니면 학교에 더는 먹칠을 할 수 없기 때문인지, 어떤 이유에서든 그 남학생이 우리 앞으로 한 걸음 나섰다.

눈이 마주치자, 그린 듯 단정한 미소를 입에 걸친 남학생이 고개를 잠시 숙였다.

"안녕하세요."

그러자 입술을 매만지며 조금 민망해하던 윤정인이 이윽고 간병인끼리 만났을 때의 친근함을 담아 말했다.

"아, 방금 저희가 했던 얘기는, 아, 다른 얘기인데, 아무튼 오해하지 마세요. 얘가 성운 고등학교에서 누구를 좀 안다고 해서. 아무튼, 안녕하세요?"

윤정인이 횡설수설 인사를 마치자 그다음은 나였다. 내가 고민 끝에 말 대신 고개만 까딱 숙이자, 그의 미소가 짙어졌다. 그것을 본 나는 곧바로 깨달았다.

저 남학생은 지금 고도의 사람 좋아 보이는 연기를 하고 있다. 예전의 나라면 절대 눈치채지 못했을 테지만, 주인이와 이루다와 함께한 세월들이 나를 이렇게 만들었다.

음, 미소만큼은 두 사람과 제법 비슷해서 한눈에 신뢰감과 호감을 줄 만하지만, 무표정과 웃는 얼굴 사이의 간극이 아직 너무 크군요. 미숙합니다. 십 점 만점에 칠 점 드릴게요.

속으로 그런 생각을 하던 나를 남학생이 다시 불렀다.

"저기."

"어, 응?"

눈을 들자 흥미가 짙은 회갈색 눈이 나를 빤히 보고 있었다. 눈이 마주치자 빙긋 웃은 그가 물었다.

"여기서 뭐 하고 계세요?"

"응? 뭘 하다니?"

"아, 여기가 제 친구가 있는 병실인데. 지금까지 드나들면서 한 번도 뵌 적이 없는 것 같아서요. 다른 환자분 가족이세요? 누구의?"

"아, 우리는……."

말이 없는 나를 대신해 윤정인이 대답하려던 찰나, 문이 벌컥 열리며 평소처럼 무뚝뚝한 표정의 반휘혈이 튀어나왔다. 어떤 표정을 지어야 할지, 또 무슨 말을 해야 할지 몰라 그저 굳어 있는 나와 윤정인에게 반휘혈이 말했다.

"가지."

그러더니 그는 문득 고개를 돌려 새로 나타난 남학생을 새삼스럽다는 듯 쳐다보았다. 그것도 잠깐, 관심 없다는 듯 다시 고개를 휙 돌린 그는 다시 재촉했다.

"어서 따라와라. 학교에 돌아가야 한다고 하지 않았나."

"어, 응."

"길이 복잡하다."

그럼, 가야지. 서열 1위께서 몸소 우리를 학교에 데려다 주겠다고 하시니 말이야. 그렇게 생각하며 반휘혈을 따라 슬쩍 걸음을 떼는 그때, 나는 반휘혈을 보는 남학생의 얼굴에 짙은 모멸감이 스치고 지나가는 것을 똑똑히 보았다.

모멸감? 어째서? 내가 눈을 동그랗게 뜨며 생각하던 찰나, 남학생이 아까처럼 자연스러운 미소를 띠더니 반갑게 불렀다.

"반휘혈?"

그에 반휘혈 또한 우뚝 멈추었다. 그러나 걸음을 멈추고 뒤를 다시 돌아보는 그의 얼굴에 아는 사람을 만난 반가움 같은 것은 전혀 떠오르지 않았다. 아랑곳하지 않고, 남학생이 한 걸음 더 다가서며 말했다.

"아, 꼭 한 번 보고 싶었는데. 이렇게 보게 되니까 정말 반갑다."

"나를 아나?"

서슬 퍼런 반휘혈의 물음에도 남학생은 빙글빙글 웃으며 대답했다. 역시 보통내기가 아니었다.

"너는 모르지만 휘안이는 알지."

"아."

그 한마디에 반휘혈의 곁을 갑옷처럼 두르고 있던 차가운 기운이 와장창 깨져 나갔다. 다만 눈을 크게 뜨고 놀라운 듯 내뱉는 반휘혈에게 남학생이 손을 내밀었다.

"반갑다, 나는 정요한이야. 너와는 아마 동갑일 거야."

그러자 반휘혈은 다시 미간을 찌푸렸다. 마지못한 듯 악수를 나눈 반휘혈이 말했다.

"……휘안이에게서 네 이름을 들은 적은 없다."

"그렇겠지. 나는 한국에 들어온 지 얼마 안 됐으니까. 작년 초에 독일로 떠났다가 얼마 전에 들어왔거든. 귀국한 지는 얼마 안 됐어. 여기를 찾은 것도 최근이야."

"그런가."

고저 없는 목소리로 수긍하는 반휘혈을 보며 나는 눈썹을 찡그렸다. 반휘혈, 너, 고작 그걸로 넘어가도 되는 거야? 아무리 봐도 수상한 기운이 물씬 풍기잖아! 조금 더 까칠하게 굴어 보라고.

하지만 반휘혈은 감히 남동생의 친구에게 더 추궁할 마음은 없는 모양이었다. 그가 '그럼, 나중에도 인사하지.' 하고 돌아서던 찰나(그의 기억력으로 가능할지 모르겠지만), 정요한이 불쑥 말했다.

그 말에 그의 고개가 휙 소리 나게 돌아갔다.

"휘혈아. 나는 휘안이가 내가 귀국하자 갑자기 저렇게 되어 있다는 데 꽤 놀랐고, 아직 화도 나 있는 상태거든. 그래서 말인데."

"……."

"누가 저랬는지 알아냈어?"

정요한이 말하는 내용과는 달리, 너무나 여상한 목소리로 그렇게 말한 그 순간이었다. 갑자기 쾅! 하고 귀청 떨어질 듯한 소음이 복도를 울렸다.

반사적으로 귀를 틀어막은 나는 눈을 찡그리며 고개를 돌렸다. 반휘혈의 거대한 주먹이 병원 벽에 떡하니 꽂혀 있었다.

다행히 벽이 멀쩡한 것을 확인한 나는 안도의 한숨을 내쉬며 다시 반휘혈을 보았다. 다른 사람이었다면 진작 경을 쳤을 테지만, 상대가 반휘혈이다 보니 드는 생각이라곤 '그래, 주먹 쓸 타이밍을 종잡을 수 없는 걸 보니 네가 전국 서열 1위기는 전국 서열 1위인가 보다.' 하는 것뿐이었다.

그보다도 의외인 것은 정요한의 태도였다. 나는 그를 힐끗 보았다. 반휘혈의 실력 행사를 봤으면 쫄 법도 한데, 반휘혈을 바라보는 정요한은 여전히 담담하기만 했다.

그가 나긋하게 말을 이었다.

"역시 아무것도 못 알아냈나 보네. 하긴, 일이 터지자마자 자기 세력도 전부 버리고 잠적했다고 들었으니 당연한가? 혼자 힘으로 알아낼 수 있는 건 얼마 없었을 테니."

나는 눈을 찡그렸다. 뭐야, 반휘혈이 전국 서열 1위인 걸 알고 있던 건가? 하긴, 만약 저 정요한이란 녀석이 반휘혈의 동생으로 추정되는 반휘안과 친하게 지낸 것이 몇 년 전의 일이라면 그렇기야 하겠지.

납득하는 내 귀에 다시 정요한의 목소리가 닿았다.

"……이해가 안 가."

나는 퍼뜩 고개를 들었다. 반휘혈이 눈썹만을 찡그리며 물었다.

"뭐가 말이지?"

"네가 그렇게 자기 자리를 도망치듯이 떠나 버린 거 말이야. 정보를 수집하여 범인을 찾기 위해서는 당연히 서열 1위 자리를 계속 지키는 게 이득이었어. 하지만 넌 그렇게 하지 않았어."

"……."

"왜지? 너라면 충분히 범인을 찾아 복수할 수 있었을 텐데……."

답답하다는 듯 정요한의 말을 반휘혈이 가로막았다.

"그 시절의 얘기는 하지 않기로 하지."

"뭐?"

"다 잊고 살고 싶다."

어느 무협지의 은둔 고수 같은 대사를 자연스레 내뱉은 반휘혈이 우리 쪽으로 돌아섰다. 반휘혈이 복도 끝을 눈짓하자, 우리는 엉거주춤 걸음을 옮겼다.

복도를 가로질러 걸으며 나는 괜히 뒷머리를 벅벅 문질렀다. 아, 전국 서열 1위 인맥이 대단하기는 하네. 어딜 가도 아는 사람이나 돌아오는 사람 천지라니.

재는 진짜 인생이 야인시대 한 편 찍는 기분이겠다. 내가 그 생각을 하면서 계속 반휘혈의 옆얼굴을 힐끗거리는데 그때, 윤정인이 나를 향해 불쑥 물음을 던졌다.

"야, 자기 세력? 힘? 저게 다 무슨 소리냐?"

그제야 나는 그가 이 자리에서 반휘혈의 정체를 모르는 유일한 사람이란 것을 깨달았다. 당연히 그로서는 대화의 맥락이 전혀 이해 안 될 수밖에. 서열 1위란 단어가 나오긴 했지만 정말로 스치듯이였을 뿐이고.

이걸 도대체 어떻게 둘러댄담? 내가 고민하는데, 의외로 옆에 걷고 있던 반휘혈에게서 시원스런 대답이 흘러나왔다.

"다 설명해 주겠다."

"오, 정말?"

화색이 되어 묻는 윤정인에게 반휘혈이 다시 말했다.

"그래. 일단은 옥상에 가서."

"……."

이유 모를 침묵이 찾아왔다. 이윽고, 옥상으로 향하는 길에 윤정인이 나를 향해 작게 소곤거렸다.

"야, 왜인지는 모르겠는데……. 나, 쟤 따라 옥상 가기 되게 싫다."

나는 그저 고개를 끄덕였다. 역시, 은퇴했다고 해도 전국 서열 1위란 전적은 어디 가지 않는 모양이었다.

* * *

반휘혈이 떠나 버린 빈 복도를 보던 정요한은 가만히 입술을 짓씹었다. 급기야 하, 하고 소리 내어 웃다가, 마른 배를 매만지다가, 다시 복도 쪽을 돌아본 그가 자조 어린 목소리로 중얼거렸다.

"그럴 줄은 알았지만, 정말로 나를 조금도 기억 못 하다니. 이거 좀 열 받는데……."

그는 그대로 발걸음을 돌려 병실로 들어갔다.

병실 안은 물밑처럼 고요했다. 그 가운데 누워 있는 반휘안의 얼굴은 호수 바닥에 가라앉은 잔해인 듯, 한 점의 미동도 없었다. 침대 난간에 한 손을 걸친 채 그를 내려다보던 정요한의 눈이 문득 서늘해졌다.

"너한테 고맙다는 얘기는 절대로 하지 않을 거야."

그렇게 읊조린 그는 침대 위로 몸을 수그렸다. 역시나 쌔근거리는 숨소리만이 들려왔다. 규칙적인 그 소리를 듣고 있던 정요한의 미간이 문득 고통스러운 듯 일그러졌다.

이윽고 아무 일도 없었다는 듯 다시 몸을 바로 하며, 정요한이 무표정한 얼굴로 중얼거렸다.

"그래, 난 너에게 미안한 거 없어. 왜냐하면, 너희 형이 옛날에 말했던 대로, 약한 게 잘못이니까. 그렇지?"

그러더니 문득 주머니를 뒤적거린 그가 벌컥 성을 냈다.

"제길, 쓸모없는 자식 같으니. 그 간단한 요청 하나를 못 들어주다니."

이윽고 핸드폰을 꺼낸 그는 차갑게 미소 지었다.

"이제는 내가 직접 해야겠어."

한동안 핸드폰을 뒤적거리던 그는 마침내 정체불명의 사진 파일을 찾아냈다. 그것을 주저 없이 어딘가로 전송한 그는 문자를 입력하기 시작했다.

문자를 입력하다 말고, 문득 번호를 확인한 그는 작게 웃었다. 그가 혼잣말로 속삭였다.

"그 웃기지도 않은 문자를 보낸 게 너였어?"

서늘한 목소리가 따라붙었다.

"네가 뭘 결심했든 간에, 나하고는 상관없어."

*　*　*

윤정인의 반응은 예상한 대로였다.

"네가 전국 서열 1위라고?"

"응."

반휘혈의 담담한 대답에 윤정인은 주먹을 질끈 쥐더니 뭔가를 결심한 표정으로 우리를 번갈아 보았다.

의아해진 내가 물었다.

"뭘 기다리는 거야? 너, 설마 반휘혈이랑 싸워서 실력을 확인한다든가 그런 거 아니지?"

야, 너 그러다 죽어……. 내가 진지하게 덧붙인 말에 윤정인은 씩씩하게 고개를 내젓고는 덧붙였다.

"자, 어서 말해."

"말하다니, 뭘?"

"어서 농담이라고 말해. 나는 세상에서 제일가는 리액션을 보여 줄 준비가 됐어."

"……."

나는 복잡한 표정으로 윤정인을 응시했다. 아, 이럴 줄은 알았지만 정말 하나도 안 믿는군…….

나는 일단 차분하게 설득을 시도해 보기로 했다.

"아니, 일단 이름부터가 반휘혈이잖아. 세상에 반휘혈이란 이름이 그렇게 흔한 것도 아니고."

"아니지. 이름 하나 갖고 어떻게 믿어? 아무리 특이한 이름이라고 해도, 같은 하늘 아래 둘이라고 없겠냐?"

쳇, 나는 고개를 돌리며 혀를 찼다. 설득 따위 금방일 거라고 생각했는데, 윤정인이 보기와 다르게 말싸움의 강자라는 사실을 잊고 있었군. 하긴, 토론 수업 같은 데선 논리적인 김 쌍둥이 정도나 겨우 이길 정도인데.

그래도 나는 포기하지 않고 말을 이었다.

"눈은? 붉은 눈이 흔하지는 않잖아."

사실 은지호의 천연 은발과 유천영의 푸른 눈을 오랜 세월 보아 온 사람으로서, 이 세계에 붉은 눈이 흔하지 않다고는 확신하진 못하겠지만……. 그러자 윤정인은 고개를 기웃거리며 반휘혈의 붉은 눈을 골똘히 응시했다.

아, 다행히 흔하지는 않은 모양이지? 내가 안도의 한숨을 내쉬는 찰나, 대수롭잖다는 얼굴로 다시 이쪽을 돌아본 윤정인이 태연하게 대꾸했다.

"야, 눈 색이 똑같으면 뭐 하냐. 생김새가 아예 다른데."

"아니, 그건……."

"그렇게 따지자면 지금 너랑 나도 같은 검은 눈이다? 야, 그럼 내가 함단이로 개명하고 오면 다른 애들이 너랑 나도 막 헷갈리고 그러겠냐?"

"아니, 야, 말이 되는 소릴 해! 네가 함단이로 개명을 하긴 왜 하냐?!"

비유를 들 게 따로 있지! 내 이름으로 불리는 윤정인이라니, 상상도 하고 싶지 않았다. 진저리 치며 고개를 내젓던 나는, 능청스럽게 웃는 윤정인을 보고서야 내가 그의 수작에 넘어갔음을 깨달았다.

말문이 막힌 나에게 그가 어깨를 으쓱거리며 대꾸했다.

"야, 내가 전국 서열 1위 얼굴을 직접 본 건 아니지만, 그래도 얘기를 들은 건 있거든. 그런데 그놈은 보기만 해도 뻑이 가게 잘생겼다더라. 그래서 항상 여자들한테 둘러싸여 있었다고."

그 말을 들은 나는 조용히 고개를 돌려 반휘혈과 눈을 마주쳤다. 나와 눈이 마주친 반휘혈은 자신은 전혀 모르는 얘기라는 듯 고개를 내저었다.

확실히 내가 생각하기에도 반휘혈은 백 일 동안 동굴에서 쑥과 마늘만 먹다 나온 곰……. 아니지, 수도승이라고 하면 믿을까. 아무튼 인터넷 소설에서 흔히 나오는 환상의 플레이보이 따위하고는 거리가 멀었다.

그렇다면 어째서 그런 소문이 퍼진 걸까? 그러다 문득 유천영의 경우를 생각한 나는 고개를 끄덕였다.

아, 그렇게 된 거로군. 확실히 반휘혈의 안경 벗은 얼굴을 생각하면 유천영처럼 그의 외모에 홀린 사람들이 넉넉히 꼬이고도 남았다. 그렇다면 반휘혈 본인은 별 관심이 없었다고 해도 주변이 그를 가만두지 않았을 것이다.

그때, 반휘혈을 돌아본 윤정인이 텔레비전에 나오는 남자 아이돌처럼 눈을 능청스레 찡긋하며 말했다.

"야, 아무튼 미안한 말이다만, 네가 가만히 있어도 여자 꼬이고 그럴 정도는 아니잖아. 그러니까 이거 증명 끝난 거 맞지? 내가 이긴 거 맞지? 어? 빼박 캔트 반박 불가?"

내가 당장 질색하며 말했다.

"야, 중딩도 아니고 그 말투 뭐야. 그리고 수학 문제도 아닌데 증명이 왜 나와?"

"아무튼 내가 맞았다고. 너 전국 서열 1위 아닌 거 맞지? 인정? 어 인정?"

"아, 저 말투 진짜."

투덜대던 나는 반휘혈의 굳어진 얼굴을 보고 따라서 얼굴을 굳혔다.

설득에 더 시간을 썼다간, 답답해진 반휘혈이 예전 방식으로 일을 해결하려 할지도 모른다는 위기감이 갑자기 확 몰려왔다.

그 예전 방식이 뭘 말하는 거냐, 당연히 주먹이었다. '내 주먹을 직접 맞아 보고 내가 전국 서열 1위인지 아닌지 판단해 보는 건 어떤가.'라든가.

윤정인이 인간 펀치 머신이 되기 전에 나는 다급히 외쳤다.

"이, 이의 있소!!"

그 말에 윤정인이 흠칫 뒤로 물러났다.

"깜짝이야. 너야말로 그 말투 뭔데? 재판하는 것도 아니고."

놀란 듯 중얼거리는 그에게 나는 단호히 말했다.

"좋아, 내가 방금 네 말을 엎어 줄게. 그러면 되는 거지?"

"방금 내 말이라면, 반휘혈이 그렇게 잘생긴 편은 아니라고? 그게 반박이 되겠냐? 아이큐도 아니고 생김새 문제인데 재검사를 할 것도 아니고."

어이없다는 투로 말하는 윤정인을 외면한 나는 반휘혈을 향해 이쪽으로 오라고 손짓했다. 가까워진 반휘혈에게 내가 작게 속삭였다.

"최근 우리를 보면서 때리고 싶다는 생각이 들었던 적 있어?"

잠시 생각하는가 싶던 반휘혈은 이윽고 고개를 내저었다.

오, 좋아. 언제 어디서나 주먹을 부르는 사나이 윤정인 때문에 잠깐 걱정했는데. 의외로 대범하구나, 너. 감탄을 담아 반휘혈을 보던 내가 다시 말했다.

"휘혈아. 안경 벗자."

그 말에 반응한 것은 반휘혈이 아닌 윤정인이었다. 그가 김빠진 얼굴로 고개를 절레절레 저었다.

"야, 그만 포기하지? 사람이 안경 하나 벗는다고 얼굴이 뭐가 바뀌기는 바뀌겠……."

태연히 나불대던 그의 얼굴이 이윽고 하얗게 질렸다.

시내 한복판에서 좀비나 있어서는 안 되는 괴물이라도 마주친 것처럼, 한참이나 동공에 지진을 일으키던 그는 비척거리며 물러나더니 이윽고 무릎부터 털썩 쓰러졌다.

"마, 말도 안 돼……."

아까의 자신만만함을 모조리 잃고, 빈털터리가 된 것처럼 텅 빈 손으로 바닥을 움켜쥐는 윤정인을 보며 나는 따뜻한 미소를 지었다.

미안하다. 나도 이렇게 극적으로 네 논리를 타파할 생각은 없었는데. 아무렴 안경 하나 벗는다고 사람 얼굴이 달라질 리 있냐는 네 상식이 잘못됐겠니? 다만 반휘혈이 그 상식에서 한참을 벗어난 존재였을 뿐이지.

삼삼한 위로의 말을 건네려다 말고, 불쑥 흘러나온 윤정인의 말을 들은 나는 질색했다.

"내 친구가 전국 서열 1위였다니……. 이제 내 조용한 학교생활은 끝났어."

"야, 무슨 소리야. 네 학교생활은 내가 아는 한 한 번도 조용했던 적이 없는데."

그러고도 윤정인은 아직도 현실을 받아들이지 못하는 모양이었다. 하긴, 행방불명된 서열 1위의 얼굴을 직접 본 것도 아닌데, 잘생겼다는 공통점은 충분한 증거가 못 될 만했다.

간신히 몸을 추스른 윤정인이 아직 희망의 가닥을 놓지

않은 눈빛으로 물었다.

"야. 미안한 말인데, 그래도 나는 아직 믿기지가 않는다."

"왜지."

"아니, 왜냐하면. 황시우가 있으니까. 황시우는 왜 그냥 둔 건데? 그러니까 내 말은, 네가 전국 서열 1위면 당연히 황시우 하나쯤은 가볍게 묻어 버릴 힘이 있지 않나 하고. 아까 네가 말했던 것처럼 조용히 살고 싶어서? 하지만 그렇다기엔 황시우는 오히려 네 조용한 학교생활을 방해하는 녀석이 아니냐고."

"아까 말했지 않나. 나는 오히려 기쁘기까지 하다고."

반휘혈이 주저 없이 내놓은 대답에 나는 고개를 들었다.

"뭐?"

아연히 되묻는 우리에게 반휘혈이 거침없이 말을 이었다.

"나는, 황시우에게 오히려…… 감사하고 있다."

반휘혈의 말이 끝나자 무거운 침묵이 흘렀다. 그 속에서 나와 윤정인은 잠시 고개를 들어 시선을 교환했다.

이윽고 윤정인이 조심스럽게 입을 떼었다.

"야, 미안하다. 나는…… 네가 그런 취향인 줄은 모르고."

야 인마. 두통이 온 관자놀이를 지그시 누르는 내 옆에서 반휘혈이 으르렁대듯 말했다.

"아니다."

"아니야? 황시우에게 감사하는 데는 너의 비밀스러운 취향과 관련이 있는 게?"

"아까 보았겠지. 내가 갔던 병실에서."

미간을 짚으며 침묵하던 것도 잠시, 맹수처럼 눈을 치켜뜬 그가 으르렁대듯 하는 말에 나도 윤정인도 잠시 침묵했다. 역시 그 주제는 아직 우리가 받아들이기엔 너무 무거웠다.

말이 없는 우리를 상대로 반휘혈이 담담히 말을 이었다.

"반휘안. 내 동생이다. 나보다 두 살 어리고."

"……."

"생김새를 봤나? 봤으면 알겠지만, 입원하기 전부터 몸에 근육이라고는 거의 없었다. 그래서 험한 아르바이트라곤 전혀 할 수 없었고, 툭하면 감기에 걸리곤 했지. 때로는 아르바이트하러 갔다가 약값만 더 쓰고 오는 경우가 종종 있었어."

담담히 흘러나온 반휘혈의 말을 듣고 나는 살짝 눈을 찡그렸다.

아, 역시 그랬구나. 학생인데도 아르바이트를 다니는 데다가, 심야 아르바이트까지 하는 것을 보고 눈치는 챘지만 반휘혈은 가정 사정이 썩 좋지 못한 모양이었다. 아직 성인도 되지 않은 두 형제가 각자 일을 해서 살림에 보태야 할 만큼.

그런 얘기를 순순히 털어놓는 반휘혈의 얼굴에는 억울한

기색도, 슬픈 기색도 없었다. 나는 거기서 예전 은형이의 얼굴에서 많이 보던 기색을 다시 보았다. 불운에 대한 적응.

눈을 들어 우리의 반응을 살핀 그가 천천히 마른 입술을 떼었다.

"나는…… 어두운 밤길을 다니는 일이 많았고, 그러다 보면 시비가 걸리는 일도 많았다. 어려서부터 덩치가 이렇지는 않았으니 말이다. 가끔은 눈빛이 왜 그러느냐는 용건이었고, 대부분은 돈을 달라는 거였다."

"……."

"하지만 푼돈이라도 넘겨 줄 수가 없어서 악착같이 싸웠다. 걸려 온 싸움에서 진 적은 한 번도 없었어. 그러다 그게 소문이라도 났는지, 어느 날부터 찾아오는 녀석이 많아지기 시작했고……."

그의 목소리가 점차 잦아들었다.

"어느 날, 서열전에 나가지 않겠냐는 제의를 받았다. 이기면 좋은 일이 많을 거라면서."

그리고 그는 다시 입을 닫았다.

침묵을 견디지 못한 내가 되물었다.

"그래서?"

"나가서도 나는 한 번도 지지 않았다. 당연히 1위는 내 차지였지. 그러고 나니 확실히 그들 말대로 여러모로 편해지더군."

"편해졌다고 하면……."

"내가 필요하다고 하면 재깍재깍 달려 나오는 알바 대타들, 어디선가 나오는 출처를 알 수 없는 돈들, 자잘한 심부름꾼까지. 이런저런 것들."

내 표정이 어두워졌다. 얼핏 바라본 윤정인의 얼굴도 마찬가지로 어두워져 있는 것도 같았다. 그도 그럴 게, 가해자 없이도 피해자는 얼마든지 존재하는 세상이기 때문이다.

반휘혈은 아무것도 몰랐다고 하지만, 그를 정말 온전히 무고하다고 할 수 있을까?

우리의 시선을 받으며 공연히 빈손을 괜히 쥐락펴락하던 반휘혈이 다시 입을 뗐다.

"나를 처음 비난한 게 휘안이였어. 내가 힘을 갖고도 약한 사람들을 돕지 않는다고. 그들이 착취당하는 것을 무시한다고."

"……."

"그 말대로 나는 약한 녀석들이 내 옆에서 맞든 말든, 내가 평소에 어울리는 녀석들한테 맞고 울든 어쩌든 전혀 신경 쓰지 않았다. 왜냐하면, 나는 싸움만큼은 남들에게 대신 시킨 적이 없었으니까. 그러니 나도 그 녀석들을 위해 대신 싸울 필요는 없다고 생각했다."

"후……."

저도 모르게 한숨을 내쉬는 나를 힐긋 본 반휘혈이 말했다.

"그런데 휘안이 녀석의 생각은 달랐어."

"어떻게?"

"그 녀석은 내가 그 애들을 외면해선 안 되며, 힘 가진 사람의 도리로써 당연히 도와야 한다고 주장하더군. 그러면서 그 녀석은 겁도 없이 남의 싸움에 자주 끼어들곤 했다. 내 앞에서 그러면 내가 나서면 됐지만, 내 앞에서 그러지 않은 때도 있었어. 그때마다 녀석은 어김없이 상처를 달고 돌아왔고, 나는 동생 간수 잘하란 소리를 들었지. 그러다……."

입술을 질끈 깨문 반휘혈이 말을 맺었다.

"연락을 받고 병원에 와 보니, 휘안이는 이미 이렇게 돼 있었다."

경고 표지판도 없이 돌연 낭떠러지가 등장했다. 숨을 들이쉬는 우리 앞에서, 반휘혈이 다른 곳을 보며 말을 이었다.

"범인은 모른다. 아마 싸움깨나 하던 녀석들한테 휘안이 녀석이 또 겁도 없이 달려들었던 거겠지. 하지만, 그런 녀석들이 어디 한둘도 아니고. 벌써 반년 전 일이니 범인을 찾기 쉽지 않을 거다. 나도 몇 번 시도는 해 봤지만……."

"응."

"어쩌면 방금 조안나란 녀석이 말했던 것처럼, 내 자리로 돌아간다면 찾기가 수월할지도 모르지. 하지만 그러고 싶진 않아. 왜냐하면……."

거기까지 말한 반휘혈이 잠시 눈을 내리깔고 말을 골랐다.

"만약 휘안이 녀석이 맞고 있었을 때, 누군가 외면하지 않고 도와줬더라면 그런 일은 일어나지 않았을 테니까."

틀린 이름을 정정해 줄 생각도 들지 않았다. 그보다도 그의 마지막 말이 이해가 되지 않아 나는 고개를 기웃했다. 그런 내게 반휘혈이 낮아진 목소리로 말했다.

"휘안이 녀석이 내게 말했던 적이 있다. 내가 '약한 녀석들이 맞는 건 어쩔 수 없는 일이니 무시하라'고 했더니, 이렇게 대답하더군. '형은 강하니까 자기같이 약한 사람들의 마음 따위 이해 못 한다'고. 약해서 비겁해지는 사람의 기분 따위, 나는 앞으로도 평생 이해 못 할 거라고 했어."

"……."

"하지만 그 말은 틀렸다. 그렇지 않나? 나는 이제 휘안이의 입장을 완벽하게 이해하게 되었으니."

갑자기 고개를 들고 오연히 말하는 그의 앞에서, 내내 말없이 듣고 있던 윤정인이 한 손을 내저으며 물었다.

"야, 잠깐. 다른 건 다 알겠는데, 그게 대체 무슨 소리야?"

"나는 이제 휘안이의 입장을 완벽히 이해했다. 그렇지 않나?"

"야, 잠깐. 그럼 너 설마, 황시우에게 반항 한 번 안 하고 얌전히 맞고 있던 게……."

마침내 감을 잡은 듯 입을 삐끔대는 윤정인 앞에서, 반휘혈은 옅은 미소를 짓기까지 하며 말했다.

"갈수록 내가 그런 일을 당하는 게 옳다는 생각이 들었다."

"야, 아니지! 그건 아니지."

개운해 보이기까지 하는 그의 얼굴을 보고 우리가 황급히 부정했지만, 반휘혈은 웃음을 그칠 줄을 몰랐다.

"그전까지 나는 누군가에게 맞는 게 얼마나 아픈 일인지 알지 못했다."

그가 여전히 붉은 눈을 기쁜 듯 휜 채 말을 이었다.

"그렇게 알고 나니, 더는 아무도 때리고 싶지 않다는 생각이 들더군. 그냥 이대로 살고 싶다는 생각만."

"아니, 아무리 그래도 그건 아니지!"

벌컥 외치는 나에 이어 윤정인도 기겁해서 외쳤다.

"맞아, 네가 그렇게 맞아 봐야 네가 그때 외면한 걔들한테 무슨 도움이 되는데? 야, 아무리 죄책감을 느껴도 그건 아니다."

우리 둘의 열변에도 불구하고 고개를 내저은 반휘혈이 담담히 말했다.

"나를 그만 내버려 둬라."

나는 그만 머릿속이 텅 비고 말았다.

"뭐?"

"말 그대로다. 방금 말했듯이, 황시우에게 맞는 것은 내가 자발적으로 원해서 하는 일이다. 지금까지 너희가 날

도와주려고 한 데는 감사하지만, 이만 됐다."

"아니, 아니. 잠깐만."

갑자기 대화를 끝내고 걸음을 옮기는 반휘혈의 팔을 내가 다급히 붙들었다.

반휘혈은 몸을 휙 돌리다 말고 뭐냐는 표정으로 나를 보았다. 알바 시간이 끝났는데 점주에게 붙잡힌 알바생도 이렇게 싸늘하진 않겠다는 생각이 들었다.

어깨를 가볍게 움츠린 내가 물었다.

"너, 그러니까……. 방금 네 말은, 너는 황시우한테 앞으로도 계속 반항하지 않을 거란 말이잖아. 그런데 그것도 모자라서 이제는 우리한테 널 도와주지도 말라고?"

내 말에 눈동자가 흔들리는 것도 아주 잠시였다. 곧 반휘혈은 마음을 굳게 먹은 듯 다시 우리를 내치고 돌아섰다.

"그래."

"야, 잠시만. 어디 가! 학교는 가야……."

벌컥 외치는 윤정인을 향해서도 반휘혈이 싸늘하게 고했다.

"먼저 가라."

그의 평소답지 않은 기백에 우리는 말문이 막힌 채로 가만히 서 있었다. 그런 우리를 남겨 두고 옥상 문이 천천히 닫혔다.

나와 윤정인은 황망하게 닫힌 문을 응시했다.

반휘혈이, 가 버렸다.

언제 학교로 돌아오겠다는 말도 없이.

한참이 지나서야 윤정인이 간신히 침묵을 깼다. 그가 불안한 듯한 얼굴로 용케 웃으며 말했다.

"아, 반휘혈 돌아오겠지? 설마, 이대로 안 돌아오진 않겠지?"

"어, 어. 그렇겠지. 그래도 학교생활에 나름대로 애착, 아니, 의무감을 가지고 있는 것처럼 보였으니까……."

나는 말끝을 흐렸다. 그게 죄책감으로 인한 것일지언정, 같은 말을 덧붙일 수 있을 리 없었다. 내가 입술을 깨물자, 윤정인은 한숨을 내쉬고 바깥을 향해 턱짓했다. 우리는 힘없이 걸음을 옮겼다.

병원 로비로 가기 위해 엘리베이터를 탈 때까지도 침묵만이 흘렀다. 내가 버튼을 누르고, 엘리베이터가 움직이기 시작하고 나서야 윤정인이 나직이 입을 떼었다.

"왜 있잖아, '남은 사람이라도 정신 차려야지.' 하는 말."

나는 힘없이 고개를 끄덕였다.

"응."

"어쩌면 그렇게 이기적인 말이 다 있을까 생각한 적도 있었는데……. 방금 반휘혈을 보니까 이해가 될 것 같기도 하고."

말을 맺고 난처한 듯 이마를 문지르는 윤정인을 보고 나 역시 한숨을 내쉬었다. 다시 앞을 돌아본 내가 낮은 목소리로 대답했다.

"그러게 말이야. 스스로를 저렇게 망가뜨리면 안 될 텐데……. 동생 깼을 때 얼굴을 어떻게 보려고."

그러자 다시 침묵만이 흘렀다.

참을 수 없이 답답한 심정이라 한두 마디씩 흘러나오기는 했지만, 결국에는 안 지 얼마 안 된 사이끼리 논하기에는 너무 무거운 얘기였다. 나는 꽉 막힌 명치를 두어 번 주먹으로 두드리며 생각을 계속했다.

반휘혈은 자신이 이런 일을 겪는 것이 마땅하다고 말했다. 고통을 받아 마땅하다고.

우리가 고통을 견딜 때, 우리는 보통 그것이 끝난 다음을 생각한다. 이를테면 우리가 고등학교에서 하루하루 쏟아지는 공부를 헐떡이며 쫓아갈 수 있는 것은, 대학교에 가면 전부 끝날 것이란 약속 때문일 것이다.

그것을 생각했을 때, 견디기 어려운 것은 고통 그 자체라기보다는 무의미한 고통일지도 모른다. 그 끝에 아무것도 약속되지 않는 고통. 보상이 없는 고통.

하지만 반휘혈은 아무것도 약속되지 않는 고통의 나날을 당연한 듯 견디겠다고 했다.

나는 초조한 마음에 땀이 밴 손을 주머니에 집어넣었다.

그렇다면, 반휘혈이 고통을 견디며 기다리고 있는 것은 무엇일까? 단지 속죄하고 싶은 마음뿐인 걸까?

아니면, 어쩌면.

자신이 저지른 죄와 고통의 균형을 맞추면, 반휘안이 눈을 뜨지 않을까 하는 미약한 희망 때문에.

아무리 현명한 사람이라도 반복되는 불행 속에서 미신적인 믿음에 사로잡히는 것을 나는 여러 번 보았다. 이를테면 은형이가, 자기가 곁에 있으면 자기 아버지가 깨어날 수 없을 거라 믿었던 것처럼.

반휘혈의 이상한 고집도 그런 맥락에서라고 볼 수 있을까?

그러다 말고 나는 황급히 고개를 내저었다.

아니, 아무튼 그가 선택한 일인데, 타인인 내가 왈가왈부할 자격이 있나? 그가 자신이 했던 일을 속죄하기 위해 기도를 하겠다고 하건, 절에 다니겠다고 하건.

아니, 하지만 악질적인 무리들에게 몇 번이고 얻어맞는 것만은…….

머릿속에서 공방이 끊임없이 오가는 가운데, 마침내 엘리베이터가 땡, 소리와 함께 로비에 도착했다. 그때 갑자기 윤정인이 머리를 벅벅 헤집으며 입을 열었다. 나는 흠칫 놀라서 그를 돌아보았다.

"아! 모르겠다. 그래, 내가 뭘 알겠냐."

"……."

"겪어 보기는커녕 상상도 못 해 본 일인데."

윤정인 역시 결국에는 생각 끝에 나와 같은 결론에 도달

한 모양이었다. 나는 가라앉은 눈빛으로 고개만 끄덕였다.

학교로 돌아가는 버스 안에서도 기묘하고 우울한 분위기는 계속되었다. 윤정인은 계속 턱을 괴고 창밖만 보는 채로 말이 없고, 나는 외출 명목으로 받아 온 핸드폰을 의미 없이 매만지다가 불쑥 다른 생각을 했다.

지금 다른 녀석들은 모두 학교라 핸드폰을 쓸 수 없겠지만, 한 사람만은 예외였다.

다른 드라마의 땜빵을 들어가게 됐다나 어쨌다나 해서 3개월이나 당겨진 일정 때문에 허둥지둥했던 게 최근 일이었다. 요즘은 거의 촬영장에 있었으니, 아마 지금도 그렇겠지? 잠시 망설이던 나는 통화 버튼을 꾹 눌렀다.

신호음이 흐르는 것을 들으며 나는 가슴께를 눌렀다. 이게 뭐라고 이렇게 긴장이 된담? 아무래도 그가 드라마에 출연하게 되자, 공인이라는 게 새삼 실감 나긴 한 모양이다.

창밖을 보며 초조하게 기다리던 내 귀에 마침내 목소리가 들려왔다.

[무슨 일이야?]

답지 않게 다짜고짜 용건부터 캐묻는 유천영의 말에 나는 눈을 크게 떴다. 바쁜가? 그러고 보니 조금 숨이 찬 듯도 했다. 당황한 내가 대답했다.

"아니야, 무슨 일은 무슨? 아무 일도 없어. 그냥 생각나서."

바쁜 거 아니야? 끊을까? 뒤이어 조심스럽게 물으려던

나는 곧바로 돌아온 서슬 퍼런 목소리에 입을 다물었다.

[학교인데 핸드폰을 왜 갖고 있어. 수업 시간인데 전화는 어떻게 하고.]

“아.”

정말로 별거 아니라고 하려던 나는, 이윽고 새로운 사실을 깨닫고는 입을 다물었다.

황시우가 강당에서 벌인 일이 꽤 요란하긴 했으니, 아마 지금쯤이면 온 학교에 소문이 자자하게 퍼지고도 남았을 것이다. 그리고 유천영이 나중에 이것을 누구에게서든 전해 듣게 될 것은 당연지사.

나는 잠시 그에게 사건의 개요에 대해 구구절절 설명해야 할까 고민했지만 곧 관뒀다. 에이, 안 그래도 바쁜데.

나는 짐짓 유쾌한 척 말했다.

“아니, 뭐, 유 배우님이 신경 쓰실 만한 일은 아니고요! 하하, 바쁘신데.”

그 즉시 싸늘한 목소리로 대답이 돌아왔다.

[어디 다녀오는데.]

“벼, 병원…….”

[거길 왜?]

결국 속으로 항복을 선언한 나는 한숨과 함께 얘기를 시작했다. 사건의 중심이 내가 아닌 반휘혈과 윤정인인 것이 다행이라면 다행이었다.

내가 나오는 부분은 의도적으로 생략하거나 쳐 낸 덕인지, 유천영은 별말이 없었다.

대신 그는 다른 것을 물었다.

[안 다쳤는데 병원은 왜 따라갔어.]

"아, 아니. 그냥. 황시우랑 같은 교실에 있기 껄끄러워서. 핑계 대고 도망쳐 나왔어."

[그렇게 간이 작으면서 큰소리는 어떻게 쳤어?]

나는 킥킥 웃으며 대답했다.

"그러니까. 나 진짜 잠깐 어떻게 됐었나 봐."

바로 그때, 버스 밖을 구경하고 있던 윤정인이 문득 이쪽을 돌아보았다. 통화하고 있는 나를 본 그가 손가락으로 귀를 가리키며 입을 뻐끔거렸다. 누구야?

"어, 유천영."

"와, 미쳤다. 유천영? 걔 지금 드라마 찍고 있는 거 아니야?"

"어, 어. 맞는데."

그러자 당장 손을 모아 쥔 윤정인이 비 맞은 강아지처럼 그렁그렁한 눈빛으로 물었다.

"야, 제발 이나라 사인 한 장만 받아 달라고 해 줘. 사람 하나 살린다 치고."

"어? 어, 잠깐만. 지금 물어볼게."

곧장 고개를 돌린 나는 유천영에게 소곤거렸다. 마침 그도 윤정인의 목소리를 들은 듯했다. 그가 되물었다.

[옆에 누구야?]

"어, 윤정인. 야, 윤정인이 이나라 사인 한 장 받아 달래."

그러자 잠시 수화기 너머가 조용해지더니, 유천영이 중얼거리는 게 들렸다. 굳이 그 누나를…….

하하, 나는 괜히 멋쩍게 웃었다. 은지호나 유천영이 알고 있는 이나라의 모습이 스크린에 비친 그녀의 모습과 매우 다르다는 것만은 알겠다.

이윽고, 간단히 돌아온 대답에 고개를 끄덕인 내가 다시 윤정인을 돌아보았다. 윤정인이 여전히 두 손 모은 채로 간절하게 물었다.

"뭐, 뭐래?"

"알겠대."

"와 씨, 대박! 내가 어제 템을 족족 깨 먹더니 오늘 이러려고 그런 거였구나."

그렇게 말하며 두 손을 기도하듯 모아 올리던 그가 문득 다시 돌아보며 말했다.

"야, 나 하나만 더 부탁해도 되냐?"

"어? 응, 어려울 거 없다는데?"

"그럼 나 달링즈 예린 사인도."

곧바로 튀어나온 생소한 이름에 내가 고개를 기울였다.

"예린?"

"너 달링즈 모르냐?"

윤정인의 얼굴 가득 믿을 수 없다는 기색이 번지자 나는 당황하며 고개를 내저었다. 아니, 설마 '달링즈'를 내가 모를 리가? 데뷔곡 '달링'만으로도 1위를 차지했었고, 활동한 지는 약 2년 정도 된 달링즈는 지금은 수능 금지곡만 해도 여러 개인 초대형 걸 그룹이었다.

내가 아이돌을 아주 좋아하지는 않는다고는 하지만, 또래 애들의 관심사이기도 하고, 또 주말 저녁에 텔레비전을 틀어 놓고 있다 보면 자연스레 최신 유행하는 아이돌의 이름쯤은 외울 수 있었다.

그런 정보를 구구절절 떠올린 내가 어리둥절해하며 물었다.

"그런데 예린이 왜?"

그러자 팔짱을 낀 윤정인이 당연한 듯 대답했다.

"야, 그거야 당연히 예린이 유천영이랑 같은 드라마 출연하니까 그렇지."

"뭐, 뭐?"

"넌 친구가 드라마에 나오는데 누구누구 같이 나오는지 검색도 안 해 봤냐?"

그제야 나는 당황한 표정을 조금 수습하며 대답했다.

"아, 아니. 나는. 유천영이랑 중학교 때부터 친구니까. 그런 거 검색하면 오히려 괜히 친구 사이에 거리감 생기게 되고 그럴까 봐 일부러 안 했어."

"아, 하긴, 넌 그러려나? 난 그렇게 오래 안 사이가 아니다 보니까 그런 건 생각을 못 했네."

금세 납득하여 고개를 주억거리는 윤정인을 뒤로하고 나는 다시 핸드폰을 들었다.

"여보세요, 유천영? 듣고 있어?"

[응, 너희 말하는 거 다 들렸어.]

담담하게 말한 유천영은 윤정인에게 예린이 지금 다른 촬영장에 있으며, 그래서 시간이 좀 걸리기는 하겠지만 다음 주쯤 등교할 때 갖다주겠다고 흔쾌히 대답했다.

옆에서 윤정인이 주먹을 쥐며 환호성을 터트리는 가운데, 나는 괜히 조심스러워진 목소리로 말했다.

"어, 응. 그럼…… 조심히 촬영하고."

[갑자기 목소리가 왜 그래.]

"아니, 아무 일도 아냐."

괜히 고개를 세게 내젓던 나는 문득 화제를 돌렸다.

"있잖아, 너."

[응.]

나는 최대한 조심스런 투로 귓속말하듯 물었다.

"혹시 너…… 약자의 심리를 이해한다고 자발적으로 맞고 다닌다거나, 일부러 안 좋은 일을 참고 산다거나. 뭐 그러지는 않지?"

[무슨 소리를 하는 거야?]

어이없다는 투로 돌아온 대답에 그제야 나도 웃을 수 있었다. 비로소 긴장이 풀린 내가 굽혔던 허리를 펴며 좌석에 몸을 기댔다.

"아니. 아무것도 아니야. 학교 올 때 연락해."

[그래. 그때 봐.]

산뜻하게 돌아오는 인사를 들으며 나는 종료 버튼을 눌렀다.

유천영의 이름이 떠올라 있는 검은 화면을 한참이나 내려다보다가, 나는 핸드폰을 무릎 위에 올려놓고는 두 손으로 내 뺨을 쳤다.

옆에서 윤정인이 눈을 깜빡이더니 물었다.

"뭐 하냐."

"아니, 너무 놀라서. 아무리 그래도 그렇지, 예린이라니."

"아, 그러게. 몰랐으면 그건 진짜 놀랄 만도 하다."

이번 드라마 진짜 잘될 것 같지 않냐. 할리우드에서 유천영 데려가자고 하는 거 아니야? 윤정인의 헛소리를 한 귀로 듣고 한 귀로 흘리며 나는 계속 핸드폰 화면에 시선을 주었다.

물론 사대천왕이든 반여령이든 언제고 날개 달린 것처럼 날아가서 다른 세계 사람이 되어 버릴 거라고, 생각하지 않은 건 아니었지만. 적어도 모두가 평등하게 지낼 수 있는 고등학생 때만큼은 아닐 줄 알았다.

그런데 그 시기는 내가 모르는 새 바짝 다가와 있었다.

한참을 말없이 앉아 있다가, 핸드폰을 달칵 닫아 주머니에 집어넣으며 나는 옅게 한숨을 내쉬었다.

"진짜 멀어지는구나."

마음 한구석이 공허했다.

* * *

통화가 종료된 핸드폰을 뚫어져라 쳐다보던 유천영은 등 뒤에서 날아온 목소리에 고개를 돌렸다.

"뭐 해?"

"하운 선배님."

자리에서 일어난 유천영은 고개를 정중하게 숙였다. 너무 길지 않게 몸을 숙였다가, 몸을 일으키며 핸드폰을 접어 주머니 깊숙이 집어넣었다.

그런 그를 보던 하운의 눈이 여우처럼 가늘어졌다.

"통화? 누구랑."

"학교 친구입니다."

"그래? 그런 것치고는 엄청 급하게 달려가던데. 나는 집안일이거나 그런 건 줄 알았어."

유천영은 대답 없이 하운의 눈을 빤히 보았다.

하운은 여전히 능청스레 웃으며 주머니에 손을 집어넣고는 그대로 서 있었다. 그가 태연히 물었다.

"왜? 내가 못 물어볼 거 물어봤어?"

"아닙니다."

"아니라기엔 표정이 너무 무서운데."

유천영은 표정의 변화 없이 살짝 고개만 돌려 다른 곳을 보았다.

단지 그것뿐이었지만, 하운의 눈에는 유천영이 이 자리를 벗어나고 싶어 한다는 것이 빤히 보였다. 미성년자인데다가 남의 눈치 볼 필요 없는 삶을 살아와서 그런가, 확실히 이런 연기는 못했다.

아무튼 잘됐다는 생각이 들었다. 급하게 연락을 받고 나가기에 주식 하는 친구들에게 빼길 기회가 생길지도 모른다는 생각이 들어 따라왔는데, 대신에 본 것은 전혀 다른 모습이었다.

촬영장에서 감독이 아무리 요구해도 잘 나오지 않던 부드럽고 풀어진, 어딘가 평범한 소년처럼 보이는 얼굴이었다.

감독이 유천영에게 내내 요구했던 바로 그것이었다. 유천영은 여주인공의 옆집 동생이었으므로, 지나치게 얼굴을 굳히고 있어 봐야 모델처럼 보일지언정 역할에는 도움이 되지 않았다.

그런데 저런 표정을 저토록 쉽게 끌어내는 사람이 있다니? 가족? 연인? 그쪽으로 슬쩍 다가간 하운은 그림자 속에 숨어 숨을 죽였다.

다행히 주변이 소리가 잘 울리는 구조라서 목소리 정도는 알아들을 수 있었다. 여자 목소리였다.

발해 그룹 정보였어도 좋았겠지만, 이것도 이것대로 나쁘지 않은데. 하운은 어둠 속에서 슬쩍 미소 지었다.

연예계 활동을 한 것이 얼마 안 되었다 보니, 아직 정리하지 않은 일반인 여자 친구가 있는 모양이었다. 자신의 위치를 덜 자각했을 수도 있는 일이고.

보통은 일이 터지기 전에 소속사에서 헤어지게 시키는데, 유천영의 경우에는 배경이 배경이니만큼 함부로 건드리지 못했을 것이다.

아는 기자에게 정보를 넘기고 대가로 자신에 대한 홍보 기사를 요구하는 것도 좋겠지. 속으로 계산하던 하운은 유천영이 통화를 마치자마자 맞추어 그의 앞에 나섰다.

역시나, 유천영은 쉽게 정보를 흘리려 하지 않았다. 그러기는커녕 몸에 가시를 잔뜩 세웠다. 그러나 하운은 오히려 잘됐다 싶었다. 그가 숨기려는 것일수록 민감한 정보일 테니까.

그가 웃으며 채근했다.

"뭐야, 얘기 안 해 줄 거야? 응?"

"……."

"괜찮아, 일반인 여자 친구 사귀는 게 뭐 어때서. 너는 아직 들어온 지 한 달도 안 됐잖아. 그전까진 모델 일만 간간이 했다며.”

달래는 말에도 유천영은 얼굴을 시퍼렇게 굳힌 채 말이 없었다. 안 그래도 차가운 얼굴인데, 저렇게 있으니 정말 마네킹이 따로 없었다. 아까 통화하던 얼굴이 상상이 안 될 지경이었다.

그럼에도 하운은 여전히 웃음을 지우지 않으며 포기하지 않고 말했다.

“에이, 이거 후배 표정이 무서워서 무슨 말을 못 하겠네. 형이 그냥 업계 선배로서 충고해 주는 거야.”

유천영은 여전히 말이 없었다.

“표정 보니까 어지간히 좋아하는 모양이네. 지금은 그 애 하나밖에 없을 것 같지. 그런데 너 방송 타기 시작하고 나면 다르다.”

하운은 손까지 움직이며 유창하게 떠들어 댔다.

“너 만나려고 어느 사람이건 줄을 설 거라고. 너는 잘생겼으니까 틀림없이 그렇게 된다, 인마. 내가 장담해.”

그런데도 반응은 좋지 않았다. 잘생겼다는 말이나 누구든 줄을 선다는 말에 반응을 보이지 않는 녀석들은 없었는데.

무슨 말을 더 해야 할까? 하운은 속으로 갈피를 못 잡으면서도 말을 이었다.

“아, 일반인이 좋으면 일반인도 사귈 수도 있지. 야, 신분 보호를 위해서 비밀로 해 달라고 해 놓고 몇 명이나 동시에 사귀는 수도 있어. 하지만 지금은 시기가 애매하니까, 일단은 헤어지고……. 봐 봐, 어떤 애야? 형이 깔끔하게 마무리하는 요령 알려 줄게.”

그렇게 말하며 유천영의 핸드폰으로 슬쩍 손을 뻗는데 대답이 들려왔다.

“제가 알아서 하겠습니다.”

기나긴 충고에 대한 감사도, 선배에 대한 예우도 없는 차가운 거절이었다.

발끈한 하운은 고개를 들며 입을 열다가, 유천영의 새파랗게 얼어붙은 눈을 보고 도로 닫았다. 그는 말없이 놀란 눈을 깜빡이다가, 이윽고 슬며시 어금니를 악물며 빈손을 주먹 쥐었다.

새파랗게 어린 자식이, 어디에서 기분 나쁜 티를 대놓고 내고 있는 거야? 그가 차마 말로는 못 하고 속으로만 으르렁대는 그때, 시끌벅적하던 등 뒤 소음을 뚫고 낭랑한 외침이 날아왔다.

“천영 씨! 다시 촬영 들어가요!”

“가 보겠습니다.”

잘됐다는 듯 고개를 꾸벅 숙인 유천영이 빠르게 하운을 지나쳐 갔다.

하운은 제자리에 가만히 서 있기만 하다가 이윽고 유천영의 옷깃이 스친 어깨를 매만지며 얼굴을 일그러뜨렸다.

그는 고개를 돌려 빛 아래로 걸어 나가는 유천영을 바라보았다.

그때, 다시 조감독의 외침이 날아왔다.

"하운 씨! 하운 씨도 오셔야지요! 둘이 어깨동무하고 오는 장면이잖아요!"

"아, 네! 갑니다!"

하운은 헐레벌떡 뛰어갔다.

하운은 전광판 불빛을 받은 유천영의 허여멀건 얼굴을 바라보았다.

방금 자신을 내팽개치고 쌩하니 가 버린 녀석과 어깨동무를 하려니 마음이 편치 않았다. 더군다나 실제 나이는 다섯 살도 넘게 차이 나는 녀석과.

하운은 이나라의 남동생 역할이었다. 술을 지나치게 마신 자신을 유천영이 부축해 가다가 이나라와 마주치는 장면이었다.

자신은 거의 곯아떨어진 것처럼 유천영의 어깨에 코를 처박고 있으면 되는 쉬운 연기였다.

사인이 떨어졌다. 하운은 유천영의 어깨에 몸을 기댄 채로 비틀거리며 걸었다.

그리고 채 5초도 안 돼서 외침이 떨어졌다.

"하운 씨, 다시 가 봅시다! 거 표정이 너무 안 좋네."

"아, 네!"

당황하며 고개를 든 하운은 허겁지겁 헝클어진 머리카락을 정리했다.

마음을 가라앉히려 차분히 심호흡하던 하운은, 감독의 다음 말에 표정을 일그러뜨렸다.

"천영이는 무슨 일이야? 오늘 표정 정말 좋은데. 싫고 한심하다는 표정. 그렇게만 가 줘."

싫고 한심하다는 표정이라고? 연기가 좋은 데는 이유가 있었다. 망할 자식. 하운은 다시 얼굴을 구겼다.

마침내 하운의 연기가 감독이 그럭저럭 만족할 수준이 되고 나서야 이나라가 골목길을 돌아 들어왔다.

극 중에서 그녀는 이제 막 사건의 실마리를 잡은 참이었다. 가뿐하던 그녀의 걸음이 술에 전 하운을 보고 흐려졌다.

그녀가 극 중 하운의 이름을 외치며 이리로 돌진했다.

"야! 조민석!"

냉큼 유천영으로부터 하운을 넘겨받으려던 그녀는 막상 느껴지는 무게에 낭패 어린 표정을 지었다.

유천영이 부드럽게 말했다.

"괜찮아요, 누나. 제가 부축할게요."

카메라 뒤에서 가벼운 술렁임이 일었다. 오늘 유천영의 연기는 평소답지 않았다. 이나라만이 표정을 흩뜨리지 않았다.

'옆집 남동생의 훌쩍 자란 모습을 깨닫는다.'는 극 중 심리 묘사에 어울리게, 의외란 듯 눈을 동그랗게 떴던 그녀는 이윽고 머쓱한 얼굴로 말했다.

"미안해. 신발장까지만, 아니다. 문 앞 가로등 아래에 던져 두고 갈래? 얘는 진짜 정신 좀 차려야 해."

"저도 마음 같아선 그러고 싶은데, 요즘 주변에서 사건이 많아서요."

"아, 그렇지."

"누나도 힘드시겠어요."

몸조심하세요. 유천영이 부드럽게 덧붙인 말에 이나라의 얼굴이 당황으로 물들었다. 이윽고 그녀가 손으로 유천영의 머리를 마구 헤집으며, '우리 꼬맹이가 다 컸어!' 외치는 것으로 장면이 마무리되었다.

"컷!"

그 소리가 들려온 즉시 하운은 유천영의 어깨에서 떨어져 나왔다. 그는 씩씩대며 바깥으로 향했다.

그러는 동안 유천영은 이나라와 몇 마디 말을 섞고 있었다. 그들이 가족끼리 알아 온 사이란 것은 촬영장에 있는 모두가 알아서 별로 주목할 일도 못 되었다.

아직 적응하지 못한 스태프 몇몇만이 선망의 시선으로 그들을 보고 있었다. 확실히 나란히 서 있는 것만으로도 돈 주고서라도 보고 싶은 그림이긴 했다.

"너, 많이 늘었다."

"그런가요."

대선배의 칭찬을 받은 것치고는 지나치게 담담해서, 다소 무례해 보이기까지 하는 유천영의 반응에도 이나라는 쾌활하게 웃어 버렸다. 진짜 친한가 보다, 속삭임이 오가는 가운데 그녀가 유천영의 어깨를 퍽퍽 치며 말했다.

"연기 수업 열심히 받나 보다?"

"감사합니다."

"원래도 나쁘지 않았는데, 성장세가 남달라. 음, 너 진짜 진지하게 이 길 생각 없어?"

이윽고 카메라 감독도 그들에게 껴서 몇 마디 거들기 시작했다.

"나는 다른 건 다 모르겠고, 카메라를 진짜 잘 받는 것 같아. 카메라가 꼭 유천영 씨 팬 같다니까."

그쪽만 봄날인 것처럼 화기애애한 분위기를 지켜보던 하운은 하, 하고 날카로운 웃음을 터트리며 고개를 돌렸다. 신경 쓰지 않고 싶었으나, 저 두 사람이 빈말을 못 하는 성격들이란 것이 하운을 그러지 못하게 했다.

하운이 보기에도 유천영의 연기는 나쁘지 않았다. 시작한 시기를 감안하면 재능이 상당하다고 봐도 좋았다. 하운이 더욱 열 받는 것이 바로 그 점이었다.

조금도 절박하지 않은 것이 눈에 보이는데도, 실력은 하루가 다르게 늘어만 갔다. 소위 '그릇에 넘치는 재능'을 받았다거나, '어울리지 않는 선물'을 받았다는 게 바로 저런 경우를 뜻했다.

그리고, 저런 사람들이 밑바닥에서 노력하는 사람들을 좌절하게 한다. 죽어라 노력해서 한 계단을 올라가는 사람들의 옆에서, 유천영 같은 자들은 너무나 태연한 걸음으로 아무렇지도 않게 몇 계단을 훌쩍 뛰어오르는 것이다.

하운은 입술을 짓씹었다.

"젠장……."

그러던 그의 눈에 밴 한 대가 이쪽으로 들어오는 것이 보였다.

밴이 열리고 거기서 폴짝 뛰어내린 것은 걸 그룹 '달링'의 예린이었다. 그녀는 뛰어내리자마자 눈앞에 있는 하운을 보고 눈을 동그랗게 떴다.

"하운 오빠, 여기서 혼자 뭐 해?"

하운과 예린은 비슷한 시기에 데뷔했지만, 하운의 그룹이 망하고 예린의 그룹이 성공 가도를 달리면서 친해질 기회는 없었다. 그나마 연기 판에서 여러 번 마주치면서 최근에 겨우 얼굴을 익혀 가는 사이였다.

하운이 대답하기도 전에 예린은 유천영 쪽을 돌아보더니 '우와.' 하는 감탄사를 내뱉었다. 크고 솔직해서 사랑스러운 반응이었으나, 하운은 마음에 안 든다는 듯 이맛살을 찌푸렸다. 그에 아랑곳 않고 예린은 한 손으로 입가를 가리며 즐거운 듯 조잘댔다.

"진짜 대단하다. 어쩜 저렇게 나라 선배님이랑 스스럼없이 얘기하지? 나라 선배님 먼 발끝에서만 봐도 심장 터질 것 같다는 남자들이 한둘이 아닌데."

아 씨. 하운이 작게 내뱉는 것도 무시하고 예린이 다시 말했다.

"오래 알아 온 사이라고 해도 저럴 수가 있나? 아니면 자기 얼굴을 보다 보니 미적 감각이 둔해졌나? 푸훗, 진짜 그럴 수도 있겠다."

"아, 아니야, 그런 거. 쟤 저거 그냥 죽고 못 사는 여친 있어서 그래!"

기어이 발끈해서 그렇게 외친 하운은 화들짝 놀라 주변부터 확인했다. 아무리 신인이라고는 해도 그 배경은 다름 아닌 발해. 말을 옮길 때는 신중할 수밖에 없었다.

한편 눈을 동그랗게 뜬 예린은 이쪽을 돌아보았다. 그녀가 소곤소곤 물었다.

"뭐라고? 여친? 진짜로?"

어쩔까? 예린의 천진한 반응을 앞에 두고 하운은 고민에 빠졌다. 그것도 잠시, 천진난만해 보이는 예린이 이런 정보를 이용하여 무슨 일을 꾸밀 수 있을 것 같지도 않고, 무엇보다 이 기회를 틈타 예린과 친해져 두면 본인에게도 이득이라는 생각에 하운이 천천히 입을 열었다.

"그래. 여친. 분명히 있다니까, 쟤. 핸드폰을 확인하자마자 이제까지 본 것 중에 가장 빠른 속도로 밖으로 달려가서 통화하는데, 말하는 얼굴이랑 목소리가 아주……."

"와아."

예린이 감탄한 듯 짧은 탄성을 내뱉었다.

하운은 계속 투덜댔다.

"그래서 나는 가만히 듣고 있다 다가가서 시기상 좋지 않으니까 지금은 헤어지라고 점잖게 충고했거든? 그랬더니 걔가 나를 노려보는데, 눈빛이 아주 그냥……. 기껏 지 생각해서 충고를 해도 안 듣지, 멍청이가. 나중에 후회하려고."

그때였다. 거기까지 들은 예린이 갑자기 경쾌하게 웃기 시작했다. 말을 마친 하운은 어이없다는 표정으로 그녀를 보았다.

"이게 웃겨? 내가 저 자식한테 어떤 취급을 당했는데. 화내 주지는 못할망정."

투덜대는 하운의 말에 예린은 다급히 손사래 쳤다.

"아, 그게 아니라. 나는 솔직히 재가 나라 선배님 대하는 거 보고 다른 취향일 수도 있겠구나 했거든. 그런데 여자 좋아하기는 하는구나."

그러더니 그녀는 고개를 돌려 아직도 이나라와 무언가

얘기를 나누고 있는 유천영을 빤히 보았다.

유천영을 바라보던 예린의 입술에 이윽고 어렴풋한 미소가 걸렸다.

제39조. 서열 1위의 은밀한 반항

서열 1위의 은밀한 반항

결국 사건이 있었던 그날, 나는 반휘혈에 대해서는 어떠한 결론도 내리지 못한 채 학교로 돌아왔다. 나는 김 쌍둥이에게 더는 자신에게 신경 쓰지 말라던 반휘혈의 말을 일단 전달했지만, 그들의 반응은 예상한 그대로였다.

"그래도 그 애, 우리 좋아하는 거 아니었어?"

"맞아. 걔, 우리 마음에 들어 하는 것 같던데."

김 쌍둥이가 말하면 자랑에 가까운 말도 분석을 통해 도출한 객관적인 결론인 것처럼 들렸다. 그리고 실제로 그렇기도 했다.

나는 고개를 끄덕이며 대답했다.

"반휘혈이 결국 너희들 이름 외웠었잖아."

"맞아. 나는 이제야 구두에서 사람으로 돌아왔다고."

과연, 김혜힐이 김 하이힐에서 벗어난 지 며칠도 되지 않은 시점이었다. 김혜우도 뒷머리를 벅벅 긁으며 대꾸했다.

"뭐, 그렇게 싫으면 알아서 하라고 그래. 그런데 우리는 내일도 말 걸기는 할 거다."

"우리한테 피해 가는 게 무서운 거라면, 우리는 정말로 황시우 안 무섭다니까 그러네."

심드렁하게 대답한 김혜힐이 문득 고개를 돌리기에 나도 따라서 고개를 돌리는데, 교실 어디에도 황시우는 보이지 않았다.

나는 의아해서 고개를 기울였다. 걔는 어디를 간 거람? 루다가 공개적으로 그의 편을 들어주었으니, 지금쯤 의기양양해서 또 패악질을 부리고 있을 줄 알았는데.

하지만 황시우도, 그의 패거리도 투명 인간이라도 된 것처럼 전혀 보이지 않았다. 의아해하던 나는 누군가 던진 물음을 듣고 화들짝 놀라 고개를 돌렸다.

정세연이 두 손을 꼭 붙잡고 조심스러운 목소리로 나를 향해 묻고 있었다.

"저기, 있잖아. 반휘혈은 좀 괜찮아?"

"어, 응?"

"병원에서 같이 안 온 거 보니까 심각한 것 같아서. 많이 다친 거 아니야?"

나는 놀라서 눈을 깜빡이며 정세연을 바라보았다. 그녀

로 말할 것 같으면, 두꺼운 안경에 파묻힌 반휘혈의 미모를 처음 알아보았으니 분명 그에게 어느 정도 관심이 있었다는 얘기였다. 하지만 설마 이렇게 사건 직후에 반휘혈의 안부를 먼저 물어봐 줄 줄은 예상도 못 했다.

내가 감격에 겨워 입을 막는데, 더욱 놀라운 일은 그다음에 일어났다. 여태껏 중립을 지키던 반 친구들이 하나둘 괜찮냐며 말을 걸어오기 시작한 것이었다.

윤정인이나 내가 당한 일에 대해 분개하는 이들이 대다수였지만, 드물게 반휘혈에 대한 관심을 표하는 녀석들도 있었다.

운동부 녀석들도 관심을 보였다.

"개랑 이루다가 힘을 합치면 다음 체육 대회에서 우리가 7반 이기는 거 아니냐?"

다들 사대천왕과 반여령이 체육 대회에서 보여 주었던 무시무시한 신위를 마음에 담아 두고 있는 것이 분명했다. 그러다 누가 그의 옆구리를 치며, '아, 이루다 얘기를 지금 꺼내면 안 되지.' 하는 말에 금세 사과가 쏟아졌다.

아차, 나는 속으로 혀를 찼다. 그랬지. 잊고 있던 사실이었는데 이루다가 벌인 일의 뒷수습이 남아 있었다. 나는 머리를 털어 내며 한숨을 내쉬었다.

사실 그가 계획한 일을 보면 자기 이미지를 어떻게 수습할 것인가에 대한 계획은 조금도 들어 있지 않았다. 그러니 아마도 그는 반 친구들이 자기를 어떻게 생각하든 조금도 신경 쓰지 않는다는 얘기일 것이다. 그렇게 생각한 나는 다시금 한숨을 토해 냈다.

그렇다고 한 교실에서 1년 동안 같이 생활할 사람들을 죄다 적으로 돌리는데, 정말로 신경 쓰이지 않을 사람이 어디 있어? 유천영조차 그 일만큼은 못 버틸 거란 생각이 들었다.

게다가 아직은 학기 초였고, 우리가 서로를 알고 친해지기까지는 많은 시간이 남아 있었다. 혹시나, 이루다와 평생 절친이 될 누군가가 이곳에 숨어 있는데, 이런 오해 때문에 영영 그러지 못하게 된다면. 나는 입술을 깨물었다. 그건 너무 슬픈 일이잖아.

하지만 이루다를 대신해서 내가 해명하는 것 또한 모양새가 이상했다. 무엇보다 친구들에게서 '왜 그걸 직접 말하지 않고?' '사실 우리가 어떻게 생각하든 걔한테는 아무런 상관없는 거 아니야?' 같은 반응이 나오면 그것도 그것대로 곤란해진다.

아, 어쩌지? 역시 직접 데려와서 해명하게 시키는 수밖에 없나? 하지만 본인이 상관없다는데. 내가 끙끙거리던 그때였다.

"나? 나 왜."

불쑥 교실 문을 열고 나타나며 그렇게 말한 루다가 태연히 주위를 둘러보았다. 방금까지 루다 얘기를 하던 운동부 남학생들이나, 우리 반 학생들이 입을 떡 벌리고 그를 쳐다보자, 그가 다시 말했다.

"나 왜 불렀냐니까?"

하여간 실로 귀신같은 타이밍이었다. 루다가 다시 고개를 기울이며 묻자 아이들은 당황해하며 대답했다.

"어? 아니, 반휘혈이랑 너랑 힘을 합치면 우리 반 체육대회 때 쩔겠다고."

평소에 곧장 점심시간을 축구 하며 같이 보내던 사이라선지, 대답은 술술 흘러나왔다. 말을 마친 남학생들은 시선을 교환하며 멋쩍은 듯한 표정을 지었다.

그때, 그들을 의미 모를 눈으로 바라보던 루다가 불쑥 목소리를 높였다.

"얘들아. 나 너희한테 할 말 있어."

우리 반 모두의 시선이 그에게로 쏠렸다. 윤정인과 김 쌍둥이가 그를 보는 대신에 오히려 나를 보고 물었다.

"쟤, 무슨 얘기를 하려는 거야?"

나는 대답 없이 고개만 내저었다. 아니, 나라고 루다의 모든 계획을 알 수 있는 건 아니거든? 이미 체육관 사건으로 충분히 겪었지 않니?

그런 내게 루다의 낭랑한 목소리가 날아와 꽂혔다.

"아까 황시우네랑 우리네랑 붙어서 진 쪽은 입 다물고

학교생활 하자던 그거 말이야. 사실은 황시우네한테 붙는 척하고 윤정인 쪽에 붙어서 이겨 줄 생각이었거든."

거침없이 흘러나온 그의 말에 나는 입을 떡 벌렸다.

한편 아이들 사이에선 '진짜야?' '하긴, 윤정인네랑 더 친했었지…….' '무슨 생각인가 했네.' 하고 대체로 반발 없이 수긍의 말이 흘러나오고 있었다.

수군거림이 잦아들자 그가 다시 말했다.

"그런데 다시 생각해 보니까 내가 잘못 생각한 것 같더라. 아무리 황시우 패거리가 더 소수라고 해도 열 명인데. 열 명이나 배제해서 반이 제대로 굴러갈까 싶고. 그냥 대화로 더 나은 타협점을 찾는 게 좋지 않을까 하는 생각이 들어."

"아……."

"황시우한테는 내가 그만두자고 말하고 올게. 아무튼, 상의하지도 않고 멋대로 일 벌여서 미안하다."

그렇게 말한 루다는 잠시 재판을 기다리는 죄인처럼 눈을 내리깔더니 그대로 서 있었다. 그에 잠시 서로를 돌아보던 듯한 아이들이 이윽고 하나둘 입을 열어 말했다.

"아냐, 뭘 미안할 것까지 있겠어. 그냥 나는, 너랑 윤정인 친한 거 알았는데 갑자기 일이 이렇게 되니까 좀 놀랐지."

"맞아. 그리고 네 계획대로였으면 아무튼 우리 좋은 거였던 거 아니야. 우린 상관없어."

"그나저나 황시우랑 친해진 것도 다 계획이었다고? 이루다 너, 좀 무섭다?"

악의 없이 날아드는 말들을 듣고 안도의 한숨을 내쉬던 나는 마지막 말에 어깨를 움찔 떨었다. 고개를 들어 그렇게 말한 아이의 표정을 살폈지만 다행히도 가시 박힌 말이었던 것 같진 않았다.

루다도 그것을 파악한 듯, 그는 생글생글 웃으며 대답했다.

"내가 평소에 얼마나 착하게 살려고 노력하는지 이제야 좀 알겠어?"

금방 장난기 어린 대답들이 쏟아졌다. 퍽이나, 노력한 게 그거야? 친근한 욕들을 얻어맞으면서 루다는 자기 자리로 돌아갔다.

그러다 문득 내 쪽을 돌아본 그가 씩 웃었다. 아마도 그것은 '너만은 이것이 농담이 아니란 것을 알고 있지 않냐.'는 공모자의 미소가 아닐까. 조금 무섭다는 생각이 드는 것도 사실이었지만, 나는 내색하지 않고 그를 따라 웃었다.

그날 학교가 끝나자마자 놀라서 달려온 사대천왕과 반여령에게 대강의 일을 얘기하자 그들은 일제히 고개를 끄덕였다.

내 말이 끝나자마자 은지호가 말했다.

"아무튼 속 안 썩이고 해결돼서 다행이네. 아니, 완전히 해결됐다고는 할 수 없지만……. 그래도 서열전이니 뭐니

가 열린다고 하니까 황시우도 조만간 그 준비로 바빠지지 않겠냐."

나는 고개를 끄덕거렸다.

"아무래도 그렇겠지?"

"그럼 그 녀석도 반에 신경 쓸 일 없겠지."

그러나 은지호가 그렇게 말한 바로 다음 날, 알 수 없는 일이 일어났다. 황시우가 갑자기 종적을 감춰 버린 것이었다.

황시우는 나오지 않고 그의 패거리들 중에서도 최근에 합류했던 애들, 2학년에 올라오기까지는 평범하게 지냈던 애들만이 학교에 나와 창백한 얼굴로 자리를 지켰다.

누가 말이라도 걸면 까무러칠 것 같은 안색이라서, 우리 반 아이들은 차마 '황시우 어디 있어?'라고 묻지도 못한 채 우리들끼리만 추측을 더해 나갔다.

그리고 이해할 수 없는 일은 한 가지 더 있었다.

황시우와 함께 반휘혈도 학교에서 씻은 듯 증발해 버렸다.

* * *

조회를 위해 들어오신 노민찬 선생님이 출석부로 교탁을 두드리며 말했다.

"시우는 아프다더라. 그리고 휘혈이는……."

뒷머리를 긁적이던 그가 다시 우리를 보며 물었다.

"휘혈이랑 연락되는 사람 있니? 핸드폰도 안 받고, 집 전화로도 연락이 안 가서 그래."

그 말에 내 안색이 어두워졌다. 단순히 핸드폰만 안 받는다면 모를까, 집 전화까지 안 받는 것을 보면 상황은 내 예상보다도 심각한 모양이었다.

아무도 나서지 않자, 한숨을 내쉰 선생님이 말했다.

"혹시나 휘혈이 오면 교무실로 좀 오라고 하고, 그리고 휘혈이 마지막으로 본 사람이 반장이랑 단이, 맞지? 두 사람만 교무실로 따라와라."

잠시 눈을 마주치고 당황한 표정을 짓던 우리는 이윽고 선생님을 따라 교실을 나섰다. 도착하자마자 의자에 걸터앉은 선생님이 물었다.

"그때 병원에서 혹시 무슨 일 있었니?"

"아, 그게……."

나는 잠시 망설였다. 발해 병원에 가서 반휘혈의 동생을 본 얘기를 꺼내야 할까? 그것은 엄밀히 말해 우리가 나갔던 목적에는 위배되는 행동이었다. 게다가 남의 가정사를 어디까지 알려도 괜찮은 것인지 판단도 서지 않고.

내가 고민에 빠진 사이, 옆에서 윤정인이 불쑥 입을 열었다.

"반휘혈 동생 친구라는 녀석을 만났어요."

윤정인? 내가 당황하는 찰나, 선생님이 대답했다.

"그래? 혹시 이름 아니?"

"네. 정요한이라고, 저기 성운 과학 고등학교 교복 입고 있었고요. 나이는 저희랑 동갑이라고 하더라고요."

막힘없이 술술 흘러나오는 설명에 나는 눈을 크게 떴다.

저렇게까지 얘기해도 괜찮을까? 아무런 상관이 없을지도 모르는 애인데, 괜히 우리가 이런 말을 했다가 관계자로 불려오기라도 하면? 아니, 물론 그가 이 사건의 중요한 단서를 쥐고 있을 가능성도 간과할 수는 없지만. 애초에 둘이 썩 잘 아는 사이 같진 않던데.

선생님은 출석부 귀퉁이에 뭔가를 끼적이더니 다시 고개를 들었다.

"그럼, 둘이 무슨 말을 했는지도 기억나니?"

"아, 반휘혈 동생 얘기요."

"흠, 그래? 일단 알았다."

미심쩍다는 얼굴로 출석부를 유심히 내려다보던 선생님이 손을 내저으며 가 보라는 시늉을 했다.

교무실 문을 닫고 나오자마자 나는 떨떠름하게 말했다.

"정요한이라는 애에 대해서 그렇게 자세히 말해도 됐을까? 그쪽한테 연락이 갈지도 모르잖아."

"정말로 실종이면 어떡할래? 아는 건 미리미리 다 말해 둬야지."

"그것도 그렇긴 한데……."

턱을 매만지던 나는 속으로 자문했다. 하지만 다른 누구도 아니고, 전국 서열 1위인 반휘혈을 강제로 끌고 갈 수 있는 사람이 있을까?

그렇다면 역시 남는 경우는……. 생각하기가 무섭게 윤정인이 내 머릿속을 읽은 것처럼 말했다.

"누구한테 끌려간 게 아니라 자발적으로 사라진 거라도, 결과적으로 돌아와야 하는 건 똑같아."

"응? 아, 그건 그렇지."

고개를 주억거리는 내게 그가 다시 말했다.

"머리 좀 식히고 돌아오는 거라면 다행이지만, 아니면 경찰한테라도 알려서 찾아 나서야지. 더군다나 동생도 아직……."

말끝을 흐린 윤정인은 갑자기 한숨을 내쉬더니 머리를 벅벅 헤집었다. 그가 삼킨 뒷말을 알 것도 같아서 나 또한 한숨을 내쉬었다. 우리는 어색한 침묵 속에서 복도를 걸었다.

다음 날도, 그다음 날도 반휘혈은 학교에 나오지 않았다. 노민찬 선생님의 얼굴 또한 날이 갈수록 어두워졌다.

"휘혈이가 어디로 갔는지 아는 사람 정말로 아무도 없니? 혹시나 하는 말이지만, 너희 친구가 학교 가기 싫다고 해서 숨겨 주고 그러면 안 된다. 설득해서 학교에 나오게 해야지."

한숨을 푹푹 내쉬며 선생님이 그렇게 말하고 교실을 나간 뒤, 우리는 곧바로 윤정인의 자리에 모여 잠시 상의를 나누었다.

윤정인이 명쾌하게 말했다.

"이따 선생님께 주소 받아서 우리끼리 다녀오기라도 하자."

과연 노민찬 선생님께서 반휘혈의 집에 다녀온 적이 없을까? 그렇게 생각하면서도 나 또한 고개를 끄덕였다. 아무리 반휘혈이 마음만 먹으면 그를 해칠 수 있는 사람이 없다고 하더라도, 찝찝해서 이대로는 더는 못 지내겠어.

바로 그때였다. 1교시를 시작하기 채 10분도 안 남았는데 뒷문이 벌컥 열렸다. 나는 화들짝 놀라며 그쪽을 돌아보았다.

설마……?

하지만 그는 기대한 사람이 아니었다.

"시우 선배!"

최근 황시우가 학교에 나오지 않자, 빗자루처럼 교실 구석에 처박혔던 이들이 화색이 되어 벌떡 일어났다. 바람처럼 달려간 그들은 황시우의 가방을 받고 의자를 꺼내 주는 등 요란하게 부산을 떨어 댔다.

"왜 이제 오셨어요…… 헉!"

황시우의 얼굴을 정면으로 본 이들은 충격받은 얼굴로 뒷걸음질을 쳐 댔다. 요란한 모양새를 보던 우리는 고개를 기웃했다.

"왜 저래?"

"몰라. 무슨 일 있나?"

그러다 황시우의 몰골을 본 우리는 마찬가지로 신음을 내뱉었다.

늘 말도 못 할 악행을 저지르고 다니면서도 항상 뻔뻔하고 윤기가 자르르하던 그의 얼굴에 생채기가 가득했다. 게다가 왼쪽 발에는 깁스까지 감겨 있었다. 걸음걸이가 이상하다고는 생각했지만, 왜 이걸 지금 눈치챘지?

입을 벌리고 그를 보던 나는 다시 빠르게 고개를 돌렸다. 내가 목소리를 낮추며 속삭였다.

"혹시 서열전, 벌써 시작됐어?"

"아니. 그건 다음 주라던데."

그 대답에 내 얼굴이 흐려졌다. 다음으로 내가 응시한 것은 다름 아닌 루다였다.

내가 그를 응시하자 다른 이들도 일제히 그를 바라보기 시작했다. 졸지에 우리의 시선을 받게 된 그는 잠시 눈을 크게 떴다가, 이윽고 고개를 천천히 내저으며 항복 선언하듯 두 손을 들어 올렸다.

"지은 죄가 있으니 의심받아도 어쩔 수 없긴 한데, 나 아니야. 진짜로."

"으응……."

"선배들한테 파일 넘긴 것도 아니야."

그제야 아이들은 머쓱한 얼굴로 사과의 말을 던졌다. 그들 사이에 끼어 나 또한 사과를 건네자, 피식 웃은 루다는 고개를 내저으며 내 머리를 헝클었다.

그리고 내 머리카락에서 손을 뗀 그가 단조롭게 덧붙였다.

“주변 서열들의 비호를 받는 저 녀석을 함부로 건드릴 간 큰 인간은 없을 거고.”

“그럼…….”

“서열들 눈치 안 볼 정도로 거물이거나, 평소 황시우에게 원한이 있던 녀석이 홧김에 일을 저질렀다거나. 솔직히 황시우가 적을 만들고 다니는 편이긴 하잖아?”

그러자 아이들의 시선은 일제히 다른 곳으로 향했다.

수업이 시작되기 직전인 지금까지도 비어 있는 자리를 보며 나는 중얼거렸다. 아니지, 휘혈아?

이윽고 나는 고개를 내저었다. 그만은 아니겠지. 그는 동생의 사건 이후로 다시는 주먹을 휘둘러 남을 다치게 하지 않겠다고 스스로 약속했다고 했잖아.

실제로 그는 황시우에게 맞은 것에 대해 복수하고 싶지 않냐고 물은 말에도 괜찮다고만 했다. 아니, 오히려 그걸 넘어서 만족하기까지 한다고. 그랬던 그가 지금에 와서 새삼 복수에 대해 의지를 다졌을 리는 없지.

그러나 황시우가 저토록 조용한 것은 이상한 일이었다.

나는 수업하는 동안 내내 황시우를 힐끗거렸다. 수업 방해 정도는 예사로 했던 놈이 3일 만에 등교했는데 아무런 사고도 안 치니까, 윤정인은 의아해하는 눈치였고 그의 패거리들은 함께 의기소침해졌다.

수업 몇 개가 그런 식으로 조용히 흘러가고 나서는 루다가 그에게 다가가 어깨를 툭툭 쳤다.

"시우 형, 그거 어떻게 된 거예요?"

황시우가 루다의 배신을 모르고 있을 리는 없었다. 그가 금세 돌변해서 '너 때문이다, 왜?!' 하고 주먹을 휘두를지도 모른다는 생각에 나는 바짝 긴장했지만, 황시우는 그저 텅 빈 눈으로 루다를 올려다보기만 했다. 결국 아무런 대답도 얻지 못한 루다는 제자리로 돌아가며 우리를 향해 어깨만 으쓱했다.

사건이 터진 것은 점심시간 때였다. 급식실로 들어간 우리는 오늘따라 유난히 떠들썩한 분위기에 고개를 기웃했다. 그때, 지나가던 학생 하나가 윤정인을 붙들며 불쑥 물었다.

"야, 그 얘기 들었냐?"

"뭐? 황시우랑 누가 싸웠다는 거?"

혹시나 도움 될까 하는 기대가 생긴 듯 윤정인은 척 봐도 관심 있어 보이는 얼굴로 되물었다. 그런 그에게 남학생이 어이없다는 듯 되물었다.

"뭐? 아니, 황시우가 지금 왜 나와?"

"뭐야, 그럼. 뭣 때문에 이 난리인데?"

"너 진짜 못 들었어? 미친개, 불패 신화 서도겸이 어제 습격당해서 잔뜩 얻어맞았다는 소식!"

그의 말에 윤정인은 물론이고, 그들의 대화를 엿듣던 우리까지도 그만 시큰둥해지고 말았다.

윤정인은 손을 내밀어 통행을 방해하고 있는 녀석을 치워 냈다. 그러면서 그가 심드렁히 대꾸했다.

"몰라, 서도겸이고 뭐고."

평소라면 그도 호응해 주는 척 정도는 했겠지만, 최근 우리의 관심사라고는 황시우의 부상이나 반휘혈의 행방뿐이었다. 그 외에는 전부 알 바 아니었다.

그러자 그는 답답하다는 표정을 지으며 대꾸했다.

"야, 모르기는 왜 몰라? 서도겸이 얼마나 대단한 인간인데! 걔가 지금까지 져 본 상대는 같은 학교 김평범밖에 없는데, 그것도 일부러 져 준 거란 소문이 있을 정도라니까. 그런데 그런 서도겸이 최초로 다른 누구한테 진 거라고! 아무리 기습당했다고는 하지만……."

"서열들 싸움 따위가 내 알 바냐. 어차피 다른 세계 얘긴데."

"왜 알 바가 아니야? 서도겸이 전국 서열 1위 강력 후보였던 만큼 모두에게 중요한 문제라고, 이건. 그런데 지금 강력 후보 자리가 공석이 돼 버린 거야! 그 자리를 누가 대신 차지할지, 넌 궁금하지도 않아?"

오, 저런 자연스러운 정보 제공은 꽤 오랜만에 듣는걸. 나는 오랜만에 인터넷 소설의 주민다운 기분이 되어 감탄했다. 그러는 사이, 윤정인은 한숨을 내쉬며 그를 비켜 지나치고 자리에 앉았다.

그를 따라 자리에 앉으며 김혜힐이 말을 꺼냈다.

“전국 서열 1위가 누가 되는지가 우리한테까지 중요할 필요가 있어? 내가 알기로는 전국 서열 1위는 1년 전쯤부터 지금까지 행방불명이었지만, 아무런 문제가 없었다고 알고 있는데.”

그 말에 나와 윤정인은 짧게 시선을 마주쳤다. 곧 김혜힐을 돌아본 그가 애써 태연히 대꾸했다.

“그러게 말이다. 그게 왜 그렇게까지 화제가 되는지 꾸준히 봐 왔지만 참 모를 일이야.”

그리고 다 같이 식사를 시작하는 한편, 나는 혼자 생각에 잠겼다. 서열전이 화제가 된 덕에 황시우의 일이 크게 소문나지 않은 건 아쉬웠다. 그랬다면 틀림없이 누군가는 황시우의 부상에 대해 이유를 안다고 나섰을 테고, 그러다 반휘혈도 함께 주목을 받았을 가능성 또한 없지 않은데.

어쩔 수 없는 일이었다. 뭐, 서열전 같은 건 나와는 상관없지. 그렇게 생각하며 나는 무심히 숟가락을 들어 올렸다.

* * *

방과 후, 나는 윤정인과 상의했던 대로 반휘혈의 집까지 찾아가기로 했다. 노민찬 선생님도 우리 둘이 가겠다고 하자 흔쾌히 주소를 알려 주셨다.

그러면서 그가 낮은 목소리로 덧붙였다.

"너희, 비밀 지켜 줄 수 있지?"

"네?"

노민찬 선생님은 어두운 얼굴로 말했다.

"휘혈이 말이야, 사실은 혼자 살거든. 집에 어른들이 안 계셔."

"아……."

"아버지가 계시긴 한데 일하러 멀리까지 다니신다고 들었어. 그러니까 집 문 두드려 보고, 아무도 없다 싶으면 그냥 돌아오렴. 이번에도 아무도 없으면 선생님이 경찰에 신고할 테니까."

그는 죄책감 깃든 얼굴로 덧붙였다. 내가 더 신경을 썼어야 했는데. 그를 잠자코 보던 나와 윤정인은 다시 교무실을 나왔다.

주소가 적힌 쪽지를 내려다보며 내가 중얼거렸다.

"아, 그럴 줄은 알았는데 진짜로 우리 집 근처네."

"그래? 길 알아? 잘됐네."

"자주 다니는 길은 아닌데 대충은 알아."

우리 아파트로 가는 골목에서 옆으로 빠져 10분 정도를 더 걸어 올라가면 있는 곳이었다. 오래된 주택과 빌라들이 복잡하게 얽힌 동네였다. 덕분에 아는 길이라고 생각했는데도 정확한 주소를 찾는 데 시간을 꽤 써야만 했다.

마침내 도착한 반휘혈이 사는 건물은 반질거리는 갈색 벽돌로 지어진 3층 빌라였다. 수상쩍을 정도로 을씨년스러운 것이 누가 살기는 사나 싶었고, 저녁 시간인데도 안에는 인기척이 하나도 없었다. 건물 입구의 유리문은 심지어 약간 깨져 있기까지 했다.

서성거리다 마침내 지하로 내려간 우리는 문 옆의 초인종을 눌렀다. 그러나 아무런 저항도 없이 푹 들어갈 뿐 아무런 소리도 들리지 않았다. 우리는 결국 손으로 직접 문을 두드렸다.

윤정인이 소리를 높여 물었다.

"아무도 안 계십니까?"

그의 말이 지하 안에서 윙윙 메아리쳤다. 그러나 안에서는 여전히 아무런 인기척도 없었다. 대답도 들려오지 않았다. 초인종을 몇 번 더 눌러 보던 윤정인이 내게 물었다.

"이거 초인종 고장 난 거 맞지?"

"응, 안에서 아무 소리도 안 들리잖아."

그렇게 말하며 내가 몇 번 더 문을 두드려 봤지만 손만 얼얼할 뿐 아무 반응도 없었다. 포기하고 그냥 떠날까 하다가, 문득 떠오른 생각에 나는 핸드폰을 꺼냈다.

"뭐 하게?"

"전화 한번 걸어 보게."

윤정인에게 그렇게 대답한 내가 통화 버튼을 눌렀다. 얼마 안 있어 문 안에서 음악 소리 같은 것이 흘러나오기 시작했다. 틀림없는 핸드폰 기본 벨 소리였다.

나와 윤정인은 눈을 휘둥그레 뜨고 시선을 교환했다. 이윽고 나는 문을 쾅쾅 두드리며 외쳤다.

"휘혈아! 집에 있니? 있으면 얼굴 한 번만 보자! 우리 진짜 네가 걱정돼서 그래."

내 옆에서 윤정인 또한 손을 보태며 목소리를 높였다.

"반휘혈! 너 무단결석 이렇게 해 대면 안 돼! 너 담임 선생님이 경찰에 실종 신고 넣는댔어!"

그러나 우리가 아무리 애타게 말해도 문은 견고하게 닫힌 채 미동도 없었다. 결국 우리는 문을 두드리던 손을 내리고 돌아섰다.

계단을 올라가며 윤정인이 말했다.

"오늘은 그냥 가자. 내일 선생님께 말씀드려서 실종 신고를 넣든, 집주인을 찾아서 문을 열고 들어오든 하는 게 낫겠다."

나는 대답 없이 고개를 끄덕이며 그를 따라 계단을 올랐다. 1층으로 나오자 빌라 현관의 깨진 유리문이 석양빛을 받아 주황색으로 빛나고 있었다.

이곳까지 오는 길이 꽤 복잡해서 초행인 사람은 도저히

혼자 나갈 수 없을 듯해서, 나는 윤정인을 아래까지 데려다주기로 했다.

우리가 익숙한 사거리에 거의 다 도착했을 무렵이었다. 신호를 기다리며 무심코 횡단보도 저편을 본 내가 놀라서 내뱉었다.

"어?"

내 옆에서 화들짝 고개를 든 윤정인은 다급히 주변을 두리번거리기 시작했다.

"왜, 반휘혈 그 녀석 보여? 어디 있어?"

"아니. 반휘혈을 본 건 아닌데……."

나는 망설이다 덧붙였다.

"어쩌면 그의 행방을 알지도 모르는 사람을 찾았어."

"뭐? 어디? 얼른 가자."

때마침 횡단보도 신호가 바뀌었다. 나는 충분히 가까워지길 기다려 그녀의 팔을 붙들었다. 흠칫 놀란 그녀가 나를 돌아보자, 짙은 붉은 머리카락이 그녀의 등 뒤에서 출렁였다.

"저기요."

"뭐야, 너였구나? 사람 함부로 잡지 마, 하마터면 너인 줄 모르고 엎어치기 할 뻔했다고."

"아, 죄송……."

사과의 말을 꺼내던 나는 이어진 그녀의 말에 얼굴을 구겼다.

"사람도 아니고 장구벌레를 엎어치기 하면 안 되잖아. 죽을지도, 음, 그래, 죽을지도 모르니까 말이야. 아무리 네가 장구벌레 서열 1위라지만."

"아니거든요."

부루퉁하게 대답한 나는 그녀의 이어진 물음을 듣고 눈을 크게 떴다.

"마침 잘됐다. 너, 반휘혈 그 자식 어디 있는지 알아?"

"네? 그건 제가 먼저 물어보려고 한 건데."

"뭐? 너도 모른단 말이야?"

황당하다는 표정을 지은 그녀는 이윽고 낭패란 얼굴이 되어 머리를 벅벅 헤집었다. 그러더니 그녀는 갑자기 나와 윤정인을 잡아끌고 횡단보도를 벗어났다.

"일단 따라와."

어리둥절해하면서도 나와 윤정인은 그녀의 박력에 밀려 엉거주춤하게 걸음을 떼었다.

그녀가 우리를 이끌고 향한 곳은 공교롭게도 반휘혈과 그녀가 예전에 대화를 나누었던 인근의 공원이었다. 반여령네 가족과 우리 가족이 자주 놀러 오기도 하던 곳인 이곳은 이맘때엔 늘 사람이 없었다.

팔짱을 낀 대리자가 나를 보며 물었다.

"얘기하기 전에, 옆은 누구야?"

"윤정인이라고, 우리 반 반장이요."

내가 대답한 말에 윤정인이 허둥지둥 고개를 숙였다. 그에게 나는 대리자를 가리키며 말했다.

"여기는 반휘혈의 친구이신……."

"내 이름도 못 외우는 녀석이랑 내가?"

"……그냥 알고 지내는 사이이신 대리자 님. 참고로 꽤 높은 서열을 차지하고 계신 거로 알고 있어. 아무튼 이분이 반휘혈을 찾는 데 뭔가 도움을 주실 수 있지 않을까?"

그렇게 말하는 내게 대리자가 팔짱을 고쳐 끼며 다시 물었다.

"그럼 너희도 반휘혈이 어디 갔는지는 모른다는 거지?"

나는 방금 우리가 지나온 골목길을 가리키며 말했다.

"네, 방금 반휘혈네 집에 다녀왔거든요. 그런데 아무도 없고. 혹시나 몰라서 전화를 걸어 봤는데, 안에서 핸드폰 소리는 나는데 받지는 않더라고요."

"그래?"

그때, 옆에서 잠자코 듣고 있던 윤정인이 불쑥 끼어들었다.

"그런데, 방금까진 안에 있는데 모르는 척한 걸 거라고 생각했는데 다시 생각해 보니 인기척이 아예 없었더라고. 안에 그냥 핸드폰을 집에 두고 나간 게 아닐까?"

"음. 나도 그럴 가능성도 있다고 생각해."

침착하게 대답한 내가 대리자를 돌아보니, 그녀는 입술

을 질겅질겅 씹으며 뭐라고 중얼거리고 있었다. 나는 그녀의 말에 잠시 귀를 기울였다.

"젠장, 하필이면……. 반휘혈이 자리를 비운 지금 서도겸이 그렇게 돼 버릴 게 뭐람."

서도겸. 그녀의 입에서 흘러나온 익숙한 이름을 듣고 나는 눈을 휘둥그레 떴다. 그렇지, 대리자는 서열이니까 당연히 전국 서열 1위 강력 후보라던 그와도 친분이 있겠구나.

새삼 그녀가 달라 보이는 기분이었다. 그때 그녀의 중얼거림이 다시 귀에 닿았다.

"그래도 아직은 괜찮아. 우산이 있으니까. 틀림없이 마음만 먹으면 서도겸 이상의 실력을 발휘해 줄 거야. 아니, 하지만 반휘혈이 사라지고 서도겸이 습격당한 지금…… 걔도 안전할 거란 보장이 없는데."

"워워, 잠시만요. 방금 무시할 수 없는 말이 들렸는데."

윤정인이 팔을 내저으며 끼어들자 나는 놀라서 고개를 돌렸다. 야, 윤정인! 너 이 사람이 얼마나 위험한 사람인 줄은 알고 그러는 거야?

그는 태연자약하게 말을 이었다.

"서도겸이 습격당했다는 건 저도 들었어요. 그런데 방금 말을 들어 보니, 그 사람이 습격당한 것과 반휘혈이 사라진 것 사이에 무슨 연관이 있다고 생각하시는 것 같은데. 왜 그렇죠?"

윤정인이 어리둥절하게 말을 이었다.

"서도겸이 단지 개인적인 원한에 의해 습격당했을 가능성은 없나요?"

그러자 대리자는 말도 안 되는 말 하지 말란 듯 새초롬한 눈으로 그를 쏘아보았다. 내가 그녀의 눈빛에 당황하던 찰나, 그녀가 말했다.

"무슨 소리야? 우리가 반휘혈 다음으로 서도겸을 서열 1위로 추대하려 했던 건, 그가 일반 학생들을 건드릴 일이 전혀 없기 때문이야. 애초에 걔가 다른 누구의 원한을 산다는 것 자체가 말도 안 돼."

그녀가 단호한 어조로 말을 이었다.

"왜냐하면 걔한테 관심사라고는 김평범밖에 없거든! 뿐만 아니라 걔는 김평범 눈 밖에 날 게 두려워서 누구 괴롭히거나 때리지도 못할 놈이야. 돈이나 물건을 뜯을 일도 없지. 애초에 걔네 집에 돈이 넘치거니와, 걔가 돈 쓸 일은 김평범한테 선물 줄 때밖에 없으니까!"

그래서 그를 안심하고 추대하려던 건데, 갑자기 습격이라니. 어떤 미친놈이야? 버럭 화를 내는 대리자의 말을 들으면서도 우리는 아무런 대답도 못 했다.

윤정인이 옆에서 내 팔을 툭 찌르며 속삭였다.

"야, 이거 어째 어제 내 여동생이 읽던 소설 내용이랑 비슷한데."

"조용히 해 봐. 나도 지금 헷갈리니까."

나는 애써 침착하게 대답했다.

아무래도 서도겸과 김평범은 우리와는 또 다른 장르 속에서 살고 있는 것이 분명했다.

그 후에도 우리를 붙잡고 한참을 제 좋을 대로 화내던 대리자는 갑자기 진정하더니 빠른 걸음으로 자리를 떠나 버렸다. 마치 속에 있던 것을 다 비워 낸 것처럼 차분해진 그녀의 모습에 나는 상당히 당황했다.

그녀는 떠나기 전 우리에게 충고했다.

"아무튼 서열 1위나 그와 가까운 누군가를 노리는 무리들이 있는 건 분명해. 그게 일반 학생들한테까지 피해가 가지 말란 보장은 없으니까, 너희도 당분간 조심히 다니도록 해. 알았어?"

그녀가 내 머리를 헝클며 말했다.

"해 지기 전에 집에 들어가고. 부모님 말씀도 잘 듣고. 착하게 지내, 착하게."

대놓고 황당한 표정을 짓는 내 옆에서 윤정인이 중얼거렸다.

"거, 그쪽이 그런 말 하니까 되게 설득력 없네."

그러자마자 대리자는 내 머리에서 손을 떼고 대신 그의 머리를 쥐어박았다.

"아야야……."

머리를 감싸고 신음하는 윤정인과 나를 남겨 두고 그녀는 미련 없이 돌아섰다. 멀어지는 그녀의 모습을 보던 나는 윤정인의 말을 듣고 다시 고개를 돌렸다.

"아무튼 저 사람도 짐작만 하고 있을 뿐, 정확히는 모른다는 거네. 반휘혈이 도대체 어떻게 된 건지. 습격을 당한 건지, 아니면 자발적으로 모습을 감춘 건지."

"그러게."

"일단 선생님께 못 찾았다고 솔직하게 말씀드리고, 다른 애들한테서나 경찰한테서 정보가 흘러나오는 걸 기대하는 수밖에."

"그래."

바쁘게 돌아다닌 하루였지만 대리자와 마주쳐서 들은 얘기 외에 수확은 전혀 없었다. 나는 한숨을 내쉬고 윤정인을 따라 빠르게 걸음을 옮겼다.

* * *

4월 중순이 되어도 학교 분위기는 여전히 어수선했다.

황시우는 다시 등교한 그날부터 입을 꾹 다문 채 유령처럼 음침하게 다녔고, 그러자 그의 패거리들도 기를 못 펴고 말 한마디 안 하고 지냈다.

그러자 떠드는 사람이 반 이상 줄어든 교실은 조용하다

못해 썰렁해져서, 아주 가끔은 예전 분위기가 그리워질 정도였다. 우리는 잘못한 것 없는데도 괜히 큰 소리로 얘기할 때는 복도로 나가게 되었다.

오늘도 김 쌍둥이와 나는 쉬는 시간 종이 땡 치자마자 복도로 나왔다.

김혜우가 뻣뻣한 등을 펴며 투덜거렸다.

"아, 교실 분위기 왜 저러냐고. 언제는 자기들이 전세 낸 것처럼 굴더니, 이제는 말 한마디를 안 하니까 우리도 눈치 보여서 밖에 나오게 되잖아."

김혜힐도 말했다.

"죄라도 지었는지, 눈만 마주쳐도 허둥지둥하니까 괜히 사람 괴롭히는 느낌이라 말도 못 걸겠어."

나 또한 고개를 끄덕이며 열린 뒷문 사이로 황시우 패거리를 유심히 살폈다. 고개를 돌리다가 우연히 나와 눈이 마주친 그들은 금세 움찔하며 내 눈을 피했다.

하여간, 이럴 때면 그들이 기세등등하던 시절이 꿈인가 싶어진다니까. 한숨을 내쉬는 내 옆에서 김혜우가 다시 말했다.

"뭐, 재네 죄진 건 맞지. 반휘혈한테 한 짓들 생각하면."

"그건 그렇지만……. 저래서야 우리가 필요한 정보도 물어볼 수가 없잖아."

김혜힐의 말에 나는 고개를 끄덕였다.

실제로 반휘혈의 실종에 대한 실마리를 저들이 갖고 있을지도 모른다고 생각한 윤정인이 몇 번이고 대화를 시도했지만 모조리 수포로 돌아갔다. 윤정인의 미친 사교성도 벌벌 떠는 애들 앞에선 아무 쓸모가 없었던 것이다.

아니, 그러니까 배짱도 없고 책임질 자신도 없으면 황시우 옆에 붙어서 호가호위하질 말았어야지. 나는 다시금 투덜대며 반휘혈의 자리를 살폈다. 그 자리는 벌써 일주일이 넘게 비어 있었다.

선생님이 실종 신고를 넣은 지도 꽤 됐는데, 그는 대체 어디서 뭘 하고 있는 걸까? 설마 정말로 실종이라도 된 건 아니겠지?

내가 그런 걱정에 사로잡히는 사이, 별안간 복도 쪽이 시끄러워지더니 반대편에서 애들 몇몇이 달려왔다. 평소 같은 소란이겠거니 하고 있던 나는 그들 사이에 은지호와 주인이가 끼어 있는 것을 보고 눈을 크게 떴다.

무리에 잘 끼지 않는 이들이 저러다니, 도대체 무슨 일이야? 게다가 평정심을 잘 잃지 않는 그들의 얼굴이 하얗게 질린 건 또 무슨 일이고? 그때 나를 발견한 은지호가 먼저 내 팔을 붙잡았다.

상체를 숙이며 나를 가까이 당긴 그가 낮게 속삭였다.

"너 당분간 늦은 시간에는 밖에 돌아다니지 마. 다른 애들한테도 될 수 있으면 그렇게 하라고 전해."

"무슨 일인데 그래?"

"산이 형이 괴한한테 습격당했어. 너도 알지? 우주인의 사촌 형."

"뭐? 괜찮아?"

"얼마나 다쳤는지 우리도 잘 모르겠어. 지금 연락받고 병원으로 가는 중이야. 그러니까 너도 오늘 반여령이랑 둘이서만 가지 말고, 권은형 꼭 불러. 알았지? 권은형한테도 말해 뒀으니까."

그렇게 말하는 은지호의 뒤에서 주인이는 걱정에 빠진 듯 초점이 없는 눈으로 아무 말이 없었다. 나보다도 그의 상태가 훨씬 심각해 보여 나는 알겠다고 말하며 은지호의 등을 떠밀었다.

"알겠으니까 얼른 가 봐."

"꼭 내 말대로 해."

마지막까지 기어이 그렇게 말한 은지호가 주인이와 계단을 내려가 시야에서 사라졌다. 그 모습을 멍하니 보고 있던 나는 뒤늦게 내뱉었다.

"이게 대체 무슨 일이래……."

옆 학교 미친개인가 뭔가가 습격당했다는 소식을 들었을 때는 미안하지만 별 감흥이 없었다. 모르는 사이기도 했고, 서열들 사이의 패싸움 소식이야 이 세계에선 흔한 것이었으니까.

하지만 이번에 습격당한 건 다름 아닌 우산이었다. 주인이의 사촌 형인 그는 우리와도 결코 무관하다고 할 수 없었다.

나는 불안하게 요동치는 심장 부근을 내리눌렀다. 그리고 교실로 돌아가자, 이미 소식은 반 안까지 퍼져 있었다.

"우산이 습격당했대!"

"서도겸에 이어 우산까지? 둘 다 엄청 세잖아! 아무리 기습이라고는 해도 그 둘을 해치울 수 있는 사람이 있어?"

"도대체 범인이 누구야? 누가 그랬대?"

"아직도 모른대."

"동일범 아니야?"

누군가 내뱉은 말에 내 가슴이 서늘해졌다. 동일범. 나는 입속으로 중얼거렸다. 틀림없이 그것이 맞을 거란, 직관에 가까운 확신이 들었다.

이윽고 교실로 들어온 윤정인은 아까 은지호가 내게 했던 것과 동일한 말을 했다.

"아무래도 요즘 괴한의 습격이 유행하는 것 같으니까, 우리와 무관한 일이라고 생각하지 말고 최대한 혼자 다니지 말고, 어두워지기 전에 일찍 일찍 다녀. 안 그래도 서열전 때문에 길바닥이 어수선하니까."

무심히 고개를 주억거리던 나는 문득 교실 구석에 있는 황시우에게 시선이 꽂혔다.

어깨를 둥글게 말고 웅크려서는 창백한 안색으로 다리만 달달 떨고 있는 그의 모습은 아무리 봐도 수상했다. 단순한 습격 소식을 들은 것치고는 과한 반응인데? 고개를 기웃하며 중얼거리던 나는 이윽고 한숨을 내쉬었다. 하지만 최근에 아무와도 말을 섞지 않는 그가 내가 물어본다고 말해 줄 리는 없겠지.

창가로 다가가자 마침 운동장을 가로질러 걷는 은지호와 주인이의 모습이 내 눈에 들어왔다. 내가 걱정스럽게 응시하는 가운데, 두 사람은 이내 택시에 올라타 내 시야에서 사라졌다.

* * *

종례를 마치고 복도로 나가자, 은지호의 말대로 은형이가 여령이와 함께 나를 기다리고 있었다. 그들과 함께 서 있는 예상치 못한 인물을 보고 나는 눈을 크게 떴다.

"너 촬영 있다고 안 했어?"

내가 말하자, 유천영은 난감한 얼굴을 하고 느릿하게 고개를 끄덕였다. 그가 걱정스러운 듯 낮게 말했다.

"태워다 주면 좋은데."

"뭐? 아니야, 됐어. 너 바쁜 거 아는데 뭘."

오바야. 내가 그렇게 말하며 유천영의 등을 두드리자,

그는 길게 한숨을 내쉬더니 못내 떨어지지 않는 듯한 발걸음을 옮겼다. 내일 보자. 그렇게 말한 그는 마침 울리기 시작한 핸드폰을 들고 빠르게 걸음을 옮겼다.

전화를 받으며 멀어지는 그의 모습을 보고 있자니 문득 주인이에게 생각이 미쳤다. 나는 곧바로 핸드폰을 꺼내 그에게 전화를 걸었다.

[응, 엄마.]

다행히 곧바로 대답이 돌아왔다. 목소리가 생각보다 나쁘지 않았다. 아까 복도에서 봤을 때는 정말 애 하나 잘못되는 줄 알았는데. 나는 크게 안도하며 물었다.

"주인아, 괜찮아? 사촌 형이라는 분은 좀 어때?"

대수롭잖은 목소리로 선뜻 대답이 돌아왔다.

[아, 그게 생각보다 깔끔하게 다쳤더라고. 머리를 다친 것도 아니고, 팔 한 대 다리 한 대.]

아, 그렇구나. 다행이다. 하마터면 그렇게 말할 뻔했던 나는 뒤늦게 그의 말을 이해하고 고개를 들었다. 아니, 팔 한 대 다리 한 대가 대체 어디가 가벼워?

"주인아, 그건 가벼운 게 아닌 것 같은데……. 너 정말 괜찮은 거야?"

그가 화날 때 웃는 것처럼 이럴 때도 웃고 있는 건 아닌지 걱정스러웠다. 그는 여전히 명랑하게 대답했다.

[아니야, 가볍다고는 안 했어. 깔끔하다고만 했지. 산이

형이 오른손잡이인데 다행히 왼팔을 다쳤어. 한쪽 다리야 어쩔 수 없다지만. 그래도 산이 형이 고3이긴 해도 체육이나 예체능 쪽을 준비하는 건 아니니까 일단은 괜찮을 것 같아. 의사 선생님께서도 깔끔하게 부러져서 붙는 데는 지장 없겠다고 말씀하시더라고. 게다가 워낙 건강 체질이라 빨리 붙는 편이고. 전에도 몇 번 부러져서 아니까.]

"어, 으응……."

여전히 떨떠름하게 대답하는 한편 나는 생각했다. 그래도 주인이가 괜찮아 보이는 것만은 다행인가. 기준이 좀 이상하다는 건 부인할 수 없지만…….

그때 수화기 너머에서 돌연 음산한 목소리가 흘렀다.

[하지만, 아무리 깔끔하게 부러트렸고 산이 형이 뼈가 잘 붙고 어쩌고 해도, 당한 만큼은 갚아 줘야 하지 않겠어?]

"응? 어, 그, 그렇지……."

말을 더듬으며 나는 괜히 땀이 고인 눈가를 문질렀다.

주인아, '눈에는 눈 이에는 이.'는 함무라비 법전이고, 여기는 21세기 대한민국인데. 뭘 좀 헷갈리고 있는 게 아니니? 내가 그 말을 하고 싶은 것을 애써 참는 사이, 다시 산뜻한 목소리로 돌아온 주인이가 말했다.

[서열전이 고작 3일 남았다는 점, 산이 형이 강력한 우승 후보였다는 점을 생각하면 이득 보는 사람들은 뻔하지. 서열전이 흘러가는 양상을 살펴보면 금방 답이 나올 거야.

그 전에 답이 나오면 더 좋고.]

"그, 그래……."

[엄마, 나 당분간은 연락이 잘 안 될지도 몰라. 그래도 항상 조심하고, 어딜 가든 은형이랑 꼭 붙어 다니도록 해. 알았지?]

"응, 너도 조심……."

내가 채 말을 끊기도 전에 전화가 뚝 끊겼다. 언제나 내가 먼저 전화 끊길 기다리는 주인이가 저러는 걸 보면 어지간히 열이 받긴 한 모양이었다.

내가 머리를 긁적이고 다시 돌아서자, 옆에서는 은형이와 여령이가 걱정스러운 얼굴로 나를 빤히 보고 있었다.

두 손을 맞잡은 여령이가 다급하게 물었다.

"어떻대? 많이 안 다쳤대?"

"음. 가볍진 않아도 깔끔하게 다쳤다더라. 팔 한 대, 다리 한 대라는 것 같아."

난감하게 눈을 굴리던 내가 주인이의 표현을 빌려 대답하자, 울상을 지은 여령이가 되물었다. 그게 어디가 깔끔하게 다친 건데? 나도 동감이었다.

어색하게 웃어 보인 나는 침착하게 말을 이었다.

"그리고…… 주인이가 피의 복수를 준비 중인가 봐."

"아."

그 말에 여령이와 은형이의 표정이 동시에 놀랍도록 차

분해졌다. 갑자기 찾아온 침묵 속에서 나는 어색하게 그들을 끌어당겼다.

"가, 갈까……?"

여전히 침묵 속에서 걸음을 옮기며, 나는 미처 내뱉지 못한 진심을 속에 갈무리했다. 아직 잡히지도 않은 범인을 벌써부터 동정해선 안 되는 거겠지? 심지어 그가 죗값을 치르기도 전인데 말이야.

하지만 범인이 누구든 간에, 그가 자신이 한 일의 열 배는 고스란히 당하게 될 거란 생각이 드는 건 왜일까. 그렇게 생각하며 어두운 표정을 짓고 있던 나는 교문을 지나고 나서야 고개를 돌렸다.

나는 은형이를 보며 어리둥절하게 물었다.

"그런데, 아무리 생각해도 우리까지 조심할 필요는 없지 않아? 다들 조심하라고 말은 하지만, 난 이게 서열전이 열리기 전에 서열 1위를 노리는 다른 누군가가 후보들을 정리하는 것에 불과해 보이는데. 그럼 우리가 공격의 타깃이 될 일은 없지 않아?"

우리가 공격의 타깃이 될 경우라고 해 봐야 납치 정도밖에는 생각할 수밖에 없는데. 나는 턱을 매만졌다. 하지만 우리 주변에 그럴 만큼 친한 서열이라고 해 봐야 말마따나 반휘혈이나 우산 정도지. 게다가 우산은 사실 주인이의 사촌일 뿐 우리와는 거의 면식도 없고.

이런 일이 있을 때마다 사대천왕이 나서서 경호하는 바람에 가끔은 과보호 받는 어린애가 된 기분이었다. 아무리 나와 반여령이 납치당했던 것이 이들에게 충격으로 남아 있다고는 하지만.

내 말에 고개를 끄덕인 은형이는 교문 양옆을 눈짓했다.

"응, 단이 네 말이 맞아. 우리가 이러는 건 그 사람한테 습격당하는 것보다는 다른 게 걱정돼서야."

"무슨 말이야?"

"벌통을 들쑤셨는데 벌들이 일어나지 않고 배기겠어?"

그의 말뜻을 뒤늦게 깨달은 나는 탄성을 터트리며 주변을 살폈다.

과연, 길거리 곳곳에 험상궂은 학생들이 평소보다도 유난히 많이 무리 지어 있었다. 몇몇 지나가는 학생들에게 간혹 '뭘 봐?!' 하고 시비를 걸기도 하는 그들을 보며 나는 혀를 찼다.

그렇게 된 거로군. 은형이 말마따나 우두머리들이 당했는데 부하들이 들고일어나지 않을 수는 없겠지. 그게 우두머리 자리를 대신 노리는 것이든, 복수를 위한 것이든 간에.

게다가 반여령의 미모는 골목길에서 유독 싸움을 부르곤 했으니까. 그렇게 생각하며 나는 반여령을 힐긋 보았다.

춘추 전국 시대도 아닌데 힘으로 미녀를 가질 수 있을 거라고 생각하다니, 바보들. 무엇보다도 반여령이 너희보다 강한 거 모르냐? 그런 생각이나 하던 나는 문득 들려온 소리에 고개를 돌렸다.

"응?"

내가 잘못 들은 게 아닌가 싶었으나, 나보다도 반여령과 은형이의 반응이 더 빨랐다. 그들이 먹잇감을 발견한 맹수처럼 획 고개 돌려 쳐다본 곳은 어느 후미진 골목 안이었다.

어둠 속으로 회색 성운 고등학교 교복 재킷이 후다닥 사라지는 것이 보였다. 요즘 유난히 많이 보이네, 저 학교 교복. 그렇게 말한 내가 은형이를 돌아보며 말했다.

"재 방금……."

그때 그는 이미 대답할 시간도 아깝다는 듯 움직이고 있었다. 우리에게 기다리란 말만 남겨 놓은 그가 가방을 내려놓고 골목 안으로 사라졌다. 불과 몇 분도 안 되어 다시 바깥으로 나오는 그의 손에는 성운 고등학교 학생의 뒷덜미가 들려 있었다.

나는 혹시나 하며 그를 유심히 살폈다. 깡마른 체구에 소심해 보이는 인상인 것이 서열과 무슨 관련이 있을 것 같진 않았다. 그러다 우리 앞까지 끌려온 그가 갑자기 털썩 무릎부터 꿇는 바람에 나는 당황했다.

반여령이 황당한 표정을 짓는 가운데 은형이 또한 당황한 듯, 누그러진 목소리로 물었다.

"이렇게 간이 작아서 몰래 찍을 생각은 어떻게 한 거야?"

"죄, 죄송, 죄송합니다……."

그는 '몰래 찍었다'는 은형이 말을 부정하지도 않았다. 얼굴을 찌푸리는 반여령 옆에서 은형이가 손을 내밀었다.

"핸드폰 줘."

그는 아무런 저항 없이 핸드폰을 내밀었다. 비밀번호조차 걸려 있지 않은 핸드폰의 갤러리를 살핀 우리는 뜻밖의 사실에 당황했다.

"어?"

당연히 이번에도 여령이를 노린 시도이겠거니 하던 우리의 예상과는 달리, 그의 갤러리에 찍힌 것은 은형이뿐이었다. 혹시나 해서 최근 사진들을 죄다 뒤져 보았지만, 우리가 아는 사람은 그 하나뿐이었다.

이윽고 결론을 내린 듯 은형이가 남학생을 돌아보며 물었다.

"죄다 여령이가 아니라 나를 찍어 놨네? 아무리 손이 떨려도 그렇지."

"저기, 은형아."

옆에서 사진을 유심히 보던 내가 그를 조심스럽게 불렀다. 나는 아무래도 여령이를 노렸다기에는 사진의 초점이 너무 선명하다는 것을 지적할 생각이었다.

그러기도 전에 은형이가 여령이를 돌아보며 물었다.

"그래도 원래는 너를 찍으려던 거였으니까 네가 결정해,

여령아. 어떻게 했으면 좋겠어? 경찰서로 데리고 갈래, 아니면 일단 그냥 보낼래?"

잠시 고민하던 여령이는 고개를 내저었다. 그녀는 이런 일을 겪을 때면 으레 내보이는 환멸감이 짙게 깔린 표정으로 대답했다.

"그냥 보내."

"가, 감사합니다."

"잠깐, 이름 외울 거야."

그렇게 말한 그녀가 얼어붙을 듯 싸늘한 목소리로 덧붙였다.

"학생증 꺼내. 명찰 말고."

그는 떨리는 손을 하고서도 순순히 지갑에서 학생증을 꺼냈다. 학생증과 명찰을 몇 번 대조해 보던 그녀가 이윽고 학생증을 돌려주며 손만 내저었다.

나는 다리에 힘이 풀렸던 게 언제냐는 듯, 후다닥 달려가 버리는 녀석을 못마땅한 눈으로 응시했다. 그때, 여령이가 은형이를 돌아보며 말했다.

"일단 내가 결정하긴 했는데, 원래는 네가 결정해야 했던 게 아닐까? 왜냐하면 저 애, 내 생각에는 애초부터 내가 아니라 너를 찍으려고 했던 것 같은데."

"응? 그럴 이유가 뭐가 있어서?"

산뜻하게 대답했던 은형이의 표정이 이윽고 복잡해졌다.

난감한 듯 붉은 머리카락을 몇 번 쓸어 넘기던 그가 우리를 돌아보며 부드럽게 물었다. 갈까?

나는 고개를 끄덕였다. 이만하면 우리 사이에서는 큰 해프닝이라고 할 것도 못 됐다. 내가 담담하게 한 발을 떼어 놓으려던 찰나, 여령이가 다시 중얼거렸다.

“아, 갤러리 말고 문자함도 확인할 걸 그랬네.”

“왜?”

“어디에 사진 보냈을 수도 있잖아.”

“아차. 그러네.”

기겁해서 대답하는 내 옆에서 은형이가 말했다.

“뭐, 나는 너희 사진만 아니라면 상관없어. 걔가 내 사진을 갖고 뭘 하겠어.”

“그래도.”

나라면 엄청 찝찝할 것 같은데. 계속 미련이 남아 머뭇거리는 우리를 은형이가 단호하게 당겼다. 결국 우리는 포기하고 그를 따라 걸을 수밖에 없었다.

* * *

다음 날, 학교를 새롭게 강타한 것은 서열 5위 강한마저 당했다는 소식이었다.

여전히 나와는 별 상관없는 이야기라고 생각하던 나는 뒤늦게 그가 대리자와 이복 남매임을 알고서 마음이 무거워졌다. 몇 번 보진 못했지만 그녀가 보여 주는 의외의 소탈한 모습에, 꼭 동네 왕언니 같은 친근함을 느끼고 있던 차였다.

심하지 않았으면 좋겠는데, 번호를 몰라서 연락을 할 수도 없고. 나는 한숨을 내쉬었다.

한편 그러면 그럴수록 새롭게 열리는 서열전에 대한 관심도 높아지는 것 같았다. 쉬는 시간에 복도를 걷노라면 반마다 칠판 위에 '서열 1위 후보'라고 적힌 모습과 습격당한 이들 이름 위에 가위표가 쳐진 모습을 흔히 볼 수 있었다.

점심시간, 밥을 먹으며 얘기를 나누다가 서열전에 대해 새로운 사실을 알게 된 나는 입을 벌렸다.

"예선 본선이 있단 말이야?"

무슨 올림픽도 아니고. 조금 질려서 그렇게 중얼거리는 내게 윤정인이 말했다.

"그렇다더라. 특히 이번에 열리는 서열전은 모든 순위를 초기화시키고 다시 진행하는 거라, 전국 고등학교 대표들이 다 참가하거든. 참가 인원상 안 할 수가 없겠지."

"전국 고등학교가 몇 개인데?"

"이천 개쯤 되려나. 그러니까 참가하는 것도 이천 명쯤 되겠지."

이천 명? 나는 혀를 내둘렀다. 그 정도면 정말 전국 수학 경시대회와도 견줄 만하군.

새삼 느끼는 거지만 정말로 무섭다, 인터넷 소설의 세계. 절대로 나대지 말자. 가늘고 오래 살자. 오랜만에 좌우명을 되새기며 어깨를 파르르 떨던 내게 윤정인의 설명이 계속되었다.

"예선 없이 참가할 수 있는 건 기존 서열 1위부터 50위까지뿐이래. 나머지는 전부 예선부터 시작. 이번 주말에 예선으로 50명을 뽑고, 기존 서열 50명이랑 합쳐서 100명이 본선을 치른다나 봐."

"그렇게까지 체계적인 줄은 몰랐네."

"저거 나가려고 일부러 약한 고등학교로 전학 가서 대표 자리 탈환하는 녀석들도 있다고 들었어."

"정말? 무슨 대학 입시도 아니고."

정말 알수록 모를 이야기였다. 복잡한 표정을 하는 내 옆에서 이민아가 말했다.

"은근히 주변에 찾아보면 서열인 사람들 있어. 그렇기는 해도 결국 한 학교에 한 명 정도니까, 우리한테는 다른 세계 이야기인 건 맞지. 너무 복잡하게 생각할 필요 없어."

아무래도 내 표정이 보통 심각해 보인 게 아닌 모양이었다. 이크, 관리한다고 관리한 건데. 낭패란 얼굴을 하는 내 옆에서 김혜우가 말했다.

"그건 그런데, 이런 일이 연이어 생기니까 괜히 궁금해지긴 하네. 대체 누가 서열 1위를 차지하려고 벌써부터 이렇게 피바람이 불어 대는지 말이야.”

“맞아, 나도.”

김혜힐이 대답한 말에 나는 하하 웃었다. 다음 서열 1위는 모르겠지만, 지금 서열 1위라면 우리도 잘 알고 있어. 하필이면 그때 이민아가 불쑥 말했다.

“그러고 보니, 실종된 서열 1위 이름이란 거 되게 익숙하지 않았어? 반 뭐였는데? 반…….”

“음, 그것까진 모르겠다. 나도 평소엔 관심이 없었어서.”

김 쌍둥이가 대답하는 말을 들으며 나와 윤정인은 다시금 시선을 교환했다. 과연 이대로 끝까지 지켜질 수 있을까, 반휘혈의 정체? 하긴, 윤정인조차 못 믿던 걸 봐선 설마 의심할 사람은 없을 것 같지만 말이야.

그렇게 생각하면서도 나는 괜히 화제를 돌려야 한다는 마음에 입을 떼었다.

“있잖아.”

테이블 모두의 시선이 내게로 쏟아졌다. 나는 애써 어색하지 않게 말을 이었다.

“그러고 보니까 주인이네 사촌 형, 그러니까 우산 말인데, 그 사람은 왜 습격당한 거야? 서열 104위라고 들었는데, 그 정도면 1위 후보라고 하기엔 너무 멀지 않아? 서도겸인가 하는 그 사람은 일부러 김평범한테 져서 서열이 낮은 거라곤 들었는데.”

윤정인이 눈을 휘둥그레 뜨고 물었다.

"어, 너 몰랐냐? 서열에 대해 어지간히 관심이 없는 나도 이건 아는데."

"뭘?"

"우산, 그 사람도 서도겸이랑 똑같이 불패 신화인 거. 그 사람, 듣기로는 토너먼트 형식인 서열전에서 몇 번 싸우다가 적당한 서열이 됐을 때쯤 갑자기 귀찮아졌다며 기권하고 내려와 버렸다더라. 그전까지 한 번도 안 진 건 물론이고 한 대도 안 맞았대."

"아."

그의 말을 들으며 나는 나직이 탄성을 흘렸다. 그런 내 머릿속에 문득 떠오른 것은 다름 아닌 우리와 종종 게임을 하곤 하던 주인이의 모습이었다.

원카드나 화투패를 가지고 종종 하던 게임에서, 주인이는 대수롭잖게 대부분의 게임을 이겨 버리다가도 또 흥미가 사라지면 다른 곳으로 가겠다며 자리를 뜨곤 했다. 그가 내려놓고 간 카드 패에 지금까지 한 번도 구경한 적 없던 조커와 에이스가 전부 들어 있는 것을 보고 우리는 황당해하거나 분통을 터트렸다.

아하, 하. 돌연 어색한 웃음을 터트리는 내게 윤정인이 다시 말했다.

"아무튼 우산에 대해선 또…… 라이라는 의견이 많아서, 그 사람이 왜 우주인이랑 사촌인 건지 모르겠다는 애들이 많아."

음, 우주인한테 내가 이렇게 말했다는 거 알리지 마라. 괜히 주변을 살피며 그렇게 말하는 그에게 고개를 끄덕이는 한편, 나는 생각했다.

왜 주인이가 그 사람이랑 사촌인지, 나는 잘 알 것만 같은데.

그리고 우리는 서열 1위 후보에 대해 잠시 의견을 나누었지만, 평소에 관심이 있던 주제도 아니다 보니 아는 이름만 툭툭 내뱉다가 금세 사그라지고 말았다.

그새 빈 식판을 들며 윤정인이 뱉은 말에 나는 고개를 끄덕였다.

"뭐가 됐든 얼른 결론이 났으면 좋겠네. 서열전이 끝나면 습격도 끝날 테니까. 길에 무리 지어서 눈 부라리는 녀석들 때문에 무서워서 어디 돌아다니겠냐."

"그러게."

습격도 습격이지만, 무엇보다 은형이한테 신세 지는 게 가장 신경 쓰인단 말이야. 속으로 투덜대며 나도 식판을 들고 자리에서 일어났다.

* * *

그 시각, 권은형은 빈 교실 문을 조용히 열어젖혔다. 오랫

동안 열리지 않은 문이 끼익하고 힘겨운 듯한 소리를 냈다.

사람 없는 교실에서 그는 홀로 괜히 칠판 위의 낙서를 읽어 보기도 하고, 책상 위에 두껍게 쌓인 먼지를 손으로 쓸어 보기도 했다.

교실에 다른 사람이 도착한 것은 그가 모든 것에 흥미를 잃고 창가에 멍하니 걸터앉아 있을 때 즈음이었다.

자리에서 일어난 그가 모범생다운 미소를 지으며 물었다.

"할 얘기가 있으시다고요?"

"그래."

"선배께서는 서열전 준비로 바쁘시지 않나요?"

권은형이 다 안다는 듯 꺼낸 말에 상대의 얼굴이 굳어졌다.

교실에 새로 찾아온 이는 3학년 김율로, 그는 이번에 소현 고등학교 대표로 서열전에 나가기로 정해져 있었다.

작년에 졸업한 은겸에 미치지 못한다는 평가가 대다수지만 엄연히 이 학교 최고 권력자임에도 불구하고, 김율은 후배인 권은형을 대하며 긴장한 기색이 역력했다. 도리어 권은형이 그를 달래려는 듯 보일 정도였다.

그때 긴장한 듯 주먹을 쥐었다 폈다 하던 김율이 갑자기 주먹을 날렸다. 눈 하나 깜짝하지 않고 옆으로 비켜나는 권은형에게 이번에는 날카로운 발차기가 내리꽂혔다.

그는 이번에는 공격을 피하지 않았다. 대신 차분한 눈빛으로 타이밍을 가늠하는 듯하다가, 도리어 김율의 다리를 옆구리에 끼고 바닥에 메쳤다.

쿵, 하는 소리와 함께 먼지가 뭉게뭉게 피어오르기 시작했다. 와중에도 선명한 미소와 함께 권은형이 말했다.

"선배님. 설명을 좀 듣고 싶은데요."

기습이 실패했음에도 김율은 실망하긴커녕 감탄한 기색뿐이었다.

"내 공격을 한 번도 맞지 않고 전부 피하다니, 역시! 네 실력에 대한 소문은 사실이었어!"

"저, 선배님?"

여전히 미소를 지우지 않고 되묻는 권은형의 미간에 옅은 주름이 팼다. 그는 입속으로 낮게 중얼거렸다. 어쩌면 습격 사건의 범인을 잡았을지도 모른다고 생각했는데.

하긴, 생각해 보면 김율 정도의 실력으로 서도겸과 우산을 해치울 수 있었을 리는 없다. 그 사실을 깨닫고 침착해지는 그에게 김율이 대뜸 말을 꺼냈다.

"정했다! 이번 서열전에 나갈 사람은 내가 아니라 너야."

"네?"

"너 정도 실력은 되어야 소현 고등학교의 명예를 지킬 수 있겠지! 나는 내 부족함을 인정하고 깨끗이 사퇴하도록 하겠다."

"아니, 저기……."

권은형은 작게 대답하며 주름진 미간을 꾹꾹 눌렀다. 부족함을 인정하고 물러나겠다니, 말이야 좋았지만 결국 그에게 떠넘기겠다는 말이었다.

이윽고 평정을 되찾은 그는 다시금 미소를 떠올리며 말했다.

"좋게 봐 주신 건 감사하지만, 과대평가입니다."

"겸손해하지 마! 네가 지금 감히 부정하는 거냐? 나 김율의 안목을!"

아니, 이 사람. 겸손하든 자신감 넘치든 하나만 해 줬으면 좋겠네. 그렇게 중얼거린 권은형이 다시 입을 떼었다.

"아, 그리고 제가 개인적으로 서열 같은 데는 전혀 관심이 없어서요. 어려운 결정 하신 선배께는 죄송하게 됐습니다."

"내 설명을 들으면 없던 관심도 생길 거다! 내가 서열들의 특혜에 대해 설명해 주지. 특히 서열 1위는 말이지, 정말 굉장하다고! 그리고 난 충분히 네가 그 자리를 얻을 수 있을 거라고 믿……."

"그럼 한 가지만 묻겠습니다, 선배님. 서열들이 받는 특혜에 학교 내신도 포함되나요?"

기세등등하게 이어지던 김율의 말이 권은형의 말에 뚝 끊겼다. 김율이 어안이 벙벙하게 바라보는 가운데, 권은형은 아까와 같은 미소를 떠올리며 빠르게 말했다.

"대학이나 성적 관련 특혜가 있나요? 그게 아니라면 저는 서열 1위나 그런 자리에는 별로 신경 쓰고 싶지 않아서."

"아, 아니……."

"그럴 거라고 생각했지만 역시나군요. 죄송하게 됐습니다."

깔끔하게 대답하고 자리를 떠나는 권은형을 바라보는 김율은 흡사 귀신이라도 본 듯한 표정이었다.

권은형이 교실 뒷문을 열어젖히고 나서야 김율은 간신히 더듬더듬 던졌다.

"자, 잠시만. 권은형."

"네?"

"네게 내신 특혜 따위가 왜 필요하지? 그 싸움 실력을 가졌는데?"

웃으며 깔끔하게 대꾸한 권은형은 문을 닫았다.

"제가 의대 지망이라서요."

드르륵, 덜컥. 이윽고 떠난 사람의 성품을 증명하듯 조용히 닫히는 문을 보며 김율은 여전히 넋이 나가 버린 얼굴을 하고 있었다.

* * *

수업이 끝나자마자 교실 뒷문으로 나간 나는 은형이를 보고 당장 외쳤다.

"은형아! 괜찮아?"

이윽고 주위를 살핀 내가 그에게 몸을 숙이며 작게 덧붙였다.

"김율 선배가 아까 점심시간에 너 불러냈다며?"

내가 우리 학교 서열 1위의 이름을 알게 된 것은 불과 오늘의 일이었다.

전국 서열 1위에 관해 토론하다가 나온 얘기였는데, 영 시원치 않다는 게 모두의 평가였다. 차라리 이루다가 나가면 더 가능성이 있을 거라나. 아무튼, 그가 은형이를 불러냈다는 것을 뒤늦게 알고 내가 어찌나 놀랐던지.

은형이는 웃으며 고개를 끄덕였다.

"응, 별일 아니었어."

"그래도 용건이 있으니까 불렀을 거 아니야. 무슨 일이었어?"

"음, 그게."

대답하기 싫은 듯, 드물게 뜸을 들이던 그는 내가 물러나지 않자 결국 입을 열었다.

"자기 대신에 학교 대표로 좀 나가 달라고 하더라고."

"뭐? 그래서 어떻게 했어?"

학교 서열 1위쯤 되면 학생들의 숨겨진 실력 같은 건 알아볼 수 있는 건가? 내가 기겁하며 물은 말에 은형이는 웃으며 흔쾌히 대답했다.

"당연히 거절했지. 받아들였을 리가 없잖아."

"다행이다."

나는 안도의 한숨을 턱에 닿도록 내쉬었다. 지금까지 사대천왕과 지내면서도 용케 서열이라는 무서운 것과 연관되지 않아 안심하고 있었는데, 대뜸 은형이가 돌이킬 수 없는 길을 가 버린다면 충격이 컸을 것이다.

그제야 나는 상황을 따져 볼 여유 또한 가질 수 있었다. 이윽고 내가 미간을 찌푸리며 물었다.

"그 사람, 대체 왜 너한테 자리를 양보하겠다고 한 거야? 아무리 생각해도 습격이 무서워서 같은데. 최근 서열 1위들이 죄다 습격당하고 있으니까, 혹시나 하는 마음에."

"음, 글쎄. 나도 그럴 가능성도 있다고 생각해."

"대체 뭐야, 그 사람? 싫다는 너를 그 자리에 세워 두고 자기는 안전한 곳으로 빠지려고 하다니."

화를 내던 나는 뒤늦게 퍼뜩 고개를 들었다. 정말 내가 생각한 이유가 맞다면 그렇게 쉽게 물러났을 것 같지 않은데.

내가 다급히 물었다.

"확실히 거절한 거 맞지, 은형아? 갑자기 나중에 그 사람이 네 이름으로 참가를 신청해 뒀다며 데리고 갈 가능성 같은 건 없는 거지?"

내 말에 여령이 또한 걱정스러운 얼굴로 은형이를 돌아보았다. 그는 시원스레 손을 내저으며 웃었다.

"걱정 마. 그럴 일 없어. 확실히 거절해 두었으니까."

"도대체 뭐라고 거절했길래?"

내가 아는 은형이는 처음 보는 사람에게까지 단호하게 말할 수 있는 사람이 아닌데. 내가 미심쩍게 물은 말에 은형이는 산뜻하게 웃으며 대답했다.

"내신에 영향을 주지 않는 한 나갈 일 없다고 했지."

"……."

"단아, 왜 그래? 표정이 이상한데."

멍하니 서 있던 나는 곧 고개를 내젓고 떨떠름한 얼굴로 걸음을 옮겼다. 그러면서 내가 중얼거렸다.

이걸 기뻐해야 해, 슬퍼해야 해……. 은형이가 서열전에 나갈 일은 앞으로도 절대 없을 것 같아서 안심이 되긴 하지만, 이제는 좀 다른 쪽으로 이상해져 가는 것 같아서 걱정되네.

그렇게 중얼거리며 계단을 내려가던 내 눈에 뜻밖의 광경이 밟혔다. 나는 창턱을 짚고 상체를 바깥으로 내밀며 의문사를 뱉었다.

"엥?"

"단아!"

"조심해야지."

여령이와 은형이가 당장 기겁해서 내 가방끈과 허리를 각각 붙드는 가운데, 나는 눈을 깜빡이며 바깥을 가리켰다.

"아니, 저거……."

"응?"

나를 기어이 들어다 복도 바닥에 내려놓고서야 다시 그쪽을 돌아본 그들 역시도 이윽고 눈을 크게 떴다.

인적 드문 화단에 마주 보고 선 사람은 두 사람으로, 하나는 황시우고 하나는 이루다였다. 황시우가 유독 이루다를 피해 다니는 바람에 '역시 이루다가 황시우를 손봐 준 게 아니냐'는 소문이 최근 신빙성을 얻고 있던 차였다.

"재네 저기서 왜 저러고 있어?"

여령이가 물은 말에 나는 모르겠다는 뜻으로 고개를 내저었다. 나는 다시 고개를 내밀어 창밖을 살폈다.

황시우는 죄인처럼 고개를 푹 숙이고 있는 반면 이루다는 팔짱을 끼고 못마땅한 듯 인상을 잔뜩 찌푸리고 있는 것으로 보아, 둘의 화제가 유쾌하지 않다는 것만 추측할 수 있을 뿐이었다.

화단에서 여기까지의 거리가 별로 멀지 않아 창을 좀 더 열면 대화 내용을 들을 수 있을 것 같긴 했지만, 나는 최근 루다의 행적을 떠올리다가 그냥 돌아섰다.

그러면서 내가 말했다.

"아냐, 괜한 걸 신경 쓴 것 같아. 이만 가자."

중요한 얘기면 루다가 나중에 알려 줄 거야. 확신을 담아 내가 내뱉은 말에 여령이와 은형이가 동시에 고개를 끄덕였다. 창에서 시선을 떼고 걸음을 떼어 놓는 한편 나는 입속으로 중얼거렸다.

하지만, 분명히 이루다와 황시우가 지금 나누는 이야기가 우리와 완전히 무관하지 않을 거란 생각이 들어. 인터넷 소설에 들어오고부터 갈고닦인 내 직감이 그렇게 말하고 있었다.

역시나 오늘도 길거리는 무리 지어 다니는 험상궂은 애들로 바글바글했다. 이러니 우리 반 애들 사이에서 요즘 귀가 시간이 될 때마다 생존 신고에 가까운 문자가 도는 것이다.

그래도 서열전이 시작되면 다들 그쪽으로 몰려가서 좀 살 만해지겠지……. 나는 희망 사항을 읊조리며 한숨 쉬었다.

한시라도 빨리 집에 들어가고 싶어서 아파트로 올라가는 큰길 대신에 빌라촌의 지름길을 이용하기로 했다. 은형이가 있으니 안전은 걱정할 필요 없다고 생각해서 한 선택이었다.

핸드폰 벨 소리가 울린 것은 지름길을 걷기 시작하고 5분도 안 돼서였다.

잠시 주머니를 더듬어 보던 나는, 울린 것이 내 핸드폰이 아니란 것을 깨닫곤 고개를 들었다.

"응?"

"내 거네?"

은형이가 놀란 얼굴로 핸드폰을 꺼냈다. 나와 반여령이

그쪽으로 시선을 모았다.

액정 위로 떠오른 이름을 확인한 나는 눈을 깜빡였다. 루다잖아? 하필 황시우와 대화하는 그의 모습을 본 게 직전이라 마음이 찝찝해졌다.

한편, 은형이도 아리송한 표정이었다.

“얘가 나한테 연락할 일이 있나?”

그렇게 중얼거린 은형이가 핸드폰을 열어 귀에 가져다 댔다.

여보세요? 여상하게 부르는 소리가 이어지고, 나는 잠시 주머니에 손을 찔러 넣은 채 사방을 살폈다.

해가 저물어 가는 저녁 무렵, 우리를 둘러싼 골목마다 어둠이 차오르고 있었다. 빌라의 유리창들은 불길한 주홍빛으로 번득이고 있어서, 꼭 누가 불이라도 지른 것만 같았다.

무료하게 건물들을 훑던 내 시선이 이윽고 한 빌라 주차장에 멎었다. 차는 한 대도 없고 낙엽만 한 무더기 쌓인 주차장을 보며 나는 반휘혈을 떠올렸다.

정말, 또 어디서 맞고 있는 건 아니겠지. 작게 투덜거리다 말고 골목 끝에 불쑥 나타난 그림자를 보고 나는 놀라서 숨을 집어삼켰다.

검은 후드 집업에 검은 마스크, 검은 트레이닝 바지까지. 그야말로 머리부터 발끝까지 온몸이 다 시커먼 사람이었다.

그것도 모자라 후드 모자 안에 캡 모자를 한 겹 더 쓰고 있어 얼굴을 보기가 거의 불가능했다. 차림새만 보면 이마에 '나 수상한 사람이오.' 하고 써서 붙인 수준이었다.

그가 이쪽으로 한 발을 내딛기에, 나는 뒤로 주춤 물러나다 말고 멈춰 섰다.

물론 나와 여령이 단둘만 있었다면 당장 여령이의 손목을 붙잡고 도망쳤겠지만, 지금 우리 옆에는 일 대 십도 해볼 만한 은형이가 있었다. 사실 반여령도 마음만 먹는다면 그만한 전투력을 갖춘 것은 물론이거니와.

그렇게 생각한 내가 천천히 숨을 가다듬는 그때였다. 수화기 너머에서 루다의 날카로운 외침이 내 귀에까지 날아와 꽂혔다.

[지금 당장 사람 많은 곳으로 뛰어! 당장!]

"저기, 자초지종도 안 알려 주고 그렇게 말하면 어떻게 그러겠어. 이유를 말해 줄 수 있을까?"

말투만 봐서는 루다가 재난 현장의 한가운데 있고, 은형이가 오히려 그를 도와주려는 것 같았다. 그런데도 순간 심장이 쿵 떨어지는 느낌에 나는 은형이의 팔을 다급히 붙들었다.

"단아?"

핸드폰을 귓가에서 뗀 은형이가 의아한 듯 나를 돌아보았다.

"왜 그래?"

"아니, 그게……."

나는 머뭇거리며 입을 달싹였다. 안 좋은 일에 한해서는 빗나가는 법이 없는 내 직감이 요란하게 울어 대고 있었다.

내가 이것을 어떻게 설명해야 할지 몰라 말을 고르는 그때, 갑자기 날카로운 바람 소리가 들렸다. 기겁한 나는 은형이의 손목을 놓고 황급히 몸을 피했다.

날카로운 주먹이 은형이와 내 사이를 스쳤다. 어찌나 빨랐던지, 여령이가 반사적으로 은형이의 뒷덜미를 잡아당기지 않았으면 그대로 직격당하고 말았을 것이었다. 그런데도 다 피하지 못해 은형이의 뺨에 생채기가 남았다.

나는 비명처럼 외쳤다.

"은형아!"

"갑자기 이게……."

무슨……. 은형이가 그렇게 중얼거리며 떨떠름한 얼굴로 제 뺨을 매만졌다. 손바닥에 묻어 나온 피를 본 은형이가 놀란 얼굴을 했다.

그런 은형이의 머리 위로 또다시 발차기가 내리꽂혔다. 간신히 두 팔을 교차시켜 막아 낸 은형이의 표정이 금세 흐트러졌다. 그가 갑자기 얼굴을 찡그리며 한쪽 팔을 감싸는 것을 보고 나도 따라서 얼굴을 찡그렸다.

지금껏 은형이가 싸우면서 밀린다거나, 아파하는 모습은

한 번도 본 적이 없었다. 그런데 그가 얼굴을 찌푸리며 맞은 곳을 감쌀 정도라니? 나는 고개를 돌려 까만 남자 쪽을 바라보았다.

문득 내 머릿속에 최근 일이 스치고 지나갔다. 설마, 최근에 서열 1위 후보들을 습격하고 다닌다는 게 저 녀석인가? 하지만 은형이는 서열하고는 아무런 관련도 없는데?

내가 어쩔 줄을 모르고 손만 쥐었다 폈다 하는 사이, 남자와 은형이 사이에서 몇 번의 공방이 오갔다. 두 사람의 싸움을 지켜보던 나는 은형이가 저 사람에게 절대 이길 수 없다는 것을 깨달았다.

은형이는 싸움을 정식으로 배운 적이 없는 만큼, 화려한 기술 없이 착실하게 막고 반격하길 반복하는 타입이었다. 사실 그가 기술 없이도 워낙 강해서 웬만한 사람들은 상대도 되지 않았다.

그런데 저 남자의 주먹은 너무 강해서 피해 없이 막는 것 자체가 불가능했다. 막은 즉시 몸의 균형을 잃는 은형이의 위로 어김없이 남자의 다음 공격이 내리꽂혔다.

남자가 한쪽 벽을 박차고 날아오르며 그림 같은 발차기를 날리자 내 입에서는 비명이 터졌다.

"은형아!"

어떡하지? 내가 안절부절못하며 머리카락만 쥐어뜯는데, 누군가의 낭랑한 외침이 날아왔다. 나는 고개를 돌렸다.

"은형아! 고개 숙여!"

이쪽으로 날아오는 것을 본 나는 납작 엎드렸다. 내 몸만 한 쓰레기 봉지가 가뿐하게 날아가 검은 남자에게 부딪혔다. 퍽! 봉지기 터지면서 쏟아진 것들이 남자의 시야를 교란했다.

남자가 신경질적으로 모자챙에 매달린 쓰레기를 걷어 내는 사이, 은형이가 우리 쪽으로 달려왔다. 허겁지겁 내달리는 우리의 뒤로 반여령이 던진 쓰레기 봉지가 하나 더 날아갔다.

그리고 다시 우리를 본 그녀가 힘껏 외쳤다.

"뛰어!!"

그 말이 신호탄이라도 된 것처럼 우리는 죽을힘을 다해 뛰었다.

경사가 급한 내리막길이라는 게 다행이었다. 몇 번 넘어질 뻔하긴 했지만, 다행히 누구도 넘어지지 않고 빠르게 평지에 도달했다.

익숙한 길인데도 패닉 상태에 빠지니 구분해 내기가 쉽지 않았다. 갈림길에 이르러 잠시 발을 동동 구르던 내가 이윽고 한쪽을 가리키며 외쳤다.

"저기! 저쪽! 저쪽으로 가면 큰길이야!"

내가 다급하게 외치기가 무섭게 여령이와 은형이가 곧장 뛰쳐나갔다.

이를 악물고 달리는 한편, 나는 뒤를 힐끗 보았다. 모자 챙에 쓰레기를 미역 줄기처럼 매달고 무서운 속도로 질주하는 검은 남자를 본 내 입에서 신음이 터졌다. 으아악, 저 사람 분명히 오늘 밤 꿈에 나올 거야.

그러기가 무섭게 휙 날아간 의자가 남자의 머리를 때렸다. 다시 옆을 돌아본 나는 반여령을 보고 생각을 바꾸었다. 아니, 오늘 밤 내 꿈에 나올 사람은 아무리 봐도 이쪽이다. 저토록 아름다운 얼굴로 저토록 야차 같은 표정을 지을 수 있는 것도 재주라면 재주였다.

그래도 반여령 아니었으면 우린 죽었다. 반여령 사랑해.

그렇게 읊조리며 모퉁이 하나를 더 돌자, 마침내 역으로 이어지는 큰길이 눈앞에 나타났다. 퇴근 시간이라 인파가 물결처럼 쏟아지고 있었다.

설마 여기에서까지 은형이와 싸우려 하진 않겠지. 그렇게 생각하며 나는 인파 한가운데 서서 무릎을 짚고 크게 숨을 내쉬었다. 뒤늦게 여령이와 은형이가 있는 곳을 다시 돌아본 내 얼굴이 당황으로 물들었다.

내가 다시금 다급하게 외쳤다.

"도망쳐!"

내가 그렇게 외치기가 무섭게 검은 남자의 발차기가 은형이에게로 쇄도했다. 전봇대에 등을 부딪힌 은형이가 작게 신음했다. 주변 행인들이 하나둘 비명을 지르기 시작했다.

"뭐야, 무슨 일이야?"

"경찰 불러야 하는 거 아니야?"

누가 말려 주려나 했던 나는 이어진 상황을 보고 머리를 짚었다. 검은 남자와 권은형이 아까의 골목에서의 공방은 장난이었다는 듯, 화려한 싸움을 벌이는 것에 사람들은 점차 환호를 보내기 시작했다.

과연 인터넷 소설의 주민이다 싶었으나 간간이 이런 말도 들렸다.

"촬영인가?"

"그런가 본데? 와, 움직임 장난 아니야!"

"카메라는 왜 없지?"

촬영이 아니니까 카메라가 없지! 그렇게 외치던 나는 뒤늦게 핸드폰을 꺼냈다.

아차, 아까는 상황이 너무 급해서 경찰에 신고할 생각을 미처 못했네. 어쩌면 나도 패싸움 정도는 태연히 구경하는 인터넷 소설 주민 중 하나가 돼 버린 지도 모르지.

그러는 한편 반여령을 찾아 두리번거리던 나는 멀지 않은 곳에서 쓰레기통을 번쩍 들고 걸음을 옮기는 그녀와 눈이 마주쳤다.

순간 내 마음속에서 극심한 갈등이 일어났다. 정말 경찰에 신고를 해야 할까? 그러다가 경찰이 체포해 가는 사람이 검은 남자가 아니라 반여령 쪽이 된다면?

바로 그때 행인들을 가르고 익숙한 외침이 터졌다. 나는 퍼뜩 뒤를 돌아보았다.

“지나갈게요! 잠시만 비켜 주세요.”

남자애치고는 드물게 맑고 낭랑한 목소리가 들리는가 싶더니, 다음 순간 검은 그림자가 행인들의 위로 불쑥 솟았다. 중력을 남들의 반 정도밖에 받지 않는 것처럼 너무나 가뿐한 모습이었다.

몇 사람의 어깨를 훌쩍 타 넘어 다가온 그가 마침내 빈 곳에 착지했다. 은형이와 검은 남자의 매서운 싸움 때문에 사람들이 차마 다가가지 못해 비어 있던 공간이었다.

마침내 그의 얼굴을 제대로 본 내가 중얼거렸다.

“이루다?”

그때 내 중얼거림을 들은 것처럼 검은 남자가 이루다를 돌아보았다. 검은 챙 아래로 보이지 않는 시선을 내쏘던 그가 천천히 몸을 돌렸다. 이미 쓰러지기 직전인 은형이는 무시할 각오인 듯했다.

검은 남자가 천천히 걸음을 옮겨 이루다의 앞에 서자 체격 차가 더욱 완연히 드러났다. 그 모습을 보고 나는 숨을 삼켰다. 루다는 2학년 들어 키가 더 커서 결코 평균 체구에 비해 작지 않음에도, 검은 남자의 체구가 너무나 압도적이었다.

그와 코앞에서 마주 보고 있으니 압박감이 대단할 텐데

도 이루다는 전혀 겁먹는 기색이 아니었다. 도리어 그는 입꼬리를 말아 올려 사납게 웃으며 주먹을 가볍게 말아 쥐었다.

이윽고 루다와 검은 남자의 2차전이 시작되었다. 두 사람이 싸우는 모습을 보고 나는 경악했다.

예전에 루다와 은형이가 붙으면 누가 이길까 궁금해한 적이 있는데, 역시 타고난 것도 타고난 거지만 교육은 무시할 수가 없었다.

이루다는 보는 내가 어이없어질 정도로 손쉽게 검은 남자를 궁지로 몰았다. 손발이 하도 빨라서 거의 안 보일 지경이었다. 그런 그에게 행인들이 힘껏 응원을 보냈다.

"와, 잘한다!"

"CG가 필요 없겠어!"

그때 마침내 궁지에 몰린 남자가 불쑥 돌아섰다. 이루다가 성급하게 외쳤다.

"어딜 가!"

그의 외침도 무시하고 검은 남자는 바로 등 뒤에 있던 버스 정류장을 올려다보더니, 그 옆의 쓰레기통을 한 발로 딛고 정류장의 투명한 지붕 위로 올라갔다. 아래에서 버스를 기다리던 행인들이 기겁하며 우르르 빠져나왔다.

한편 그 모습을 이를 갈며 보던 루다 또한 남자만큼 가뿐하게 정류장 위에 올라섰다.

"거기 안 서?!"

정말로 화난 듯 씩씩하게 외친 그가 검은 남자를 쫓아 사라지자, 한동안 일대에는 침묵만이 흘렀다. 이윽고 구경거리가 사라진 행인들이 '끝인가? 아쉽다.' 그런 소리를 해대며 하나둘 흩어졌다. 홀로 남아 멍하니 서 있던 나는 퍼뜩 정신을 차리고 고개를 돌렸다.

바닥에 주저앉은 채 옆구리를 부여잡고 있는 은형이를 여령이가 황급히 부축했다. 그의 미간이 잔뜩 좁아진 것을 본 나는 안타까운 한숨을 흘렸다. 어떡해, 은형이 진짜 아픈가 봐. 원래는 아픈 거 절대 표정에 티 안 내는데.

여령이가 다급하게 물었다.

"많이 아파? 뼈에 금 간 거 아니야?"

"아니, 그 정도는 아닌 것 같아. 괜찮아."

은형이는 여느 때처럼 웃으며 자기 일에 한해서만 사건을 축소하려 들었다. 그에게 나 또한 말했다.

"병원부터 가자. 은형이 너 밤에 아프기 시작하면 응급실 말고는 답도 없어."

"아니, 정말 괜찮……."

"밤에 아프면 유천영을 깨워야 할 텐데?"

손사래 치던 은형이는 내 말에 곧장 입을 다물었다. 역시, 전에 주인이가 가르쳐 준 은형이 다루는 법은 한 번도 틀리는 법이 없었다.

마침내 얌전해진 은형이를 보고 만족한 나는 여령이와 함께 그를 부축했다.

"잠시만 지나갈게요."

"죄송합니다, 죄송합니다."

은형이를 이끌고 인파 사이를 뚫고 지나가는 한편, 나는 루다가 사라진 쪽을 계속 흘긋거렸다. 루다가 타이밍 좋게 나타나 준 건 둘째 치고, 은형이가 습격당할 것을 어떻게 루다가 먼저 알았을까?

아무튼, 지금은 은형이를 병원에 데려가는 게 먼저였다. 다시금 앞을 돌아본 나는 걸음을 재촉했다.

* * *

은형이를 진료실에 집어넣은 나는, 당장 주인이에게 전화부터 해서 이 일을 알렸다. 예상대로 주인이는 몹시 열 받았다.

[서열에 버젓이 이름이 올라 있는 산이 형은 그렇다 치고, 은형이는 어떻게 알아서?]

"나도 모르겠어. 루다가 뭔가 알고 있는 것 같긴 하던데."

주인이의 목소리가 조금 커졌다.

[형이?]

"응. 습격당하기 직전에 우리한테 전화를 해서 당장 사람 많은 곳으로 가라고 하더라고."

[알았어, 그 부분은 내가 알아볼게.]

나는 고개를 끄덕였다. 불과 하루도 안 돼서 주인이의 손에 의해 진상이 드러날 것을 믿어 의심치 않았다.

그리고 나는 말을 이었다.

"아무튼 원인이 뭔지도 모르겠고, 습격이 언제까지 계속될지도 모르니까 은형이한테 당분간 경호가 필요할 것 같아."

[그건 유 회장님께만 말씀드려도 해결될 거야. 그분한테도 은형이는 친아들이나 다름없으니까.]

하긴, 전에 유천영네 가족들이 은형이를 대하는 태도만 봐도 그래 보이긴 했다. 확실히 그거면 간단히 해결되겠지. 고개를 주억거리던 찰나, 누군가 내 핸드폰을 불쑥 가로채 가는 바람에 나는 깜짝 놀라서 뒤를 보았다.

어느새 진료실에서 나온 은형이가 핸드폰에 대고 똑똑히 말하고 있었다.

"절대 말하지 마."

핸드폰 너머에서 주인이 특유의 톤 높은 목소리가 몇 마디 흐르다가, 은형이가 핸드폰을 탁 소리 나게 닫자 뚝 끊어졌다. 그가 그토록 불친절하게 구는 것은 처음 봐서 나와 여령이는 눈만 깜빡였다.

그런 우리에게 은형이가 못 박듯 말했다.

"천영이나 천영이 가족한테는 얘기 들어가게 하지 말아

줘. 신경 쓰이게 하고 싶지 않아.”

그의 성품을 생각하면 당연한 일이긴 했다. 머뭇대던 내가 조심스레 물었다.

“그럼, 은지호 쪽은?”

“그쪽도.”

단호하게 돌아오는 대답에 나는 눈살을 찌푸렸다. 아니, 그럼 어쩌란 거야? 아까 보니까 은형이의 힘으로는 검은 남자를 전혀 당해 내질 못하던데. 그가 우리 앞에서 맞는 것을 손 놓고 지켜보기만 하라고?

내 손에 핸드폰을 쥐여 준 그가 말을 이었다.

“내가 알아서 할게.”

“그래도…….”

“가자.”

나는 그렇게 말하고 돌아서는 은형이의 뒷모습을 멍하니 바라보았다.

'내가 알아서 할게.'

대수롭지 않은 말이 이토록 가슴에 박히기는 처음이었다. 은형이의 마음속에 있는 그와 우리 사이의 관계도를 억지로 봐 버린 듯한 느낌이었다. 우리는 그에게 받기만 해야 하고 아무것도 줘서는 안 됐다.

아마 그는 여령이와 내가 그를 데리고 오며 호위하듯 주변을 경계했던 것도 몹시 마음에 들지 않았을 것이다. 그것은 그가 생각하기에 우리의 역할이 아니니까.

잠시 멍하니 서 있던 내 옆에서 흰색의 뭔가가 휙 날아갔다. 자세히 보니 약봉지로 접은 종이 딱지였다.

흰 종이 딱지는 은형이의 뒤통수에 맞고 바닥에 툭 떨어졌다. 은형이가 의아한 얼굴로 이쪽을 돌아보았다.

반여령이 말했다.

"멍청이."

사납게 내뱉은 그녀가 자리에서 벌떡 일어났다. 그녀는 내가 말릴 새도 없이 성큼성큼 걸어서 누구보다도 빨리 병원을 나가 버렸다.

어, 어떡하지? 뒤늦게 자리에서 벌떡 일어난 내가 여령이와 은형이를 번갈아 보았다. 나와 눈이 마주치자, 은형이는 고민할 게 뭐가 있냐는 듯이 여령이 쪽을 턱짓했다. 그래도 내가 망설이자 그가 말했다.

"얼른 가. 어두워졌잖아."

그 말에 간신히 몇 걸음 옮기다 말고 나는 그의 바로 옆에서 잠시 멈추었다. 의아한 듯 내려다보는 그의 시선을 마주 보며 내가 말했다.

"내가 무슨 일 있을 때 너희한테 말 안 하던 거."

"아."

"이런 기분이었다는 거, 이제 알겠다."

"……."

"많이, 서운했겠다."

탄성 한마디만을 내뱉고서 내내 말이 없는 그에게, 힘겹게 말을 맺은 나는 다시 뒤돌아 걸음을 옮겼다.

등지고 걷고 있으니 당연히 보일 리 없는데도, 병원 로비에 우두커니 서 있는 그의 모습이 눈앞에 선명하게 그려졌다.

* * *

그날 밤, 공부를 하고 있는데 주인이로부터 전화가 왔다. 나는 풀고 있던 문제집을 잠시 책상 구석으로 밀어 놓고 전화를 받았다.

"여보세요."

[응, 엄마. 나야.]

주인이는 루다와 대강 얘기를 끝냈는지, 그에게서 들은 정보를 천천히 풀어놓았다. 내가 깜짝 놀라 되물었다.

"정요한이 수상하다고?"

[수상한 정도가 아니라 거의 확신에 가까워. 황시우가 정요한한테 팽당하고 나서 그의 밑에서 했던 일을 루다 형한테 다 불었거든.]

아하, 내가 창문으로 엿보았던 때가 바로 그때로구나.

어쩐지 황시우는 말하는 내내 죄인처럼 쩔쩔매고, 루다는 화내는 것처럼 보이더라니.

이어진 주인이의 말에 나는 인상을 찌푸렸다.

[결정적으로 지금 습격당하고 있는 인물의 순서가 황시우가 넘겼던 위험인물 명단 순서와 일치해.]

나는 내내 걸렸던 것을 물었다.

"그럼, 루다가 습격당하지 않은 건……."

[자기랑 친해졌으니 넘기기 직전에 습격 명단에서 이름을 뺀 거지 뭐겠어. 덕분에 이번에 형이 은형이를 도와줄 수 있었으니까, 결과적으로 나쁜 일은 아니었지만…….]

"어휴."

나는 한숨을 푹 내쉬었다. 그래서, 황시우가 은형이를 기어이 위험인물 명단에 올렸다 이거지? 서열이랑은 아무런 상관도 없이 지내던 모범생을.

평소라면 '제 무덤을 팠네.' 하며 은형이를 건드렸던 녀석들을 비웃었을 테지만, 이번만큼은 상황이 달랐다.

나는 석양이 타오르던 골목에서 마주쳤던 검은 남자를 떠올렸다. 은형이와 일대일로 맞붙고도 전혀 밀리지 않고, 오히려 압도한 사람은 그가 처음이었다. 회상하는 것만으로도 등골이 오싹해지면서 숨이 차갑게 얼어붙는 것 같았다.

잠시 굳어 있던 나를 주인이가 불렀다.

[엄마?]

그제야 정신을 차린 나는 이마를 문지르며 말했다.

"아, 미안. 마저 얘기해."

[응. 아무튼 정요한이 그 남자를 시켜서 위험인물들을 제거하고 있는 이유야 뻔해. 자기가 서열 1위를 차지하기 전에 골치 아플 것 같은 상대들을 제거하겠다는 거지. 무엇보다 방향이 맞지 않는 상대들을.]

"방향이 맞지 않는다고?"

[우산이나 강한이나, 일반 학생들 건드는 거 싫어하기로 유명하거든. 서도겸은 신경 안 쓰는 타입이지만 김평범이 싫어하니까 하지 말자는 주의고. 마지막으로 은형이야 말할 것도 없지.]

"그럼, 정요한은 아니란 거야?"

[훨씬 이전에는 좀 더 전쟁 같은 시대가 있었대. 상납금을 내고 체육관에서 기합받는 게 당연한 시대 말이야.]

낮아진 목소리로 따라붙은 말에 내가 '농담이지?' 했지만 주인이는 웃지 않았다. 그제야 나도 진지해졌다.

[엄마, 이번에 정요한이 전국 서열 1위가 되면 모든 게 바뀔 수도 있어. 각오해 두는 게 좋을 거야. 물론, 그렇게 되지 않도록 애써 보긴 하겠지만…….]

주인이의 입에서 나오니 전국 서열 1위란 우스운 이름이 무슨 세계의 존망이라도 걸고 있는 듯 심각하게 들렸다. 아니, 아니지. 나는 고개를 내저었다.

그러고 보면 전에 마주친 대리자도 비슷한 말을 했다. 그래서 반휘혈이 돌아가게 하려고 그토록 애를 썼지.

내 머릿속에 또 다른 생각이 떠올랐다. 반휘혈은 지금 어디서 뭘 하고 있을까? 암계를 써서 상대방을 하나둘 해치우고 있는 정요한이 그의 자리를 뺏어도 정말 괜찮은 것일까?

그러던 나는 문득 날아온 말에 다시 고개를 들었다.

[정요한의 사냥개 노릇을 하는 그 사람이 누군지 알아내기만 해도 일이 훨씬 쉬워질 텐데. 체격을 봐서 정요한 본인일 리는 없고.]

나는 담담히 수긍했다. 확실히 몸의 선이 단정하고 가늘어 과학고 교복이 잘 어울리던 정요한과, 하늘을 저 혼자 떠받치는 것처럼 넓은 어깨의 그 남자가 같은 인물일 수는 없겠지.

갑자기 떠오르는 생각에 나는 눈을 크게 떴다.

아니, 하지만 그는 더는 주먹을 쓰지 않겠다고 우리에게 선언했잖아. 애초에 그가 대리자의 제의를 거절한 것도 그 때문이 아니던가, 스스로와의 약속을 지키기 위해서.

그런데 그가 난데없이 정요한의 사냥개 노릇을 하고 있다고? 아무리 정요한이 반휘혈 동생의 친구라고는 하지만 그럴 리는 없지. 나는 고개를 내저었다.

단지 체격만으로 확정 짓기엔……. 그런 내게 주인이의 말이 다시 들려왔다.

[아무튼 엄마, 뭔가 생각나면 알려 줘.]

그제야 상념에서 깨어난 내가 간신히 대답했다.

"응, 그럴게. 아 참, 그러고 보니……."

[응?]

"은형이는 어쩌면 좋지?"

이윽고 한숨 섞인 목소리로 돌아온 말에 나는 등골이 오싹해졌다.

[뭐든 자기 힘만으로 할 수 없다는 걸 굳이 이번 기회에 깨닫고 싶다면, 그러라고 해야지.]

"그거 진심이야?"

[확실한 건 이번 일, 천영이나 은지호한테 일렀다가는 은형이랑 생으로 절교하게 될 거야.]

짧은 침묵 끝에 돌아온 대답에 나는 한숨을 내쉬며 고개를 끄덕였다. 그건 그래.

"그렇다고 손 놓고 있을 순 없잖아."

[뭐, 보디가드의 힘을 빌리지 않고 지킬 방법이 딱 하나 있긴 한데.]

"루다를 말하는 거지?"

[응. 설득은 내가 어떻게든 해 볼게. 형, 내 말이라면 잘 들어주잖아.]

그 말에 나는 잠시 인상을 찌푸렸다가 작게 말했다.

"주인아."

[응?]

나는 설마 하는 심정으로 말했다.

“너 또 루다한테 가서 약점 잡혔니 뭐니 하면서 박박 긁으면 안 된다.”

[…….]

수화기 너머가 잠시 조용해졌다. 언제나 영리한 그의 놀랍도록 투명한 반응에 나는 한숨만 나왔다.

내가 다시 말했다.

“주인아. 너 루다한테만 왜 그렇게 짓궂게 굴어.”

[아니, 나는…….]

“너 사실 루다 볼 때마다 지나치게 엉겨 붙는 것도 루다가 얼굴 찌푸리고 기겁하는 게 재밌어서 그러지.”

[…….]

그러자 주인이는 또 아무런 말도 못 했다.

검지로 이마를 긁적인 내가 다시 말했다.

“루다한테는 내가 부탁해 볼게. 안 되면 네가 다시 설득 좀 해 주고.”

[응…….]

어쩐지 잔뜩 풀이 죽은 주인이의 목소리를 앞에 두고 나는 망설였다. 너도 루다 앞에서는 유난히 서툰 티가 난다, 그런 말을 할까 말까 하다가 나는 그냥 내일 보자는 말과 함께 전화를 끊어 버렸다.

이번에는 루다에게 연락을 하려던 찰나, 누군가 내 방문을 두드렸다.

"단아."

방문이 삐걱 열리며 스탠드 불빛 닿은 곳을 제외하고는 어둡던 방이 환해졌다.

내가 뒤를 돌아보았다.

"응?"

"여령이 왔는데."

문을 열고 선 엄마의 뒤에서 여령이가 빼꼼 고개를 내밀었다.

그 모습을 보고 나는 속으로만 웃었다. 왜 안 오나 했다.

엄마가 다시 나가자 방 안은 조용해졌다. 여령이는 내 침대에 앉아 맨발을 서로 비비며 꼼지락댔다. 그 모습을 물끄러미 지켜보던 나는 자리에서 일어나 방의 불을 켰다.

그리고 다시 돌아서는 참인데, 여령이가 문득 말했다.

"내가 잘못된 걸까?"

"아무도 잘못하진 않았지."

난 조용히 말했다. 그러다 문득, 약봉지로 종이 딱지를 접어 은형이의 뒤통수에 날린 것은 어쨌든 물건으로 사람을 때린 거니까, 그건 좀 잘못했을지도 하고 생각했다. 하지만 지금 꺼내기엔 맞지 않는 얘기였다.

잠시 뺨을 긁적이던 나는 여령이의 옆에 걸터앉았다. 그러기가 무섭게 여령이가 입을 열었다.

"화났으면, 어떡하지."

"여령아."

"나 진짜, 은형이랑 진지하게 싸워 본 적 한 번도 없단 말이야."

그렇게 말하며 여령이가 두 다리를 침대 위로 끌어 올려 무릎을 감쌌다. 나는 조금 망설이다가 가만히 손을 올려 여령이의 등 뒤에 가져다 대었다. 천 자락 너머로 떨리는 몸이 느껴져서 조금 놀랐다.

그렇지, 상대는 여령이와 곧잘 티격태격하던 은지호도, 드물게나마 싸우던 유천영도 아닌 은형이였지. 이제야 여령이가 이 일을 심각하게 받아들이고 있다는 것을 눈치챈 게 미안했다. 이러고도 소꿉친구냐, 나는 속으로 내게 욕을 퍼붓고는 바로 고쳤다.

"걔도 네가 자기 걱정해서 그런 거 알겠지."

내가 한 말에 여령이는 붉은 입술을 한참이나 달싹이더니 다시 무릎을 끌어안으며 고개를 내저었다. 기어들어 가는 듯한 목소리가 흘러나왔다.

"조금만 차분하게 말할걸. 난 왜 이렇게 성격이 못됐지?"

나는 진지하게 말했다.

"너 조금만 더 착해지면 열반할걸?"

"왜 이렇게 말도 함부로 하고. 나는 진짜, 은형이가 옆에서 하는 거 맨날 보면서도."

여령이는 이윽고 주먹을 질끈 쥐더니 제 이마를 콩, 콩 하고 계속 때렸다.

아파 보이진 않았지만, 별로 잘못하지도 않았으면서 자해하는 게 안쓰러워 나는 그녀의 손목을 잡아 내렸다. 그러자마자 보이는 벌게진 눈에 나는 숨을 들이쉬었다.

여령이가 이제는 숫제 울먹울먹해진 눈으로 말했다.

"은형이는 이것보다 더 황당한 상황에서도, 보는 내가 다 열 받을 상황에서도 침착하게 조곤조곤 타이르는데 난 그거 하나를 못 해서. 그것도 모자라서 막, 종이 구겨 던지고."

"아니, 접어 던졌지."

그렇게 말하던 나는, 여령이가 나를 쏘아보자 입을 다물었다. 어, 미안. 나는 왜 그놈의 종이 딱지가 그렇게 인상적이어서.

그리고 나는 잠시 머뭇거리다 말했다.

"그런데 은형이도 별로 침착하진 않지 않았어?"

여령이가 휘둥그레진 눈으로 나를 돌아보았다.

나는 머뭇거리며 말했다.

"아니, 그렇잖아? 주인이 전화도 중간에 끊고, '내가 알아서 할게.'란 말도 은형이답지 않았잖아. 물론 보통 애들에 비해선 엄청나게 예쁜 말투인 거 인정하는데, 어디까지나 다른 애들한테 비해서고. 평소였다면 우리한테는 틀림

없이 그것보다 좋게 말했겠지. 걱정해 줘서 고맙다는 말도 한두 마디 덧붙였을 테고."

"……."

"여유가 없어 보였단 얘기야."

조용해진 여령이의 옆에서 내가 자세를 고쳐 앉으며 다시 말했다.

"내가 보기엔 네가 별로 걱정할 필요는 없을 것 같아. 지금쯤 은형이는 스스로한테 화가 나면 났지, 여령이 너한테 화가 나진 않았을 거야."

"그걸 어떻게 확신해?"

여령이가 젖은 눈을 깜빡이며 대답했다. 아니, 확신하는 것까진 아닌데. 바닥을 보며 말을 고르던 내가 다시 말을 이었다.

"왜, 사람은 누구나 마음에 구멍이 있다고들 하잖아? 다른 곳은 찔러도 하나도 안 아픈데 그곳만 찔리면 죽는소리 나오는 구멍."

그렇게 말하면서 나는 가슴 위에 주먹만 한 원을 그려 보였다. 여령이의 시선이 잠시 내 가슴 부근을 향했다가 다시 내 얼굴을 향했다.

내가 말을 이었다.

"은형이는 무슨 일에든 의연하니까, 나는 걔한테는 그런 구멍 아예 없을 줄 알았거든. 그런데 생각해 보면 자기가 남들한테 도움받아야 하는 입장이 됐을 때 항상 그러더라고."

"……."

"전에 봤지, 은형이네 아버지랑 유천영네 아버지, 그, 큰 사고 나셨을 때."

말을 하다가 나도 모르게 더듬고 말았다. 듣던 여령이도 어깨를 움찔했다.

그때의 일은 아직도 입에 담기가 조금 두려웠다. 입에 담는 것만으로도 그때 그 일이 다시 일어나기라도 할 것 같은 착각이 들었다, 마치 저주의 마법이라도 되는 듯이.

그럼에도 불구하고 꺼낼 수밖에 없는 얘기였다. 내 말에 잠시 생각에 잠겼던 여령이가 이윽고 고개를 끄덕였다.

"그렇지? 그때도 은형이, 우리가 걔를 걱정하고 챙기는 게 당연한데 오히려 우리를 더 챙기려고 들었잖아. 수술실 앞에서 한시도 떠나지 않겠다고 버텨도 다들 그러려니 할 상황에, 우리 밥 챙기는 게 일인 사람처럼 나 데리고 병원 매점 가던 거 생각나?"

"응, 기억나……."

"난 그때 진짜 내가 무슨 햄스터가 된 기분이었어. 은형이가 밥 안 챙겨 주면 아무것도 못 하는 동물이 된 기분이었다니까."

여령이가 말없이 눈을 내리까는 가운데, 나는 아까 그려 보였던 원 부근을 손가락으로 찔렀다.

"사람 마음은 상처를 받으면 그 부분만 성장을 멈춘대. 그래서 어렸을 때 생긴 상처일수록 아프고 민감해진다는데. 그러니까 아마도 그게."

나는 나직이 말을 맺었다.

"은형이 아픈 부분이었나 봐."

"……."

"여령이 네가 말했던 것처럼 은형이 항상 완벽하고 그런 거 아니야. 은형이도 찔리면 조바심 내고, 아파하고, 두려워하고 그러는 부분 있어. 어린애로 돌아가는 부분이."

방 안이 다시 조용해졌다. 머쓱함에 손을 꼼지락거리던 나는 말을 이었다.

"음, 아무튼, 그러니까 내 말은…… 우리 중에 완벽한 사람 없잖아. 나, 작년 너희랑 떨어져 있을 때 나 자신한테 그런 질문 되게 많이 했거든. 도대체 무슨 자신감으로 내가 너희한테 필요하다고 그렇게 확신했을까."

여령이는 말없이 주먹만 쥐었다. 나는 민망함에 머리칼을 매만지며 말을 이었다.

"생각할수록 예전의 내게 어이가 없더라. 무슨 안 좋은 물건 팔아 치우는 사기꾼이라도 된 기분이었어. 내가 지금까지 너희한테 저질렀던 실수들이랑 생각 없던 행동들, 우리가 싸웠던 기억들 다 생각나고. 나는 왜 그렇게 모자란 존재인지, 특히 너희랑 있으면 왜 유난히 그런 게 티 났는지. 좋은 모습만 보여도 모자랄 텐데."

나는 웃으며 덧붙였다.

"그런데, 나를 다시 너희들한테 데려간 것도 그때 그 기억들이더라고."

"……."

"완벽하지 못한 존재들이라 서로 싸우고 부딪힐 수밖에 없다는 게 괴로웠는데…… 완벽하지 못한 존재들이니까 서로를 필요로 할 수밖에 없구나 하는 생각이 들어서."

그렇게 생각하자 그들에게 돌아가지 않고는 배길 수가 없었다. 사고 소식을 듣자마자 당연한 것처럼 여령이의 옆자리에 앉아 출발하라고 외쳤다.

그렇게 돌아가서 여기 더 있어 달라 말하는 유천영의 얼굴을 봤을 때는, 내 선택이 틀리지 않았다는 확신이 들어서 벅찼다.

거기까지 말했을 때, 여령이가 갑자기 내 등을 끌어안으며 내 어깨에 턱을 올려놓았다. 놀라서 눈만 깜빡이던 나는 이윽고 웃으며 그녀를 마주 안았다.

그녀의 등을 토닥이며 내가 말했다.

"너희랑 싸운 기억 떠올리면서 언제가 제일 민망했냐면, 화낼 일 아닌데 내 예전 상처 때문에 괜히 민감하게 굴었을 때야. 그러니까 아마 은형이도 지금쯤 이불 발로 차고 있을걸."

"응……."

"천천히 얘기해 봐."

그렇게 말하면서 나는 여령이의 얼굴에 흘러내린 머리카락을 걷어 주었다.

여령이는 다시 행복한 듯 웃으며 내 어깨에 턱을 기댔다.

* * *

다음 날 학교로 돌아가자, 은형이는 당연한 듯 반여령과 대화를 나누고 있었다. 몇 번이고 다시 확인했지만, 두 사람 다 싸움의 앙금이 남아 있는 얼굴이 아니라서 나는 안도의 한숨을 내쉬었다.

루다가 내 청을 받아들여 준 덕에 우리의 하교 파티는 다섯 명이 되었다.

왜 우리 세 사람에 루다를 더했는데 네 사람이 아니라 다섯 사람인고 하니, 주인이가 웃는 얼굴로 참가를 외쳤기 때문이었다.

"형, 난 이제부터 형을 소중히 대해 주기로 했어."

"필요 없으니까 그냥 꺼…… 내 눈 앞에서 사라져."

피곤한 얼굴로 주인이에게 대답하던 루다가 나를 힐끗 보더니 말을 바꿨다. 뒷말이 뻔히 보이는 생략은 왜 하는 거람.

아랑곳 않고 주인이는 여전히 해맑은 얼굴로 지껄여 댔다.

"나는 정말 나랑 이렇게 비슷한 사람은 처음 봐서, 우리 사이에 약점과 협박과 힘겨루기가 없으면 좋은 협력 관계를 이루기 힘들 거라고 생각했거든."

"너 지금 나 돌려 깠냐?"

여전히 심기 불편한 얼굴로 묻는 루다에게 주인이는 활짝 웃으며 대답했다.

"그런데 그러지 않고도 협력 관계를 이룰 수 있으면 좋지 않을까 싶어서."

"저기요, 협력이란 단어에 대해 외국인인 저보다 모르시나 본데요, 협력은 상호 간의 동의를 바탕으로 이루어지는 겁니다. 너 혼자만 좋다고 되는 게 아니라."

"그럼 일단 미운 정부터 시작할까?"

"아니, 그건 더 싫은데."

질색하며 반대하는 이루다를 보다 말고 나는 문득 생각했다.

주인이는 루다가 자신과 비슷하다고 생각해서 그를 약점을 잡아 협박하지 않으면 못 다룰 사람이라고 판단했었다. 그런데 그가 루다와 정상적인 관계를 갖도록 힘써 보겠다고 함은…….

어쩌면, 주인이가 자기 자신과 화해하겠다는 뜻도 되지 않을까? 스스로가 그렇게까지 나쁜 사람은 아니란 사실을 받아들이겠다고. 그렇게 생각하며 나는 앞서 걷는 루다와 주인이의 등을 빤히 바라보았다.

아무튼…… 내가 루다를 대하는 주인이의 태도에 대해 새삼 짚어 준 것이 루다의 고생문을 열었다는 생각이 드는데, 아마도 착각이 아닐 것이다.

나는 속으로 루다의 명복을 빌어 주고는 마저 걸음을 옮겼다.

* * *

루다와 우리가 함께 등교하는 이틀 동안은 습격이 없었다. 주말이 지나 서열전 예선이 끝나고 나자, 길거리의 험상궂은 무리도 대부분 사라졌다.

"예선에서 탈락한 녀석들은 진작 내려갔나 본데."

루다가 길거리를 바라보며 꺼낸 말에 나는 고개를 끄덕였다. 그러게. 내가 인생 장르를 잘못 만나 고생이구나 했는데, 드디어 무법 도시를 벗어나는구나.

옆에서 은형이가 머쓱한 얼굴로 말했다.

"그럼 이제 경호도 필요 없는 거지? 아니, 내가 여령이랑 단이랑 다니는 거 말고. 루다 너랑 주인이가 나 지켜 주는 거 말이야."

나는 그렇게 말하는 은형이를 빤히 보았다.

남에게 신세 지는 상황이 여전히 어지간히 신경 쓰이는 모양이지. 여령이가 대번에 세모눈이 되어 쏘아보는데도 은형이는 난감한 표정을 지을 뿐 물러서지 않았다.

그런 그에게 루다가 어처구니없다는 얼굴로 대답했다.

"예선이 끝났다고 습격이 없으란 보장이 어디 있냐?"

"예선을 통과해야 본선에 나갈 수 있는 거니까. 지난주에 예선에 참가하지 못한 시점에서 나는 서열 1위 후보 자격 자체를 박탈당한 거잖아. 그러면 그쪽에서 날 공격할 이유도 사라진 게 아닐까?"

은형이가 침착하게 설명했다. 확실히 그럴듯한 말이기는 했으나, 루다는 여전히 개풀 뜯어 먹는 소리 말란 표정으로 대꾸했다.

"됐어. 마무리가 반이랬는데, 이러다 오늘 당장 네가 습격당하기라도 하면 내가 얼마나 허무해?"

"그래도……."

"얼른 가시죠, 은형 왕자님."

무슨 말을 하려다 주인이의 발랄한 목소리에 가로막힌 은형이는 기어이 얼굴을 찡그렸다. 이윽고 한숨을 푹 내쉬며 머리카락을 쓸어 올리고 터덜터덜 걸음을 옮기는 그의 모습을 보며, 나와 여령이는 뒤에서 키득키득 웃어 댔다.

은형이는 걸음을 옮기면서도 여전히 투정 부리듯 말했다.

"이제 서열전 본선 후보들도 다 뽑혔는데, 나를 뭣 하러 견제

하겠어. 다들 걱정해 주는 건 고맙지만, 이건 좀 지나친…….”

그러면서 그가 모퉁이를 돈 순간, 그를 바라보던 내 눈이 문득 커졌다.

“은…….”

내가 채 한 글자를 내뱉기도 전에 루다의 몸이 앞으로 퉁겨지듯 나왔다. 말은 발보다 빠르다는데, 그 속담을 철저히 거스르는 신체 능력이었다.

“뒤로 빠져!”

그렇게 외친 루다가 순식간에 은형이의 뒷목을 잡아채 우리에게 던졌다. 드물게 균형을 잃고 비틀대는 은형이를 간신히 받아 낸 우리는 다시 고개를 들고 앞을 보았다.

거기서는 루다와 검은 남자의 빅 매치가 한바탕 이루어지고 있었다. 나는 숨을 삼키며 고개를 내밀었다.

루다는 체구가 연약한 편이라 한 대만 얻어맞아도 전황이 달라질 텐데, 그는 날랜 움직임으로 용케 한 대도 맞지 않았다. 그가 종이 한 장 차이로 아슬아슬하게 공격을 비껴나가며 주먹을 날리는 것을 본 나는 감탄사를 터트렸다.

“와.”

그리고 나는 검은 남자 쪽을 돌아보았다.

루다에게 얻어맞은 횟수가 꽤 되는 것 같은데도 그는 조금도 비틀거리는 기색이 없었다. 도대체 어떻게 돼먹은 몸인 거야? 저 후드 안에 갑옷을 입은 건 아닐 테고.

눈을 가늘게 뜨고 널찍한 어깨 안에 숨은 실루엣을 가늠해 보던 나는, 이윽고 겹쳐지는 인영에 고개를 내저었다. 아니야, 성격상으로도 정황상으로도 그럴 수가 없어. 그건 불가능해.

그러다 공격이 전혀 효과가 없자, 조금 시친 듯 뒤로 훌쩍 물러났던 루다는 갑자기 근처의 표지판을 붙들고는 몸을 한 바퀴 돌렸다.

회전력이 더해진 발차기가 곧장 뻗어 나가 검은 남자의 복부에 강하게 박혀 들었다.

"와."

그 순간만큼은 언제나 루다를 놀리는 데 열과 성을 다하던 주인이마저 감탄사를 내뱉었다.

처음으로 몸의 중심을 잃은 검은 남자가 몇 걸음 물러나는가 싶더니 뒤로 넘어졌다. 순간, 그의 머리에 얹혀 있던 모자가 훌렁 벗겨지며 얼굴 윤곽이 잠시나마 드러났다.

그것을 본 순간 나는 눈을 크게 떴다. 짙은 눈썹과 붉은 눈, 마스크 아래로 숨어 있지만 윤곽이 뚜렷한 콧대.

그는 오래 허둥거리지 않았다. 곧장 모자를 주워 든 그가 다시 담벼락 위로 몸을 날렸다. 저번과 같은 도주 패턴이었다.

루다가 외쳤다.

"또 어딜! 쥐새끼 같은 게 매번 덤벼 놓고 빠져?"

이번에는 진짜 가만 안 둬! 이를 부득부득 간 루다가 당장 담벼락 위로 올라섰다. 우리 같은 민간인으로선 엄두를 낼 수도 없는 동작이었다.

그렇게 둘이 사라지고, 제자리에 남은 우리 넷은 한동안 닭 쫓던 개라도 된 것처럼 담벼락 위만 쳐다보았다.

내가 고개를 돌리며 물었다.

"어쩌지?"

내 말에 여령이가 은형이를 돌아보며 말했다.

"일단 은형이 너는 집에 들어가. 거의 다 왔으니까."

그렇게 말하며 여령이가 은형이의 등을 강하게 떠밀자, 은형이는 못마땅해하는 것 같으면서도 착실하게 집 안으로 들어갔다.

은형이가 문 안으로 사라지는 것까지 확인한 다음에야 우리는 다시 길을 향해 고개를 돌렸다.

내가 다시 물었다.

"이제 어쩌지?"

내 말에 대답한 것은 주인이였다.

"흩어져서 찾고, 보는 즉시 형, 아니, 루다한테 알리는 게 좋을 것 같아."

꽤 의외였다. 사촌 형인 우산이 당했으니만큼 검은 남자의 위험을 역설하던 그가 저런 적극적인 주장을 내놓다니.

내가 주인이를 의아하게 쳐다보자, 그가 덧붙였다.

"산이 형 다른 곳 건드리지 않고 팔다리만 부러트린 것도 그렇고, 방금 루다랑 싸워서 밀리는데도 더러운 수 안 쓰는 것도 그렇고. 관계없는 사람까지 건드릴 녀석은 아니야."

그러더니 다시 은형이가 사라진 쪽을 돌아본 주인이가 말을 이었다.

"그리고, 서열전 예선이 끝났는데도 은형이를 습격했다는 건 그 외에 다른 이유가 있다는 거잖아. 언제까지나 이렇게 다닐 수도 없고. 붙잡아서 이유를 좀 들어 봐야겠어."

그건 그러네. 나는 고개를 끄덕였다.

확실히 그의 목적이 은형이가 서열 1위가 되는 것을 막는 게 아니었다면, 우리는 불편한 등하교를 기약 없이 계속해야 했다.

모두의 의견이 같자 우리는 재빨리 흩어졌다. 사람이 네 사람이나 되니까 잘하면 빨리 찾아낼 수도 있을 것 같았다.

흩어지기 전, 나는 내가 추측한 그의 정체를 말할까 싶었지만 일단은 그만두었다. 직접 만나서 궁금한 것을 물어본 다음에 말하는 것이 나을 것 같았다. 과연 대답해 줄지는 의문이지만.

왜 학교에는 계속 안 나오는 건지, 애들이 다 걱정하는 거 알고는 있는 건지. 동생 생각해서 주먹을 더는 안 쓰겠다던 네가, 도대체 왜 정요한의 사냥개 노릇을 하고 있는 건지.

그렇게 생각하며 모퉁이를 돈 순간, 거짓말처럼 너른 등이 나타났다.

나는 크게 외쳤다.

"반휘혈! 너 거기 좀 서 봐."

이름이 불리자 주춤하는 것도 아주 잠시, 그는 전보다도 더 빠른 속도로 달리기 시작했다. 나도 이를 악물고 사력을 다해 그를 쫓았다.

그러면서 내가 외쳤다.

"너, 이거 반 애들한테 말한다! 너 학교 안 오고 여기서 이러고 있다고."

그는 여전히 대답이 없었다.

나는 숨을 헐떡이며 다시 외쳤다.

"애들이 다 너 걱정해! 실종 신고도 넣었어. 집에도 여러 번 다녀갔고. 그런데 너 없더라."

"……."

"이제 곧 모의고사도 있는데 어쩔 거야, 너!"

여전히 반응이 없었다. 오죽하면 외쳐 놓고도 내가 '이 세상에 붉은 눈이 어디 한둘이겠어.' 싶어지면서 헷갈리기 시작할 무렵이었다.

내가 마침내 꺼낸 말에 그의 뜀박질이 느려졌다.

"……동생한테."

나는 주저하면서도 내뱉었다.

"너, 동생한테…… 말한다."

내가 턱을 훔치며 말을 마친 순간, 그가 거짓말처럼 달리기를 멈추었다.

우리는 비로소 단둘이 있게 되었다. 우리가 서 있는 골목길 위로 왠지 모를 비장한 공기가 흘렀다.

어째 반휘혈하고 있게 되면 항상 어두운 골목 속인 것 같아, 그렇게 생각하며 내가 입을 떼었다.

"너 왜 여기 있어? 네가 왜 은형이를 공격해?"

"……."

반휘혈은 대답하지 않고, 다만 모자챙 아래로 번뜩이는 붉은 눈으로 나를 가만히 쏘아보았다.

나는 반사적으로 어깨를 움츠렸다. 꼭 동물원에 있다가 밀림으로 돌아가 야성을 회복한 맹수를 마주한 것 같은 느낌이었다.

최근의 싸움을 통해 전투 본능을 완전히 깨우친 그는, 도무지 내가 전에 알던 반휘혈과 동일 인물로 보이지 않았다. 그가 교실 책상에 얌전히 앉아 있는 모습을 여러 번 봤는데도 상상이 안 될 지경이었다.

잠시 목이 꽉 막혔던 내가 간신히 말을 이었다.

"너, 은형이만 그런 거 아니지. 서도겸도, 우산도, 강한도. 다 네가 그런 거지."

"……."

"왜 그랬어? 주먹 더는 안 쓰겠다며. 그런데 왜 갑자기."

"……."

"절대로 너 아닐 거라고 생각했어. 그런데 결국 너였네. 말해 봐, 왜 그랬어?"

대답하지 않는 반휘혈의 모습에 슬슬 조바심이 날 무렵이었다.

드디어 반휘혈이 달싹이는가 싶어 기뻐하려던 나는, 이어진 그의 말에 조금 충격을 받았다.

"네가…… 나에 대해 뭘 안다고."

"아, 아니. 있잖아, 나는……."

이게 무슨 적반하장이냐. 그렇게 생각하는 내게 반휘혈이 다시 외쳤다.

"나다운 게 뭔데!!"

나는 망연해진 채 중얼거렸다. 너 대체 왜 내가 못 보는 사이 질풍노도의 시기가 찾아온 건데? 망연해진 내게 그는 몸을 숙이고 힘껏 외쳤다.

"나에 대해 아무것도 모르면서!"

나는 갑자기 자식에 대해 아무것도 모르면서 이것저것 시킨 학부모가 된 기분이었다. 나는 다시 멍하니 중얼거렸다.

아니, 하지만 먼저 우리를 습격한 건 너잖아?

그럼에도 그의 말을 듣고 있자니 이유 모를 죄책감이 스멀스멀 올라오기 시작했다.

내가 이유 모를 죄책감의 파도에 빠져 허우적대는 사이, 획 돌아선 반휘혈은 석양을 향해 달리는 소년처럼 저 멀리 뛰어가 버렸다. 야, 너 어디 가냐.

떠나는 그의 등에다 대고, 나는 결국 오랜만에 만난 고향 엄마 같은 소리밖에 못 했다.

"저…… 전화는 받아라."

하도 민망해서 쥐꼬리만 한 목소리로 말한 탓에, 반휘혈이 들었을지 못 들었을지 의문이었다. 아니, 차라리 못 들은 편이 나았겠다. 내가 그런 생각이나 하고 있을 무렵, 반휘혈이 사라졌던 쪽에서 갑자기 이루다가 나타났다.

그의 어깨에 쌀 포대라고 보기엔 너무 거대한 무언가가 얹혀 있는 것을 보고 나는 눈을 깜빡였다. 자세히 보니 그건 사람이었다.

내가 놀라서 눈을 깜빡이는 가운데, 마침 골목 저편에서 다가오던 주인이도 그 모습을 발견하고는 진지하게 물었다.

"형. 드디어 사람을 죽인 거야?"

"야, 내가 그런 거 아니야! 그리고 아직 안 죽었거든? 그게 아니라, 이 자식이 앞도 안 보고 달리다 제 혼자 벽에 박고 쓰러지잖아."

"……."

나는 침통한 기분이 되어 루다의 등에 얹힌 반휘혈의 얼굴을 바라보았다. 그의 볼에 말라붙어 있는 눈물 자국을 본 나는 더더욱 속이 심란해졌다.

그렇게 사냥개 포획 작전은 허무하게 막을 내렸다.

마침내 그의 얼굴을 확인한 루다가 당황하며 내뱉었다.

"어, 이거 반휘혈 아니야?"

얘가 왜 여기 있어? 그가 물은 말에 아무도 대답하지 못했다.

*　*　*

"여긴……."

희미한 목소리가 들리자, 나는 그쪽을 돌아보았다. 그의 다음 말이 부디 '여긴 어디, 나는 누구…….'이지 않기를 기도하며 나는 인사를 건넸다.

"안녕, 반휘혈."

"함단이."

내 이름을 제대로 내뱉는 걸 보니 기억 상실증은 아닌 것 같아 다행이군. 민망하게 뺨을 긁적인 나는 내 옆을 가리켰다.

그쪽을 돌아본 반휘혈이 미간을 찡그리며 짧게 뱉었다.

"이리나."

"사람 국적을 러시아로 바꾸지 말아 줄래?"

팔짱을 끼며 피곤한 듯 그렇게 대꾸한 사람은 다름 아닌 루다였다. 그렇기는 해도, 루다도 반휘혈이 원래 저렇다는 걸 알아서인지 크게 불쾌한 기색은 아니었다.

이윽고 내 옆의 주인이와 반여령, 은형이까지 확인한 반휘혈은 다시 나를 보며 물었다.

"여긴…… 어디지."

내가 대답했다.

"우리 집. 나는 엄마 아빠 대체로 늦게 오시는 편이라. 마땅히 얘기할 장소가 없더라고."

"그렇군……."

반휘혈은 담담히 고개를 끄덕였다. 제가 지금 잡혀 들어온 걸 아는지 모르는지, 그는 제 손목을 묶고 있는 머플러에 대해서도 아무런 관심이 없어 보였다.

내가 다시 입을 열기도 전에 주인이가 한 발짝 앞으로 나섰다. 반휘혈의 턱을 치켜든 그가 얼굴을 바싹 붙이며 물었다.

"산이 형한테는 왜 그랬어?"

순간 이 방이 동굴이 된 것 같은 착각이 들었다. 그 정도로 어둡고 낮은 목소리였다. 그제야 나는 주인이가 지난주부터 제대로 화나 있던 상태였음을 기억해 냈다.

주인이가 다시 으르렁거렸다.

"대답 여하에 따라서 너를 현행범으로 경찰에 넘길 수도 있어. CCTV는 이미 따 뒀고."

"그렇게 해라."

조금의 망설임도 없이 흘러나오는 대답에 나는 숨을 집어삼켰다. 아니, 왜 저렇게 담담한 거야? 주인이의 기세를 봐서 진심이란 걸 모르지도 않을 텐데.

그의 당당한 태도에 화가 나야 마땅할 텐데, 나는 도리어 안타까운 마음이 들었다. 고작 열여덟이란 창창한 나이에 빨간 줄을 긋는 것이 조금도 두렵지 않으려면, 도대체 얼마나 잃을 게 없는 삶을 살아온 걸까?

그 대답에 주인이가 다시 반휘혈의 멱살을 잡으며 다그쳤다.

"말 안 하면 모를 줄 알아? 어차피 뒤에는 정요한이 있다는 건 불 보듯 뻔한 거고, 정요한의 목적이 뭔지, 그리고 네 목적이 뭔지를 말하란 거야."

반휘혈의 입술은 여전히 굳게 닫힌 채 열리지 않았다.

그를 싸늘히 쏘아보던 주인이가 말했다.

"너, 지금 서열 예선 끝나서 은형이는 서열 1위 후보도 못 된다는 거 알잖아. 본선에 참가할 자격 자체가 없으니까. 그런데도 굳이 은형이를 공격했지. 나는 그 이유가 궁금하다는 거야. 옆 반 친구끼리 조금 편하게 가면 안 되나?"

그때까지 내 옆에서 잠자코 있던 루다가 불쑥 말했다.

"지금 너 말하는 태도로 봐선, 편하게 가자는 게 아니라 지옥 가자는 거로 들릴 것 같거든?"

그러자 주인이의 따가운 시선이 루다를 향했다. 그는 용케 여유로운 태도로 손을 내저으며 말했다.

"조금 더 느슨해지란 소리야. 네가 그런 태도면 나올 말도 안 나오겠다."

"저 자식이……."

그때였다. 반휘혈에게서 흘러나온 쥐꼬리만 한 목소리에 나는 퍼뜩 고개를 돌렸다. 티격태격하고 있던 주인이와 루다도 그쪽을 돌아보았다.

반휘혈이 퀭해 보일 정도로 어두운 눈으로 은형이를 쏘아보며 말했다.

"저 자식이 먼저, 내 동생을 팼으니까."

잠시간의 침묵이 흐른 뒤, 우리 모두의 시선이 곧장 은형이를 향했다.

조금 당황한 듯 보이는 은형이는 다급히 양손을 내저었다.

"나 아니야."

"그렇게 당황해서 변명하지 않아도 우리도 알아……."

그렇게 대답한 나는 다시 반휘혈을 돌아보았다.

법 없이도 살 사람인 은형이가 반휘혈 본인도 아니고 반휘혈 동생을 때렸다니, 도대체 무슨 소리를 하는 거야? 둘 사이에 무슨 원한이 있어서 이런 거짓말까지 하는 거람?

그런 생각을 하고 있던 내게 반휘혈이 말했다.

"증거가 있는데도 발뺌할 셈인가?"

"증거?"

반휘혈은 잠시 묶인 밧줄을 풀라는 시늉을 해 보였다. 내가 잠시 망설이자, 루다가 턱짓했다.

"풀어 줘, 또 싸워도 내가 이겨."

그러자 루다를 잠시 이글거리는 눈으로 쏘아본 반휘혈은 자유로워진 손으로 곧장 품을 뒤졌다. 마침내 그가 꺼내 내민 것에 우리는 하나같이 고개를 기울였다.

"이게 뭐야?"

핸드폰 화면 위에 사진 한 장이 떠올라 있었다. CCTV 화면을 잘라서 확대한 듯, 화질이 안 좋긴 했지만, 얼굴을 못 알아볼 정도는 아니었다.

남학생 네다섯 명이 한 남학생을 구타하고 있는 사진을 보고 나는 눈살을 찌푸렸다. 아마도 맞고 있는 쪽이 반휘안일 터였다.

폭력을 행사하는 이들 중 익숙한 얼굴을 발견한 나는 숨을 죽였다.

분명 그들 중에 은형이의 얼굴이 있긴 했다. 하지만…….

"은형이가 왜 일상고 교복을 입고 있어?"

내가 물은 말에 잠시 침묵이 흘렀다.

이윽고 루다가 간단히 말했다.

"합성이네."

논란에 종지부를 찍는 그의 말에 잠시 침묵이 흘렀다.

이윽고, 반휘혈이 침대에서 내려오며 무릎을 꿇었다. 그 모습을 본 내 얼굴빛이 흐려졌다.

야, 도대체 너 무슨 짓을 하고 다닌 거야…….

침묵이 끝난 것은 반휘혈에 의해서였다. 그는 차마 우리를 보지 못하고 방구석 언저리에 시선을 던지며 말을 이었다.

"며칠 전부터 계속 모르는 번호로 문자가 왔다. 1년 전 그 사건의 범인을 알고 있으니, 잡는 것을 도와주겠다며."

그는 여전히 내 방 한가운데 대역죄인처럼 무릎을 꿇은 채였다. 흔들리던 그의 눈빛이 이윽고 낮게 가라앉았다.

"포기하고 살아왔으니, 앞으로도 포기하고 살 수 있을 거라고 믿었다. 하지만 사진을 본 그 순간……."

우리는 건네받은 핸드폰 속 사진을 물끄러미 내려다보며 그의 말을 들었다.

반휘혈이 마침내 수락하자, 의뢰인은 그에게 이 핸드폰을 건네주면서 이 핸드폰을 통해서만 연락하라 명령했다고 한다. 나와 윤정인이 그의 집에 갔을 때 사람 없는 집에 핸드폰 벨 소리만 울렸던 것은 그런 이유였던 것이다. 그때도 아마 반휘혈은 집에 없었겠지.

나는 그에게서 받은 핸드폰을 손에서 굴렸다. 이 핸드폰의 명의를 알아낸다고 해도 대포폰일 게 뻔해. 그렇다고 해도 일개 고등학생이 대포폰까지 동원하다니, 생각보다 사건의 스케일이 큰 것에 나는 꽤 놀랐다.

핸드폰 문자함으로 들어가자, 주고받은 메시지들이 고스란히 남아 있었다.

[보낸 사람 : 010-xxxx-xxxx

한 사람을 처리할 때마다 다음 사람 얼굴을 가르쳐 주지.]

그가 처음 보낸 사진에는 서도겸을 제외한 나머지의 얼굴이 가려져 있었다.

다음 사진에는 강한의 얼굴이 나왔고, 다음으로는 우산의 얼굴이 나왔다.

마지막으로 은형이의 얼굴까지 나와 있는 사진을 본 내 머릿속에 문득 며칠 전의 일이 떠올랐다. 내가 불쑥 뱉었다.

"아, 그래서 그때."

모두가 물끄러미 고개를 돌려 나를 쳐다보았다.

나는 당황하며 말했다.

"아니, 전에 여령이랑 은형이랑 셋이 걸어가는데 찰칵 소리가 나는 거야. 또 여령이를 몰래 찍는 놈이겠거니 하고 붙잡았는데, 정작 찍혀 있던 건 은형이 사진뿐이라. 초점 어지간히 못 맞추는구나 하고 보내 줬었는데."

"그때 찍은 사진으로 합성한 거구나."

주인이의 눈이 가늘어졌다. 이윽고 그가 고개를 비스듬

히 들며 물었다.

“그때 사진 찍었던 녀석, 이름 기억해?”

“응, 여령이가 학교랑 명찰 확인했었어.”

“그럼 내일 그 녀석을 캐 보자. 누가 시킨 일인지는 이미 감이 잡히지만, 만에 하나라는 게 있으니까.”

그렇게 말한 주인이가 다시 반휘혈을 돌아보며 중얼거렸다.

“무고한 사람을 족치는 게 될 수도 있으니 말이야.”

주, 주인아……. 나는 속으로만 조심스레 불렀다.

바로 그 무고한 사람을 족친 당사자, 반휘혈은 주인이의 눈도 마주치지 못한 채 쩔쩔매고 있었다. 두 사람의 입장이 전부 이해되었기에 더욱 난감했다.

둘 다 어찌 보면 각각 자기 형과 동생이 걸린 문제였다. 주인이는 친형이나 다름없게 자란 사촌 형이, 그리고 반휘혈의 경우에는 친동생이.

나는 외동이라 쉽게 감이 오지 않는 문제였지만, 여단 오빠나 은형이를 대입해 보면 답은 쉽게 나왔다.

누군가 그들이 얻어맞은 사진을 보냈다면 나라도 앞뒤 가리지 못할 만큼 열이 받았을 테고, 누군가 오해해서 죄도 없는 그들을 때렸다면 그것 역시 무척 열이 받겠지. 그런 의미에서 지금 주인이가 반휘혈을 잡아먹지 못해 안달하는 눈빛을 보내는 것도 이해 못 할 일은 아니다.

당사자를 제외한 방 안의 누구도 쉽게 움직이지 못했다.

바로 그때, 주인이가 별안간 한숨을 푹 내쉬더니 말했다.

"네가 해결해."

"뭐?"

그때까지도 바닥만 보고 있던 반휘혈이 퍼뜩 고개를 들었다. 주인이는 신경질적인 목소리로 말을 이었다.

"범인을 찾아내는 건 내가 할 테니까, 해결은 네가 하라고."

"하지만……."

"네가 저지른 일인데, 그럼 해결도 안 하겠다는 거야?"

반휘혈이 다급하게 고개를 내젓자, 주인이는 목소리를 조금 낮추었다.

"범인을 찾으면 사진 원본도 찾을 수 있겠지. 그러면 그걸로 번지수 제대로 된 복수를 하든가 말든가, 그것도 네가 알아서 하고."

그것까지는 생각지 못했던 모양인지, 듣고 있던 반휘혈의 눈이 커졌다.

앙칼지게 말을 맺은 주인이는 그대로 휙 돌아서서 내 방을 나가 버렸다. 한동안 나는 물론이고 루다며 은형이, 여령이까지 아무 말도 하지 못했다.

그도 그럴 게, 주인이를 잘 모르는 사람이야 '애가 착하네.' 정도로 생각하고 넘어갈 수 있겠지만, 주인이의 성격을 잘 아는 우리에게 이 일은 거의 혁명에 가까웠다.

아니, 물론 주인이가 착한 건 사실이지만, 그것과 별개로 자기 주변인 일에 한해서 계산은 철저한 앤데. 도대체 무슨 바람이 불어서? 그렇게 생각하며 나는 조심스레 내 방을 나왔다.

어느새 밤이 다 돼서 거실이며 부엌은 온통 캄캄했다. 잠시 헤매던 내가 벽을 더듬어 거실 불을 켜기가 무섭게, 부엌에서 덜그럭하는 소리가 났다.

그쪽으로 다가가 보니, 주인이가 컵에 물을 받아 마시는 것이 보였다. 그리고 그는 싱크대를 두 손으로 털썩 짚더니 잠시 그대로 가만히 있었다.

가까이 다가간 내가 조심스레 물었다.

"정말 그걸로 괜찮아?"

낮게 한숨을 내쉰 그가 그제야 내 쪽을 돌아보며 말했다.

"안 괜찮아도 어쩌겠어."

그는 그 짧은 새 반휘혈에 대한 앙금을 다 털어 낸 듯 옅게 웃는 얼굴이었다. 그러나 그가 사실 그러지 못했으리란 것은 그를 조금만 알고 지낸 사람이라면 다 알 수 있었다.

그가 선선하기까지 한 말투로 말을 이었다.

"동생이 그렇게 된 뒤로, 상급생들한테 얻어맞고 다니면서도 한 번도 싸우질 않았다면서."

"으응."

"그런 녀석이 모처럼 스스로의 약속을 깨고 주먹을 휘둘

렸는데, 알고 보니 속은 거였다니. 재도 참 어이가 없겠지."

그렇게 말하면서 그는 다시 반휘혈이 있을 내 방 쪽을 건너다보았다. 그를 빤히 보던 내가 조심스럽게 '주인아.' 하고 부르기도 전에, 그의 반듯하던 미간이 다시금 일그러졌다.

그가 컵을 든 손으로 이마를 감싸며 말했다.

"저렇게 순진하니까 이용이나 당하지. 강한 힘을 갖고도 남의 사냥개밖에는 못 되잖아."

그의 목소리에는 착잡함과 분노, 동경까지 한데 섞여 몹시 복잡했다.

거대한 유적을 보았을 때의 감탄, 그 유적이 이미 파괴된 것임을 알았을 때의 안타까움, 그 과정이 어처구니없는 것임을 알았을 때의 허망함.

내가 할 말을 잃은 가운데, 컵을 내려놓은 주인이가 투덜거렸다.

"좋아, 이렇게 된 거 나도 이용해 주겠다 이거야. 좋은 패도 얻었겠다, 집에서 꼼짝도 안 하고 산이 형의 복수를 달성해 보이겠어. 이용하는 게 미안하긴 하지만 뭐 어때, 어차피 한 번 이용당한 거……."

"주인아. 너 또 스스로 나쁘게 말하는 버릇 나왔다."

내가 한숨을 내쉬며 끼어들자 주인이가 나를 휙 돌아보았다. 내가 팔짱을 끼며 말을 이었다.

"엄연히 말하자면 너는 반휘혈이 자기를 이용한 사람한

테 복수할 기회를 준 거잖아. 덤으로 걔 동생을 해친 사람들을 알아낼 방법까지 알려 줬고. 그게 어떻게 저쪽이 반휘혈을 이용한 거랑 같아? 남한테 화내도 될 걸 왜 너한테 화를 내고 있어?”

그러자 그는 다시 눈을 내리깔았다. 낮은 목소리가 흘러나왔다.

“난 나한테 화가 난 게 맞아.”

“왜?”

“속 편하게 화내고 싶은데, 머릿속으로는 재 입장이며 상황을 다 이해해서 도저히 화를 낼 수가 없어서.”

“…….”

“차라리 이해하지나 말걸. 이해한다고 산이 형이나 다른 사람들이 저 녀석한테 다친 사실이 달라지는 것도 아닌데, 그런데도 이해하고 나니까 차마 원래 하려던 대로는 못 하게 돼서.”

그러더니 그는 갑자기 손을 들어 자기 머리를 때리는 시늉을 했다. 황급히 그의 손목을 붙잡아 막은 내가 다른 손으로 그의 머리를 헝클어트렸다.

“착해서 그래. 착해서.”

“아, 엄마. 그거 아니야.”

늘 봐 온 거지만, 주인이는 착하다는 말에는 유난히 면역이 없었다. 당장 얼굴이 빨개져서 내 손을 피하는 그를 다시 붙잡고 내가 말했다.
"주인이 넌 네가 화난 것보다 휘혈이 입장을 먼저 생각해 준 거잖아. 그게 어떻게 착한 게 아닐 수 있겠어."
"……."
"이렇게 착해서 앞으로 손해만 보고 살면 어떡하지? 내가 잘 지켜봐야겠다."
"아, 엄마. 그거 진짜 아니야. 루다 형 앞에서 그 말 하면 형이 엄청 비웃어."
주인이가 여전히 열이 오른 얼굴로 투덜거리던 그때였다. 쾅! 하고 문 두드리는 소리가 벼락처럼 집 안 가득 내리쳤다. 그 소리가 어찌나 컸던지, 비교적 현관에서 가까운 부엌에 있던 나와 주인이는 물론이고 내 방에 있던 이들까지도 뛰쳐나왔다.
신발장 앞에서 마주친 우리는 각자 눈빛을 교환하며 물었다.
"무슨 일이야?"
"몰라, 나도."
"아, 그러고 보니."
내가 그렇게 말하며 핸드폰을 꺼내자 모두의 시선이 나를 향했다.
"내가 윤정인을 부르기는 했는데."
엄연히 담임 선생님께 반휘혈 수색대로 임명된 바 있는

만큼, 윤정인에게는 알려야 한다고 생각했다. 어차피 다 같이 있는 김에 지금 얼굴 보는 게 좋지 않을까 싶어서 오라고 하긴 했지만…….

윤정인이 우리 집 문을 저토록 다급하게 두드려 댈 이유는 떠오르지 않는데. 누구한테 쫓기는 게 아닌 이상.

그때 바깥에서 외치는 목소리가 들려왔다.

[아! 인터폰이 있는데 뭐 하러 문을 그렇게 두드려요! 누가 보면 집 털러 온 줄 알겠네! 산적이에요? 야만인이야?]

잠시 문 너머에 귀를 기울이고 있던 반여령이 속삭였다. 이거, 윤정인인데. 애초에 윤정인 말투야 백 명 중에 섞어 놔도 단박에 골라낼 수 있을 만큼 특이했다.

그럼 대화 상대는 누구야? 내가 의문을 떠올리기 무섭게 인터폰 벨 소리가 요란하게 울었다. 어쩐지 그것조차 평소보다 크게 들렸다.

얼얼한 귀를 문지르며 인터폰으로 다가간 내가 통화 버튼을 누르자, 두 사람의 얼굴이 화면 안에 가득 들어찼다. 숨길 것 하나 없다는 듯 당당히 렌즈에 들이댄 건 좋았지만, 너무 바짝 들이댄 나머지 상이 일그러져 알아보기 쉽지 않았다. 나는 눈썹을 찡그렸다. 어디 보자. 한 사람은 윤정인인 걸 알고 있으니 됐고, 다른 한 사람은…….

엉망진창으로 일그러졌음에도 몹시 선명하고 화려한 이목구비와 불꽃처럼 타오르는 머리칼을 본 내가 탄성을 내뱉었다.

"어?"

그와 동시에 그녀가 버럭 소리를 질렀다.

[야! 반휘혈! 당장 튀쳐나와!]

그 말을 들은 우리가 일제히 뒤를 돌아보았다. 내 방문 앞에 멀뚱히 서 있던 반휘혈이 고개만 기울였다. 그녀가 다시 문을 쾅쾅 두드리며 말했다.

[너 여기 있다는 거 다 들었어!]

다시 울상이 되어 외치는 윤정인의 목소리.

[아, 그러면 제가 정보 팔아넘긴 것 같잖아요!]

[너 지금 얼마나 큰일이 일어난 줄 알고 여기 이러고 있는 거야? 사태가 어떻게 돌아가는지 알기나 해?!]

한참이나 그쪽을 들여다보던 내가 마침내 말했다.

"대리자?"

"리자 누나면 산이 형 친구인데."

옆에서 주인이가 고개를 기울이며 중얼거렸다. 나는 문을 열라고 눈짓했다.

마침내 문이 열리자, 대리자와 윤정인이 쏟아지는 것처럼 우리 집 안으로 굴러들어 왔다. 신발장에 주저앉아 거친 숨을 내뱉는 그들을 보고 나는 황당하다는 얼굴을 했다. 도대체 뭐가 급해서 저렇게 뛰어온 건데?

이윽고 고개를 퍼뜩 든 윤정인이 변명하듯 말했다.

"아니, 오던 길에 저 누나를 마주쳤는데, 마침 찾고 있다던 게 생각나서 말했더니 그대로 끌고 와서는……."

그 가운데, 반휘혈을 발견한 대리자가 '야!' 하고 외치더니 성큼성큼 걸어왔다. 반휘혈의 멱살을 덥석 잡아챈 그녀가 외쳤다.

"너 지금 예선에서 무슨 일이 있어났는지 모르지? 그래서 내가 연락을 죽어라 했는데 한 통도 안 받은 거지? 지금까지 어딜 싸돌아다니고 있었던 거야! 너, 지금 서열 1위 후보가 누구인 줄 알아?"

대리자의 말을 듣고서야 나는 정요한이 반휘혈을 시켜 사람들을 제거하려 했던 본래 목적을 떠올렸다.

그때 대리자의 등 뒤에서 날카로운 목소리가 날아왔다.

"정요한 아닌가요?"

그러자 그쪽을 돌아본 대리자의 눈이 휘둥그레졌다. 그녀가 더듬대며 말했다.

"넌, 귀엽고 깜찍하고 예쁜 산이 사촌 동생?"

아니, 저 호칭 오랜만에 듣네. 그보다도 저렇게 자동으로 튀어나올 정도라면 도대체 얼마나 부르고 다닌 거야? 내 표정이 흐려지는 가운데, 주인이가 반복해서 물었다.

"정요한, 맞죠?"

"그걸 어떻게 알았어?"

그녀가 믿을 수 없다는 듯 되묻고 나서야, 나는 비로소 우산이나 반휘혈의 일을 갚는 것보다도 다른 것이 먼저란 것을 깨달았다.

무엇보다도 정요한이 서열 1위가 되는 것을 막아야 했다.

지금도 놀라운 정보력과 수완으로 반휘혈이며 다른 이들을 자유자재로 다루는 그였다. 그런 그가 서열 1위가 되고 나면 그가 쓸 수 있는 패에 다른 서열들까지 포함된다. 그렇게 되면 반휘혈과 주인이가 당한 대로 갚아 줄 길은 영영 막히고 말겠지.

나와 같은 생각을 한 것인지, 눈빛이 날카로워진 주인이가 한 발 앞으로 나서며 말했다.

"뭐가 어떻게 된 건지 설명해 주세요."

"아, 응. 그게 그러니까……."

잠시 더듬거리던 대리자가 이윽고 설명을 이어 나갔다.

서열전 예선이 끝나고, 서열전에 올라온 후보들 중 정요한을 포함한 마흔 명은 이 바닥에서 제법 잔뼈가 굵은 대리자조차 처음 보는 사람들이었다.

아무리 1학년들이 새롭게 올라왔다고 가정해도 신인의 비율이 너무 높다고 생각한 기존 서열들은 조사에 착수했다.

그 결과 신인 마흔 명 중 스무 명 정도가 같은 체육관에 다니고 있으며, 그 체육관은 다름 아닌 정요한의 아버지 소유라는 것이 밝혀졌다.

거기까지 말한 대리자가 불쑥 분통을 터트렸다.

"어쩐지 그 자식들, 정요한과 붙을 때만 살살 싸우다 거의 기권하더라니. 티를 어지간히 내야지."

그때까지 잠자코 듣던 주인이가 차분히 물었다.

"정요한이 실력으로 올라온 게 아니라 부하들이 봐줘서 올라온 거라면, 본선에서 떨어트리면 되는 일 아닌가요?"

그의 말에 대리자는 고개를 휘휘 내저었다.

그녀가 뭐 씹은 얼굴로 설명했다.

"그게 그렇게 간단하지가 않아. 일단, 정요한 본인의 실력이 결코 약하지 않아. 서열 중에서도 상당히 상위권인 내가 일대일로 붙어도 이길 수 있을지 없을지 장담 못 할 정도야. 그와 맞서 싸워서 확실히 이길 수 있다고 생각되는 사람들은 대부분 은퇴하거나 습격당해서 부재중이고."

"하필……."

"게다가 체력적인 부분도 생각해야 해. 정요한은 자기 부하들과 싸울 때마다 시간을 끌고 싸우는 시늉만 해서 체력을 비축할 수 있지만, 우리는 매 싸움에 전심전력을 다 해야 해. 본선에 올라온 사람 중에 스무 명, 5분의 1이나 되는 사람이 정요한 부하이니 상황이 얼마나 심각한지 알겠지?"

"으음."

침음을 삼키는 주인이에게 대리자가 말을 이었다.

"더 나쁜 게 뭔지 알아? 걔들이 서열이 되고 난 다음이야! 보통 서열들은 거의 개인플레이로 움직여. 나랑 강한이 남매라서 특이 케이스인 것뿐이지, 산이도 평소에 친하게 지내는 서열들과 막상 싸우게 되면 절대로 봐주지 않는다고. 서도겸은…… 서도겸과 김평범은 예외로 두자."

잠시 기묘한 표정을 지었던 그녀가 말을 이었다.

"그런데 걔들은 그런 게 아니란 말이야."

"그런 게 아니라면요?"

"스무 명 넘는 서열들이 한편을 먹는다고 하면, 파괴력이 어떻게 될지 상상이 돼? 회의를 거쳐 다수결을 한다고 해도 결국 전부 그 녀석들 마음대로 되고 말 거야."

더군다나 정요한이 미리 탈락시킨 후보들이 전부 일반 학생들을 건드리는 데 반대했다는 걸 생각하면, 새 세력의 방향이 어느 쪽으로 기울지는 뻔하지……. 대리자가 마지막으로 덧붙인 말에 모두의 얼굴이 어두워졌다.

거실 안에는 심상치 않은 침묵이 내려앉았다. 그 속에서 나 또한 굳어진 얼굴로 생각했다.

서열들이 일반 학생들의 상납금을 걷고, 단체 기합을 시키는 미래. 소설 속에서나 가능할 것 같았던 그런 일들이 내 현실이 된다면?

더군다나 서열들은 자신들에게 반기를 드는 학생들을 결코 가만두려 하지 않을 것이다. 그럼 서열들과 번번이 마찰을 겪었던 사대천왕, 나로 인해 서열들을 거스르고까지 반휘혈과 줄곧 친하게 지내 온 우리 반 친구들은 말할 것도 없다.

하지만 지금 상황을 뒤집기에는 심각한 문제가 있었다. 생각을 마친 나는 거실 벽에 걸린 달력을 살피다가 입을 열었다.

"하지만 이미 서열전 예선은 끝났잖아요. 오늘이 목요일이고 내일은 금요일. 본선이 시작되기까지 이틀밖에 안 남았는데 저희 중 누구도 서열전에 참가할 자격조차 없어요. 그런데 저희끼리 어떻게 상황을 뒤집죠?"

그에 대답한 것은 대리자가 아닌 주인이였다. 그가 대리자를 돌아보며 말했다.

"자격은 만들면 되지."

"뭐?"

"서열 간의 서열 교체는 언제, 어느 때라도 가능할 거예요. 그렇다면 저희가 지금 서열 100위 안에 든 서열들의 자리를 빼앗는다면, 본선 참가 자격은 저희에게도 생기겠지요. 아닌가요?"

"아니, 잠깐만. 그런 게……."

무슨 다른 서열과 싸워서 서열과 본선 참가 자격을 빼앗는 걸 기차표 예매하는 것인 양 말하고 있는 거야. 그렇게 생각하던 나는 대리자의 굳어진 목소리를 듣고 고개를 돌렸다.

"물론 가능해."

"예? 뭐라고……."

내 말에도 아랑곳하지 않고, 그녀는 심각해진 얼굴로 턱을 매만지더니 다시 입을 열었다.

"이번에 새롭게 참가 자격을 얻은 서열들은 건드리지 않는 게 좋겠어. 예선을 거치지 않고 본선에 올라온 기존 1위부터 50위까지의 서열을 노리는 편이 낫겠지. 그네들은 싸운 지도 오래돼서 많이 해이해졌을 테니까 말이야."

"가요."

주저 없이 말한 주인이가 자리에서 일어나고, 대리자가 따라서 일어났다. 혼자 주변을 두리번거리던 나는 반휘혈은 물론이고 은형이와 여령이, 마지막으로 이루다마저 단호하게 일어나는 것을 보고 생각했다.

하하. 내 주변 사람들의 평범한 학교생활이 통째로 박살나는 소리를 들은 것 같은데…….

토론을 거쳐 반휘혈을 도와 서열전에 출전하기로 선발된 사람은 다름 아닌 루다와 황시우였다. 아니, 루다는 그렇다 치고 황시우가? 놀란 눈을 깜빡이던 내가 물었다.

"걔가 우리를 도와 참가한댔어? 언제? 왜?"

"반휘혈이 다시 1위를 되찾고 나서가 무서워서 그러는 거겠지, 뭐."

윤정인이 심드렁한 말투로 던진 말에 나는 그제야 고개

를 끄덕였다. 아, 그러게. 그건가 보네.

지금까지 황시우가 보여 준 박쥐 기질로 보아 납득될 만한 설명은 그것뿐이었다. 그가 갑자기 개과천선하여 정의의 편을 돕겠다고 나섰을 리는 없고. 그리고 나는 입속으로 투덜거렸다. 하여간 얍삽한 녀석. 이런 식으로 치벌을 쏙쏙 골라 피해 가기는.

그래도 그가 얄미운 것과 별개로 우리 편이 늘어난다는 것은 다행이었다. 그도 그럴 게 우리가 상대해야 하는 것은 정요한뿐만이 아니라 정요한을 따르는 스무 명의 쟁쟁한 싸움꾼들이었으니까.

하지만 출전할 사람이 늘어난 만큼 필요한 출전권의 개수 또한 늘어났다. 그 말인즉, 우리가 찾아내야 하는 서열이 늘어나야 한다는 얘기였다.

이루다가 팔짱을 끼며 물었다.

"서열전 본선 참가자 두 명이 그리 쉽게 찾아질까? 서열들은 다 합해서 이천 명이나 된다며. 본선 참가자들은 그중에서도 100명뿐이니."

"그건 그래. 사람을 풀어 찾을 수는 있겠지만, 이미 정권교체를 예감한 녀석들이 요즘은 내 요청도 잘 듣지 않으니……. 일주일만 되었어도 괜찮았겠지만, 이틀은 너무 촉박한데."

바로 그때, 그 말을 듣고 있던 반휘혈이 불쑥 말했다. 두 사람은 반짝 고개를 들었다.

"내가 아르바이트하던 가게에 서열들이 자주 모인다."

"50위 안에 드는 녀석들도 있어?"

대리자가 물은 말에 반휘혈이 침묵했다. 우리는 그제야 그의 고질적인 문제점을 떠올렸다.

이윽고 한숨을 내쉰 그녀가 이마를 짚고 중얼거렸다.

"야, 됐어……. 네 기억력에 의지하려고 한 내가 잘못이지."

그리고 당장 자리에서 일어난 그녀가 소리쳤다.

"안내해! 직접 보고 판단하면 될 일이지. 어차피 싸우려면 직접 대면해야 하는 건 똑같으니 말이야."

그렇게 말하며 대리자가 나갈 채비를 하는 것을 보고 나는 화색이 되어 일어났다.

음, 이 사람들이 전부 나가고 나면 일단 집부터 치워야겠다. 머무른 것이 짧은 시간이었던 만큼 별로 어지른 건 없지만 왠지 그래야 내 마음도 좀 정리될 것 같아. 무엇보다 이곳은 방금까지 서열 1위니 뭐니 하는 주제를 놓고 토론을 벌였던 공간이라고.

그러고 나면 나도 학생의 본분으로 돌아가 공부를 시작해야겠다. 세계 서열, 내일 서열 1위가 바뀌더라도 나는 한 그루의 사과나무, 아니, 한 장의 문제집을 풀어야지. 그렇게 다짐하며 현관을 서성이던 내게 겉옷을 챙겨 입던 이들이 문득 돌아보며 물었다.

"너는 그대로 갈 거야?"

마스크라도 하는 게 낫지 않을까? 걱정스러운 얼굴로 묻는 대리자에게 내가 물었다.

"네? 가, 가다니요? 제가 뭐 하러?"

"약탈하러!"

대리자가 주먹 쥔 손을 천장으로 뻗어 올리며 힘차게 대답했다. 그런 그녀를 보며 내 안색은 푸르죽죽해졌다.

아니, 제가 거길 왜요.

* * *

그로부터 5분 뒤, 나는 대리자의 스쿠터 뒷좌석에 타고 있었다.

헬멧까지 쓰고 털털대며 스쿠터의 흔들림을 온몸으로 느끼는 내 표정은 별로 좋지 않았다. 참고로 나를 제외한 사람들은 모두 직접 제 발로 뛰고 있었다.

즉, 이 자리는 체력이 가장 안 좋은 나를 위해 마련된 특등석이었지만 솔직히 별로 고맙진 않았다.

익숙한 밤거리를 가로질러 가며 나는 끊임없이 중얼거렸다. 아니, 그러니까 대체 왜? 왜 나를 데려가는 거야? 스쿠터 못지않은 속도로 뛰지도 못하는 내가 거기 가서 뭘 할 수 있다고?

그렇게 몇 분을 달리다 보니 어느새 반휘혈과 마주쳤던 골목길이었다. 산처럼 쌓인 쓰레기더미 사이로 반휘혈이 전에 나왔던 녹슨 철문이 보였다.

스쿠터 뒷좌석에서 가볍게 뛰어내린 나는 주변을 둘러보았다. 역시 아직 우리 말고는 아무도 도착하지 않았다. 음, 하긴. 사람이 스쿠터와 비슷한 속도로 도착했으면 정말 무서웠을 거야. 내가 고개를 주억거리는 사이 대리자는 조심스럽게 걸음을 옮겨 철문 앞에 섰다.

한동안 철문에 귀를 대고 있던 그녀가 갑자기 조심성 없는 태도로 문을 잡아 열었다. 삐걱대는 소리가 골목의 정적 속에 유난히 크게 울렸다. 내가 기겁해서 물었다.

"뭐 하시는 거예요?"

"쉿. 조용히 해. 지금 이 문 열리는 소리보다 네 목소리가 더 컸어."

검지를 입술에 대고 그렇게 말한 그녀가 문을 조금 더 열어젖히며 말했다. 그리고 봐. 나는 그녀의 말을 따라 엉거주춤 걸어가 문 사이에 눈을 가져다 댔다.

"대 난전이야. 우리가 문을 활짝 열기는커녕 직접 들어가서 의자를 집어 드는 그 순간까지도 못 알아챌걸. 그리고 저 두 명."

대리자가 턱짓했으나 사방에서 무분별하게 섞여 나뒹굴고 있는 판국에는 구별해 내는 것이 거의 불가능했다. 다행히 싸움을 전혀 모르는 내 눈에도 띌 만큼 특출난 이가 단 두 명 있었다.

하나는 2미터나 될까 싶은 거구에 팔다리도 길쭉길쭉 길어서 농구 선수처럼 생겼고, 다른 하나는 키가 나 정도, 그러니까 160 정도밖에 되어 보이지 않았다. 게다가 깡마르기까지 해서 소년 같은 인상이었다.

"하나는 이번에 새로 출전해서 본선에 나온 녀석, 그러니까 정요한네 체육관에 다니는 녀석이고, 다른 하나는 대천고 날다람쥐 정하늘이야."

그녀의 설명에 잠시 침묵하던 내가 말했다.

"날다람쥐요."

"하도 몸이 날래고 약삭빠르게 굴어서 생긴 별명이야. 그런데 너, 그 표정 뭐니?"

"아, 아니요……."

대리자의 서슬 퍼런 물음에 나는 조용히 고개만 내저었다. 원래 서열들은 다 무림 고수처럼 별명이 있는 거냐고 묻고 싶었지만, 내 정신 건강을 위해 묻지 않는 편이 나을 것 같았다.

하여간 그들이 대 난전을 벌이고 있는 테이블 주변에는 그들의 부하로 보이는 사람들밖에 없었다. 다시 말해, 그들이 이 술집을 전세 낸 것 같았다. 학생들이 술집을 전세 내도 되냐는 상식적인 문제는 둘째 치고, 아무튼 우리가 싸운다고 해도 상관없는 사람이 휘말릴 염려는 없어 다행이었다.

서열을 빼앗기에는 최적의 환경이었다. 내가 대리자를 올려다보며 다른 이들은 언제 도착하냐고 물으려는 찰나, 그녀가 몸을 숙이며 속삭였다.

"쉿! 뭔가 얘기한다. 들어 보자."

나도 그녀를 따라 바짝 몸을 낮췄다.

2미터나 되는 거구, 정요한의 부하라고 했던 녀석이 턱을 훔치고 씩씩거리며 말했다.

"왜 이런 반응이신지 모르겠군요. 우리는 분명히 대천고 날다람쥐의 명성에 걸맞은 대우를 해 드리겠다고 약속했습니다. 그런데도 다짜고짜……."

그 말을 듣던 정하늘이 갑자기 새 된 목소리로 외쳤다.

"날다람쥐 아니거든! 내 키 안 작거든?"

"아니, 저는 그런 뜻이 아니라……."

잠시 당황하던 남학생은 뜻밖에 다시 침착해지며 노련한 미소를 되찾았다. 그 모습을 보고 나는 감탄했다. 우와, 나와 같은 고등학생이라기보다는 영화에 자주 나오는 악당 조직의 수완가 같네. 특히 정하늘의 '나 키 안 작다'는 말은 제법 당황할 법도 했는데.

아니, 아무도 그런 말은 한 적 없잖아. 내가 정하늘을 황당하게 쳐다보던 사이, 정요한의 부하가 말했다.

"어차피 대세는 이미 우리 편으로 기울었습니다. 이만 인정하시고 하루라도 더 빨리 받아들이시는 편이 후일 재편된 체계에서 고지를 점하기 좋으실 겁니다."

"고지……. 야! 너 나더러 높은 공기 궁금하냐고 물어본 거지!"

"아, 아닙니다. 그것이 아니라……."

정하늘은 아까부터 제 귀에 들어오는 표현만 골라 따져 묻고 있었다. 그럼에도 인내를 잃지 않는 건 과연 대단하다고 할 만했다.

남학생은 갑자기 두 팔을 벌리며 말을 이었다.

"저는 정하늘 님께서 틀림없이 정요한 님의 사상을 들으시면 납득해 주실 거라 생각합니다. 정요한 님의 입장은 이겁니다. 이 서열전이라는 것 자체가 너무 비효율적이라는 거지요."

조금 얌전해진 정하늘이 까딱 턱짓했다.

"계속해 봐."

"왜 우리끼리 싸워야 합니까? 우리끼리 힘을 합치면 더 대단한 일을 할 수 있는데. 서열전이란 게 힘 빼기밖에 더 됩니까?"

"……."

"이제는 더 큰 물로 눈을 돌릴 때도 되었습니다. 이건 육식 동물끼리 서로의 살점을 먹겠다고 물어뜯고 있는 셈이라고요. 울타리 바깥에는 초식 동물들이 천지인데, 왜 우리가 우리끼리 경쟁해야 합니까? 더군다나 그 울타리는 우리가 스스로 세운 것인데. 아니, 정확히는 우리 중 우리와는 생각이 다른 고루한 자들이 세운 것이지요."

나는 얼굴을 굳혔다. '육식 동물'과 '초식 동물', '울타리'로 이어지는 비유가 꽤 직관적이었다.

'고루한 자'들이란 게 누구인지도 짐작이 갔다. 나는 옆을 힐끗 보았다. 대리자와 뜻이 같은 다른 서열들을 말하는 거겠지.

가라앉은 눈으로 실내를 쏘아보는 그녀의 얼굴은 심상치 않게 굳어 있었다. 그때 드디어 정하늘이 대답하는 목소리가 들려왔다. 나는 고개를 돌렸다.

그가 낮은 목소리로 말했다.

"까고 있네. 힘을 합쳐 더 대단한 일을 한다, 말은 좋지. 그런데 그건 결국 내가 싸워 보기도 전에 너희들 밑으로 들어가란 소리 아니야? 그래서 잠자코 명령에 따라라?"

"명령에 따르란 말이 아닙니다. 저희는 그저……."

"에잇, 시끄러. 그래 봐야 너희가 세력을 잡는 모습을 가만히 방관하라, 이 말이잖아."

"그게 뭐가 어렵습니까? 방관하시는 한 당신의 직위는 보장될 것입니다."

얼굴을 딱딱하게 굳히며 그리 말하는 정요한의 부하에게

정하늘은 엄지를 척 내려 보였다.

“서열전이란 게 왜 있겠어? 너희처럼 약한 주제에 머리만 굴리고 뭉치려는 녀석들이 기어오르지 못하게 서열 정리하자는 거지.”

“저희는 약하지 않습니다.”

“그럼 증명해! 난 나보다 약한 놈 말은 안 들으니까. 무슨 말을 하든 서열전 끝나고 나서 해. 물론, 네 서열이 내 서열보다 낮으면 안 들을 거지만.”

단호한 정하늘의 말을 들으며 나는 속으로 감탄했다. 서열도 서열 나름의 논리라는 게 있구나. 아니, 뭐, 자기보다 약한 사람 말은 듣지 않겠다는 데서 저쪽도 나름대로 정요한의 사상과 통하는 데가 있지만 말이야.

그래도 당장 그쪽에 합류하지 않는 것만은 다행이었다. 옆에서 대리자도 말했다.

“다시 봤어, 정하늘. 싸움은 얍삽하게 하면서 할 말은 또 박또박하는데?”

그때 우리 뒤에서 요란한 발소리가 들려왔다. 나와 대리자가 스쿠터를 탈 동안 걸어온 이들이 이제야 도착한 모양이었다.

뒤를 돌아보자, 여령이와 은형이와 주인이, 반휘혈과 이루다, 윤정인, 그 외에 황시우까지 오는 도중에 합류한 모양인지 끼어 있었다.

내가 눈을 가늘게 뜨며 못마땅한 표정을 짓자 황시우는 천천히 내 시선을 피했다. 그때 루다가 황시우의 어깨를 툭 치며 말했다.

"형. 얼굴 보자마자 사과하겠다면서요?"

"미, 미안하다."

그제야 미적미적 고개를 숙이는 황시우를 나는 여전히 못마땅하게 보았다. 아니. 뭐, 사실 나야 실질적으로 피해 입은 건 없으니 사과를 못 받아 줄 것도 없지만, 반휘혈과 윤정인이 당한 걸 생각하면 결코 친해지고 싶지는 않은데.

그때 이루다가 빙긋 웃으며 말했다.

"단아, 괜찮아. 황시우가 설마 그런 짓을 해 놓고 사과 한 번으로 끝낼 만큼 양심이 없겠어?"

"무, 물론 아니지."

황시우가 어딜 봐도 그러려던 표정으로 대답하자, 더욱 환히 웃은 이루다가 다시 날 보며 말했다.

"봐. 이 형은 지금 자기가 반성하고 있다는 걸 말로만 보여 주지 않고 증명하고 싶어서 안달이 나 있을 거야."

"그건 아니…… 아니, 그, 그런가?"

"미안해서 뭐든 다 해 주고 싶은 심정일걸."

"아니……."

"반휘혈과 윤정인과 네가 부탁하는 건 몸을 갈아서라도 들어주고 싶어 할 거야. 그러지 않으면 양심이 아파서 잠도 안 올걸."

"……."

이제는 말없이 그저 턱을 치켜들고 밤하늘만 응시하는 황시우를 나는 조금 안타까운 눈으로 쳐다보았다. 그런 그에게 루다가 활짝 웃으며 못을 박았다.

"그래도 용서해 주고 말고 하는 건 네 마음이지, 단아. 그러니까 하는 거 지켜보고, 그래도 마음에 안 들거든 사과 받아 줄 필요 없어."

"으, 응."

떨떠름하게 고개를 끄덕이는 한편, 나는 생각했다. 방금까지만 해도 그럴 마음 전혀 없었는데, 어째 황시우가 당하는 꼴을 보니 한 번쯤은 고려해 볼 만한 것도 같고.

그때 가게 안쪽에서 와장창하고 다시 큰 소리가 들렸다. 우리는 황급히 몸을 낮추고 술집 뒷문으로 다가갔다. 문틈으로 상황을 확인한 주인이가 황당한 표정이 되어 대리자를 돌아보았다.

"이게 무슨 상황이에요?"

"정요한 따까리가 서열 중 하나를 자기편으로 들어오게 하려고 설득했어. 그러다 실패해서 몸싸움으로까지 번진 거고. 정요한은 서열전에서 싸울 사람을 최대한 미리 줄여 놓을 모양이야."

담담히 대답하는 대리자를 보며 얼굴을 구긴 주인이가

말했다.

"안에 있는 건 누구누구인데요?"

"대천고 정하늘. 정요한 부하로 나선 녀석은 내가 알기로는 상덕고 박하현일 거야."

다시 와장창하고 뭐가 부서지는 소리가 들렸다. 우리는 고개를 돌려 한동안 상황을 지켜보았다.

여전히 굉장한 대 난전이었다. 한 사람이 다른 사람을 쓰러뜨리면, 곧 그 사람도 누군가의 발에 맞아 엎어지고, 엎어지는 그에게 걸려 또 다른 누군가 엎어졌다.

정하늘은 별명이 날다람쥐라더니 과연 위명이 아깝지 않은 움직임을 자랑하고 있었다. 테이블 위를 날쌔게 날아다니는 정하늘을 박하현은 잡을 엄두도 내지 못했다. 그러던 그는 갑자기 생각지도 못한 방법으로 상황을 해결하기에 이르렀다.

두 소매를 걷어붙인 그가 테이블을 뒤집어 버리자, 일순 디딜 곳이 사라진 정하늘은 황급히 다른 테이블 위로 몸을 날렸다. 그런 정하늘의 뒤를 따라 박하현이 또 다른 테이블을 뒤집었다.

이윽고 땅에 내려올 수밖에 없게 된 정하늘이 짜증을 냈다.

"아, 씨. 힘만 무식하게 세서는!"

우리는 숨죽이고 싸움을 마저 지켜보았다. 키가 40센티미터나 작은 정하늘은 발판이 없이는 박하현의 상체를 공격할 수 없었다. 아니나 다를까, 정하늘이 지면으로 내려오자 승세는 급격히 박하현에게 기울었다.

대리자가 싸움에 개입하기로 결정한 것은 바로 그때였다. 그녀가 앞으로 나서며 손짓하자 이루다와 황시우, 반휘혈이 그녀를 따라 가게 안으로 뛰어들었다.

가게 안이 더한 소음들로 시끌시끌해졌다.

"뭐야! 쟤들 다 누구야!"

"대리자? 대리자가 여길 왜 와?!"

"저 둘은 또 누구야! 잠깐, 하나는 알 것 같아. 저 녀석 최근에 우리 구역을 헤집고 다녔던……."

"서열전에 왜 안 나오나 했더니, 왜 갑자기 여기서 기어나오고 난리야?!"

소란은 오래가지 않았다. 서열 1위인 반휘혈과도 대등하게 맞서 싸우던 이루다에게 박하현을 정리하는 것은 쉬웠다. 주먹 한 방으로 박하현을 무너뜨린 이루다가 쓰러지는 그의 모습을 보며 담담히 선언했다.

"이제 박하현의 서열은 내 거다."

한편 정하늘은 얼마 떨어지지 않은 곳에서 바닥에 주저앉아 그 광경을 전부 지켜보고 있었다. 이윽고 대리자가 나서자, 벌떡 일어난 그는 발발 달려가 외쳤다.

"누나!"

그렇게 외치며 포옹하려 드는 녀석을 대리자가 질색하며

피했다. 과연 방금까지 술집 바닥에서 나뒹굴던 놈과 껴안고 싶지 않을 만도 했다.

둘 사이는 정하늘의 일방적인 호감인 모양이었다. 아랑곳하지 않고 그가 발랄하게 외쳤다.

"와, 누나! 누나가 저 구하러 와 줄 줄은 상상도 못 했어요. 저 키만 크고 무식한 놈이 테이블을 다 뒤집어 버릴 때는 끝장이구나 싶었거든요. 아, 보이죠. 저 여기 팔에 멍든 거. 아, 진짜 아프다."

그러더니 그는 울상을 지으며 소매를 걷어 맨팔을 드러내 보였다. 대리자의 반응은 여전히 심드렁할 뿐이었다. 힐끔힐끔 그녀의 눈치를 보던 그가 빠르게 돌아섰다.

"저, 누나. 아무튼 도와주셔서 감사해요. 전 이만 가 볼게요."

뒤이어 날아온 대리자의 말에 정하늘의 얼굴이 굳었다.

"어딜 가?"

"네, 네?"

"나, 너 도와주러 온 거 아닌데?"

내가 뭣하러 그것 때문에 여기까지 오겠어. 대리자가 심드렁하게 덧붙인 말에 정하늘의 안색이 점차 변해 갔다. 마침내 그가 몸을 돌린 것은 대리자의 다음 말이 있고서였다.

"미안한데, 너 서열 좀 받아 가야겠다."

"누나가 어떻게 저한테! 이럴 수는 없어요!"

비극의 주인공처럼 외치며 후다닥 달려가는 그를 나는 황망히 바라보았다. 대리자도 이런 반응은 예상 못 했는지 당황한 눈치였다.

과연 날다람쥐라는 별명에 걸맞게, 정하늘의 달리기는 너무나도 빨랐다. 루다조차 반응 못 한 새 문 앞까지 다가간 그를 보며 내가 속으로 외쳤다. 안 돼, 놓치겠어!

내 앞에 회색 선이 가로 그어진 것은 바로 그때였다. 잔상을 남기며 빠르게 날아간 원반 같은 무언가가 정하늘의 뒤통수를 그대로 맞추었다. 쿵, 소리와 함께 정하늘이 달려가던 방향으로 고꾸라졌다. 우리 모두는 그저 멍하니 눈만 깜빡였다.

갑자기 날아가 정하늘의 뒤통수를 맞힌 것은 다름 아닌 쓰레기통 뚜껑이었다. 우리가 천천히 뒤를 돌아보자, 모두의 시선을 받은 은형이가 민망하게 웃으며 말했다.

"아, 미안. 쓰레기통 뚜껑인 줄 몰랐어. 급한 대로 던지다 보니……."

물론 이미 기절한 정하늘이 그것을 들을 수 있을 리 없었다.

잠시 침묵이 흐르는 가운데, 대리자가 감탄 반 어이없음 반이 섞인 얼굴로 은형이를 보며 물었다.

"넌 왜 서열 참가 안 하니?"

"네, 저는……."

이유 없이 골목 밖을 힐끗거린 은형이가 말을 이었다.

"의사 하고 싶어서요."

"그, 그래."

대리자가 어색하게 대답하자 잠시 침묵이 흘렀다. 이윽고 어색한 분위기를 쇄신하려는 듯, 그녀가 주먹을 치켜들며 쾌활하게 외쳤다.

"아무튼, 드디어 참가 티켓도 얻었으니 가 볼까?"

제40조. 서열 0위의 위대한 탄생

서열 0위의 위대한 탄생

토요일, 서열들은 서열전을 위해 성운 과학 고등학교에 모여들었다. 성운 과학 고등학교의 거대한 체육관은 백 명의 본선 참가자들 외에 수백 명의 구경꾼까지 수용하고도 너끈히 남았다.

수백 명이 뿜어내는 열기와 긴장감으로 체육관 안은 용광로처럼 타올랐다. 흡사 레슬링장에서나 볼 법한 광경이었다.

분명히 작년까지만 해도 넓은 공터가 있는 학교에서 대강 해결하곤 했지, 이렇게 거대한 행사가 아니었는데. 그렇게 되뇌며 김평범은 초조함에 괜히 입술을 깨물었다.

그도 엄연히 예선을 치르지 않고 본선에 출전할 수 있는 상위 서열인 서열 17위, 험상궂은 학생들이 수도 없이 몰려 있는 이 자리가 낯선 것은 아니었다.

그러나 그것은 어디까지나 그가 친구들과 함께 있을 때의 얘기.

고등학교 올라오고 나서부터 한시도 그의 곁에서 떨어진 적 없던 서도겸이 최근 정체불명의 누군가에게 습격당해서 입원했다.

아니, 솔직히 처음 그 일이 일어났을 때 김평범은 약간의 놀람과 함께 묘한 해방감마저 느꼈다. 하루 열 시간 이상을 붙어 지내다 보니 지긋지긋하기도 했고, 그 녀석이 그 정도 부상은 금방 털고 일어날 것을 알고 있었기 때문이었다.

그러나 그것도 서도겸 외의 나머지 녀석들이 차례차례 입원할 줄 몰랐을 때의 얘기였다.

강한과 우산 등, 평소에 어울리던 녀석들이 차례로 습격당하고, 대리자마저 모습을 감추자 김평범은 차라리 서도겸이라도 곁에 있었다면 하고 바라게 될 지경이었다.

특히 그가 성질 더러운 얼굴로 으르렁거려서 주변 사람들을 물러나게 했던 때가 그리웠다. 그랬다면 내가 이렇게 험상궂은 녀석들 사이에 서서 시선을 받을 일은 없었을 텐데. 그렇게 생각하며 김평범은 속으로 울었다.

실제로 김평범은 서열치고는 무척 평범한 외모의 소유자였다. 옷차림이 그 사람의 수준을 결정한다고 생각하는 깐깐한 어머니 밑에서 자란 그는 재킷 하나, 타이 하나 벗는 일이 없었다.

하도 변형해서 도무지 교복인지 뭔지 알 수 없는 옷들을 입은, 우락부락한 외모의 소유자들 사이에서 그런 그의 모습은 지나치게 눈에 띄었다.

너 하나쯤 금방이라도 집어삼킬 수 있다는 듯한 눈빛들을 애써 피한 김평범이 체육관 구석으로 시선을 돌렸다. 그곳, 높이 쌓아 올려 계단처럼 만든 매트리스의 꼭대기에 한 남학생이 앉아 있었다.

희미한 빛을 받아 반짝이는 회갈색 머리카락과 단아하고 섬세한 이목구비, 비교적 평범한 체구. 도무지 위협적으로 보이는 외모는 아니었다.

그러나 그런 남학생의 곁을 덩치들 수십 명이 보디가드나, 혹은 기사라도 되는 것처럼 지키고 있었다. 다른 의미에서 김평범만큼이나 눈에 띄는 이들이었다.

김평범은 눈을 가늘게 뜨며 중얼거렸다.

"이번 서열전에 집단으로 참가한 녀석들이 있다더니……."

그들은 아예 숨길 생각도 하지 않은 채 세력을 과시하고 있었다. 이날이 지나고 나면 그들이 모시는 주인이 왕좌를 차지하리라 믿어 의심치 않는 모습이었다.

하긴, 지금 상황으로서는 무리한 가정도 아닌가. 다시 체육관 안을 살핀 김평범이 중얼거렸다.

그들 사이에서는 공석이 된 서열에 대한 추측이 한창이

었다.

"다른 녀석들은 그렇다 치고, 대리자는 왜 안 나타나는 거야? 습격당한 건가?"

"무서워서 도망쳤을지도……."

"확실히, 자기보다 서열이 6위나 높은 강한이 당했으니 승산이 없다고 생각했을 만도 해."

다시 수군거리는 목소리가 들렸다.

"그 외에도 안 보이는 녀석들 몇몇 있지 않아?"

"날다람쥐 녀석 안 보이는데."

"상덕고 오랑우탄도."

"아, 박하현?"

무의미한 소음들의 한가운데서 정요한은 매트리스 위에 기대어 핸드폰만 만지작거렸다.

눈을 내리깐 그의 모습은 섬세한 이목구비와 어우러져 빛을 받는 천사 조각상처럼 평화로워 보였으나, 그의 심기가 불편하다는 것을 주변 모두는 알고 있었다.

그중 하나가 조심스럽게 물었다.

"박하현 녀석, 제가 지금이라도 데려올까요?"

정요한은 심드렁한 투로 대답했다.

"됐어. 하루 종일 연락도 안 받는 걸 보니 어딘가로 도망간 거겠지. 한 사람쯤 없다고 이 싸움을 못 이기진 않아."

빠르게 고개를 끄덕인 부하는 이어진 정요한의 말에 침

을 꼴깍 삼켰다.

"하지만, 나와 함께 싸우지 않은 대가는 치러야 할 거야."

그리고 정요한은 또다시 평온한 얼굴로 핸드폰만 만지작거렸다. 박하현이 치르게 될 대가가 어떤 것인지 구체적으로 말해 주지 않았다는 점이 주변 부하들의 공포심을 더욱 부추겼다.

그들은 뻣뻣하게 굳어진 채로 체육관 문 쪽을 돌아보았다.

이제 열한 시가 되면 저 문이 안팎으로 굳게 잠기면서 누구도 들어올 수도, 도망갈 수도 없는 상태가 된다. 이제 문이 닫히기까지는 고작 5분 정도의 시간만이 남아 있었다.

그들은 지금이라도 저 문이 열리고 박하현이 들어오기를 간절히 바랐다. 그래서 그가 무엇인지 모를 무시무시한 대가를 치르지 않아도 되길.

바로 그때, 그들의 기도가 통하기라도 한 것처럼 문이 활짝 열리며 환한 빛이 쏟아졌다. 이미 올 만한 서열은 대부분 왔기 때문에, 기껏해야 박하현이나 다른 잡배일 거라 생각한 이들이 심드렁하게 고개를 돌렸다.

그러나 문이 열리고 가장 먼저 나타난 화려한 붉은 머리카락에 모두는 눈을 크게 떴다. 이 바닥에서 조금 구른 사람이라면 모를 수가 없는 얼굴이기에 곧 목소리가 쏟아졌다.

"서열 11위, 대리자?"

"친구들을 다 잃고 꽁무니를 뺀 줄 알았더니, 용케 나왔네."

그때 그녀의 뒤에서 한 인영이 빼꼼 모습을 드러냈다. 옷차림은 어딜 봐도 날라리인 데다 체격이 나쁘지도 않은데, 지나치게 쭈뼛거리는 게 못 올 곳이라도 온 듯한 인상.

그 얼굴을 한참이나 유심히 들여다보던 이들이 이윽고 황당한 듯 내뱉었다.

"황시우? 저 녀석이 왜 저기 있어?"

"우리한테 팽당했다고 대리자한테 냉큼 붙은 건가?"

"하여튼 박쥐 기질은 알아줘야 해."

대리자의 뒤에서 또 한 사람이 모습을 드러냈다. 황시우와는 달리 전혀 쭈뼛거리지 않는 태도를 보고 모두의 얼굴이 굳었다.

우중충한 분위기 속에서도 해바라기 같은 금발이 눈부셨다. 화사한 미소를 지으며 헝클어진 머리카락을 쓸어 넘기는 남학생은 어딜 봐도 이곳에는 어울리지 않는 인사였다.

매번 학교 근처에서 검은 양복들과 추격전을 벌이곤 하는 금발의 남학생에 대한 소문은 유명했다. 그가 워낙 신출귀몰한 움직임을 보이는 탓에 귀신이 아니냐는 소문이 돌기까지 했다.

황시우가 이루다와 친하게 지낼 때 그를 소개받은 적이 있는 서열들은 하나같이 얼굴을 구겼다.

"황시우가 대리자 편에 붙은 것도 어이가 없는데, 친구까지 데려오셨다?"

"아무리 운동을 잘하고 몸이 날래도 진짜 싸움은 얘기가 다르지."

"매운맛을 보여 주겠어."

그런 수군거림이 오가는 가운데, 체육관 안을 냉랭한 눈빛으로 훑어본 대리자가 무대 위를 보며 외쳤다.

"서열 11위 대리자. 서열전 참가."

대리자에 이어 황시우 또한 쭈뼛쭈뼛 말을 꺼냈다.

"서, 서열 47위 화, 화, 황시우. 서열전에 참가하겠습니다."

그 말을 들은 이들이 하나같이 놀라는 표정을 했다. 47위란 다름 아닌 이 자리에 오지 않은 박하현의 서열이었다.

그럼 박하현이 잠적한 것은, 황시우 따위에게 서열을 뺏겨 자존심이 상해서였단 말인가? 둘의 실력 차를 생각하면 확실히 믿을 수 없는 일이기는 했다.

"무슨 반칙이라도 쓴 거 아니야?"

"모르지."

한편 정요한 측의 남학생들 몇몇이 우르르 자리에서 일어났다. 그들이 황시우를 노려보며 입술을 짓씹었다.

"감히……."

정수리에 꽂히는 살벌한 시선에 황시우가 어깨를 덜덜 떨던 그때, 한 손을 들어 올린 이루다가 산뜻한 목소리로 말했다.

"서열 34위, 정하늘…… 아니지, 이루다. 서열전에 참가

합니다."

이번에는 정하늘의 서열까지?

34위란 그리 낮은 서열이 아니었다. 더욱 의심을 불러일으킨 것은 이루다의 지나치게 태연자약한 태도였다.

서열들이 수군대기 시작했다.

"그런데 보통 이런 분위기에선 처음 온 녀석들은 바로 쫄지 않아?"

"저 자식, 대체 정체가 뭐야?"

"애초에 검은 양복들이랑 매일 추격전 벌이는 것부터가 이상했다고."

그렇게 그들이 점차 숨겨진 진실로 다가가고 있을 때, 대리자 일행의 뒤로 또 한 인영이 스르르 튀어나왔다.

유령인가 싶을 정도로 기척 없는 움직임이었다. 그런데도 누가 오건 말건 전혀 신경 쓰지 않고 허공에 대고 섀도우 복싱을 하고 있던 이들도, 떠드느라 바쁘던 이들도 그 때만큼은 그쪽을 돌아보았다.

190은 족히 되어 보이는 거구는 압도적이었고, 어깨와 팔다리는 모두 근육으로 짜여 있어 그 자체로 하나의 무기 같았다.

손에 무기 하나 들려 있지 않은데도 저토록 위협적인 모습이라니. 그렇게 생각하던 이들은 곧, 맨손인 사람을 보고 이런 느낌을 받은 것이 이번이 처음이 아님을 깨달았다. 그들 중 하나가 중얼거렸다.

"설마……."

그런 그들의 앞에 남자가 가까이 다가왔다. 그에 따라 유난히 짙은 눈썹과 움푹 팬 두 눈, 핏물에 담갔다 뺀 듯 섬뜩한 붉은 눈동자가 드러났다.

"말도 안 돼."

누군가 말했다. 금기의 주문이라도 입에 담듯, 덜덜 떨리는 목소리로 누군가 내뱉었다.

"반휘혈이잖아?"

* * *

체육관 좌석에 앉은 나는 연신 신기한 눈으로 이곳저곳을 돌아보았다. 성운 과학고에 와 본 것은 이번이 처음인데도 건물들은 물론이고 체육관 실내의 모습까지 어쩐지 낯익었다. 우리 학교만큼이나 좋은 시설과 넓은 부지 때문인가?

그리고 고개를 기울인 내가 중얼거렸다.

"아니면 내가 여기 와 본 적이 있다거나."

그 말에 나를 홱 돌아본 여령이가 말했다.

"우리 중학교 과학 퀴즈 대회 때 여기 와 봤잖아?"

"아, 맞다. 그때 와 봤었지."

한 손으로 손바닥을 내리친 내가 말을 이었다.

"너랑 은지호가 죽어라고 싸우는 동안, 주인이가 다 맞혀서 1등 했던 그거 말이구나."

"단아!"

뭘 그런 걸 기억하고 그래. 여령이가 기어들어 가는 목소리로 대답하는 옆에서 다른 이들이 작게 키득댔다. 여령이에게 미안해지는 것도 잠시, 은형이가 웃는 모습을 본 나는 마음이 놓여서 작게 웃었다.

어젯밤 은형이에게서 전화가 왔다.

여령이만큼이나 일찍 자고 일찍 일어나는 그치고는 꽤 늦은 시각이라, 나는 의아해하며 전화를 받았다.

[단아.]

그의 목소리는 무겁게 가라앉아 있었다.

[아무래도 계속 신경 쓰이는 게 있어서.]

내가 고개를 기울이며 물었다.

'어떤 거?'

[반휘혈 말이야. 혹시 맞아 가며 학교생활을 하는 와중에도 주먹을 쓰지 않았던 거.]

'응.'

[동생의 그 사건 때문이었어? 그 뒤로 스스로 주먹을 쓰지 않겠다고 다짐한 거야?]

'…….'

나는 잠시 놀랐다. 은형이 정도 속 깊은 애들한테는 그런 게 빤히 보이나? 나나 윤정인은 반휘혈의 동생을 직접 눈으로 보고서도 '맞는 게 취향이었니?' 따위의 소리나 해 댔는데.

곧이곧대로 대답해도 좋을지 확신이 서지 않았다. 어쨌든 개인사니까. 하지만 대답하지 않는 것도 대답하지 않는 대로 수긍하는 것으로 보이겠지.

나는 결국 포기했다. 모르겠다, 은형이가 이런 걸 알아서 나쁜 곳에 이용할 애도 아니고. 무엇보다 작은 단서들을 조합해서 스스로 알아냈으니 어쩔 수 없지.

나는 다만 작게 속삭였다.

'어떻게 알았어?'

[상처는 흔적을 남기니까.]

영문 모를 말에 내가 고개를 기울이는 가운데, 그가 다시 말했다.

[주인이가 자기가 머리가 좋다는 걸 남들한테 드러내기 꺼리는 것처럼.]

그제야 나는 그가 말하는 바를 깨달았다.

[그 흔적을 반휘혈한테서도 봤거든.]

'……'

[주인이가 재한테 물러진 이유를 알겠어.]

그 말을 마지막으로 전화가 뚝 끊겼다.

정적 속에서 어느새 새카매진 핸드폰 화면을 내려다보며 나는 중얼거렸다. 나는 결국 아직도 이들이 보는 만큼은 볼 수 없는 거지. 우리가 겪어 온 시간과 경험들이 다른 한, 당연한 일이겠지만.

어쩌면 은형이가 기분이 안 좋아 보이던 것도 그 때문인 모양이었다. 나는 조용히 턱을 매만졌다. 입원한 동생을 가진 사람으로서, 또 주인이의 친구로서 반휘혈에게 공감하지 않기란 어려웠을 것이다.

그 통화 뒤에 처음으로 보는 웃는 얼굴이었다. 오늘은 좀 기분이 괜찮은가 봐. 그런 생각을 하며 은형이를 힐긋거리던 나는 앞에서 날아온 소리에 퍼뜩 고개를 돌렸다.

주목받지 않고 은밀히 서열전을 관람하기 위해 우리는 밖에서 대리자와 황시우, 반휘혈, 이루다 등 서열전에 참가할 패거리와 헤어져 미리 들어와 있었다. 꽤 늦는다고 생각했는데 그런 기다림을 보상이라도 하듯, 그들은 요란한 호응과 함께 등장했다.

대리자, 황시우, 이루다가 등장할 때마다 차례로 커지던 소란은 반휘혈의 등장에 이르러 정점을 찍었다.

"반휘혈! 진짜 반휘혈이다!"

서열들이 믿을 수 없다는 듯 외쳐 대는 가운데, 난리가 난 것은 우리 근처의 관람객들도 마찬가지였다.

"뭐? 열일곱이 되자마자 바람처럼 서열 1위를 차지한 다음 모습을 감춘 반휘혈이 이 서열전에 모습을 드러냈다고?!"

"진짜야? 어디!"

이 세계가 인터넷 소설 속임을 의심할 수 없게 하는 대사들이 내 귀에 푹푹 꽂히는 가운데, 우르르 몰려간 관람객들이 난간에 산처럼 매달렸다. 그 모습을 보고 나는 걱정이 샘솟았다. 애들아, 너희 그러다 난간 무너져.

그러던 내 눈에 문득 혼란에서 동떨어진 존재가 눈에 띄었다. 후드를 뒤집어쓴, 몸집이 작은 중학생 정도 돼 보이는 여자아이였는데, 이 난리 와중에도 자리에서 일어날 생각을 안 하고 가만히 앉아 있었다.

물론 난간에 매달릴 정도로 열광하는 건 위험하긴 하지만, 저 정도로 관심이 없는데 왜 서열전을 보러 왔는지도 궁금한데? 그렇게 생각하며 나는 그녀의 주변을 살폈으나 친구로 보이는 이들은 없었다.

불현듯 어디서 봤던 것 같다는 생각이 들었지만, 애초에 후드를 둘러쓰고 있어서 얼굴을 확인할 수도 없었다. 착각이겠거니 하며 나는 다시 고개를 돌렸다.

맨 앞에서 난간을 잡고 선 애들 때문에 1층이 보이지 않았다. 내가 관중석 의자 위로 올라가자, 여령이가 나를 따라 올라왔다.

마침 높이 쌓여 있던 매트리스에서 한 사람이 걸어 내려오는 것이 보였다.

키가 크지 않아도 늘씬하고 균형 잡힌 몸매와 고상한 얼굴, 이마 위로 흐드러진 회갈색 머리카락이 일순 조명 빛을 받아 왕관처럼 빛났다. 나는 정요한이 걸어 내려오는 매트리스가 대리석 계단처럼 보인다는 생각마저 했다.

대관식처럼 엄숙한 침묵이 흘렀다. 마침내 체육관 바닥에 발을 디딘 정요한은 반휘혈을 보고 입술 끝을 비틀며 웃었다.

그가 고개를 기울이며 나긋하게 물었다.

“모두가 필요로 할 때는 1년 동안이나 모습을 감추더니. 이제야 나타난 걸 보니 서열 1위 자리가 아깝긴 했나 봐?”

반휘혈은 묵묵히 주먹을 말아쥔 채 대답하지 않았다. 그런 그에게 정요한이 다시 빈정거렸다.

“어쩌지, 기껏 힘들게 왔는데. 지키지도 못할 텐데.”

그 무렵 반휘혈을 보던 나는 문득 눈을 부릅떴다. 싸우러 왔으니만큼 당연히 그의 안경은 내 가방에 보관되어 있었다. 그는 지금 맨얼굴이었다. 다시 말해 언제 이성을 잃고 주먹을 날려도 이상하지 않은 상태란 얘기.

그러나 그는 정요한의 도발에 전혀 넘어가지 않았다. 어째서지? 의아해하던 나는 이윽고 깨달음을 얻었다.

그렇지, 반휘혈이 실종되었던 건 책임에서 도망친 게 아니라 단지 동생에 대한 죄책감 때문이었고, 지금 이 자리에 다시 선 것도 서열 1위가 아까워서가 아니라 그의 실수에 책임을 지기 위해서였다. 본질을 한참 비켜난 말에 그의 이성이 흔들릴 이유는 전혀 없는 것이다.

반휘혈이 아무 반응이 없자 정요한은 조금 실망한 모양이었다. 칫 소리 나게 혀를 찬 그가 이윽고 목소리를 높였다.

텔레비전 쇼의 사회자라도 된 듯, 주위를 둘러본 그가 즐겁게 말했다.

"네가 사실은 실종된 게 아니었다는 걸 다른 애들은 모르겠지? 네가 한참 전에 서울에서 뜬 줄로만 알았겠지. 네가 얼마나 한심한 꼬락서니로 학교에 다녔는지는 모르고."

그러자 사람들 사이에서 동요가 일어났다. 정요한이 바라던 대로였다.

"저게 무슨 소리야?"

"난 반휘혈이 외국에 나간 줄로만 알았는데."

"나도. 더 큰 물에서 놀기 위해 나간 게 아니었단 말이야?"

그 말을 듣던 정요한이 즐거운 얼굴로 지껄였다. 그 말에 모두의 얼굴이 경악으로 물들었다.

"이런, 다들 모르는 모양이네? 네가 네 옆의 약해 빠진 황시우에게조차 얻어맞고 빌빌거리며 살았던 거."

"뭐? 말도 안 돼!"

"하지만 황시우도 아무 말이 없잖아. 설마 진짜인가?"

그들 말대로 황시우는 반휘혈의 조금 뒤에서 고개를 푹 숙인 채 조용히 서 있었다. 나는 입술만 꾹 깨물었다. 도대체 반휘혈의 과거를 파헤쳐서 뭘 어쩔 셈이지?

정요한은 비릿하게 웃으며 말을 이었다.

"약한 사람의 기분을 느껴 보니까 어때, 반휘혈?"

반휘혈은 섬뜩하리만치 붉은 눈을 정면에 고정한 채 아무 말도 하지 않았다.

"타고난 듯 먹이 사슬의 정점에 서 있던 너를, 타고난 약자들을 향해 '약한 게 죄'라고 말하던 너를 내가 얼마나 끌어내리고 싶어 했는지 모르겠지. 드디어 고대하던 순간이군. 오늘이 지나면 너는 네가 한 번도 서 보지 못한 패자의 위치에 설 거다. 그리고 앞으로도 영원히 그렇게 되겠지."

이제 네게 남은 것은 낙오자의 삶뿐이야. 그렇게 말하며 눈을 잔인하게 빛내는 정요한을 나는 반쯤 압도당한 채, 또 반쯤은 질린 채 쳐다보았다.

거, 전에도 적자생존 어쩌고 하더니 경쟁 정말 좋아하네. 그리고 나는 다시 고개를 돌렸다.

확실히 반휘혈은 그의 입으로 직접 말한 적이 있었다. 그는 한때 약한 사람들이 맞는 것을 당연하게 여겼었다고. 정요한은 결국 그 시절 반휘혈의 잔재였구나. 그가 자초하여 불러들인 것. 그렇게 생각한 내가 한숨을 내쉬었다.

아무리 주먹을 더는 쓰지 않겠다고 동생과 약속했지만, 자기가 초래한 재앙을 해결하기 위해서는 어쩔 수 없겠지. 저건 남이 해결해 줄 수 있는 그런 게 아니니까. 아무리 가까운 사이라고 하더라도 말이야.

바로 그때였다. 예고 없이 날아온 목소리에 나는 눈을 크게 뜨며 다시 고개를 들었다.

"반휘혈."

은형이의 목소리가 어째서인지 내 옆이 아닌 체육관 아래에서 울리고 있었다. 옆을 돌아보자 여령이와 주인이마저 놀라서 아래를 보고 있었다. 은형이가 앉아 있던 자리는 언제부터인지 텅 비어 있었다.

도대체 언제 저기로 내려간 거야? 다시 아래를 돌아보며 경악하는 내 귀에 은형이의 목소리가 날아와 꽂혔다.

"반휘혈, 너 전에 나 아무런 경고 없이 공격한 적 있지?"

나는 눈을 깜빡였다. 도대체 왜 지금, 도대체 왜 여기서 그런 얘기를?

사실 그는 애써 의연한 척했을 뿐, 반휘혈에게 습격당한 것에 대한 앙심을 내내 가슴속에 품고 있던 것일까? 아니, 하지만 그건 평소 은형이가 보여 준 성격과는 전혀 맞지 않아…….

그러던 나는 이어진 상황에 기겁했다. 은형이가 아무 망설임 없이 주먹을 뻗어 반휘혈을 날려 버린 것이다.

반휘혈은 눈 깜짝할 새 날아가 벽에 처박혔다. 과연 주먹 한 대의 위력조차 인터넷 소설답게 범상치 않군! 그렇게 생각하다 말고 나는 다시 정신을 차렸다. 아니, 이게 아니잖아!

나는 방금까지 난간에 붙어 열광하던 이들을 보며 떨어지면 어쩌나 염려하던 게 언제냐는 듯 내 쪽에서 난간에 기댔다. 주인이와 반여령도 날 따라 난간에 기대어 상체를 내밀었다.

체육관에는 한동안 정적만이 흘렀다.

반휘혈은 맞은 배를 한 손으로 감싼 채 은형이를 올려다보았다. 그는 공격을 읽고서도 일부러 피하지 않은 모양이었다. 그의 눈에 피어오른 것은 당황이 아닌 배신감이었다.

이윽고 그가 마침내 입을 열었다.

"내 서열 자리가 탐났으면 미리 말을 했으면……."

"그런 거 아니야."

질색하며 말한 은형이는 무대 위의 사회자를 돌아보았다. 지금까지 아무도 그 자리에 있는 줄도 몰랐던 사회자를 향해 모두의 시선이 쏠린 가운데, 그가 담담하게 선언했다.

"서열 1위 권은형. 서열전에 참가하겠습니다."

차분한 목소리와는 달리, 은형이는 세상 환멸 난다는 표정이었다.

은형이의 돌발 행동에 전보다 더한 침묵이 체육관 안을 휩쓸었다. 그러더니 이번에는 관중석 쪽에서부터 차츰 수군거림이 번져 나가기 시작했다.

"내분?"

"그런가 본데."

"지키지도 못할 서열 1위 자리를 뺏어서 어쩌겠다고?"

그들의 말을 나는 한 귀로 듣고 한 귀로 넘겼다.

나는 다만 팔짱을 끼며 홀로 심각한 얼굴을 했다. 모르는 사람 눈에 그렇게 보이는 거야 어쩔 수 없지만, 은형이가 '내신에 도움이 안 된다'는 경악스러운 이유로 서열 자리를 거절한 것을 아는 우리 눈에는 그가 서열 1위 자리를 탐낼 이유가 없었다.

그런데 갑자기? 어째서? 내가 고민하는 가운데 반휘혈이 배신당한 연인처럼 말했다.

"필요하다고 얘길 했으면 기꺼이 줬을 거다."

"아니, 필요 없어."

은형아, 그런 말을 그렇게까지 진심 가득한 얼굴로 할 거 없잖아. 아무리 반휘혈이라도 상처받겠다. 그보다도 정말 왜 그랬던 거람? 누구도 원하지 않았던 거래인 게 분명한데.

그때 은형이가 여전히 미간을 찌푸린 채로 입을 열었다. 그제야 나는 그의 의도를 깨닫고 감탄하는 표정을 지었다.

"동생한테 부끄러운 형 되기 싫다며?"

"아."

"일부러 맞기까지 하면서 어렵게 지켜 왔던 약속을 이제 와서 허무하게 깨긴 싫잖아. 물러나 있어."

여긴 내가 정리할게. 그렇게 말하며 한 발 앞서는 은형이의 모습이 순간 이 체육관의 누구보다도 거대해 보였다.

한편, 그의 말을 들은 이들은 비로소 반휘혈이 황시우에게 맞았던 것에 대해서도 개연성을 찾은 모양이었다.

"아, 그럼 황시우에게 맞고 다녔다는 것도……."

"바보야, 당연히 일부러지."

"하긴, 싸움에서 졌다기에는 힘의 차이가……."

그런 말들 속에서 반휘혈은 그저 감동한 눈으로 은형이를 쳐다볼 뿐이었다. 그를 보던 내 머릿속에 문득 한 가지 의문이 스쳐 지나갔다.

아니, 하지만 반휘혈 너, 따지고 보면 서도겸과 우산을 쓰러뜨릴 때부터 이미 주먹은 쓰고 있었던 거 아니야?

모두가 훈훈하게 보는 와중에 이런 말 하면 안 되겠지. 내가 잠자코 입을 다무는 가운데, 은형이의 손짓에 물러난 반휘혈은 미련 없이 자리를 털고 계단을 올라와 우리 옆에 앉았다. 나는 그런 그를 잠시 황당하게 보다가 다시 은형이를 돌아보았다.

아무리 은형이가 사대천왕 중 하나라도 걱정하지 않을 수는 없었다. 반휘혈과 은형이의 싸움을 통해, 나는 하늘 위에는 또 다른 하늘이 있음을 보았다. 아무리 은형이가 사대천왕 중 제일 강하다고 하더라도 그것은 어디까지나 서열과 무관한 세계의 얘기였다.

그때 정요한의 목소리가 날아왔다. 나는 고개를 들었다.

경기장을 벗어나 관중석에 앉은 반휘혈을 보며 그가 우아하게 빈정댔다.

"실망이야. 자기 자리를 직접 지킬 만큼의 배짱도 없었나. 하물며 물려받은 자리를 유지하지조차 못할 것 같은 녀석에게."

"유지조차 못 하다니, 누가 말이지?"

반휘혈이 어리둥절하게 묻는 가운데 정요한이 은형이를 돌아보며 나긋나긋 말을 이었다.

"소현 고등학교 권은형. 황시우가 넘긴 목록에 포함되어 있기는 했지만 과연 신경 쓸 가치가 있나 싶었지."

"……."

"그도 그럴 게 관련해서 들어오는 정보들이 죄다 강함과는 정반대 방향만을 가리키고 있었거든. 이 일대에서 제일 합격 문턱이 높은 소현 고등학교에서 지금까지 전교 10등 안을 놓쳐 본 적이 없는 모범생. 평은 하나같이 성실하고 착한 반장. 선생님들에게도 예쁨받아 교무실에 너무 자주 들락날락하는 나머지, 선생님 중 하나의 아들이란 소문까지……."

정요한의 입에서 술술 나오는 말에도 불구하고 은형이는 내내 옅은 미소를 지키고 있었다. 그의 입가에서 미소가 사라진 것은 그에게서 이 말이 흘러나오고 나서였다.

"처리 대상에 포함한 이유는 간단했지. 사진 속 가해자는 세 사람이었는데 서도겸과 우산, 강한을 넣고 나니 한 자리가 남더군."

사진을 조작하여 반휘혈을 움직였음을 스스로 시인하는 말이었다. 보아하니 대리자와 주인이는 물론이고, 루다마저 얼마간 분해하는 기색이었다. 물론 가장 화가 난 사람은 다름 아닌 반휘혈이었다.

그가 내 옆에서 서늘해진 얼굴로 주먹만 꽉 움켜쥐는 그때, 다시 이쪽을 돌아본 정요한이 빈정거렸다.

"아, 물론 지능이 어느 정도 중요하다는 데는 동의해. 그렇지 않고서야 아무리 강한 힘을 가져도 남의 장기 말 신세로 전락하지 않겠어?"

"그러는 너도 미안하지만 이런 곳과는 별 관련이 없어 보이는 생김새인 것 같은데."

그때 잠자코 입을 다물고 있던 은형이가 갑자기 말을 꺼냈다. 나는 그가 그렇게 말한 것이 반휘혈로부터 정요한의 시선을 떼어 내기 위함일 거라 짐작했다. 왜냐하면 남의 외양을 지적하는 것은 도무지 은형이가 평소에 할 만한 짓은 아니기 때문이다.

그가 말을 이었다.

"성운 과학 고등학교 합격 문턱도 꽤 만만치 않은 거로 알고 있어. 게다가 너 역시 썩 불량하게 보이는 외모도 아니고."

그 말에 정요한은 비웃듯 웃으며 입고 있던 재킷을 살짝 들었다 놓았다.

"아, 이 교복 말이야? 나한테 이 교복은 본성을 숨길 수 있게 해 주는 유용한 위장용 도구일 뿐이지. 즉 껍데기에 불과하다는 말이야. 하지만 넌 나와는 달라. 네게는 그 교복이 네 알맹이에 훨씬 가깝지 않나?"

"그건 그럴지도. 이 교복을 입고 그런 역할을 수행하는 데 갑갑함을 느껴 본 적은 별로 없으니까."

은형이의 담담한 수긍에 정요한이 기다렸다는 듯 물었다.

"너는 싸움을 싫어하지?"

"그래."

"누군가를 이기고 지배하는 것에는 당연히 관심이 없을 테고."

"물론 그것도 그래."

"하지만 힘이 있는 사람이라면 누구나 상대방을 지배하고 싶어 해. 힘을 과시하고, 그걸 통해 영향력을 행사하고 싶어 하지. 어찌 보면 그게 바로 서열전이 열리는 근본적인 이유 아닌가?"

"그 말에는 동의 못 하겠다."

담담히 고개를 내젓는 은형이를 향해 눈살을 찌푸린 정요한이 외쳤다.

"네가 정말로 황시우와 반휘혈이 믿는 것처럼 강하다면,

너는 그렇게 조용히 살았을 리 없어! 진작 떨치고 일어나 자기의 힘을 알리며 위세를 과시했어야 해.”

“약육강식이 당연한 듯 통용되는 건 동물들의 경우가 아닐까? 사람의 성격은 다양한 법이니까.”

빙긋 웃으며 말하는 은형이의 모습에 나는 속으로 경악했다. 은형아, 너 지금 웃으면서 카운터펀치 날린 거야? 과연 모범생 같은 외양과 달리 그의 성격은 결코 만만하다고 부를 것이 못 됐다.

그것을 깨달은 듯, 정요한 또한 한 대 얻어맞은 표정으로 입을 다물었다. 한동안 침묵하고 있던 그가 이윽고 코웃음 치며 다시 입을 열었다.

그는 말싸움을 더 해 봐야 은형이에게 보기 좋게 얻어맞을 것을 깨달은 것 같았다. 그렇다면 그가 할 수 있는 일은 더 자신 있는 종목으로 싸움의 종목을 바꾸는 것이었다.

“그래, 어디 한번 구경하지. 네가 그토록 자신하는 네 힘이란 걸 말이야.”

그가 자신만만하게 말함과 동시에 체육관 불이 파팟 소리와 함께 모두 꺼졌다. 우주의 빈 곳처럼 짙은 어둠 속에서 이윽고 불이 켜지며 무대 쪽만 밝아졌다.

환한 빛기둥 속에서 사회자가 외쳤다.

“오래 기다리셨습니다! 드디어 서열전을 개최하겠습니다. 저는 서열전 진행을 맡은 서열 101위 김남수입니다.”

그 말을 들으며 나는 미간을 찡그렸다. 저 남학생, 평범해 보인다고 생각했는데 무려 서열 101위나 되는 거였어? 사회자도 평범한 사람이 하는 게 아니었군.

여러모로 방심할 수 없구나, 서열전……. 긴장감을 되새기는 내 앞에서 사회자가 말을 이었다.

"그럼 서열전을 시작하기 전에 앞서, 먼저 서열전을 치르는 방식에 대한 투표를 진행하겠습니다."

"투표라고?"

내가 어리둥절하게 중얼거렸다.

"첫 번째, 토너먼트 방식입니다. 제비뽑기로 순서와 상대를 결정하고 한 명이 남을 때까지 싸움을 거듭합니다. 공정하고 난전이 되지 않는다는 장점이 있지만, 제비뽑기를 제작하고 순서를 정하는 데 시간이 오래 걸린다는 단점이 있습니다. 그리고 두 번째는……."

사회자가 그렇게 말했을 무렵, 어둠 속에서 다수의 손이 무섭도록 빠르게 치켜 올라갔다. 개중 가장 많은 지분을 차지하고 있는 것은 다름 아닌 정요한 패거리였다. 그 모습을 보며 나는 눈썹 끝을 추어올렸다. 두 번째 방법이 도대체 뭐길래? 아직 설명도 제대로 나오지 않았는데.

그러던 나는 이어진 말에 경악했다.

"두 번째 방식은 도전에 따른 무한 경쟁 방식입니다. 위에 올라온 사람이 차지하고 싶은 서열을 부르면, 그 서열을 가진 사람이 위로 올라와 싸워야 합니다. 진 사람은 무대 아래로 내려가야 하고, 이긴 사람은 무대 위에 남아야 합니다. 도전자가 있는 한 그 사람은 무대를 내려갈 수 없습니다."

"저게 뭐야!"

옆에서 어이없다는 듯 그렇게 외친 것은 반여령이었다. 주인이 또한 표정이 몹시 좋지 않았다. 아니, 사실상 표정이 좋지 않은 것은 정요한이 이기길 바라지 않는 사람 전체였다.

내가 중얼거렸다. 말이 좋아 '무한 경쟁'이지, 실은 무법지대가 따로 없잖아. 만약 한 사람에게 여러 사람이 연달아 도전한다고 하면 힘이 빠져 언젠가는 패배할 수밖에 없는 불공정한 방식이었다.

나는 다시 무대 아래의 어둠 속으로 눈길을 던졌다. 정요한 패거리가 그토록 머릿수에 집착한 것이 이해가 되었다. 그들은 분명히 이 방식을 염두에 두고 인원을 모집했을 것이다.

사회자의 말이 끝나고 곧바로 투표가 이루어졌다. 물론 머릿수에서 압승인 정요한 패거리에 의해 '무한 경쟁 방식'이 채택되고 말았다. 하나 이해가 안 가는 것은, 도대체 왜 정요한 편이 아닌 다른 녀석들마저 저런 불공정한 방식을 채택하였냐 하는 것이었다.

그렇게 중얼거리던 나는 옆에서 날아온 소리를 듣고 고개를 돌렸다.

"약한 녀석들한테는 차라리 저쪽이 그나마 승산이 있으니까."

"깜짝이야."

나는 고개 돌려 주인이를 보았다. 내 옆에 바짝 붙은 그가 내 귀에 대고 마저 속삭였다.

"존재감이 없던 녀석들한테는 잔뜩 싸워서 힘이 빠진 상위 서열들한테 손쉽게 승리를 얻어 낼 기회야."

"그래도 그렇지."

그렇게 말하며 나는 불만스레 미간을 좁혔다. 그건 너무 치사하잖아. 주인이가 태연히 어깨를 으쓱했다.

"단지 남들보다 힘이 세고 싸움을 잘하는 것만으로 우대받고 싶어 하는 녀석들이 정의나 공정함을 추구할 이유가 뭐가 있겠어? 저들이 신경 쓰는 건 단지 '어떻게 하면 가장 높이 올라가 제일 많은 혜택을 받을까?' 하는 거겠지."

그런 의미에서 보자면 여기는 밀림은커녕 오히려 제일 현대 사회다워. 그가 턱을 괴고 시큰둥하게 덧붙이는 말을 들으며 내가 다시 고개를 돌렸다.

은형이가 발 딛고 선 곳이 이제는 체육관이 아니라 수천 개의 조명이 켜진 경기장처럼 보일 지경이었다. 나는 두 손을 꼭 모았다. 은형아, 높은 서열 같은 건 바라지도 않으니까 제발 무사하기만 해 줘.

그런 가운데 마침내 첫 대결이 시작되었다. 상대방을 지목하라는 사회자의 말이 떨어지기가 무섭게, 한 남학생이 냉큼 계단도 쓰지 않고 무대 위로 올라와 상대방을 지목했다.

원숭이를 연상시키는 기민한 몸놀림도 그렇거니와, 그에 대해 아무도 감탄하지 않는 것에 '저 정도는 되어야 전국 서열 100위에 속하는 건가?' 같은 생각이나 하고 있던 나는 그의 말에 뒤늦게 고개를 돌렸다.

"서열 17위!"

서열 17위? 뭐야, 저 애매한 숫자는? 그러던 내 눈에 힘없는 걸음으로 무대 위로 향하는 한 남학생이 비쳤다.

심지어 그는 앞선 남학생과 달리 평범하게 계단을 통해 걸어 올라갔다. 교복은 구겨진 곳 하나 없이 단정했고, 빼먹지 않고 챙긴 넥타이와 명찰, 때 하나 타지 않은 흰 운동화. 마지막으로 선도부장에게 한 번도 지적받아 본 적 없을 것 같은 단정한 머리까지, 아무리 봐도 17위나 되는 서열로는 안 보였다.

더군다나 그의 얼굴은 억지로 끌려 나오기라도 한 것마냥 울상이었다. 난 여기에서 은형이보다도 서열에 안 어울리는 사람을 볼 줄은 몰랐어. 그렇게 중얼거리던 내게 도전자의 꿋꿋한 외침이 날아왔다.

"서열 17위 김평범! 너에게 도전하겠다."

심지어 이름도 김평범이야? 이 작가, 외양 묘사도 그렇지만 이름 짓는 게 너무 대충이잖아! 내가 그에게 동병상련에 가까운 연민마저 느끼기 시작한 가운데, 그는 싸울 준비라고는 하나도 안 된 모습으로 머리카락만 거푸 쓸어 올렸다.

이윽고 김평범은 낭패 어린 얼굴로 뭐라고 중얼대기 시작했다. 나는 애써 그의 말에 귀를 기울였다.

"망했다. 망했어. 내가 어쩌자고 여길……. 그냥 이참에 서열 은퇴해 버리는 거였는데."

저 사람, 정말로 여기와는 어울리지 않는구나. 나만큼이나 인생 장르를 잘못 찾은 거 아니야? 그때, 무대 아래에서 대리자가 버럭 외치는 소리가 들려왔다.

"김평범! 패기 있게 돌진해! 네 서열 17위가 장식이 아니란 걸 보여 줘!"

그녀가 체육관에 들어오고 처음으로 소리를 높이는 것을 듣고 내 마음에서 일말의 기대가 샘솟았다. 맞아, 그러고 보면 그런 설정 있잖아? 평소에는 평범해 보였지만 어떤 스위치가 눌리면 갑자기 엄청나게 강해지는 거.

내면에 잠들어 있던 두 번째 인격이 깨어난다거나, 흑염룡이 깨어난다거나…… 아니, 후자는 생각하지 말자. 그런 내게 김평범의 외침이 날아왔다.

그가 울상이 되어 외쳤다.

“장식 맞아!”

“어이구, 저 등신.”

대리자가 냉큼 중얼거리며 한 손을 들어 자기 눈을 가렸다. 그와 동시에 김평범을 노리는 시선들은 더욱 흉흉해졌다.

나는 직감했다. 그가 여기에서 운 좋게 서열을 잃지 않더라도, 그는 빠른 시일 내에 밀려오는 다른 도전자들에게 서열을 뺏기고 말 거야. 무한 자유 경쟁이란 이런 의미였다. 약한 모습을 보일수록 더욱 불리해지는 시스템.

급기야 다급해진 대리자는 그를 향해 막말을 퍼붓기 시작했다.

“김평범! 언제까지 여친도 없이 살 거야! 여기서 네가 의외의 모습을 보여 주면 혹시 알아? 이번에야말로 생길지?”

“없어도 돼!”

하여간 대답 하나는 칼 같았다. 내가 혀를 내두르는 가운데, 의미를 알 수 없는 공방전은 계속되었다.

“너 이러니까 서도겸 껌딱지라는 별명이 안 사라지지!”

“안 사라져도 괜찮으니까 서도겸 좀 다시 왔으면 좋겠다!”

“야, 너 이러다 서도겸 퇴원하는 날에는 얼싸안고 울겠다?!”

“얼싸안다 뿐이냐, 뽀뽀도 할 수 있겠다!”

“야, 너 원래는 서도겸만 나왔다 하면 학을 떼는 놈이었잖아! 얼마나 비굴해질 셈인데!”

그러다가 그의 표정이 변한 것은 대리자의 입에서 뜬금

없는 물음이 나온 찰나였다.

"김평범, 너 오늘은 너희 집 개밥 주러 안 가 봐도 되니?"

"개밥?"

내 옆에서 반휘혈이 중얼거렸다. 반여령도 무슨 신비의 주문이라도 되는 양 그 단어를 중얼대기 시작했다. 개밥? 개밥이 왜…….

갑자기 이제껏 잊고 있던 전생의 기억을 떠올리기라도 한 것처럼 전혀 다른 표정을 지은 김평범이 대리자를 돌아보았다.

"개……?"

"그래! 김평범, 상상해 봐! 너희 부모님은 지금 해외여행을 가셨고, 너희 집에는 너랑 개 둘뿐이야!"

대리자는 이제 아예 막 나가기로 했는지 모두의 앞에서 정체불명의 소리를 지껄였다. 사차원의 미궁에 빠져 가던 우리를 건져 준 것은 주인이의 작은 속삭임이었다.

"평범이 형네 집 개, 비글이거든."

"아."

대리자의 외침이 이어졌다.

"너는 지금 개 밥을 하루 동안이나 안 줬어! 아니, 하루는 너무 심했다. 비돌이는 무슨 죄야? 반나절로 하자!"

"뭐? 반나절씩이나?"

"지금 당장 집에 안 돌아가면 너희 집이 어떻게 돼 있을 것 같니!"

한편, 김평범과 대리자의 공방에 질린 것 같은 남학생이 사회자를 돌아보며 외쳤다. 어서 시작 안 하고 뭐 해! 사회자가 떨떠름하게 깃발을 들어 올렸다.

싸움에는 의욕도 없고 대리자와 개밥 얘기나 하고 있는 김평범이 어지간히 만만해 보였던지, 남학생은 여유만만한 눈빛으로 김평범을 향해 고개를 돌렸다.

그의 몸이 날아가 처박힌 것은 순식간이었다.

"어……?"

야구공처럼 포물선을 그리며 허공을 날아가는 그의 입에서 외마디 단말마가 터졌다. 물론 어리둥절해진 것은 상황을 지켜보던 우리도 마찬가지였다. 내가 중얼거렸다.

"뭐야, 저게."

모두가 침묵에 휩싸인 가운데, 결연히 주먹을 들어 올린 김평범이 비장한 얼굴로 선언했다.

"지금 당장 집에 돌아가서 비돌이 밥을 주지 못하면, 나는 비돌이에게 일단 먼저 죽고, 우리 부모님께 한 번 더 죽는다."

"……."

"또 내 앞을 막을 사람 있으면 나와 봐라."

분명히 단정히 차려입은 교복이나 평범한 생김새는 아까와 전혀 달라지지 않았는데도 그의 비장한 눈빛 때문인지,

온몸에서 흘러나오는 기세 때문인지, 아무도 손을 들지 않았다.

그러자 주변을 둘러보고 고개를 한 번 끄덕인 그는, 나는 듯한 동작으로 무대에서 뛰어내려 당당히 체육관 문을 향해 걸어갔다.

문을 지키고 있던 학생 두 명이 문을 열어 줄 수 없다고 말하자, 그는 주먹 한 방에 그들마저 K.O 시키더니 결연한 걸음으로 문밖으로 나갔다.

침묵만 흐르는 가운데, 정요한의 중얼거림이 유난히 크게 울렸다.

"……재 뭐야?"

내가 하고 싶은 말이었다. 정요한과 이런 일 때문에 의견이 같아 볼 줄 나는 상상도 못 했다.

이윽고 정신을 차린 사회자가 김평범의 승리를 선언하고 나자, 승리자가 사라져 텅 빈 무대 위는 새로운 도전자의 자리가 되었다.

모두가 가장 먼저 무대 위로 올라가려고 기를 쓰고 싸우기 시작했다. 그 와중에 그들의 시선이 일제히 쏠린 곳은 다름 아닌 은형이가 서 있는 곳이었다.

바닥을 구르고 개싸움을 하고 있는 이들은 물론이고, 정요한이며 그의 수하 등 한발 물러나 관망하고 있는 이들마저 응시하는 것은 은형이뿐임을 보고 나는 공포에 사로잡혔다.

1층 장내의 사람들이 모두 한곳을 응시하는 것은 실로 꿈에 나올까 무섭기까지 한 풍경이었다. 내가 주먹을 꽉 말아 쥐며 옆을 보자, 옆에서 여령이 역시 주먹을 피가 안 통할 정도로 세게 말아 쥐고 있었다. 나는 조용히 그녀의 손을 맞잡는 한편, 아래를 보았다.

사회자가 외쳤다.

"다음 도전자 무대 위로 올라와 주세요! 셋 셀 때까지 나오지 않으면 제가 무작위로 지목하겠습니다! 셋, 둘, 하나……."

마침내 치열했던 자리싸움이 끝나고, 한 사람이 무대 위로 훌쩍 뛰어올랐다. 헝클어진 머리카락이며 옷깃을 탈탈 털어 낸 그가 기세 좋게 외쳤다.

"권은형, 나와!"

이렇게 될 것을 장내의 모두가 알고 있었다. 야유 소리 가운데 은형이는 너무나도 여유로운 걸음으로 무대 위로 올라갔다. 그 모습만 보아서는 그는 싸움을 위해서가 아니라 꼭 무슨 연설이나 축사라도 하려고 나가는 것 같았다.

그러나 이곳은 틀림없는 잔혹한 검투장이었다.

마침내 은형이가 얌전히 무대 위에 서자, 남학생은 소매를 걷어붙이며 긴장한 듯 중얼거렸다. 그의 얼굴에서는 땀방울이 흘러내려 턱에 맺혀 뚝뚝 떨어지고 있었다.

"그래, 인생은 한 방이지. 어떻게 여기까지 올라왔는데,

1위 한 번쯤 해 보지 않으면…….”

무대 위로 다시 한바탕 야유가 쏟아졌다.

“네게 자격이 있다고 생각하냐!”

“서열 1위는 요한 님 차지야! 어서 내려와!”

“아까부터 어울리지 않는 녀석들이 서열 1위에 먹칠이란 먹칠은 다 하고 있어!”

그럼에도 남학생은 자세를 다잡으며 꿋꿋이 은형이만을 응시했다. 하여간 저 수많은 야유에도 목표를 잃지 않는다는 걸 꿋꿋하다고 해야 할지, 치사하다고 해야 할지.

내가 복잡한 표정을 짓는 가운데, 심판이 마침내 손을 들었다.

“자, 그럼 시— 작!”

아니, 벌써? 이전 싸움 때는 준비 시간을 이것보다 많이 줬던 것 같은데! 나는 당황하며 사회자를 자세히 살폈다.

그의 얼굴에는 피로한 기색이 역력했다. 그는 은형이가 금방 남학생에게 서열 1위를 빼앗기고 나면 그것을 다시 빼앗으려는 도전자들로 지지부진한 싸움이 이어질 것을 예감하는 눈치였다. 즉, 시시한 경기는 빨리하고 빨리 치우겠다는 소리였다.

아니, 아무리 그래도 그렇지! 은형이는 이 서열전이라는 것 자체가 처음이란 말이야! 적응할 시간 정도는 달라고!

그러나 내가 걱정하며 쳐다본 은형이는 막상 너무나 여

유로운 모습을 하고 있었다. 다른 그림에서 떨어진 퍼즐 조각처럼 홀로 무대 가장자리를 서성이던 그는 문득 떠오른 것처럼 말했다.

"아, 그래. 일단 소매를 걷어야겠다. 단추 뜯어지면 안 되니까……."

아니, 은형아……. 제발 단추보다 더한 게 뜯어질 걸 걱정해 줘. 내가 망연히 중얼거리는 사이, 문제의 남학생이 요란한 기합 소리를 내며 은형이를 향해 쇄도했다.

"으야아아압—!"

기합 소리에는 전혀 아랑곳 않고, 마치 요리 프로그램에 나온 것처럼 알뜰살뜰하게 소매를 걷어붙인 은형이는 이어서 넥타이도 풀었다.

"뭐가 묻으면 안 되니까……."

나는 생각했다. 분명히 은형이가 말하는 것은 피일 텐데, 왜 계란 흰자 따위가 떠오르는 걸까. 그러는 사이 어느새 검은 인영은 바로 뒤까지 다가와 있었다.

답답함을 참지 못한 듯 여령이가 벌떡 일어났다. 그녀가 손나팔을 대고 크게 외쳤다.

"바보야, 뒤를 봐!"

드디어 넥타이를 풀어 주머니에 넣은 그가 만족스런 미소를 띠고서 우리 쪽을 보았다.

"응? 뭐라고, 여령아?"

"아니, 은형아. 이쪽 말고 저쪽!"

결국 참지 못한 나 역시 소리를 질렀다. 그때 그의 지척까지 접근한 상대가 빠르게 주먹을 내질렀다. 파공음이 들릴 만큼 가공할 속도였다. 나로서는 결코 피하지 못할 공격에 내가 이크 하며 눈을 질끈 감는 그때였다.

퍼억! 샌드백을 때리는 것 같은 가벼운 타격음과 함께 사방이 진공 상태처럼 변했다. 방금까지 야유, 조소로 시끌벅적하던 1층이 싹 쓸어 낸 것처럼 고요해졌다.

실눈을 뜨고 밑을 내려다본 나는 이윽고 감탄과 함께 중얼거렸다.

"……우와, 역시."

공부뿐만 아니라 싸움에 관해서도 은형이 걱정은 세상에서 가장 괜한 걱정이란 걸 알았어야 했는데. 투덜거리며 나는 무대의 한쪽 끝과 다른 쪽 끝을 살폈다.

결과는 명백했다. 한쪽 다리를 길게 뻗고 있는 은형이 반대편에 그새 날아가 처박혀 버린 남학생이 보였다. 은형이의 모습은 교본이나 체육 교과서에 나올 것처럼 깔끔하고 안정적이었다.

이윽고 들었던 다리를 내리며 은형이가 쑥스러운 듯한 얼굴로 말했다.

"나는 우리 교복 바지가 스판인 게 참 좋더라."

그렇게 나는 우리 학교 남학생 교복에 대해 별로 궁금하지 않았던 사실을 알게 되었다.

아니, 정말로 이런 정보는 필요 없는데. 내가 복잡한 표정을 짓는 사이, 갑자기 좋지 못한 기억을 떠올린 것처럼 은형이의 안색이 변했다.

그 모습을 보고 내가 생각했다. 하긴, 은형이로서는 결코 남에게 주먹을 휘두르기 싫었을 거야. 하지만 그가 나가지 않으면 반휘혈이 나가야 할 판이었으니 어쩔 수 없었겠지. 그렇다고는 해도 그토록 싫어하는 폭력을, 심지어 남들 다 보는 앞에서 행해야 하는 그의 심정이 어떨지는 알 만했다.

내가 말없이 그의 심정을 추측해 보며 공감하던 그때, 그는 어두운 얼굴 그대로 바지를 내려다보며 중얼거렸다.

"하지만 스판은 손빨래로 세탁해야 해서 너무 불편한걸."

"……."

나는 다시 착잡해진 얼굴로 중얼거렸다. 은형아, 제발 좀……!

다사다난했던 오늘 하루 은형이의 표정을 가장 어둡게 만든 건 정요한도, 싸움 그 자체도 아닌 스판 바지였다.

아무튼 은형이가 세탁이 불편하지만 신축성이 우수한 신소재 스판 바지, 음, 이렇게 쓰니 무슨 신무기 이름 같군. 하여간 스판 바지에 힘입어 멋지고 깔끔한 발차기로 남학생을 날려 버린 뒤에, 그는 다시는 일어나지 못했다.

그런 가운데, 소매를 걷어 올리긴 했지만 싸움은커녕 축제 준비하는 학생 회장으로밖에 안 보이는 은형이가 산뜻하게 물었다.

"더 있어?"

그러자 방금까지 먼저 나가겠다고 개떼처럼 울부짖던 녀석들이 주춤했다.

하긴, 은형이가 선보인 단 한 수만으로도 그의 실력을 가늠하기에는 충분했겠지. 적어도 그가 짐작한 것처럼 어중이떠중이가 아니란 건 알아봤을 거야. 내가 그렇게 중얼거리는 가운데 한 그림자가 미사일처럼 솟아올랐다.

성큼성큼 무대 중앙으로 걸어가며 미소 짓는 그는 예사롭지 않은 덩치인 게, 내 기억에 따르자면 정요한의 패거리들 중 한 명이었다.

과연, 그는 본격적인 행동에 들어가기에 앞서 팔짱을 끼고 서서 이 모든 일을 방관하는 정요한과 잠시 시선을 교환했다. 정요한이 고개를 끄덕이자, 다시 은형이를 돌아본 그가 기세 좋게 으르렁댔다.

"너 이 자식, 무슨 같잖은 수를 썼는지 모르겠지만 너 따위가 서열 1위를……."

말을 끝내기도 전에 은형이의 주먹에 얻어맞은 그는 무대 끝까지 날아갔다. 김말이처럼 한참을 끝도 없이 데굴데굴 굴러가는 그를 복잡한 표정으로 보던 심판이 은형이를 돌아보며 말했다.

"제가 시작을 외치지 않았기에 방금은 부정행위에 해당합니다."

"아, 그런가요? 그럼 저 실격인가요?"

"저희 규칙상 실격은 없습니다. 단지……. 재경기를 치러 주셔야 하겠습니다."

"그럼 그렇게 할게요."

주저 없이 산뜻한 은형이의 대답에 종종걸음으로 남학생에게 다가간 심판이 조심스럽게 물었다. 다시 도전하시겠습니까? 침묵 뒤에 그는 손만을 내저어 항복 의사를 표했다.

은형이는 싸움의 향방에는 관심도 없는 듯, 홀로 소매를 매만지며 감탄해서 말하고 있었다.

"아, 그래도 역시 주먹이 편하긴 편하네. 교복 찢어지진 않겠지?"

그런 그를 두고 누군가 수군거리는 소리가 들렸다.

"쟤는 무슨 교복집 아들이냐?"

내가 봐도 차마 부정할 수 없는 말이었다. 미약한 두통을 느끼던 나는 여령이의 말을 듣고 다시 고개를 돌렸다.

"쟤가 교복 걱정하는 것의 반의반만 자기 걱정을 하면 내가 소원이 없겠다."

그거야말로 우리 모두가 바라 마지않는 바였다.

복잡 미묘한 침묵 속에서, 은형이의 싸움이 비로소 본격적으로 되었다. 그때까지 팔짱을 끼고 방관하던 정요한이 드디어 자신의 부하들을 싸움에 아낌없이 투입하기 시작한 것이었다.

그러나 쉴 새 없이 달려드는 정요한의 부하들을 상대하면서도 은형이는 지친 기색 하나 없었다.

그는 최소한의 움직임으로, 그러나 최대한의 효율로 상대방을 하나하나 쓰러트렸다. 간간이 그가 이제쯤이면 지쳤겠지 하고 끼어들었던 정요한의 수하가 아닌 녀석들조차 은형이의 주먹 한 방, 발길질 한 방에 순식간에 무대 바깥으로 퇴장했다.

점차 은형이가 싸우고 있는 무대를 둘러싸고 멀찍이 거리가 생겨나기 시작했다. 그 모습을 복잡한 심경으로 바라보던 내가 이윽고 자리에서 일어났다.

내가 반여령을 향해 조용히 말했다.

"나, 화장실 좀 다녀올게."

"으응."

여령이는 무대에 여전히 시선을 꽂은 채 대수롭잖게 답했다. 평소라면 같이 가자고 말했을 텐데, 그래도 싸움은 싸움인지라 끝까지 지켜보겠다는 생각인 것 같았다. 나는 홀로 객석을 가로질러 문을 밀고 나왔다.

성운 과학 고등학교 체육관 내부를 살피며 나는 감탄했다. 통유리를 통해 쏟아진 햇빛 때문에 복도 타일 전체가 거울처럼 번쩍이고 있었다.

"시설 되게 좋네."

내가 인터넷 소설 주인공들이 다니는 말도 안 되는 명문 고등학교를 다니면서 초호화 시설에 익숙해지긴 했지만, 초호화로는 이쪽도 만만치 않은 것 같은데. 복도 옆으로 얼핏얼핏 보이는 탈의실이며 샤워실도 하나같이 으리으리한 게 무슨 국가 대표들이 쓰는 것 같았다.

그나저나 남의 학교 구경이 재미있긴 한데, 왜 화장실이 안 나오지? 이전에 화장실 찾다가 길을 잃은 경험을 떠올린 내가 얼굴을 구겼다.

은지호의 청으로 처음 파티에 참석했던 그때, 쥬노 호텔 최상층에서 길을 잃고 헤매다가 유천영의 첫째 형, 유건과 마주쳤었지.

지금 생각해도 민망하네. 얼마나 바보같이 보였을까? 고개를 휘휘 내젓던 내 눈에 마침 여자 화장실 표지판이 들어왔다.

"와, 다행이다."

화색이 되어 그리로 달려가는 한편 나는 스스로에게 물었다. 오는 길 기억하지? 기억하고 있지?

아무튼 돌아가는 길은 돌아갈 때의 문제였다. 내가 호기롭게 여자 화장실 문을 열어젖히는 찰나, 안에서 인기척이 들렸다. 나는 그 순간 손잡이를 잡고 있던 손을 황급히 놓았다.

오늘은 주말이므로 이 화장실을 쓸 사람이라고는 서열전을 구경하러 온 사람이 다였다. 아까 객석을 보니까 평범한 학생도 많은 한편, 평범하다기에는 좀 무서워 보이는 학생들도 많던데…….

그냥 밖에서 기다릴까? 잠시 고민하는데, 안에서 중얼거리는 소리가 흘러나왔다.

"……어……. 다 망했어……."

분신사바라도 하듯 음산한 목소리였다. 아니, 잠깐. 그보다도 뭐? 다 망해? 도대체 저게 무슨 소리야?

엿들어도 되나 판단이 서지 않은 채로 나는 화장실 문고리만 매만졌다. 화장실 문틈으로 중얼거림이 계속되었다.

"왜 이렇게 된 거지? 이게 이렇게 될 리가 없는데……. 아, 몰라. 내가 지금 착각하고 있는 건가? 아니야, 착각일 리가 없는데."

망설이던 나는 문을 열고 안으로 들어갔다. 무슨 일인지는 몰라도 목소리를 들어 본 결과, 그리 위협적인 상대는 아닐 거라고 판단해서였다.

과연, 화장실 안에 서 있는 것은 고작 중학생 정도로밖에 되어 보이지 않는 여자애 하나뿐이었다. 그녀는 새파랗게 질린 얼굴로 세면대 위에 두 팔을 버티고 서 있다가 나와 마주치자 흠칫 놀라 손을 놓았다.

거울에 비친 그녀의 얼굴을 보며 나는 눈을 깜빡였다. 아까 관중석에서 보았던 그 애잖아? 모두가 흥분해서 난간에 매달리던 와중에 홀로 감흥 없이 자리를 지키던.

내가 말없이 빤히 보는 시간이 길어지자 그녀는 허둥지둥하더니 급기야 물을 틀고 손을 씻기 시작했다. 다급히 수도꼭지를 잠근 그녀가 물방울이 뚝뚝 떨어지는 손을 털어 낼 생각도 하지 않고 이쪽으로 다가왔다.

그녀가 화장실을 나가기 위해 가까이에서 내 옆을 스쳐 지나가는 순간, 나는 어쩐지 강렬한 기시감이 들었다. 아까 체육관에서 보았을 때와는 전혀 다른 느낌이었다.

그리고 마침내 기시감의 정체를 깨달은 내가 외쳤다.

"아, 넌 그때 그! 발해 병원에서 나랑 부딪쳤던……."

유천영네 집안 경호원들을 피해 빠르게 달리다가 나와 부딪쳤던, 정체불명의 후드 여자애!

하필 이 애가 다녀간 다음 기적처럼 은형이네 아버지와 유천영네 아버지가 동시에 눈을 떠서 나로 하여금 성녀나 초능력자는 아니겠지 하는 의심을 품게 했던.

'발해 병원'이라는 말을 들었을 때부터 이미 안색이 새파래졌던 그녀는 내가 다가가자 나를 세게 밀쳐 버리더니 후다닥 달려갔다. 아니, 내가 별다른 말을 한 것도 아니고 너무하네, 진짜! 그러니까 더 수상하잖아! 곧 몸의 균형을 되찾은 나도 허둥지둥 그녀를 쫓았다.

단숨에 화장실을 뛰쳐나간 우리는 체육관 복도를 빠른

속도로 주파했다.

좀 전까지만 해도 예쁘다고 생각했던 미끈한 타일 바닥이 발밑에서 자꾸만 미끄러져 불편했다. 몇 번이고 넘어질 뻔한 것을 추스르며 내가 외쳤다.

"잠깐 얘기 좀 하자! 얘기만 하자는 건데 그렇게 도망칠 건 없잖아! 뭐 찔리는 거라도 있어?! 네가 뭐 막말로, 초능력자라거나 외계인이라거나 그렇지는 않을 거 아니야!"

잡히면 해부하겠다는 것도 아닌데 왜 저렇게 달아나는 건지 모르겠네! 물론 저 애가 허락 없이 병실에 침입했던 건 잘못이지만, 그 결과가 크게 나쁘지 않았음에야 문제 삼을 사람도 없을 거고 말이야.

그때 숨을 헐떡이던 나를 힐끗 돌아본 여자애가 외쳤다.

"그러는 그쪽이야말로 도대체 정체가 뭐예요?!"

"뭐라고?"

이쪽이 캐물어도 모자랄 판에 도리어 내 정체를 묻다니? 어처구니가 없는 나머지 내 뛰는 속도가 느려졌다. 이런 효과를 노린 거라면 똑똑하다고 할 만했지만, 아무리 생각해도 그런 건 아닌 것 같았다. 저 목소리는 진심이었으니까.

그녀가 다시 외쳤다.

"당신은 여기에 있어선 안 돼요! 당신 때문에 모든 게 어긋났다고요! 당신 때문에."

"뭐?!"

순간 날아올 수 없는 무시할 수 없는 말 때문에 내 걸음이 완전히 멈추었다. 제자리에 잠시 서 있던 내가 아차 하며 다시 달려 모퉁이를 돌았을 때, 그녀의 모습은 씻은 듯 사라지고 없었다.

나는 방금의 추격전이 거짓말이었다는 양 깨끗하게 빈 복도에 서서 주변을 두리번거렸다.

"갑자기 어디로 증발한 거야?"

사람인 이상 증발할 수는 없을 텐데 말이야. 그렇게 생각하며 나는 주변에 있는 문이란 문은 다 열어 보았다. 창고나 휴식실, 탈의실과 샤워실의 경우에는 차마 문을 열어 볼 순 없었다. 한참 난감하게 머리만 긁적이던 나는 결국 포기하고 돌아섰다.

그러면서 내가 중얼거렸다.

"방금 그 애, 대체 뭐였을까?"

내가 여기에 있어선 안 된다니, 그 말은 꼭.

꺼림칙한 기분과 함께 그 말을 뇌까리며 다시 화장실에 들렀다가 체육관으로 돌아갔을 때, 은형이는 여전히 무대 위에 굳건히 선 채 제게 덤벼든 남학생 하나를 날려 버리고 있었다.

꽤 시간이 흐른 것 같은데 아직도 결착이 나지 않았네. 나는 정요한 쪽을 돌아보았다. 그래도 바리케이드처럼 그를 둘러싸고 있던 인원이 꽤 많이 줄어 있었다. 어쩌면 금방 끝이 날지도 모르겠는데, 내가 중얼거렸다.

바로 그때였다. 심판이 쓰러졌던 남학생을 부축해 무대 밑으로 내려보낸 그때, 정요한이 마침내 자리에서 일어났다.

매트리스 위에 걸터앉아 있던 몸을 일으키는 대수롭지 않은 동작임에도, 그가 조금 움직인 것만으로 사람들의 호흡이 그쪽으로 빨려 들어갔다.

체육관 안의 공기가 변했다. 가까이 다가오는 정요한을 내려다보며, 무대 위의 은형이는 처음으로 다른 사람 같은 날카로운 미소를 내비쳤다.

나는 침을 꼴깍 삼켰다. 이제야 비로소 지지부진하던 리허설이 끝나고, 본 무대가 시작되는 셈이었다. 게임으로 치자면 최종 보스이고, 드라마로 치자면 마지막 화겠지.

그렇게 생각하자 새삼 긴장이 된 나는 옆을 돌아보았다. 심상치 않게 굳어 있는 여령이와 이 판국에도 별생각 없어 보이는 반휘혈의 얼굴을 지난 내 시선이 빈자리에 닿았다.

눈을 깜빡인 내가 천천히 물었다.

"주인이는?"

그제야 날 돌아본 여령이가 동그래진 눈을 하고 말했다.

"그러게? 단이 네가 늦는다고, 너 데리고 온다고 나갔는데."

"정말? 못 만났는데."

그렇게 말한 나는 뺨을 긁었다. 1층 사람들은 물론이고 관람석의 관중들까지 워낙 험악한 사람들밖에 없으니 그가 걱정한 것도 이해는 가고, 또 고마운 일이지만.

주인이는 고작 그런 이유로 이 역사적인 순간을 보지 못하게 됐단 말인가? 그렇다면 그것참 미안한 일인데. 내가 막 핸드폰을 꺼내려던 찰나, 마침 관중석 맨 뒤에서 주인이가 문을 비집고 들어왔다.

"어, 주인아."

반갑게 부르려던 나는 그의 표정을 보고 흠칫했다.

주인이가 왜 저러지?

나를 찾으러 다녀온 짧은 시간 새 그의 안색이 완전히 변해 있었다. 귀신이라도 본 듯 당혹스러우면서도, 겁에 질렸다기보다는 도리어 화가 나고 불쾌한 듯한 표정.

부정적인 감정을 표출하는 일이 극히 드문 그의 심상치 않은 모습에 걱정이 되었다. 나는 그가 가까이 다가오기를 기다려 말을 건넸다.

"주인아?"

그제야 잠에서 깨어난 듯 나를 본 주인이가 아무렇지 않게 되물었다.

"아, 응?"

"너 괜찮아?"

"응? 물론이지. 아, 그보다도 엄마, 왜 이렇게 늦었어? 걱정돼서 찾으러 나갔잖아."

미안. 내가 짧게 말하자 귀엽게 빙긋 웃은 그는 금세 평소 같은 얼굴로 무대를 향해 시선을 돌렸다.

"와, 뭐야. 드디어 정요한이 나왔잖아?"

가볍게 감탄하는 그를 복잡한 시선으로 보던 나도 따라서 고개를 돌렸다.

이 싸움이 서열전의 메인 이벤트라고 생각한 것은 우리만이 아닌 듯, 1층은 물론이고 관중석까지도 온통 조용해져 있었다. 잠시나마 딴눈을 판 건 나나 주인이 정도뿐이었고, 모두는 눈 한 번 깜빡이지 않고 두 사람이 서 있는 무대 위를 향해 시선을 쏟고 있었다.

은형이는 이미 앞선 싸움들로 본인이 결코 만만치 않은 상대임을 충분히 증명했다. 아마 바라보는 이들 가운데는 은형이가 어쩌면 정요한을 이길지도 모른다고 생각하는 이들 또한 있을 것이었다.

그 또한 그렇게 생각하는 듯, 은형이를 바라보는 정요한의 시선에는 더 이상 조롱하는 기색이 섞여 있지 않았다. 그런 그를 향해 은형이가 처음과 다름없는 얼굴로 빙긋 웃었다. 여전히 지나치게 모범적으로 보이는 미소였다.

"이제는 알겠지? 모든 사람이 너처럼 힘자랑에 관심 있지는 않다는걸."

대화의 양상 또한 완전히 달라졌다. 아까는 은형이가 정요한에게 일방적으로 조롱당했다면, 이번에는 은형이가 정요한을 여유롭게 어르는 쪽이었다.

고작 말 한마디에 흥분한 정요한이 숨을 씩씩대며 대꾸했다.

"닥쳐."

"네가 이번 기회에 배웠으면 해서. 사람들이 원하는 건 각자 다르다는걸."

"닥치랬지!"

정요한이 발을 구르며 외쳤다. 그 기세가 어찌나 험악하던지 긴장이 팽팽하던 주변 공기가 일순 찢겨 나가는 것 같았다. 나는 나도 모르게 긴장해서 팔을 감쌌다.

다시 고개를 든 정요한이 발작하듯 외쳤다.

"닥쳐, 닥치라고! 나를 가르치려고 들지 마! 아직 날 이기지도 못했으면서, 벌써부터 이겼다는 듯이!"

"음."

은형이는 난감한 듯 웃고는 입을 다물었다. 그런 은형이를 이글이글한 눈으로 쏘아보던 정요한이 이윽고 고개를 돌렸다.

그가 돌아본 곳은 다름 아닌 이쪽이었다. 관중석, 그중에서도 반휘혈이 앉아 있던 위치를 그는 단번에 꿰뚫어 보았다.

싸우는 내내 반휘혈의 존재를 신경 쓰고 있던 모양이었다. 그렇지 않고서야 위치를 저토록 정확히 짚어 낼 수 있을 리 없었다.

정작 시선을 받은 반휘혈은 영문을 모르겠다는 듯 멀뚱멀뚱 고개만 기울였다. 그 모습을 노려보던 정요한은 다시 고개를 돌려 은형이를 향해 외쳤다.

"넌 여기 오면 안 됐어! 내가 원래 싸울 상대는 네가 아니었는데, 갑자기 웬 게 끼어들어서."

그렇게 외친 그가 주먹을 움켜쥐고는 말을 이었다.

"내 계획을 망치고…… 내 모든 노력들을 헛수고로 만들었어. 내가 반휘혈과 대등하게 싸우기 위해 이 악물고 노력했던 시간들을."

짙게 내리깔린 정적 가운데 나는 숨을 삼켰다. 이제껏 무관심한 태도만을 취하던 정요한이 마침내 자신의 감정을 숨김없이 드러내고 있었다. 그는 일부러 반휘혈에 대해 담대한 척, 모든 것을 다 잊은 척 굴었지만, 아니었다. 그는 여전히 반휘혈에 대한 원망을 마음 깊이 간직하고 있었던 것이다.

그런 그의 말에 은형이는 난감한 듯 웃으며 입을 다물었다.

"음……."

은형이가 아무리 정요한이 했던 짓들에 대해 화가 났더라도, 한편으로 그는 여전히 타인에 대한 공감과 연민이 넘치는 사람이었다. 그는 지금쯤 정요한의 심정을 헤아리고 안타깝게 여기고 있을 터였다.

그때 심판이 그들 사이로 눈치를 보며 끼어들었다.

"저기, 진지한 말씀 중에 죄송하지만……."

정요한이 획 고개를 들어 그를 바라보자, 주춤한 심판은 두어 걸음 뒤로 물러나다가 억 소리와 함께 미끄러졌다. 마침 옆에서 은형이가 타이밍 좋게 손을 뻗어 그의 허리를 잡아챘다.

"조심해야지."

나는 속으로 짧게 감탄했다. 이 와중에 저렇게까지 멋있을 일인가? 잠시 얼굴을 붉혔던 심판이 이윽고 헛기침하며 말을 이었다.

"네. 그, 저. 시합을 속행해야 하거든요."

아직 남은 시합이 많아서, 이거 이렇게 했다가는 하루 종일 걸려요. 심판이 정요한의 눈치를 보며 살살 내뱉은 말에 정요한은 금세 감정을 갈무리했다.

어느새 내가 처음 보았을 때만큼이나 차분해진 얼굴의 그가 주먹을 들어 올리며 말했다.

"시작하지."

주저 없는 선언에 심판은 당황하며 은형이를 돌아보았다. 그 또한 고개를 끄덕였다.

두 사람의 동의로 속전속결로 시합이 시작되었다. 심판이 손을 들었다가 수평으로 내려놓자마자 정요한은 몸을 숙이고 화살처럼 쏘아져 나갔다. 아까는 불같이 타오르던 그의 눈은 차갑게 식어 있었다.

반면 은형이는 지금까지 싸움에서 한 번도 그럴듯한 준비 자세를 보여 준 적이 없었다. 마치 내가 공부하다가 핸드폰 만지는 것마냥, 그는 물 흐르듯 자연스러운 태도로 싸움에 임했다.

이번에도 두 손을 늘어트리고 가만히 서 있던 은형이의 옆구리에 정요한의 주먹이 쐐기처럼 빠르게 꽂혔다. 은형이는 최초의 공격을 놀란 기색 하나 없이 수월히 막아 냈다.

그 모습을 보며 내가 안도의 한숨을 흘렸다.

"휴."

반휘혈의 주먹처럼 한 방에 자세를 무너트릴 정도면 어쩌나 걱정했는데, 그렇게 강하지는 않은 것 같아서 다행이야. 안도하던 내 귓가에 주인이의 중얼거림이 꽂혔다.

"이 악물고 노력했다더니, 어디서 제대로 배우기는 배웠나 보네."

나는 퍼뜩 고개를 돌려 옆을 보았다.

"응?"

"정요한이 지금 쓰고 있는 기술들, 하나같이 대충 쓰는 게 아니야. 전부 제대로 된 무술에서 가져온 거야. 확실히 어디서 체계적으로 배우긴 한 모양인데."

무대를 내려다보며 그렇게 말하는 그의 눈빛은 진지했다.

분명 며칠 전까지만 해도 싸움의 기술 따위에는 관심도 없던 그가 그렇게 말한다면 이유는 하나였다. 그는 서열전 직전 각종 영상을 보고 여러 무술들을 연구한 것이 분명했다.

침을 꼴깍 삼킨 나는 다시 아래를 내려다보았다. 그 말을 듣고 보니 과연 정요한이 구사하는 기술들은 액션 영화에서나 본 것처럼 화려하고 정교해 보였다.

내가 걱정스레 물었다.

"그럼 은형이는?"

그러면서 초조하게 무대 아래를 지켜보던 나는 뒤이어 날아온 말에 입을 떡 벌렸다. 뭐라고?

"은형이? 은형이야 그냥 막싸움이지 뭐."

나는 경악하며 중얼거렸다. 그럼 은형이가 지금까지 보여 줬던 주먹질이며 발차기며 하는 게 전부 막싸움이었단 얘기야? 하긴, 그러고 보면 그가 어디에서 무술 같은 걸 배웠다고 들은 기억은 없었다. 지금도 그는 그저 단조로운 동작으로 막기와 반격만을 반복하고 있었다.

나는 창백해진 얼굴로 두 손을 기도하듯 쥐며 중얼거렸다.

"괘, 괜찮아. 은형이가 져도…… 루다가 그의 뒤를 이을 테니까. 아니, 하지만 큰 부상을 당하면 큰일인데……."

설마 심하게 다치진 않겠지? 아무리 정요한이 은형이의 말에 열이 받았다고 해도 그토록 무자비한 손속을 할 리가? 그때 눈을 동그랗게 뜬 주인이가 다시 나를 보았다.

그가 의아한 얼굴로 물었다.

"엄마, 그게 무슨 소리야?"

"응? 하지만 방금, 정요한은 제대로 무술을 배운 반면에 은형이는 막싸움이라고."

"아아, 그거."

다시 무대를 내려다보며 그가 대수롭잖게 말을 이었다.

"엄마, 걱정하지 마. 싸움의 기술이 반드시 승패에 영향을 주는 건 아니니까."

"정말?"

"그래…… 왜 있잖아? 동네 식당 중에서도 가끔, 레스토랑에서 전문 셰프가 요리하는 것보다도 훨씬 낫다 싶게 맛있는 곳이 있잖아."

여기서 난데없이 음식 비유라니, 주인아. 내가 조금 당황하는 사이 그가 다시 말했다.

"그리고, 산이 형이 은형이가 싸우는 걸 보고 나한테 했던 말이 있거든."

우산이? 내가 의아하게 고개를 기울이는 가운데, 여령이와 반휘혈 또한 이쪽을 돌아보았다. 세 사람의 관심 어린 시선을 받으며 주인이가 말을 이었다.

"어디서 저런 걸 데려왔냐고. 불필요하거나 크고, 멋들어진 동작은 하나도 없는 완전한 실전 무술이라고. 싸움을 밥 먹듯이 한 게 아닌 이상 나올 수가 없는 거라면서. 자기도 못 이기겠다고 하는 거 있지."

그렇게 말한 주인이의 입에 미소가 걸리는 것을 보고 나는 깨달았다. 그는 이 싸움의 승패를 이미 확신하고 있었다. 여령이와 반휘혈 또한 한결 편하게 무대를 관전하기 시작하는 가운데, 나는 문득 떠올라 고개를 돌리고 다시 말했다.

"주인아."

"응?"

주인이가 무대를 쳐다보느라 내 쪽은 보지도 않고 대꾸했다.

"너희 사촌 형이 대체 은형이 싸우는 모습은 어떻게 아는데?"

"……."

"주인아? 주인아!"

바로 옆이니 분명 못 들었을 리 없는데도, 대답 없는 그를 내가 연신 부르는 그때였다. 갑자기 무대에서 폭음 같은 요란한 소리가 일어나 나는 벌떡 일어나 그쪽을 돌아보았다.

은형이에게 크게 얻어맞은 듯한 정요한이 뒤로 물러나며 비틀대고 있었다. 미처 몸을 피하지 못한 그의 위에 은형이의 발차기가 꽂혔다. 정요한은 황급히 팔을 교차시켜 막았지만 그대로 날아가 벽에 부딪혔다.

와. 나는 감탄사를 내뱉었다. 방금 주인이가 은형이 싸우는 모습을 보고 막싸움이네 어쩌네 했어도, 내가 보기에는 여전히 근사했다. 다시 한번 폭음처럼 쾅! 하고 큰 소리와 함께 먼지가 뭉게뭉게 일었다.

매트리스가 잔뜩 쌓인 체육관 구석을 보며 나는 감탄했다. 그 와중에 정확히 매트리스가 있는 곳으로 정요한을 날려 보내다니, 계획한 건가? 나는 침을 꼴깍 삼키며 은형이를 돌아보았다.

분명히 계획한 거겠지. 여유가 있다면 싸우면서도 남을 배려해 주지 못할 건 없을 테니까. 그 말인즉 은형이는 정요한을 상대하면서도 여전히 힘이 남아돈다는 뜻이었다.

주인이의 통찰이 정확했던 셈이었다. 내가 안도의 한숨을 내쉬는 사이, 정요한이 먼지구름 사이로 천천히 몸을 일으켰다. 은형이의 배려가 치욕적으로 느껴진 듯 못내 분한 표정의 그가 갑자기 손을 들어 코를 매만졌다. 분명히 그를 배려하여 매트리스 위로 던졌을 텐데도 코피가 터져 흐르고 있었다.

"아."

오히려 코피가 난 당사자보다도 은형이가 안절부절못했다. 정요한에게 가까이 가야 할지, 댈 것을 찾는 게 먼저인지 갈피를 못 잡는 듯하던 그가 이윽고 심판에게 말했다.

"저기."

"네?"

아까 미끄러지려던 것을 잡아 준 일 때문인지 유난히 싹

싹하게 구는 심판에게 은형이가 말했다.

"잠깐 멈추는 게 어떨까?"

"멈춰요?"

"코피가 생각보다 되게 위험해. 일단 멈추고 치료받게 한 다음 멎으면 그때 다시 시작하는 게 좋을 것 같아. 나는 그때까지 무대 내려가 있을게."

"하지만 그런 건 전례가……."

당황한 듯 눈을 굴리던 심판이 은형이가 두 손을 모으고 고개를 기울이며 '어떻게 안 될까?' 하는 말에 얼굴을 붉혔다. 아니, 은형아. 미인계는 네 적을 위해 쓰고자 있는 게 아닐 텐데……. 내가 중얼거리던 그때였다.

"개소리하지 마!"

갑자기 터져 나온 벼락같은 외침에 나는 체육관 구석을 바라보았다. 코 밑을 소매로 아무렇게나 훔친 정요한이 핏기가 묻어난 얼굴로 말했다.

"멈추지 말고 계속해. 멈추면 가만 안 둬."

"하, 하지만……."

"닥치고 계속해!"

마침내 정요한이 이를 으득 악물고 외친 목소리가 온 체육관을 쩌렁쩌렁하게 울렸다.

"너 사람을 어디까지 우습게 만들 건데!!"

그 외침에 일순 모두가 입을 다물었다. 체육관 안에 기이

한 정적이 찾아왔다. 그것은 여태껏 그만큼이나 큰 소리로 외친 사람이 없기 때문은 아니었다. 오히려 그보다도 시끄럽게 외쳤던 사람은 많았다.

그럼에도 정요한의 크지 않은 체구에서 솟아난 어떤 박력 같은 것이 감히 숨을 쉬기 힘들게 만들었다. 또한 그것은 정요한의 외침에 담긴 처절함 때문이기도 했다.

오랜 세월 동안 억눌린 고통과 억울함, 슬픔 같은 것을 나는 정요한의 외침에서 느꼈다. 설마 저런 놈에게서 그런 걸 느낄 줄 몰랐는데. 입속으로 되뇌는 내게, 정요한의 말이 날아왔다.

성큼성큼 걸어간 그가 여전히 피 묻은 손으로 은형이의 목깃을 덥석 잡으며 외쳤다.

"너는 아까부터 이게 우스워?! 싸움이라고는 하나도 안 해 본 것 같은 생김새에, 실제로 이제까지 선생님 말씀 잘 듣고 어른들한테 잘 보이는 모범생으로 살아와 놓고 싸우는 건 싫어한다더니, 단숨에 애들 몇을 쓰러트려 놓고는 하는 소리가 뭐? 교복이 뭐가 어째? 너한테는 그것 따위가 중요해, 지금?"

은형이의 단정한 얼굴에서 비로소 미소가 사라졌다. 그것이 정요한의 말 때문인지, 아니면 아직도 멈추지 않고 있는 피 때문인지 나는 몰랐다.

다시 코밑을 신경질적으로 문지른 정요한이 말을 이었다.

"너는…… 너한테는 이게 장난 같지? 너는 이까짓 싸움 따위 아무 연습하지 않아도, 노력하지 않아도 잘하니까. 그러니까 이것에 목숨 걸고 달려드는 녀석들이 우습게 보이는 거지, 지금? 그리고 나조차도."

복잡한 표정을 짓고 그의 말을 잠자코 듣고 있던 은형이가 마침내 입을 열어 말했다.

"나는…… 그런 생각까지는 한 적 없어. 하지만 네 말을 듣고 보니, 그렇게 보일 수도 있다는 건 부정할 수가 없네. 그 부분은 내가 사과를……."

"너도 저 자식이랑 똑같아."

정요한이 정떨어지는 말투로 은형이의 말을 석둑 잘랐다. 그러면서 그가 가리킨 것은 다름 아닌 내 옆에 멀뚱히 앉아 있던 반휘혈이었다.

잠시 반휘혈을 응시한 우리는 냉큼 그와 한 자리씩 떨어져 앉았다. 그러자 비로소 사람들의 시선이 온전히 반휘혈에게만 쏠리기 시작했다. 그의 붉은 눈이 의미 모를 감정을 담고 나를 향하자 나는 읊조렸다. 아니, 미안. 역시 이런 건 심장에 안 좋아서.

그리고 정요한이 씨근덕거리며 다시 말했다.

"아무런 고생도 하지 않고 단지 타고났다는 이유로 너무 강한 힘을 얻었으니까……. 그게 없는 사람이 어떤 식으로 살아야 하는지, 그게 없는 사람에게 힘이라는 게 어떤 의미인지 전혀 알지 못하는 거야."

그를 담담한 눈으로 지켜보던 은형이가 불쑥 내뱉었다. 그에 정요한의 시선이 믿을 수 없다는 듯 그를 향했다.

"……나는 한 번 끼어든 일에서 쉽게 다시 물러날 생각은 없어. 하지만 내가 모든 걸 제대로 알지 못하는 채로 이 일에 끼어든 건 사실이야. 특히 나는 네가 지금 반휘혈에게 한 일에 대해 알 뿐, 반휘혈이 과거에 네게 한 일에 대해서는 모르지."

말을 마치고 팔짱을 낀 은형이가 덧붙였다.

"그러니 말해 봐. 도대체 너와 반휘혈 사이에 어떤 일이 있었던 건지. 그리고 반휘혈의 동생이 그와 무슨 관련이 있는지."

그러자 억눌린 듯 내쉬는 숨소리 외에 모든 소음이 사라졌다. 이윽고 주먹을 쥐고 잠자코 시선을 내리깔아 바닥만 보고 있던 정요한의 입이 천천히 열렸다.

"몇 년 전에 나는…… 싸움이라고는 조금도 모르는 평범한 학생이었어."

그리고 고개를 들어 은형이를 바라본 그가 다시 말했다.

"그래, 꼭 너 같은 모범생이었지. 거절 못 하는 성격인데다 성적이 좋다는 이유로 항상 반장을 맡았어."

다시 눈을 내리깐 정요한이 목소리를 낮추었다. 나는 나도 모르게 숨을 죽이며 그의 말에 귀를 기울였다.

"나랑 말을 해 본 적도 없고 내가 뭘 원하는 줄도 모르는 사람들이, 내가 공부를 잘한다는 이유만으로 얌전하고 성실하고, 부모님 말은 목숨같이 따르는 학생일 거라고 지레 짐작하더라."

"네 말 무슨 말인지 이해해. 내게도 다들 그러곤 하니까."

은형이의 담담한 말을 잠시 알 수 없는 표정으로 듣고 있던 정요한이 다시 입을 떼었다.

"하지만 나는 사실, 사람들이 생각하는 것과는 전혀 다른 사람이었어. 아니, 오히려 일종의 반발 심리였는지도 모르지. 처음 본 사람까지 나를 짜 맞춘 듯한 틀에 넣고 기대하니까, 그게 답답한 나머지 견딜 수 없어서. 또 한 번쯤은 그 예상을 멋지게 빗나가게 해 주고 싶다는 심리에……."

말하다 말고 불현듯 입술을 깨문 그가 다시 말했다.

"……체육 시간에, 타고난 운동 신경으로 놀랄 만한 묘기를 멋지게 성공해 버리는 놈들을 보면 늘 부러웠어. 얕보이는 게 싫어서 나는 집에서 몇 시간이고 연습해서 가도 겨우 평균을 못 면하는 판국에, 연습을 얼마 하지도 않은 주제에 요구 기준을 가뿐히 뛰어넘고 더한 것을 보여 주는 녀석들을 보면. 참을 수 없이 부러웠어. 그리고 싸움을 잘하고 목소리 큰 녀석들에 대해서도."

은형이는 담담한 얼굴로 그의 고해 아닌 고해를 들었다.

"나는 그 녀석들에 대해 늘 관심이 있었고, 부러웠어. 솔직히 말하자면 내가 속하고 싶었던 부류는 언제나 그쪽이었어. 그때의 나와는 정반대되는 부류라는 것을 스스로 알고 있었으면서도."

"……."

"그때 네가 나타났던 거야, 반휘혈."

그렇게 말하고 갑자기 고개를 획 돌린 정요한이 반휘혈을 쳐다보았다. 반휘혈이 아무 말 없이 고개만 기우뚱하자, 정요한은 회의감 섞인 낯으로 어둡게 웃었다.

그가 눈가가 어두워진 채 말을 이었다.

"기억 안 나? 아니, 분명히 기억 안 나겠지만. 나, 너랑 같은 중학교 출신이었어. 중학교 3학년 때는 같은 반이기까지 했고."

뭐라고? 내가 놀라서 중얼거렸다.

하지만 반휘혈이 정요한을 봤을 땐 분명히 처음 봤다는 표정이었는데? 게다가 정요한도 반휘혈한테 자기는 반휘혈 동생 친구라고만 소개했었고…….

그러던 나는 문득 떠오른 생각에 이마를 짚었다. 아니, 반휘혈에게 누군가를 기억하기를 기대한 것 자체가 잘못이지. 과연 반휘혈은 갓 삶아진 빨래 같은 표정으로 대꾸했다.

"미안. 모르겠군."

"기대도 안 했어."

피식 웃은 정요한이 대꾸했다. 별 유감없는 태도로 그가 선선히 말을 이었다.

"아무튼 나는 그때부터 널 지켜봤어. 네가 체육 시간에 보여 주는 묘기들도, 네가 들어오면 교실이 한순간 조용해지는 것도, 짐승처럼 사납고 거친 놈들이 한 번이라도 네 마음에 들어 보려고, 너 한번 웃겨 보겠다고 살살 눈치 보는 것도 다 꼴 보기 싫긴커녕 보기 좋았어. 아마도 내가 나 자신을 너라고 상상하고 그것으로 대리 만족했기 때문이겠지. 하지만 너무 많이 그랬던 게 문제였던 것 같아."

문득 작게 한숨 쉰 정요한이 덧붙였다.

"그러다가 정동우가 그 낌새를 알아챘거든."

'정동우'라는 낯선 이름에 1층과 관중석이 시끌시끌해졌다. 우리야 지금까지 서열과 무관한 삶을 살아왔으니 전혀 모르지만 다른 이들에게는 꽤 유명 인사인 모양이었다. 그들 사이에서 여전히 멀뚱히 앉아 있는 반휘혈을 보며 나는 생각을 바꾸었다. 아니, 너는 좀 기억해라.

그리고 수군거리는 말들이 날아왔다.

"나 분명히 기억해. 반휘혈이 서열 1위이던 시절에 오른팔이자 실세인 사람이 있었어. 그 사람이 바로 정동우였잖아."

"하지만 어느 날 갑자기 사라져서 안 보이던데."

"맞아, 반휘혈이 사라진 다음이라 다들 보복이 두려워 도망친 거라고 입을 모았지."

그들의 얘기를 들은 나는 미간을 좁혔다. 아니, 그러니까 지금 뭐야. 서열들 중에 사람 한둘쯤 실종되는 건 별일도 아니다 이거야? 실종되는 사람이 왜 이렇게 많아? 도대체 이 세계의 경찰들은 무슨 일을 하는 건데?

그리고 나는 불쑥 옆을 돌아보며 물었다. 물론 반휘혈을 향해서였다.

"정동우 몰라?"

그는 뚱한 표정으로 대답했다.

"전혀……."

"노력 좀 해 봐."

"생각나는 게 없군."

"……."

이제 슬슬 반휘혈이 사실은 실종당해 있던 동안 외계인에게 납치당해서 이전까지의 기억을 소거당했다고 믿는 편이 좋을지도 모르겠군. 그렇게 생각하며 나는 다시 고개를 돌렸다.

정요한이 태연자약한 얼굴로 말을 잇고 있었다.

"그 당시 네 수하를 자처했던 놈이야 발에 차일 만큼 많았으니까 네가 정동우를 기억하지 못해도 이상한 일은 아니지. 아무튼 그때 너와 가장 가깝게 지내는 사람은 정동우였어. 자연스레 나는 너를 보며 그만큼 정동우도 자주 볼 수밖에 없었어."

"……."

"둔한 너와는 달리 정동우는 곧바로 내 시선이 어디를 향했는지 눈치채더군. 눈이 마주치는 횟수가 점차 많아지는가 싶더니 결국 어느 날 그가 나를 뒤뜰로 불러냈어. 그러고는 어땠을 것 같아?"

반휘혈이 대답하지 않는 것을 보며 나는 강한 불인감에 휩싸였다. 어깨를 으쓱한 정요한이 선뜻 웃으며 말했다.

"뻔하지. 제일 잘 나가는 일진 나으리들이 하찮은 모범생을 데리고 할 게 괴롭히고 돈 뜯는 것밖에 할 게 더 있었겠어?"

"……."

"불려 나간 자리에 반휘혈 너도 있어서, 처음에는 조금 기대했어. 어쩌면 너랑 말 한 번 섞어 볼 기회일지도 모른다고 생각해서. 하지만 말 걸 틈도 없이 정동우는 나를 때리고 봤고, 너는 그걸 그냥 지켜보기만 하더라. 팔짱을 끼고 벽에 기대고서, 전혀 말리지도 않았지."

그 얘기를 듣고 나는 얼굴을 굳혔다. 일전에 나는 반휘혈에게 무슨 나쁜 일을 했는지 물은 적이 있고, 직접적으로 한 것은 없다는 말을 듣자 그것으로 됐다고 생각했다. 가해자가 아니라 무수히 많은 방관자 중 하나라면 그것으로 족하다고.

그러나 피해자의 입장에서 들으니 알 수 있었다. 반휘혈이 정동우에게 아무것도 지시하지 않았다고 해도, 그는 단지 정동우의 친구였기 때문에 그 자리에 서 있었을 뿐이라고 해도 정요한에게는 정동우의 발길질만큼이나 반휘혈의 시선 또한 동등한 폭력이었다. 더군다나 정요한에게는 막을 힘이 없었지만 반휘혈에게는 막을 힘이 있었다.

강자의 방관과 약자의 방관은 그 무게가 다르다. 새삼 그것을 깨닫는 내게, 은형이의 목소리가 들려왔다.

잠자코 정요한과 반휘혈을 바라보던 그가 차분한 목소리로 물었다.

"네가 반휘혈에게 복수하고 싶은 것은 그 일 때문이야? 네가 맞는 것을 방관했기 때문에."

"아니."

"아니라고?"

"그래. 아직 한 가지 얘기를 하지 않았잖아."

턱을 든 정요한이 담담하게 덧붙였다.

"반휘혈의 동생, 반휘안에 대해서. 내가 그와 어떻게 엮이게 되었는지."

"아."

말없이 감탄사만 내뱉는 은형이에게 정요한이 말을 이었다. 그는 팔을 스스로 감싸며 더더욱 어두운 눈빛을 했다.

"한 번 괴롭힘 당하기 시작하니 냄새라도 났던 건지, 아니면 이마에 쓰여 있었던 건지는 몰라도 이상하게 길에서도 시비를 걸리거나 돈을 뜯기는 일이 많아지더군. 때로는 아예 나를 '정동우 지갑'으로 부르는 녀석들이 찾아와서 당연한 듯이 돈을 뺏어 가기도 하고. 그때마다 종종 나타나서 도와주던 애가 있었어."

거기까지 말한 정요한이 잠시 입술을 깨물었다.

"나만큼이나…… 아니, 나보다 더 조그맣고 마른 애였는데, 이상하게 걔가 나타나서 뭐라고만 하면 덩치들이 꼼짝 못 하고 물러섰지. 처음엔 이유를 몰랐어. 그런데 이름을 들으니까 바로 알겠더라."

그리고 다시 반휘혈 쪽을 돌아본 그가 날카롭게 웃었다.

"반씨 성이 어디 흔하겠어?"

순간 나는 반사적으로 내 옆을 보았다. 마침 반여령 또한 난데없이 떨어진 말이 반휘혈을 겨냥한 것인지, 자신을 겨냥한 것인지 몰라 어리둥절한 표정을 짓고 있었다.

다시 정요한을 돌아본 내가 침착하게 중얼거렸다. 그래, 정요한 너의 실수는 그저 네가 인터넷 소설 세계에 살고 있다는 것뿐이야……. 그 가운데 모르고 있던 동생의 행적을 듣게 된 반휘혈은 굳어진 눈으로 아래만 내려다보고 있었다.

작은 소란이 일어나는 가운데 정요한의 말이 이어졌다.

"물론 반휘혈의 이름이 만능 부적이 되어 준 건 아니었어. 가끔은 반휘안이 맞을 때도 있었고, 그럴 땐 내가 오히려 반휘안을 데리고 튀어야 했지. 도대체 애는 자기도 약한 주제에 뭘 그렇게 남을 구하겠다고 열심일까 고민했는데, 그 애가 말하더라. '힘이 없다고 해서 양심을 버리는 게 정당화될 순 없다'고."

"……."

"눈이 번쩍 뜨이는 기분이었어. 하지만 그때 내가 반휘안의 말에 공감한 건 아니었지. 오히려 나는 양심에 대해 또 다른 사실을 깨달았어. 그는 절대 보지 않으려 한 사실에 대해서 말이야."

또 다른 사실이라니? 나는 고개를 기울이며 그의 말에 집중했다.

"양심이란 약자가 강자를 제어하기 위해 만든 장치에 지나지 않다는걸."

묘한 정적이 내려앉은 가운데 그는 계속 지껄였다.

"약자가 강자에게 기대할 수 있는 것은 '양심'과 '정의'뿐이지. 강자들이 그것들을 지켜 줘야만 약자들이 강자에게 가진 것을 뺏기지 않고 살아갈 수 있을 테니까. 안 그래?"

말을 마친 정요한이 고개를 들어 서열들이 있는 무대가 아니라 2층의 관람석을 보았다. 차가운 시선으로 관중석 곳곳을 헤집던 그가 마침내 다시 반휘혈을 돌아보며 외쳤다.

"그런데도 그 자식은 계속 지키려고 하더란 거야! 날 때부터 강하던 자기 형 따위는 지킬 생각도 없는 그 '양심'이란 것 말이야. 자기도 약한 주제에 약자를 돕는 것 말이야.

난 그 녀석이 그렇게 살다가는 언젠가 큰일을 당할 것 같아 그만두라고 했지만 듣지 않았고, 그러다 결국…….”

“…….”

“알겠어, 반휘혈? 나는 네놈을 절대로 용서 못 해. 네가 강자든 약자든 타고난 대로 살 수밖에 없다며 네 힘을 썩히고 방관하던 그동안, 네 동생은 적게 가진 힘으로나마 남들을 도우려다 당한 거야. 반휘안을 그렇게 만든 건 결국 너 같은 자식들이야. 너도 똑같다고.”

돌처럼 굳어진 반휘혈에게 정요한이 사납게 쏘아붙였다. 그리고 그는 돌연 입가에 미치광이 같은 미소를 띠우며 말했다.

그가 덧붙였다.

“아, 물론 걱정하지 마. 나라고 반휘안의 실효성 없는 이상론 같은 걸 지켜 낼 생각은 없어. 네게서 우두머리 자리를 빼앗은 다음, 나도 내 방식대로 할 거다. 결국 제일 강한 놈 마음대로지, 안 그래?”

“…….”

“네가 그때 내게 했던 말들을 후회하게 해 주겠어.”

짐짓 으름장 놓는 정요한을 빤히 보던 나는 다시 반휘혈을 돌아보았다.

그는 짐짓 심각한 눈으로 정요한을 주시하고 있었지만, 내가 보기에는 방금 정요한이 한 말이 잘 이해가 되지 않아 머릿속으로 헤아리고 있는 것 같았다.

보다 못한 내가 고개를 숙이며 속닥거렸다.

"자기도 기존의 서열 체계를 지켜서 약육강식에 어울리면 더 어울리게 운영했지, 결코 약자를 도와주진 않을 거라고."

"아."

그제야 멍청히 내뱉은 반휘혈이 다시 눈을 두어 번 깜빡이더니 입을 열었다. 그의 목소리가 넓은 체육관을 울렸다.

"묻고 싶은 게 있다."

"뭐야?"

정요한이 고개를 들며 날카롭게 되물었다.

반휘혈은 진지하기 짝이 없는 얼굴로 대꾸했다.

"내가 너에게 했던 말이라니, 그게 뭐지? 나는 너에게 아무런 말도 한 적이 없다."

나는 그렇게 말하는 그를 측은한 눈으로 쳐다보았다. 글쎄, 네 기억력을 생각하면 결코 그렇게 장담해선 안 될 텐데…….

과연 정요한은 기가 막히고 코가 막히다는 반응이었다. 그가 하 하고 코웃음 치며 대꾸했다.

"정말 기억이 나지 않나? 네가 단 한 번 날 구해 주었을 때."

"뭐?"

"어느 날 밤이었지. 나는 또 골목길에서 운 나쁘게 걸려 맞고 있었어. 그때 누군가 나타나서 날 구해 줬지. 처음에는 반휘안이었고, 다음이 너였어. 반휘안이 끼어든 것이 몹시 귀찮다는 표정을 하고 있던 네가 주먹을 들자 놈들은 달아나 버리더군."

"……."

반휘혈은 전혀 처음 듣는 얘기라는 듯한 얼굴로 그의 말을 들었다.

"그때 나는 너에게 도움을 받았다는 것이 몹시 기뻤어. 그래, 우습게도 나는 그때까지도 너에 대한 동경을 가슴 한편에 간직하고 있었던 거야. 하지만 그때 네가 이렇게 말하더군."

"뭐라고?"

"그렇게나 약한데 왜 살아 있느냐고. 더 살아갈 이유가 있냐고 했지."

그 무렵 우리 주변에 싸늘한 침묵이 내려앉았다. 나는 텅 빈 눈을 들어 반휘혈을 보았다.

그가 필사적으로 고개를 내저었다.

"그런 말 한 적 없다."

"정말?"

그의 기억력에 무한한 불신을 품게 된 내가 묻자, 반휘혈은 충격에 젖은 얼굴로 잠시 입술을 매만지더니 대답했다.

"아무리 생각해도 기억에 없다."

"직접 때린 게 아니라 말로 때린 거라 기억 못 하는 거 아니야? 네 머릿속에서는 사실 그것도 직접적인 폭력이 아니라 간접적인 폭력으로 분류하는 거지."

"아, 아니다. 그렇지 않다……."

더듬대는 반휘혈을 보던 나는 괜한 사람 핍박한 느낌에 다시 고개를 돌렸다. 정요한을 보며 나는 중얼거렸다.

그럼 도대체 어떻게 된 거냐고, 누구 한 사람은 거짓말을 하고 있다는 뜻인데.

정요한이 이 상황에서 거짓말을 할 이유는 없지 않나? 더군다나 그의 눈빛은 아무리 보아도 모든 진실을 밝히기로 다짐한 사람의 눈빛이었다.

그때 정요한이 다시 말을 꺼냈다. 그의 낭랑한 목소리가 체육관을 울렸다.

"정말로 아무것도 기억나지 않아? 그럼 자세히 말해 주지. 네 동생이 없는 틈을 타서, 너는 내게 갑자기 뭘 위해 사냐고 물었어. 너무 뜬금없는 질문이라 나는 당황했고, 또 오랜 동경의 대상인 네가 무슨 대답을 바라고 그런 말을 하는지 몰라 그냥 없다고 대답했지."

말을 잇던 정요한의 입술에 날카로운 비소가 걸렸다.

"그러자 너는 갑자기 그럴 줄 알았다고 하더군. 그러지 않으면 이렇게 늦은 밤중에 돌아다닐 리 없다면서. 그러면서 너는 이유 없이 사는 나를 이해할 수 없다고 하고, 시간을 낭비했다며 투덜거렸어. 이게 네가 나를 약하다는 것만으로 이미 그런 식으로 판단했다는 뜻이 아니고 뭐지?"

"아니, 나는……."

"너는 사실 네 동생조차 그런 식으로 판단했던 거지? 약하고 가치 없는 존재. 운 나쁘게 맞아도 그저 스스로의 부주의함 때문일 뿐인. 그러지 않았다면 동생이 그런 일을 당했는데 범인을 찾긴커녕 자취를 감출 리 없지."

잠자코 듣던 반휘혈이 마침내 눈빛을 바꾸고 으르렁댔다. 정요한이 그의 역린을 건드렸다는 뜻이었다.

"말 다 했나?"

"결국 반휘안의 원수를 갚은 것도 네가 아닌 나였어!"

정요한이 대뜸 소리 높여 외친 말에 반휘혈이 으르렁대던 것을 멈추었다. 눈을 휘둥그레 뜨는 그에게 정요한이 팔을 벌리며 외쳤다.

"그래, 너한테 보냈던 사진 원본이 나한테 있을 것은 짐작했겠지? 그러니까 네가 이 자리에 나왔겠지. 하지만 이미 그 녀석들은 내가 처리했어. 모든 것을 바로잡을 힘이 있는데도 아무것도 하지 않는 널 대신해서."

아무 말이 없이 굳어진 반휘혈을 향해 정요한이 마지막으로 싸늘한 말을 내리꽂았다.

"내가 쓰레기라면 너도 쓰레기인 건 마찬가지야. 네가 있던 자리를 이제는 내가 차지해야겠으니 비켜."

둘의 대치를 보며 나는 침을 꼴깍 삼켰다. 슬쩍 돌아보니 무대 위의 은형이도 어쩔 줄 몰라 우리를 보며 조언을 구하는 듯한 눈치였다. 그러나 아무도 감히 나설 수 없었다.

물론 독자적으로 반휘안의 복수를 한 정요한 역시 결코 올바르다고는 할 수 없었다.

그러나 정요한은 반휘혈에게 말했다. 그도 마찬가지라고. 그건 그랬다. 만약 반휘혈이 조금만 더 아래 서열들의 일탈을 휘어잡는 데 적극적이었다면 반휘안의 일도, 정요한의 일도 일어나지 않을 수 있었다.

잘잘못을 따져 봐야 닭이 먼저냐 병아리가 먼저냐 정도의 일이었다. 여기에 우리가 끼어 봤자 할 수 있는 것은 없었다. 이 일은 어디까지나 반휘혈과 정요한 단둘이 해결하게 두는 게 옳았다.

그렇게 생각했는지 은형이가 반휘혈을 올려다보았다. 그가 말했다.

"휘혈아. 서열 1위 내게서 가져가려면 가져가. 나는 이제 더 이상 싸울 수는 없을 것 같으니까."

"그렇게 하겠다. 그 전에 잠깐……. 하고 싶은 말이 있다."

"하고 싶은 말이라고?"

그가 낮게 꺼낸 말에 은형이는 물론이고 우리 모두가 의아하게 그를 보았다. 이 판국에 더 할 말이 있단 말인가? 결국 정요한에게 과거에 그가 했던 말도 어떤 식으로든 용납될 수 있는 말이 아닌데.

그때 반휘혈이 정요한에게 시선을 고정한 채 입을 열었다.

"일단 먼저 묻겠다. 혹시 내가 너를 구해 주었던 그날이 일요일 아니었나?"

"뭐? 도대체 그걸 왜 물어보는 거야? 요일별로 기분이 달라지기라도 해?"

정요한이 어이없다는 듯 빈정거렸다. 내 생각도 똑같았다. 뒷수습할 수 없을 것 같으면 그냥 아무 말도 하지 말지, 휘혈아……. 내가 안타깝게 보던 찰나, 정요한이 고개를 끄덕였다.

"그래. 일요일이었던 건 맞아. 그게 어때서 그러지?"

"당시에 일요일 저녁마다 방영되는 개그 프로그램이 있었다. 내가 아주 많이 즐겨 보던 프로그램이었지."

그 말을 들은 나는 더더욱 의아해졌다. 개그 프로그램 얘기를 갑자기 왜? 그때 왜인지 정요한의 안색이 창백해졌다.

"잠깐. 그냥 더는 말하지 마. 지금 아주 불길한 가정이 떠올랐으니까……."

"아니! 말해야겠다. 만약 네가 내 말을 오해했다면 반드시 바로잡아야 한다고 생각했기에."

"그냥 하지 마!"

정요한의 발악 같은 말을 듣고 내가 미간을 좁혔다. 도대체 왜 저러는 거야? 그때 반휘혈이 말을 이었다.

"그게 당시에는 내 삶의 유일한 낙이었다."

그의 말을 들은 순간 나는 왠인지 이 쇼의 어이없는 결말을 미래에서 이미 본 것 같은 기분이 들었다. 선구안이 별로 없는 내가 이 정도이니 다른 이들의 반응은 알 만했다.

주인이는 햄스터처럼 몸을 둥글게 말더니 눈을 가렸고, 여령이는 롤러코스터를 타듯 창백해진 얼굴로 무릎을 잡았다.

정요한이 빠르게 지껄였다.

"아냐, 말하지 마. 대답하지 마. 그냥 아무 말도 하지 마."

"그러니까 아마도 그때 내 말뜻은."

"말하지 말라고!"

"너는 무엇을 위해 사는가. 나는 개그 프로그램을 보기 위해 산다. 너도 나처럼 개그 프로그램 보는 것이 삶의 이유였으면 밤에 돌아다니지 않았을 텐데 그러지 않으니 돌아다니다가 이런 봉변을 당하는 것이다. 너 때문에 나는 프로그램을 놓치고 시간을 낭비했다."

"……."

"이런 뜻이었던 것 같다."

마침내 반휘혈이 관자놀이를 짚었던 손을 떼며 말을 맺자, 한동안 북풍 같은 차가운 침묵이 흘렀다. 모든 혼이 빠져나간 것처럼 망연자실하게 서 있는 정요한의 옆에서 은형이가 말했다.

"저기, 휘혈아."

"왜 그러지?"

은형이는 이 침묵을 녹여 주는 한 줄기 봄볕 같은 미소와 함께 대답했다.

"서열 1위 나한테서 당장 도로 가져가."

"아니, 하지만 아까는 동생한테 부끄러운 형 되기 싫지 않냐면서……."

"빨리."

"……."

은형이가 상냥하고도 살벌하게 물었다. 내가 직접 올라갈까? 우리 학교 학년 부장 선생님보다도 더욱 살벌하게 느껴지는 그 말에, 그제야 반휘혈이 무거운 몸을 움직였다. 은형이의 옆에 엉거주춤하게 선 그가 은형이를 가볍게 툭 침으로써 서열을 돌려받고는 정요한과 마주 섰다.

그 와중에도 나는 그런 생각을 했다. 저렇게 살짝 쳐도 서열 계승 인정되는 거였구나. 그럼 아까 은형이는 왜 반휘혈을 멀리 날아갈 만큼 세게 쳤던 걸까? 역시 무언가의 억하심정이 있었던 게 아닐까? 그사이 은형이가 마침내 우리 옆으로 돌아오고, 우리는 상황을 계속 지켜보았다.

어두운 얼굴의 정요한에게 반휘혈이 머뭇머뭇 말했다.

"네가 오해했다고 하더라도 내가 의심을 살 수밖에 없게 말한 것은 맞다. 더군다나 네가 당하는 일을 방관한 것 또한 사실이지. 미안하다. 늦었지만 사과하겠다."

"그딴 아무짝에도 쓸모없는 사과나 받자고 이 자리에 선

거 아니야. 할 말이 있다면 주먹으로 해라. 나도 결국 강자의 논리에 따르기 위해 여기에 있는 거니까."

나는 그렇게 말하는 정요한을 안타깝게 바라보았다.

솔직히 말해서 그와 은형이의 싸움이 일방적이었던 이상 승패는 이미 정해진 거나 다름없었다. 정요한은 은형이에게 일방적으로 당했지만, 반휘혈은 그런 은형이를 압도적으로 몰아붙이는 강함의 소유자이니까.

스스로도 그 사실을 알고 있는 듯 반휘혈은 머뭇거리면서도 끝내 주먹을 들지 않았다. 그런 그에게 정요한이 윽박질렀다.

"주먹을 들어! 나를 어디까지 부끄럽게 할 셈이냐?!"

"하지만……."

"아니면 나는 여전히 너에겐, 상대할 가치도 없는 녀석이라는 거냐?"

서슬 퍼런 정요한의 말에 반휘혈이 마침내 주먹을 들었다. 심판이 손을 들자 두 사람이 일제히 격돌했다. 차마 앞으로 펼쳐질 일을 볼 수 없어 나는 질끈 눈을 감았다.

이제까지 중에 제일 처절한 싸움이었다. 은형이에게 한 대 제대로 얻어맞은 사람들은 보통 힘의 차이를 체감하고 바로 항복 선언을 하던 반면, 정요한은 여러 번 얻어맞으면서도 끈질기게 달라붙었다. 반휘혈이 그에게 너무 큰 타격을 주지 않기 위해 애쓸 정도였다.

그조차도 수 초 안에 곧 마무리되었다. 마침내 스르르 무릎 꿇고 쓰러지는 정요한을 보며 나는 안타까움에 깊은 한숨을 내쉬었다.

"스, 승자는 반휘혈입니다."

구석에서 넋을 잃고 있던 심판이 더듬거리며 말했으나 아무도 환호성을 내지르지 않았다. 실제로 나는 이것이 처음 우리가 바랐던 결과임에도 불구하고, 뒷맛이 찝찝해서 견딜 수 없는 기분이었다.

그랬다면 정요한이 이겼더라면 기분이 좀 더 나았을까? 아니, 그렇지도 않았겠지. 자기가 서열 1위가 되기 위해 반휘혈의 상처를 이용한 그가 이긴다고 해서 어떻게.

이 싸움에 승패가 꼭 필요했을까? 내가 눈살을 찌푸리며 안타깝게 생각하는 그때였다. 반휘혈이 정요한에게 다가가 그의 손을 잡고 몸을 일으켰다.

정요한이 그의 손을 탁 소리 나게 쳐 내며 성을 냈다.

"동정하지 마! 날 어디까지 비참하게 만들 생각……."

"동정하지 않는다."

"뭐?"

"대단하다고 생각한다. 너를. 약하면서도 끝까지 옳은 일을 실천하려고 한 내 동생만큼이나."

울적하게 말한 반휘혈이 끝내 정요한을 일으켜 주고 돌아섰다. 자신을 바라보는 사람들을 천천히 둘러본 그가 마침내 걸음을 옮겨 가장 밝은 조명 빛이 쏟아지는 곳에 섰다. 사회자는 얼떨결에 자리를 빼앗겼음에도 아무 말도 하지 않았다.

건장한 체격에 강한 빛을 받기까지 하는 반휘혈은 과연 눈을 뗄 수 없을 만큼 압도적이었다. 가라앉은 핏빛 눈으로 주변을 둘러본 그가 무거운 목소리로 말했다.

"더 나올 사람 있나? 있으면 손들어라."

"……."

당연한 말이지만 아무도 손을 들지 않았다. 그러자 그는 무겁게 말을 이었다.

"그럼 내가 서열 1위로군. 서열 1위로서 나는 조금 이르지만 한 가지 명령을 내리겠다."

그리고 그가 꺼낸 말에 모두는 꿈에서 방금 깨어난 사람처럼 눈을 깜빡이며 서로를 돌아보고 수군댔다. 저게 대체 무슨 말이야? 물론 그들 중에는 나도 끼어 있었다.

"서열전은 오늘부로 폐쇄하겠다."

"뭐라고?"

"말도 안 돼. 그럼 어떻게……."

반휘혈의 위압적인 카리스마에 눌려서 아무 말도 하지 못하던 이들이었지만 이번만큼은 달랐다. 머리를 바짝 올린 남학생 하나가 대뜸 손을 들어 올리며 물었다.

"그럼 서열들끼리의 강함은 어떻게 겨룹니까?"

"그런 건 가리지 않는다."

"어째서?"

"강함으로 위아래를 매기는 건 아무 의미가 없으니까."

강함의 정점이 강함을 가리켜 아무 의미도 없다고 하는 말에 모두가 조용해졌다. 그 가운데 반휘혈이 손으로 협탁을 짚으며 말을 이었다.

"앞서 정요한의 말에서 알 수 있다시피, 나는 겉으로 드러나는 강함만이 진짜라고 믿었다. 내가 강함을 타고났기에, 타고나지 않은 이들에 대해서는 신경 쓰지 않았지. 그들은 늘 강자를 눈치 보며 살아야만 한다는 것에 의심도 두지 않았다."

말을 잇던 그가 주먹을 우그러트렸다.

"그러나 내 동생이, 정요한이. 그리고 함단이가……. 가르쳐 주었다. 약자들이 진정으로 두려워하는 것은 강자에게 밉보이는 것이 아니라, 강자에게 밉보이는 것이 두려워 자신이 믿는 바를 실천하지 못하는 것이라는 것을. 그렇다면 강자에게 약자가 방해가 되는 것이 아니라 약자에게 강자가 방해가 되는 것이고, 따라서 강자는 사라져 주는 게 맞다."

"……."

"특히 함단이는 장구벌레처럼 약한 주제에 고립된 처지에 나를 도우려는 모습이 인상적이었지."

그가 나를 지그시 바라보며 하는 말에 모두의 시선이 내게로 향했다. 나는 미간을 좁힌 채 읊조렸다. 차라리 내 이름을 그냥 제대로 기억 못 하지 그랬어…….

다행히 반휘혈의 시선이 내게 머무른 시간은 길지 않았다. 때마침 솟아오른 질문이 그의 주의를 끌었다. 이번에는 놀랍게도 내가 아는 사람이었다.

"뭐지, 대리자?"

붉은 머리칼을 흩날리며 손을 든 그녀가 말했다.

"눈에 보이는 서열이라는 제도를 없앤다. 그럼으로써 가시화된 위계질서를 무산해서 언뜻 보기에는 모두가 평등해 보이도록 한다. 말은 좋아, 반휘혈. 하지만."

대리자가 당당하게 말을 이었다.

"결국 그것도 원시적인 혼란 상태로 다시 돌아가자는 말을 의미해. 들어는 봤나 몰라, 무정부 상태 말이야. 애초에 서열이 생긴 이유가 뭐겠어? 서로의 강함과 약함이 나뉘어 있지 않아 불필요한 구역 다툼과 크고 작은 소요 사태가 끊이질 않으니까, 차라리 한꺼번에 정해 버리고 남은 1년간 잠잠히 지내기로 한 거라고. 그런데 네가 그걸 없애 버리면, 앞으로 일어날 분쟁들을 책임질 수 있어? 또 거기에 일반 학생들이 휘말리는 건?"

"뭔가 오해한 게 있는 것 같군. 나는 서열을 당장 없애자고 하진 않았다. 다만 서열전을 없애자고 했지."

"뭐? 그럼 그게 무슨 의미가 있어?"

"물론 의미가 있다. 위 서열들이 아래 서열을 감시하고, 그들이 일반 학생에게 피해를 준다면 그만큼의 불이익을 가하도록 할 테니까."

반휘혈이 담담하게 말했다. 그가 주먹을 고쳐 쥐며 말을 이었다.

"앞으로 서열들을 관리하는 데는 과거 온건한 서열들이 사용했던 것과 동일한 방법을 쓰지. 사건을 일으킨 서열의 순위가 높으면 높을수록 돌아가는 불이익도 커진다. 단, 옛날 같은 혜택은 없다. 책임 없이 의무만이 있는 것이다."

"……."

정적이 내려앉은 강당을 돌아보며 반휘혈이 낮게 말했다.

"서열이 아니라 죄수 번호처럼 느껴진다고 생각하는 녀석도 있을 것이다. 그러나 애초에 강함에 대해 보상을 받아야 한다고 생각하는 것이 우습다. 그렇지 않나? 우리는 그저 학생일 뿐이다. 죄수 번호가 싫다면 서열을 반납하고 그냥 평범한 학생으로 돌아가라. 그러나 그건 싫겠지."

움찔하는 이들을 향해 반휘혈이 눈을 낮게 뜨며 뇌까렸다.

"서열이란 것은 너희에게 힘들게 얻어 낸 훈장 같은 게 아니라 그저 겉멋에 불과했을 테니."

"우리 나가자."

그 무렵 나는 반여령과 주인이의 옆구리를 콕콕 찌르며

말했다.

은형이에게도 나가자고 하자 그는 다만 복잡한 얼굴로 이 일을 끝까지 지켜보겠다고 답했다. 아무래도 자신이 이 일에 깊게 관여한 이상 마무리까지 볼 책임이 있다고 생각하는 것 같았다. 과연 책임감이 강한 은형이다웠다.

작게 감탄하며 우리는 그대로 성운 과학 고등학교 체육관을 빠져나왔다. 다행히 우리를 가로막는 사람은 없었다. 다만 가끔 나를 보며 작게 '장구벌레…….' 하고 속삭일 뿐이었는데, 나는 제발 그들이 내 이름은 잊어 주길 바랐다.

마침내 눈앞에 나타난 텅 빈 운동장을 보며 나는 한숨을 내쉬었다.

"반휘혈이 나오는 인터넷 소설 주제가 '혁명'은 아니었을 텐데……."

"뭐?"

작게 되묻는 여령이에게 고개만 내젓고 나는 침울하게 한 걸음을 떼어 놓았다.

그렇게 그날, 역사 깊은 서열전은 이 인터넷 소설의 세계에서 마침내 막을 내렸다.

* * *

그 뒤에 있었던 일은 끝까지 현장에 남아 있었던 이들,

루다와 은형이, 대리자로부터 들을 수 있었다.

몇 시간 뒤에 루다로부터 걸려 온 전화에 따르면, 반휘혈은 정요한에게 다시 자신의 서열 1위를 넘겨주겠다고 했으나 정요한이 당장 필요 없다고 외치며 체육관을 나가 버렸다고 한다.

결국 아무런 서열도 받지 않고 나가는 그의 뒷모습은 어째서인지 홀가분해 보였다고. 어쩌면 그는 서열 1위를 차지하는 것보다도 서열전이 사라진 것 자체에서 더한 만족감을 얻은 것이 아닌지 하고 루다는 말했다.

그리고 유종의 미를 거두고자 그 자리에 끝까지 있었던 은형이 또한 날벼락을 맞았다.

[걔 좀 위로해 줘.]

루다가 설명하다 말고 돌연 꺼낸 말에 나와 여령이는 눈을 깜빡이며 시선을 맞추었다. 내가 되물었다.

"왜?"

루다가 한숨 섞인 목소리로 말을 이었다.

[반휘혈이 '서열 1위는 내가 됐지만, 넌 서열보다도 더 중요한 걸 내게 가르쳐 줬다.' 어쩌고 하면서 글쎄 걔 손을 잡더니…….]

오, 나 왠지 그 뒤의 얘기는 듣지 않아도 알 것 같은 기분이 드는데. 내가 다시 여령이와 시선을 교환하는 가운데 루다가 말했다.

[‘이 사람을 우리가 지금부터 추구할 의미를 담아 서열 0위로 추대하겠다.’라고 했어. 당장 큰 난리가 났지.]

“허어…….”

[그때 권은형이 짓던 표정을 네가 봤어야 했는데. 말로는 설명을 못 하겠네.]

그의 말에 나는 고개를 내저으며 한숨을 쉬었다. 아니, 은형이가 그때 어떤 표정을 지었는지야 안 봐도 알 것 같아. 반휘혈 한 대 치면서 서열 1위 뺏어 오던 때 지었던 표정이랑 똑같았겠지 뭐.

서열전은 은형이에게 그가 전혀 바라지 않았던 서열 0위를 선사하고 끝났다. 그건 안타깝긴 했지만 그래도 좋은 소식도 있었다.

다음 날, 학교로 간 우리는 반휘혈이 등교하지 않아서 의아해하다가 이동 수업 시간에 여느 때처럼 찾아온 사대천왕에게서 설명을 들을 수 있었다.

뜻밖에도 유천영에게서였다.

“반휘혈인가 하는 걔 동생 깨어났어.”

“와.”

“지금 아마 병원에 있을걸.”

기뻐하는 한편 나는 감탄했다. 소설은 소설이라 이건가? 모든 문제가 해결되자마자 동생까지 깨어나다니, 한 편의 완벽한 해피 엔딩이잖아. 그러던 나는 문득 미심쩍은 생각이 들어 유천영을 보며 미간을 좁혔다.

"잠깐. 그런데 네가 반휘혈이랑 우리가 관계있다는 걸 어떻게 알고 그걸 전해 줘?"

그러자 은지호가 대놓고 우리를 한심하다는 듯 보며 하는 말에 나는 할 말을 잃어버렸다.

"그럼 그렇게 요란하게 일을 벌여 놓고 우리한테 안 들릴 줄 알았냐?"

"아……."

"서열전이 작은 행사도 아니고, 전국적인 행사인데."

은지호의 입에서 아무런 위화감도 없이 흘러나온 '서열전'이라는 단어가 새삼 이 세계의 정체성을 깨닫게 했다. 오늘따라 찬란하게 빛나는 그의 은발을 보던 나는 혹시나 하는 생각에 조심스레 물었다.

"저기, 너도 혹시 서열전에 관심 있어?"

"그럴 리 있어? 이번에 드디어 사라지게 돼서 다행이라고 생각하고 있어. 얼마나 갈지는 모르겠지만."

은지호가 주저 없이 대답하는 것을 듣고 나는 안도했다. 그의 반응을 보아하니, 반휘혈이 없앤 서열전을 은지호가 다시 만들고 새 1위를 차지한다거나 하는 일은 없을 것 같군. 그럼 이 소설에 서열전이 나올 일도 다시는 없겠지?

비록 내가 했던 건 정보를 수집한다거나 싸움을 말린다거나 관중석에서 서열전을 구경한다거나 하는 정도에 불과

했지만, 그것만으로도 항마력이 부족한 순간을 몇 번이나 겪었기에 더는 사양이었다. 어깨를 바르르 떨던 나는 문득 날아온 유천영의 말에 고개를 들었다.

그가 미심쩍은 듯 눈을 찌푸리며 말했다.

“그런데…… 병원에서 이상한 일이 있었어.”

“이상한 일? 무슨?”

“아, 맞아. 그것 때문에 너희한테도 말해야겠다고 마음먹은 건데.”

은형이까지 끼어들어 하는 말에 나는 더더욱 의아해졌다. 얼마나 이상한 일이기에 저런 반응이람? 그러던 나는 이어진 말에 눈을 크게 떴다.

“휘혈이 동생이 깨어나기 전에 말인데…… 신원이 확인되지 않은 사람이 그 애 병실에 침입했었다고 해.”

내가 미심쩍게 물었다.

“설마?”

“그래, 네가 봤다던 그 애. 후드 차림의 중학생쯤 되어 보이는 여자애.”

은형이가 주저 없이 하는 말에 나는 소름이 돋아난 팔을 감쌌다. 겨울도 아닌데 찬바람이 목덜미와 팔을 스치고 지나간 듯한 느낌이었다.

“말도 안 돼. 도대체 어떻게…….”

화장실에서 맞닥트렸었지만, 귀신처럼 순식간에 증발했

던 그 애를 떠올리며 나는 어깨를 떨었다. 그 애 분명히 사람이었어. 사람이 아닌 이상 화장실에 갈 이유가 없잖아. 그런데 어째서.

멍하니 되뇌는 내 옆에서 여령이가 물었다.

"사람 아닌 거 아니야?"

미신적인 것을 입에 올릴 분위기가 아님에도 그러는 것을 보면 과연 그 애가 지나치게 수상하기는 한 모양이었다. 주인이도 심각하게 그 말을 받았다.

"저승사자 같은 걸 수도 있어."

"우주인 네가 그런 말 하니까 놀랍다."

옆에서 은지호가 농담 같은 어조로 말했으나, 주인이는 여전히 진지한 얼굴로 말했다.

"사람을 두셋이나 되살린 걸 보면 가능성은 충분하잖아?"

"듣고 보니 그런 것 같기도 하고."

은지호가 턱을 괴며 심드렁히 말했다.

잠시 동안 그 애의 정체에 대해 천사니 악마니 온갖 말이 튀어나왔지만, 금세 사그라들고 말았다. 무엇보다 그 애를 다시 만나 추궁하지 않는 이상 CCTV 영상만 갖고는 알 수 없는 문제였다. 그래도 CCTV에 멀쩡하게 찍힌 것을 보면 사람이긴 하지 않을까?

그러면서 나는 잠깐 고민했다. 서열전을 보러 갔다가 그 애와 마주쳤다는 얘기를 해야 할까? 하지만 지금 이 상황에서 말해 봐야 확실하지도 않은데 괜히 더 신경 쓰이게 할 것 같고.

더군다나 그 애는 분명히 이 소설에서 일어나는 사건들에 대해 어느 정도 아는 눈치였다. 그 말인즉 그녀가 앞으로도 주요 사건들을 따라다닌다면 주요 인물인 우리 곁에 나타날 확률이 높았다. 언젠가 다시 마주치면 반드시 잡아야지. 결연히 다짐한 나는 다시 눈을 들었다.

오늘 내 옆자리를 건 가위바위보에서 이긴 것은 여령이였다. 큰 키에도 불구하고 굳이 우리 앞자리를 차지하고 앉은 유천영과 은지호는 서로 무슨 말인가를 하다가, 또 뭐가 안 맞는지 미간에 주름을 잡고 가볍게 티격태격하고 있었다.

교실의 창은 전부 열려 있고, 커튼은 바람에 가볍게 나부꼈다. 밝은 햇빛에 번진 유천영의 뒷모습을 보며 나는 생각했다. 얘 얼굴 본 것도 오랜만이네. 드라마 촬영이 많이 바쁘다고 들어서 이번 주에도 얼굴 못 볼 거라고 생각했는데.

그렇게 생각하던 나는 문득 입을 열었다.

"유천영."

그가 나를 돌아보았다. 꼭 맞춘 것처럼 그 순간 은지호도 나를 향해 고개를 돌렸다.

"너는 드라마 촬영장에서 무슨 일 없지?"

무슨 말을 할 법도 한데, 그는 나를 물끄러미 보다가 고개만 끄덕였다. 꼭 오르골 인형처럼 정적인 동작이었다.

옆에서 은지호가 말했다.

"설마 얘를 건드리는 사람이 있으려고? 일반인들도 얘 배경은 다 아는데. 아무렴 알아서들 몸 사리겠지."

그러자 눈만 굴려 은지호를 바라본 유천영은 또 말없이 고개만 끄덕였다. 괜히 아무런 말 없이 행동만 저러니까 내가 다 불안해지는 느낌이었다. 하지만 나는 재빨리 고개를 내젓고 읊조렸다.

은지호 말대로 유천영 배경은 알 사람은 다 아는데, 우리보다도 소문이 빠를 사람들이 그걸 모를 리 없잖아? 나는 뒷자리의 주인이를 힐긋거렸다. 더군다나 곁에 도와줄 사람이 없는 것도 아닌데 말이야. 주인이의 사촌 누나인 배우 이나라와 그는 같은 드라마를 촬영하고 있으니까.

수업 시작종이 울리는 바람에 내 고민은 거기에서 끝났다. 황급히 교과서를 펼치면서 바라본 유천영의 얼굴은 평소와 같이 건조해서, 나는 늘 그렇듯 그가 괜찮겠거니 하고 말았다.

제41조. 인터넷 소설 여주인공이라면 기억 상실증은 필수!(상)

인터넷 소설 여주인공이라면 기억 상실증은 필수!(상)

"휴, 좋다."

그로부터 며칠 뒤에 찾아온 황금 같은 휴일. 나는 여령이의 침대에 엎드려 책장을 넘기고 있었다.

내 옆에는 여령이가 나와 나란히 누워 한쪽 손으로는 만화책을 높이 치켜들고, 다른 손으로는 귤을 입에 밀어 넣고 있었다. 침대 옆 탁자에는 우리가 아침에 빌려 온 만화책들이 산더미처럼 쌓여 있었다.

반휘혈의 일로 정신이 없어서 주말을 주말답게 보내지 못한 것 때문에 마음이 심란했는데, 우리에게는 고맙게도 개교기념일이란 것이 있었다.

마침 타이밍도 환상적으로 5월 모의고사가 끝난 직후였다. 덕분에 우리는 고등학교 2학년이 속 편하게 논다고 핀

잔 주는 사람들도 없이(대표적으로 우리 아빠라거나, 우리 아빠 혹은 우리 아빠가 있다) 아침부터 방에서 뒹굴 수 있었다.

다 읽은 만화책을 던져 놓은 여령이가 문득 몸을 일으키더니 말했다.

"아, 애들 몇 시에 오기로 했더라?"

마찬가지로 다 읽은 만화책 한 권을 덮은 내가 몸을 일으키며 대답했다.

"주인이 눈 뜨면 적당히 시간 맞춰서."

"그 말은……."

여령이의 눈이 가늘어졌다.

어깨를 으쓱한 내가 말했다.

"세 시는 넘어서 온다는 소리지, 뭐."

그러자 여령이는 더없이 진지한 목소리로 대답했다. 아니야, 아예 안 오게 되는 수도 있어. 확실히 그것도 가능성이 꽤 높은 얘기였다.

내내 던져둔 핸드폰을 확인한 여령이가 갑자기 머리를 헝클며 괴성을 질렀다.

"아! 아직 열한 시밖에 안 됐어. 빌려 온 책 다 읽었는데."

"아, 그러게. 나도 한 권밖에 안 남았네."

내가 검은 비닐봉지에서 책 한 권을 꺼내며 말하자, 그녀는 초조한 듯 엄지를 깨물며 강박적으로 중얼거리기 시작했다. 뭐 하지? 뭐 하지? 마치 할 일이 없으면 당장 죽어버릴 사람 같았다. 늘 기운이 넘치는 여령이는 희한하게 아무 일도 안 하고 시간을 보내는 걸 잘 못 견디곤 했다.

내가 침대 헤드에 기대어 책을 읽는 사이 한참이나 방을 빙글빙글 돌던 여령이는 갑자기 거실로 나갔다. 홀로 방에 있기는 심심했던 나는 책만 들고 따라 나갔다.

여령이가 앉은 소파 반대편에 구겨져 앉은 나는 리모컨을 집어 들었다. 혹시나 해 켜 보긴 했지만 정말 오늘따라 볼 것도 없었다. 하긴, 주말도 아니고 방학 때도 아닌 평일 수요일이니까 당연하긴 하지.

심드렁히 생각하며 몇 년 전 인기가 없어 영화관에서 금방 내려갔던 영화를 물끄러미 보는 내게 여령이의 목소리가 들려왔다.

"단아, 너 그거 다 읽으면 우리 나가자."

나는 한 손에는 리모컨을, 다른 손에는 책을 쥔 그대로 고개를 돌리고 의아하게 말했다.

"번화가 가자고? 너 싫다며."

실제로 모처럼 나가 놀자는 계획을 얼굴까지 찌푸려 가며 반대한 것은 반여령이었다. 그나마 모의고사 날이면 우리 학교 애들 다른 학교 애들 골고루 섞여 있어서 좀 낫지, 오늘 이 근방에 나가면 개교기념일 덕에 풀려난 우리 학교 애들밖에 없을 거라나. 음, 확실히 설득력 있는 이유였다.

그런데 갑자기? 내가 의아해하고 있자니 여령이가 말했다.

"장 봐 오자. 내가 한 상 거하게 차려 줄게."

그 말에 내 얼굴이 환해졌다. 내가 손바닥을 내밀며 말했다.

"오, 좋지."

당연한 듯 손을 내밀어 내 손을 마주친 여령이가 씩 웃었다. 손에서 생화학 무기를 분비하는 것 같은 여단 오빠와 맞벌이 가정에서 살아남아야 했던 바, 여령이의 요리 실력은 수준급이었다.

불과 십 분도 안 되어 한 권을 대강 읽어 버린 나는 만화책들을 검은 봉지에 대강 쓸어 담고 여령이와 함께 집을 나섰다.

아파트에서 대로변으로 이어지는 경사로가 분홍색 꽃잎들로 뒤덮여 있어 기분이 좋았다. 아무도 없는 길을 걷자니 조퇴한 것처럼 마음이 들뜨는 것도 물론이었다. 금상첨화로 날씨까지 따뜻한 게 그야말로 환상적이었다.

음, 게다가 내 지금 상황도 환상적이고 말이야. 한 손은 여령이와 마주 잡고, 다른 손으로는 검은 봉지를 달랑거리며 나는 흐뭇하게 웃었다.

올해 들어 이렇게 마음이 편했던 적은 실제로 없었던 것 같다. 아니, 없었던 것 같은 게 아니라 그냥 없네. 기억을 되짚어 본 나는 새삼 놀란 얼굴을 했다.

설날 무렵에는 애들과 싸워서 심란한 와중에 교통사고가

터졌고, 간신히 개학하고 나니 황시우와 같은 반이 되어 알력 싸움으로 정신이 없었다. 그러다 저번 달 무렵에 반휘혈의 정체가 밝혀지기 시작하면서 서열전에 본격적으로 휘말리게 되고, 그게 전부 마무리된 게 겨우 지난주.

거기까지 생각한 나는 혀를 내둘렀다.

"와, 이렇게 생각하니까 나 올해 진짜 고생했네."

이 정도면 공부를 한 게 신기할 지경인데? 인터넷 소설에 공부 얘기라고는 눈곱만큼도 안 나오는 데는 다 이유가 있었던 것이다. 그러다 말고 나는 절망했다.

아니, 정확히는 인터넷 소설 인물들은 공부를 할 필요가 없는 거잖아……. 그 와중에도 전교 1등과 2등 자리에서 한 번도 내려와 본 적이 없는 반여령과 은지호를 생각하며 나는 주먹만 불끈 쥐었다. 세상 불공평한 게 하루 이틀은 아니지만, 그래도 생각할 때마다 새삼 열 받는다…….

그것도 잠시, 머리를 털어 낸 나는 꽃가루를 싣고 불어온 바람에 가볍게 재채기를 했다.

소매로 코 밑을 훔치며 나는 중얼거렸다.

"아니, 뭐. 그래도 이제 다 정리됐으니까."

큼직한 일이 한동안 정신없이 몰아쳤으니만큼 당분간은 괜찮겠지. 그렇게 생각하며 나는 처음 아파트 단지를 나설 때의 흐뭇한 얼굴을 회복했다.

무엇보다도 일주일 중에 가장 많은 시간을 보내는 교실

분위기가 정상화됐다는 게 가장 기뻤다.

서열전이 있고 나서 반으로 돌아온 황시우는 지금까지의 일들을 인정하고 사과했다. 그가 그렇게 나서니 그의 위세를 믿고 나대던 패거리들이 기가 죽은 것은 물론이었다.

그들 중에 얼마만큼이나 우리 반에 잘 녹아들 수 있을지는 모르겠지만, 적어도 첫발은 떼었다는 느낌이었다.

뭐, 황시우가 패악 부린 대상이 우리 반만이 아니라 다른 반, 다른 학년에까지 퍼져 있어서 문제지만, 그건 그가 알아서 할 일이고.

우리는 적어도 그가 지금까지처럼 큰 소리 내고 분위기를 흐리지 않는 것만으로도 만족할 일이지, 뭐. 그리고 두 팔을 머리 뒤로 둘러 손깍지를 낀 나는 또다시 기분 좋게 웃었다.

어째서 나는 알지 못했을까? 사건은 언제나 가장 예기치 못한 순간에 찾아온다는 것을.

"단아!"

횡단보도를 건너던 내게 반여령이 외쳤다. 파란불인데 도대체 뭐가 문제라서? 심드렁히 고개를 돌렸던 나는 그대로 다급히 다가온 손에 밀쳐졌다.

우당탕, 화려하게 바닥을 구른 나는, 이윽고 고개를 내저으며 몸을 일으켰다.

"아오."

어떻게 된 일이야? 어질어질한 머리를 짚고 일어나려던 나는 몇 발자국 떨어진 곳에 나뒹구는 책들을 발견하고 작게 비명을 질렀다. 어떡해, 다 구겨진 거 아니야? 그것도 잠시, 누가 나를 밀쳐 낸 거지? 싶어 뒤를 돌아본 나는 비명을 질렀다.

"여령아!"

그야말로 숨이 막히는 광경이었다. 여령이가 넘어진 곳에서 얼마 떨어지지 않은 곳에 트럭 한 대가 멈춰 있었다. 그리 크지 않은 야채 트럭 정도의 크기였지만, 그래도 트럭은 트럭이었다. 딱 작년 이맘때에 있었던 덤프트럭 건이 떠오르자 손이 덜덜 떨렸다.

떨리는 손을 다른 손으로 내리누르며 나는 생각했다. 은형이가 이 자리에 있지 않기를 정말 다행이다. 늦게 만나기로 하길 정말 잘했어.

그리고 나는 반여령에게 다가갔다. 한 걸음 한 걸음 다가갈 때마다 심장이 입에서 튀어나올 것처럼 두근댔다.

내 교통사고를 목격했던 은형이가 이런 기분이겠거니 싶어 기분이 끔찍했다. 정말 내가 당하면 당했지, 두 번 다시는 겪고 싶지 않은 일이었다.

한편 트럭에서 기사 아저씨가 안절부절못하며 나오고 있었다. 다행히 뺑소니는 치지 않을 모양이었다.

그가 시체처럼 창백해진 얼굴로 말했다.

"아이고, 어쩐대. 아가씨, 괜찮아? 아가씨."

그가 여령이에게 더 다가가지도 못하는 사이, 그녀의 앞에 무릎을 꿇고 앉은 내가 떨리는 목소리로 물었다.

"여령아. 괜찮아?"

그러기가 무섭게 여령이가 번쩍 몸을 일으켰다. 언젠가 봤던 공포 영화에서 드라큘라가 밤이 되어 일어나는 것만큼이나 갑작스러운 일이었다.

머리를 흔들며 조심스럽게 상체를 일으킨다면 모를까, 그녀는 한 번에 튕기듯이 누운 자세에서 번쩍 일어났다. 나도, 트럭 주인아저씨도 어안이 벙벙해서 그녀를 올려다보는 가운데, 그녀가 문득 손을 휘저어 보더니 말했다.

"음. 좋아. 튕겨 냈다."

아니, 저기.

이윽고 나를 돌아본 여령이가 씩씩하게 외쳤다.

"좋아, 단아. 가자!"

아니, 잠깐만. 나는 입속으로 중얼거렸다.

물론, 가끔 그런 경우가 있다고는 들었다. 뭐, 기본적으로 부딪힌 차의 속도가 아주 느렸다는 게 전제되어야 하지만. 실제로 나도 넘어졌다 일어나는 그 순간까지 끼익하는 브레이크 소리 따위는 듣지도 못했고.

그래도 그렇지 사람이 차에 치였다가 황급히 일어나는 광경이 이렇게 비현실적으로 보일 줄은 상상도 못 했다.

내가 멍하니 눈만 깜빡이는 사이, 여령이와 트럭 주인아저씨는 도로 한복판에서 실랑이를 하기 시작했다.

"아니, 학생! 그래도 치료는 받아야지. 내가 명함 줄게요. 그러니까 제발 병원 좀……."

"괜찮아요! 저 진짜 멀쩡해요! 아픈 데는커녕 긁힌 데도 없어요. 보세요."

그녀가 자랑하듯 손바닥이며 무릎을 내미는 것을 보며 트럭 주인아저씨가 곤란한 얼굴을 했다.

"아니, 그래도 제발 가요. 후유증이 있을지 어떨지 모르잖아."

마지막에는 거의 애원하다시피 하는 트럭 주인아저씨의 손을 꿋꿋하게 내치고, 명함 한 장만 인심 쓰듯 받아 챙긴 여령이가 나를 향해 씩씩하게 말했다.

"단아, 장 보러 가자."

나는 중얼거렸다. 지금 밥이 문제냐.

새삼 은형이와 여령이가 꽤 잘 어울릴지도 모른다는 생각을 했다.

* * *

여령이의 건강을 염려한 건 물론 트럭 주인아저씨만이 아니었다. 대형 마트를 돌며 바구니에 물건을 집어넣는 도

중에도 나는 몇 번이고 물었다.

"괜찮아? 진짜 괜찮아? 진짜로?"

여령이는 시원스레 답했다.

"응, 나 진짜 괜찮다니까. 왜 그래? 내가 너 걱정하면 맨날 과보호라고 뭐라고 하면서."

"아니, 이거랑 그거랑 다르지."

넌 트럭에 받혔는데……. 내가 거기까지 말했을 무렵, 여령이는 이미 저기서 뭐가 행사 중이라며 신나서 뛰어가고 있었다. 나는 그 뒤를 황급히 쫓는 한편 이마를 짚었다.

팔랑팔랑 잘 다니는 걸 보니까 진짜 괜찮은 것 같기도 하고, 인터넷 소설의 여주인공이 보통은 건강 체질이라지만 저 정도면 건강 차원의 문제가 아닌 거 아니냐.

아니, 그래도 잠깐 안 본 새 누구랑 부딪혀서 또 풀썩 쓰러질까 봐 걱정이네. 나는 끝까지 긴장의 끈을 놓지 못했다. 마트에서 장을 보는 짧은 시간 동안 나는 급격하게 피로해졌다.

그러나 여령이는 장보기가 끝나고 물건들을 계산대에 내려놓는 그때까지도 멀쩡했다. 봉투에 물건들을 나누어 담은 의미도 없게 제가 두 개를 전부 들고 가 버리는 여령이를 보며, 나는 고개만 기웃거렸다.

마트에서 집으로 가는 길에 병원이 몇 군데나 있었다. 그럴 때마다 나는 지금이라도 끌고 들어가? 고민했지만, 그때마다 여령이가 나를 한참이나 앞서가 버리는 바람에 어쩔 수 없었다.

결국 나는 병원의 '병' 자도 꺼내 보지 못한 채 집으로 들어왔다. 식탁 위에 봉투를 내려놓은 여령이는 시계부터 확인했다.

"열두 시네. 밥 먹으면서 영화 하나 보고 치우면 딱 애들 올 시간 되겠다."

그리고 그녀는 곧장 두 팔을 걷어붙이며 싱크대로 향했다. 그쪽으로 턱을 빼며 내가 물었다.

"난 뭐 할까? 도와줄 거 있어?"

"영화 좀 찾아 줘."

하긴, 내 실력으로 도울 수 있는 일은 기껏해야 양파를 까는 정도일 뿐이니까. 고개를 끄덕인 나는 그 길로 방으로 직행했다.

밥 먹으면서 볼만한 영화가 있을지 컴퓨터를 한창 뒤적이고 있는데, 부엌 쪽에서 쾅 하고 커다란 진동이 울렸다. 이어 뎅 하는 금속성의 소음, 우당탕하고 뭔가 구르는 소리가 이어졌다.

어깨를 움찔했던 나는 다음 순간 의자를 밀고 자리에서 일어났다.

"여령아?"

다급하게 부르며 부엌 모퉁이를 돌자마자, 아까 횡단보

도에서처럼 바닥에 쓰러진 반여령이 보였다. 식겁한 나는 당장 그녀에게로 다가가 무릎을 꿇었다.

그녀의 머리 위 찬장은 활짝 열려 있고, 옆에는 넘어진 식탁 의자와 프라이팬이 나뒹굴고 있었다. 아마도 찬장에서 뭔가를 꺼내려다 손이 미끄러져서 그대로 머리에 맞고 쓰러진 것 같았다.

나뒹구는 프라이팬의 크기를 보니 그리 크지는 않아서 다행이었다. 휴, 안도의 한숨을 내쉰 나는 곧장 그녀의 어깨를 흔들었다.

"여령아, 괜찮아?"

그때까지만 해도 나는 심각하게 걱정하진 않았다. 상식적으로 생각해서, 트럭과 부딪혀도 멀쩡하던 사람이 프라이팬에 맞고 뭐가 어떻게 될 리는 없으니까.

이번 사건을 계기로 나는 인터넷 소설 여주인공의 내구성에 무한한 신뢰감을 품기로 했다. 인터넷 소설의 여주인공이 튼튼한 것은 단지 멘탈뿐이 아니었던 것이다, 세상에.

내가 그런 생각이나 하고 있을 때, 내 품에 안겨 있던 반여령이 마침내 눈을 떴다.

풍성한 속눈썹이 나비처럼 팔랑거리는 모습을 보며 나는 옅게 웃었다. 역시, 괜찮을 줄 알았어. 내가 그녀를 부축해 일으키려는 그때였다.

내 팔을 붙들고 있던 그녀에게서 미약한 목소리가 흘러

나왔다.

"누구……."

"뭐?"

"누구…… 세요?"

"……."

한참이나 침묵이 흐른 뒤, 나는 스스로에게 물었다. 내가 잘못 들은 거겠지? 아니면 타이밍이 적절치 못한 농담일 수도 있다.

침을 꼴깍 삼킨 내가 여령이를 내려다보니, 그녀의 눈은 여전히 대답을 요구하는 듯 빛나고 있었다. 그렇다면 아무래도 내 귀가 착각한 건 아니란 건데, 역시 농담 쪽인가?

내가 어색하게 웃으며 그런 농담 하지 말라고 던지려던 때였다.

"여긴…… 어디?"

아, 안 돼……. 나는 두 손으로 얼굴을 가렸다.

나는 그만 이대로 기절하고 싶어졌다.

* * *

인터넷 소설의 법칙 42조, 인터넷 소설 여주인공은 기억상실, 불치병, 납치의 위협에 언제나 노출되어 있다.

그런 의미에서는 차라리 물가에 내놓은 어린애들이 이들

보다 더 안전하다고 볼 수 있다. 어린애들은 적어도 어른들이 눈 크게 뜨고 지켜보는 이상 사라지진 않으니까.

여주인공 삼 대 위기 중에 납치는 무사히 넘겼다. 불치병은 내가 의사도 아닌 이상 할 수 있는 게 없으니 아예 생각하지 않으려 노력하고 있었고, 기억 상실 같은 경우에는 최근 드라마에도 쓰이지 않을 정도로 올드한 소재이기 때문에 미처 생각지 못했다.

거기까지 생각한 나는 이마를 짚으며 중얼거렸다.

"아니, 하지만 자기 집 주방에서 프라이팬에 맞아서 기억상실증 걸릴 거라고 생각 못 한 게 내 잘못은 아니잖아……."

이럴 줄 알았으면 요리 내가 한다고 할걸.

후회해 봤지만 이미 늦은 일이었다.

나는 지끈거리는 머리를 꾹꾹 누르며 눈앞의 반여령을 바라보았다.

반여령은 내가 시킨 대로 식탁 의자에 얌전히 앉은 채, 내가 하는 양을 빤히 보고 있었다. 다소곳이 손을 모으고 앉아 있는 폼이 진열장에서 본 오르골 인형 같았다. 또는 말 잘 듣는 어린애 같기도 하고.

나를 올려다보는 까만 눈에 내가 이상한 사람일 거라거나, 거짓말을 할 거라거나 하는 의심이라고는 눈곱만큼도 없어서 더더욱 그런 느낌이었다.

그녀의 맞은편에 앉아 우리 사이를 가리고 있던 봉투부

터 식탁 아래로 치운 내가 물었다.

"네 이름은 기억나? 또, 네가 몇 살인지."

그녀는 고개만 내저었다.

"지금이 몇 년인지는?"

고민하듯 눈썹을 조금 찡그렸던 그녀가 이윽고 고개를 내저었다. 맙소사, 나는 다시 이마를 짚었다. 그리고 나는 그대로 생각에 잠겼다.

있어 봐, 내가 아는 바에 따르면 기억 상실증에는 크게 두 종류가 있다고 했다. 공통적인 지식을 잊어버리는 것과 자신에 대한 기억을 잊어버리는 건데, 둘 다 상실하는 경우도 있고 한쪽만 상실하는 경우도 있다고 했다.

일단 자신에 대한 기억은 없는 게 확실하고, 나는 물었다.

"2 더하기 2는?"

"4."

조금도 지체 없이 돌아온 대답이었다. 여령이의 심드렁한 얼굴을 보며 나는 잠시 후회했다. 음, 너무 쉬웠나? 하지만 내가 즉석에서 낼 수 있는 거라고 해 봐야 구구단 곱셈 문제 정도밖에 없는데. 그거론 변별력이 없을 테고.

잠시 고민하던 나는 여령이에게 가만히 있으라는 시늉을 한 뒤 여령이의 방에 들어가서 문제집을 꺼내…… 오려다가 멈추었다.

그녀의 텅 빈 책상 위며 교과서와 약간의 소설책, 과학책

이 전부인 책장을 보며 나는 한숨을 내쉬었다. 맞다, 얘 문제집 없지.

여령이네 집이 전국 모의고사 1등의 집이란 이름으로 방송을 타면 그 즉시 전국의 학원 매출이 떨어질 거라는 데 손목이라도 걸 수 있다.

나는 결국 여령이에게 수십 번을 가만히 있으라고 이른 뒤에야 내 집으로 들어가 문제집을 꺼내 올 수 있었다.

내가 수학 문제집을 꺼내 왔을 때, 다행히 여령이는 정확히 그 자리에 앉아 나를 기다리고 있었다. 나도 기억 안 난다고 했으면서 도대체 왜 이런 맹목적인 신뢰를 보이는 건지, 의아해하면서도 나는 책의 한 페이지를 펼쳤다.

"이거 답이 뭐야?"

"2번."

도형 그림을 본 순간 꽤 까다로운 문제라고 생각했는데 2 더하기 2를 물었을 때와 다르지 않은 속도로 대답이 돌아왔다. 살짝 답안지를 들춰 본 나는 신음했다. 음, 맞군.

그래도 만에 하나라는 게 있으니까.

"혹시 풀이 알려 줄 수 있어?"

내가 조심스럽게 물은 말에 여령이는 샤프도 없이 곧장 손톱으로 선을 죽죽 그어 가며 뭔가를 열심히 말하기 시작했다. 그리고 그 대부분이 내 귀에는 와 닿지 않았다.

덕분에 나는 깨달을 수 있었다. 음, 지식만은 예전과 그대로군. 내가 중학교 때부터 반여령에게 문제 풀이를 부탁하지 않는 데는 이러한 이유가 있었다. 설명을 들어 봐야 보통의 머리로는 전혀 헤아려지지 않기 때문이었다.

그렇게 지식 검증까지 끝마친 뒤, 나는 다시 식탁 위에 엎드려 충격의 시간을 보냈다.

"아, 어쩌지? 어떡하면 좋지?"

기억 상실증의 종류를 알아냈다고 해서 내가 딱히 할 수 있는 게 생기는 것도 아니었다. 나는 문득 핸드폰을 꺼내며 아까 했던 생각들을 차례로 떠올려 보았다.

상식적으로 생각해 보면 일단 여령이네 부모님과 여단 오빠한테 알리는 게 우선이다. 아니, 하지만 반응을 생각하면 도저히 못 하겠어…….

나는 머리를 헝클어트리며 고개를 내저었다. 바로 옆에 있는 나도 아직 충격에서 벗어나지 못했는데, 여령이네 부모님과 여단 오빠의 반응을 볼 생각을 하니 벌써부터 온몸이 떨려 온다.

그런 다음, 나는 손안에 구깃구깃하게 접혀 있던 종이를 꺼냈다. 오전에 트럭 주인아저씨가 주고 간 명함이었다. 그 위에 새겨진 전화번호를 들여다보며 나는 다시 미간을 좁혔다.

여령이가 트럭에 들이받혔던 일과 그로부터 몇 시간 뒤에 기억을 잃어버린 일 사이에 인과 관계가 아예 없을 가능성은 희박하니, 일단 이분께도 연락을 드려야 할 텐데.

전화를 시뮬레이션 해 보던 나는 또다시 고개를 내저었다.

"아니야, 난 못해……."

사고 당시에도 많이 놀라신 것 같았으니 분명 지금 전화하면 당장 '역시 후유증이 있을 줄 알았어요! 뭔가요!' 하고 물어 오실 텐데, 그에 대고 기억 상실증이라고 말할 용기가 아직 내게는 없다.

아니, 일단 나는 이 사태 자체를 부정하고 싶어! 왜 여령이가 기억을 잃어버린 이 시점에 하필 곁에 있는 게 나밖에 없는지, 적어도 다른 사람이 한 사람이라도 더 있었으면 해결책을 논의해 볼 수 있을 텐데.

압박감에 명치가 꽉 막혀 왔다. 식탁에 엎드려 끙끙 앓던 나는 퍼뜩 고개를 들었다. 내가 지금까지 놓치고 있던 어떤 생각 때문이었다.

그렇지, 사실 내가 지금 혼자 이 상황을 해결해야 하는 것에 압박감이 드네 어쩌네 해도 누구보다 혼란스러울 것은 여령이였다.

아무리 납치당했을 적에 다 죽었다고 씩씩하게 외쳤어도 등 뒤로는 손을 떨던 것처럼, 지금도 틀림없이 아무렇지 않은 얼굴로 있지만 사실은 많이 불안할 것이다.

스스로가 누구인지 모르는 것은 물론이고, 바로 옆에 있는 내가 누군지도 모르기 때문에 더더욱 그렇겠지.

그렇게 생각하자 나는 드디어 일의 우선순위를 정할 수 있었다.

일단 여령이에게 이 사건을 설명하는 게 먼저였다. 여령이가 기억을 잃었다고 해서 학습 능력도 같이 잃어버렸을 거라 생각했던 것처럼, 여령이에 대한 일을 다른 사람들과 논해야 한다고 착각하고 있었다.

하지만 여령이는 과거에도 지금에도 한결같이 똑똑한 것 같으니까, 오히려 내게 우선순위를 정해 줄 수 있지 않을까?

그리고 여령이를 바라본 나는 잠시 혼란에 빠졌다. 분명히 혼란이나 불안이 나타나 있을 거라고 생각했던 여령이의 얼굴이 그저 평온했기 때문이었다.

오후의 햇빛을 받는 고양이처럼 나른한 데다, 묘하게 만족스런 빛을 띤 그녀의 얼굴을 한참이나 쳐다보던 내가 조심스럽게 물었다.

"나 기억났어?"

그게 아니고서야 자기 스스로에 대해서도 모르는 데다 모르는 곳에, 모르는 사람과 있으면서 저토록 편안한 표정을 지을 수는 없다.

그렇게 생각했는데, 여령이는 고개를 내저었다.

"아니."

"그런데 왜 그렇게 차분해?"

그러자 고개를 조금 기울인 그녀가 말을 이었다.

"그냥……."

"그냥?"

"네가 좋아서."

"……."

잠시 말을 잃은 나를 두고, 한참이나 고개를 기웃거리던 여령이가 '그러면 안 돼?' 하고 덧붙였다. 그 모습을 형용할 수 없는 표정으로 쳐다보던 나는 이윽고 앉은 자리에서 벌떡 일어났다.

"왜 그래?"

당황한 것처럼 종종걸음으로 나를 따라오는 여령이의 눈을 애써 피하면서, 나는 핸드폰을 꺼내 침착하게 번호를 눌렀다.

여령이네 가족의 귀에 들어가지 않고, 트럭 주인아저씨에게도 연락하지 않으면서 의료적 지원을 받는 방법은 내가 아는 한 하나였다.

"여보세요, 은지호?"

나는 딱딱하게 굳어진 목소리로 말했다.

"나 당장 병원 예약 좀 잡아 줄 수 있냐. 전에 나랑 반여령 납치당하고 검사받았던 그 센터 있지, 거기로."

[뭐야, 너. 갑자기 왜 그래? 그때 꿈이라도 꾼 거야?]

황당해하는 것도 잠시, 은지호는 금세 걱정스러운 목소리로 돌변해서 캐묻기 시작했다.

아차, 그의 납치 사건에 대한 책임감을 모르는 바가 아닌데, 내 생각이 짧았군. 잠시 이마를 찌푸렸던 나는 어느새 내 옆에 바짝 다가온 여령이를 힐끗 보고는 순순히 대답했다.

"아니, 그게 아니라. 여령이가……."

[반여령? 반여령이 왜.]

"기억을…… 잃어버려서."

그렇게 내뱉은 다음 나는 천천히 한숨을 내쉬었다. 내 입으로 사실을 말했는데도 질 나쁜 농담으로밖에는 들리지 않는다.

이러니 내가 여령이네 가족들이나 다른 사람에게는 전화하고 싶지 않았던 거라고. 적어도 얼굴을 보고서야 할 수 있지, 전화로 할 수 있는 얘기는 아니다.

천하의 은지호도 이 말에는 당황한 기색이 역력했다.

[뭐?]

그러나 그는 내 목소리를 통해, 내 말이 농담이 아님을 금세 읽어 낸 것 같았다. 하기는, 갑자기 전화를 해서 이런 말을 농담이랍시고 던지는 사람은 없을 것이다.

그래도 한 가지 의문만은 짚고 넘어가야겠는지, 은지호가 조심스러운 목소리로 물었다.

[어쩌다…… 그랬는데?]

"장 보러 갔다가 트럭에 받혀서……."

[뭐?]

은지호의 목소리가 당장 다급해졌다.

[그럼 사고가 난 거잖아, 정신과에 가 볼 게 아니라 당장 외과 진료부터 받아야지, 지금 거기 어디야?]

그의 말을 자르고 내가 다시 말했다.

"……무사히 일어나서 장 보고 집으로 왔는데, 그 뒤에 집에서 요리하려고 프라이팬을 꺼내다가 머리에 맞고 기절했어."

[너 농담한 거지?]

은지호의 목소리에 당장 짙은 불신이 깃들었다. 나는 한숨 섞인 목소리로 대답했다.

"그랬으면 좋겠다……."

[……차는 너희 아파트로 보내면 되냐?]

은지호가 체념 섞인 목소리로 되묻는 말에 나는 어렵게나마 사실을 납득시키는 데 성공했음을 깨달았다.

솔직히 나 같았으면 장난치지 말라며 당장 전화 끊었을 것 같은데, 은지호 너 생각보다 날 굉장히 신뢰하고 있구나.

새삼스러운 깨달음과 함께 내가 말했다.

"될 수 있으면 빨리 와 주라."

[보통 일이 아닌데 당연히 빨리 가야지. 그런데 왜? 증상이 좀, 심각해?]

"아니, 그건 아닌데."

나는 심각한 목소리로 덧붙였다.

"반여령 안의 카사노바가 눈을 뜬 것 같아. 설렘 장난 아니야."

[…….]

"내가 남자 친구의 여동생한테 반하는, 미국 드라마에도 안 나올 것 같은 상황이 일어나지 않도록 좀 도와주라."

내가 진지하게 내뱉은 말에 은지호는 한참을 말이 없다가, 알겠다는 말과 함께 전화를 끊었다.

내 말을 정말 진지하게 받아들였는지 어땠는지는 몰라도, 그가 보낸 차는 3분 만에 도착했다.

〈끝나지 않은 '인소의 법칙'들! 10권에서도 계속됩니다.〉

인소의 법칙 9

1판 1쇄 발행 2019년 3월 15일
1판 8쇄 발행 2023년 5월 19일

지은이 유한려
펴낸이 신현호
편집장 예숙영
편집 최은지
편집디자인 한방울
영업 김민원
물류 이순우 박찬수

펴낸곳 ㈜디앤씨미디어
출판등록 2002년 5월 1일 제117-90-51792호
주소 서울시 구로구 디지털로 26길 111 JnK디지털타워 503호
대표전화 (02)333-2513 팩스 (02)333-2514
전자우편 dncbooks@dncmedia.co.kr
디앤씨북스 블로그 http://blog.naver.com/dncbooks

ISBN 978-89-267-0008-2 04810
ISBN 978-89-267-1819-3 (SET)